NIVLANDS

·夜之岚·

新世界出版社
NEW WORLD PRESS

图书在版编目（CIP）数据

九州幻想. 夜之岚 / 潘海天主编. -- 北京 : 新世界出版社, 2011.12
ISBN 978-7-5104-2351-2

Ⅰ. ①九… Ⅱ. ①潘… Ⅲ. ①中篇小说 – 小说集 – 中国 – 当代②短篇小说 – 小说集 – 中国 – 当代 Ⅳ. ①I247.7
中国版本图书馆CIP数据核字(2011)第228509号

九州幻想·夜之岚

作　者：潘海天 主编
责任编辑：熊嵩
封面设计：沈一仙
责任印制：李一鸣 黄厚清
出版发行：新世界出版社
社　址：北京西城区百万庄大街24号（100037）
发 行 部：（010）6899 5968 （010）6899 8733（传真）
总 编 室：（010）6899 5424 （010）6832 6679（传真）
http://www.nwp.cn
http://www.newworld-press.com
版 权 部：+8610 6899 6306
版权部电子信箱：frank@nwp.com.cn
印　刷：北京中印联印务有限公司
经　销：新华书店
开　本：700×1000 1/16
字　数：300千字 印张：18
版　次：2011年12月第1版 2011年12月第1次印刷
书　号：ISBN 978-7-5104-2351-2

定　价：22.00元

九州幻想是什么？

文/潘海天

九州幻想是什么?

2001年12月17日那天，随着一个名叫水泡的家伙按下回车键以及一帮不靠谱的家伙每天的争吵，“九州”凭空在清韵论坛“天马行空”版冒出——弹指已是十年。

2005年，九州幻想是一本叫《九州幻想》的杂志，九州的第一个产品，由于没经验，连页眉都不统一——如今也将步入七年之痒。

2009年，九州幻想还剩下三个人：九州开创之初即在的美术总奸刘洋，从千里外的成都被我拖来的阿豚，加上我，这就是“ZOP工作室”。我觉得这就像是一个试验，看一本杂志在最省人工的状态下，可以压缩到多少人的试验。我们拿着最低生活费，一起抽烟，一起聊女人和创意，我们玩出了《九州幻想》最疯狂最离经叛道的封面和最牛逼的策划，确定了《九州幻想》奇幻科幻并重的格局。一点儿不谦虚地说，和内容比起来，《九州幻想》就是中国发行最糟的幻想杂志。已经没有路了，我们就放纵地写，放纵地想象，放纵地相信。

2010年，答案突然变得复杂了起来。对，我们仍然活着，而且成员增加到了一百多人……“九州幻想”变成了一家公司的名字，据说因为和中国500强的企业重名，注册还有点难，不过最后都搞掂了。星散的人马又重新汇聚，九州幻想的概念早已不仅仅是本杂志，还有“暗月纪”的九州世界OL和《羽传说》的影视规划。我们已经付出了商业化的代价，大船的航向不一定是我们所能完全把握的了。它一出发，就拥有自己的航向、自己的目标和游戏规则。但是今天，坐在这条大船的船头，船开向何处已经不重要了。

喂，到了今天难道不该说说清楚，理想到底是什么、要去的港口到底是哪里吗?

是可以告诉你。经过如此长的一段航程，已经让我明白了罗盘为什么乱转，因为只要在船上，就是在它的势力范围中。

理想不是某个港口，理想就是在这条船上，并让船不停地开下去。所以船上的那些打闹，那些嬉戏，甚至那些无聊的争吵，那些看不到目标的迷惘，那些迷失航线的痛苦，就是最重要的事情啊。在这条船上，像恐龙一样思考，每个伟大盛典之日接受疑问和质问，已经变成一种生活方式。写? 想象? 相信? 那是贯彻到我们生命里的常态，它们是吃饭、睡觉、泡妞的另一种体现方式。

无论发生了什么变化，我们仍然这样活着，就是在实现我们的理想。

2011年，我们忙着买旧衣服，往脸上刷乳胶和粉彩，乔装打扮，开始做另一本杂志或者说MOOK——《九州全民幻想》，它是另一条航船，另一次冒险。

它的船头是一行大字：在中国，生活就是无数场冒险。

九州全民幻想又是什么?

那是另一篇文章了。

Contents 目录 | 天启历法

编辑收稿邮箱：

骑桶人：qitongren@foxmail.com

恰好：Lbfqiahao@live.cn

老鱼：Oldfish9@live.cn

可可欠：cocoqian@9zfun.com

●对天启历法有所迷茫的读者可以参加“所有人问老鱼”栏目提问，详情于本期内文寻找。

投稿邮箱：novel@9zfun.com
投稿详情请见：http://bbs.9zfun.com/thread-6177-1-1.html
读者反馈：fans@9zfun.com
业务合作：relate@9zfun.com
官方网站：http://www.9zfun.com
官方微博：http://weibo.com/lorenzo
人人网主页：http://page.renren.com/600003011
豆瓣小站：http://site.douban.com/107554
官方淘宝店：http://ninlands.taobao.com

地火环城

（一）

文/潘海天　图/靖与 神仙

——多拿些酒来！爱情就是乌有！老河络嚷道。

引子

地火节的前夕，有着地狱般的天气。

一个火环部落的哨兵忧郁地坐在山毛榉木搭盖的凉棚里，看着天空中高昂的云朵城堡，那里并排垂下了几道龙卷风，它们在天际线上无声地盘卷，仿佛五个肆意妄为的妖魔，跳着死亡的舞蹈。

但是地面上一丝风也没有。

旱魔肆虐，六个月里一滴水也没有落到枯焦的大地上。

地面上的空气干渴如烈火，越州河络的心里，也像火焰一样翻腾。

此处到底是河络地界，即便一个功用简单的哨兵凉棚，也雕刻有怪兽状的滴水嘴，覆盖着铜制的瓦片。荣光属于过去。如今荒凉的山野里早不见旅人的影子，林下满是一人多高的蒿草，叶子焦黄却茂盛，只在某些地面上隐约看出一点凹陷的车辙。除了穿行的鹿，这些林间小道已经数年没有一名旅人经过。

好时代已经过去了。

河络族人口稀少，分散在越州的崇山峻岭之中，河络各部族间往来也不多，但人族的商队却兢兢业业，从宛州越过雁返湖，从中州越过殇阳关，踩出了众多驮马小道，他们遵循古老的北邙之盟[1]的某些条款，与河络以货易货。

但近些年来，河络族的领地矿产枯竭，能销售的东西不多了，于是越州道上，

此处到底是河络地界，即便一个功用简单的哨兵凉棚，也雕刻有怪兽状的滴水嘴，覆盖着铜制的瓦片。

商队日渐稀少，终至断绝。

河络的个子比人族要矮，但他们的长戟兵闻名于世。哨兵扶着比他的身长高上五倍的长戟，低头打起了瞌睡。

梦对河络来说无比重要。

河络们相信在梦里，他们可以踏入创造之神的梦境，河络与神的梦境相交，会折射出隐约的世界真相。

河络通过梦来了解世界。只要进入特殊的梦幻觉状态，他们就可以得到一些神启：有时是个人的吉凶时运，有时是被遗忘的前辈技艺，有时是湮没的远古历史，更有一些时候，是庞大部族的命运。

这名哨兵的年纪已经大了。在睡梦里，他似乎听到了什么声音，那是宽大的骆驼脚掌踩在沙地上，马铃驼铃在风中清脆地撞击，高大的驼兽头尾相衔在摇曳的草丛里穿行，衣着华丽的伶人吹响横笛……这些都曾是相隔久远的过去，他曾听见过的商贸之和声。

没有交易也好，也好啊，老河络在梦中想，霸道的人族，带来的不仅仅是金钱和财富，他们也带来了疾病和贪婪，纷争和阴谋，还有……战争。资源枯竭的河络不得不出卖士兵换取金钱，虽然他们的佣兵浴血而战，为与世无争的河络族赢得了“铁骑墓场”和“死亡之墙”的美名，但毫无疑问，河络依然天生厌恶战争，绝无从战场上获取荣誉的觉悟。

蓦地，梦中的哨兵听到一声号角，低低地沿着地面传出，好像巨兽的吼叫。

哨兵猛抬起头，看见一队招展的旗帜正在靠近，队伍里不但有骆驼、马，还有弯起獠牙的大象。大部分牲畜的背上，都背负着用油漆麻布和皮革密密包裹起来的笼箱，巨大的伞盖撑开在烈日下，在独角驼兽的背上摇晃。

这不是梦。

哨兵揉了揉眼，目瞪口呆地看着这支突然从天而降的商队分开葱茏的草木，好像帆船划开水面，乘着一股若有若无的轻风行至近前。

最前面一匹黑色瘦马斜歪着身子快步跑着，骑手似乎丝毫也不受闷热天气的影响。他穿着宽阔的大袍，戴着兜帽，深紫色的袍子上绣着云纹滚边，按北邙之盟的约定，他高举着象征和平的青色旄羽。

起风了？老河络觉得有东西在拂动自己的脸庞。真的起风了？一瞬之间，他甚至不知该为哪一样事物觉得震惊，是风还是久违的商队。

隔着十多丈远，骑手竖起一只胳膊，长长的商队停住脚步。他拉住缰绳，跳下马来，黑皮靴踏在了干涸已久的旧车辙上。骑手把旄节长杆插在地上，拍拍汗流浃背的马头，然后掉头朝哨兵走来。

老哨兵回过神来，开始拼命地回想北邙之盟的约定，然后斜举长戟，在自己的头盔上轻撞三下，以示欢迎。在心底里，他希望自己不要记错这一礼节的含义。

然后按照地火节之前的习俗，他高声说："诅咒你和你的马，祝你走霉运！"②

骑手抛开兜帽，显露出一张白皙的脸，他很年轻，鼻梁高挺，五官比例完美，只是皮肤看上去有些奇怪，白得出奇，似乎生病了的样子。

即便对人族不太熟悉，河络哨兵也看得出来那是一张孩子的脸。骑手在十来步外山毛榉树的阴影里停住了脚步，身子单薄得也像一片影子。

这么热的天气，让这么个半大孩子带队赶路，为财奔命，真是奇怪的人族啊，哨兵想。为了在孩子面前显得更高大一些，他挺起胸膛，庄严地用通用语问道："商人？"

年轻的孩子微微皱起眉头，流畅的动作突然变得迟疑起来。他侧着耳朵，似乎没有听见河络的问话，又好像在仔细听取远方传来的讯息。

河络有点茫然，但他恪于职守，重复道："商人？请给我渡关传书。没有渡关传书，就不能越过此界。"

少年动了动嘴唇："火环城的河络？我从舒庸城来，要给你们传个口信。"

舒庸？老河络还模模糊糊地记得这座城市，地处雁返湖西北的一处平原上，盛产好骑手、白色的蚕丝、青釉的陶瓷和腰肢柔软的姑娘。可是这支商队举的旗帜，却不是舒庸城的八尾团鱼，而是一只金色的巨龙头骨，那是万年帝都天启城的徽记。

他好奇地问："是皇帝的口信？"

有一瞬间，河络哨兵怀疑自己是中暑了，因为眼前一花的工夫，那位年轻的人族使节已然跨越了他们之间的距离，站到了眼前，即便速度最快的影豹也没法这么快横跨这段长度。老河络先是愕然，然后又笑了起来。他夸奖说："好戏法。可是渡关传书呢？"

"很重要的口信，"年轻人强调说，"你能传给自己的夫环③吗？"

可是这支商队举的旗帜，却不是舒庸城的八尾团鱼，而是一只金色的巨龙头骨，那是万年帝都天启城的徽记。

“当然可以。”老河络眨了眨眼，他的高度只及使节的胸口，所以稍一低头就看到了年轻人扶在腰带上的手。他注意到那双手的手指格外长瘦，却细而有力，布满了孩子不该有的老茧。长途行路拉缰绳，手可不就会变成这样嘛。哨兵含含糊糊地想。

他还在胡思乱想，就看到那双手从腰带上灵巧地拔出一把什么东西。

“我不信，”那孩子说，“我能直接传话给他吗？”

“没有渡关传书，我不能让你过界，所以……”河络哨兵还在解释，可是一把极端锐利的匕首突然间从下巴插入，穿透舌头和上颌。

一股冰寒直入脑底。

“只有一句话，”紫衣少年贴近他的耳朵，轻声说，“和平结束了。”

河络哨兵闭上双眼，不忍看见自己的鲜血，如珊瑚色的喷泉，淅淅地浇灌到脚下干裂的大地上。

现在他能肯定一件事。

好时代确实过去了。

第一幕 人间使节

1

越州雷眼山是座裂隙之山。

从天空下望，成串的火山口如同散落在越州土地上的巨碗，它们中间有许多是活火山和休眠火山，碗中满盛着郁郁苍苍的地下森林。风化得很厉害的上百座山峰和谷地之间布满细微的裂缝和罅隙。

有经验的旅行者知道要跟踪哪些缝隙前进。例如会有某只罕见的虎纹厚背甲虫，顺着某处毫不起眼的缝隙慢悠悠地向前探索，只觉得前路忽大忽小，蜿蜒曲折，和寻常的岩缝没有什么区别，然而它摸对了门路，缝隙突然膨大成笔杆粗细的气孔，然后再扩大成细细弯弯的肠道，最后是兔子洞、横水井、巷道、竖井……突然之间，它就变成了高有三丈、上有拱顶、两侧装饰着精美雕刻的地下走廊。

这些地下通道接进雷眼山下无数地下通道的分岔之中，就像上千年的老树根庞大无比的上百万须根中的某一支，它们曲折地深入山腹，如同乐章向着主调汇集，如同溪流向着海洋汇集——终点，就是包容着一整座地下城市的巨大空洞。

深埋于死火山越岐山底的火环城盘王殿，百年来从未如此燠热。

黑色的头盔挂在石墙上微微放光，一滴滴的水顺着兵器的长柄滑落在地，盾牌上镶的银子热得发软，空气滚烫，热浪逼人，就连远离阳光与风，终生与火打交道的火山河络都难以忍受。

突如其来的一场地震震动整座火山。

这是常见的地震，甚至无人从梦里醒来，唯有河络王熊悚从梦中惊醒，他听到洞外哨兵来回走动的沉重脚步声，好像钟摆般准时。熊悚口干舌燥，他摸到床边沉重的铜水盂，舀起一点水浇在自己滚烫的额头上。

地下河正在快速干涸，从井里汲水越来越困难了。这是火环城这个夏季面临的困境之一——但绝不是最大的那个。

“来人！”他吼叫道，听到门外的卫兵来回奔走，有脚步声朝大门奔近。

他必须找人谈谈他的梦。

在那个梦之前，还有另一个梦，但是更晦暗不清。

火环城的夫环熊悚盘腿坐起，走到炉火前，用一枚小铁铲拨动炉灰，把火炭显露出来。

再热的天气，河络屋子里的炉火也不会熄灭。盘王殿里的这座银炉，是烛阴神像前那个永恒喷涌的地火之眼的小小翻版，沿着炉口有一圈衔尾急追的青铜火麒麟。据说麒麟可以口喷火焰，守护炉火不灭。此刻火炭在灰下闪着红色的光，熊悚的大脑也像炉火般一明一暗。

“来人！”他吼叫道。

盔甲沉重的灰鼠卫队领卫独鸦手按镰刀柄，大步跨入盘王殿，四名长戟卫士披着灰鼠皮披风，紧随在后。

“有人闯入了我的梦里，你们必须抓住他！”

“谁？”独鸦营山严肃地问。

“那个在梦里杀了我的人——也许情况更糟，但是我忘了。”

河络素以刻板守序著称，而独鸦营山更是其中格外严谨之人。他迟疑了一下：“夫环大人，你可记得他的模样？”

盘王殿里的这座银炉，是烛阴神像前那个永恒喷涌的地火之眼的小小翻版，沿着炉口有一圈衔尾急追的青铜火麒麟。据说麒麟可以口喷火焰，守护炉火不灭。

“谁有兴趣记一个人族小孩的模样！”

“上哪里抓他？”

“我如果知道，还要你们干什么？”夫环熊悚怒火冲天地喊道。

士兵们面面相觑。

对于火环城的河络士兵来说，熊悚是个不通情理的夫环，惹火时更是个恶魔，他们惧怕他，但还得接受他的管辖。

熊悚太过严厉、刻板，他会将偷一把胡椒的小孩送去当苦役，会因为哨兵打盹而鞭打他们；对自己更是苛刻，他睡在光溜溜的石板上，睡眠从不超过两个时辰。他的屋里除了武器，没有任何饰物。

熊悚也许暴躁，但绝非疯狂之辈，他曾多次拯救火环城于危难之际，是个受人尊崇的英雄。他率领火环佣兵出征，从未丢失过任何阵地，他总能将大部分的部下带回家乡，并且带回来丰厚的佣金和城市急缺的物资。

“时间紧迫，”脾气暴躁的夫环不容他们分说，“你们必须立刻抓住他，死活都要，否则三天之后，炉火之神在上，我会砍掉你们的头！”

独鸦营山是名多次跟随夫环出征的老兵，他深深地了解眼前这位霸道君主的脾性，于是恭敬地用拳头在胸甲上撞击一下：“谨遵钧命！”

2

“阿络卡？”一名哨兵提议说。他的意思是想办法找到阿络卡解梦。阿络卡是河络之母，通晓一切生死之道，她是尊奉创造之神的祭司，为河络解读神的意志。

“阿络卡与夫环不和。”独鸦营山立刻否决了。

沉默了一会儿，一名灰鼠卫兵骑桶奇庆迟疑地问：“阿络卡真的想让我们放弃自己的居城？”作为刚加入精锐的灰鼠卫队的新手，他之前是名轻骑斥候，还带着说话前很小心地四下张望的习惯。

另一名年纪较大的灰胡子卫兵也加进来说：“夫环好像并不喜欢这个提议，他们争吵得很厉害。”

一名什长愁眉苦脸地说：“阿络卡夜盐很坚决，就算夫环反对，我们也得奉行神的旨意。”

士兵们似乎忘了那项不可能的任务，开始议论纷纷：

“矿产枯竭，各地都挖不出。”

“我听说，地底深处，其实还有矿石……只是阿络卡怕惊动地底的幽灵，才不让我们继续挖了。”

“地底藏有怪物……”

独鸦营山瞪了瞪眼，喝止这些无聊的谣传：“别胡说！火环城屹立了三百年，有谁见过什么地底幽灵？你们要是再胆敢在背后议论阿络卡和夫环的决议，我就请你们吃皮鞭，送你们去做苦役！”独鸦是名瘦削却强壮的河络，刮得铁青的脸总是紧绷着，跟随夫环久了，颇有熊悚之风。

比较可信的说法是，火环城的历史源起三百年前，北邙山的某个河络马帮到九原城贩货，回来时为了平衡马背上的驮子，顺手在一个小河谷里捡了几块石头压重，回国后却发现那是几块上等蛇纹石质墨晶石[4]。

开矿者们蜂拥而至，在死火山口中找到了矿脉。数百年的时间里，开矿者们环绕着椭圆形的死火山口步步下掘。开挖火山是艰难而危险的活计，一块上品的墨晶矿石，可能是巨大财富，也可能是矿工的墓碑；但是对墨晶石的渴求，战胜了无处不在的深邃裂隙和死亡威胁。

矿工们缓慢地开掘出一条螺圈形的主巷道，从火山顶一路盘旋向下。这条主巷道被称为大火环，在许多代时间里不断扩大，开辟了无数密密麻麻的岔道和空洞，用石块垒砌起高大而坚固的建筑：大厨房、铁兵穴、市集洞、烛阴广场、地火神殿和盘王殿，其中最大的一座就是地火神殿。

大火环朝向火山口内的一面被凿出了许多采光口，采光口不断扩大，连成了成条的廊窗，廊窗最后又变成了柱廊。如果站在山顶上往火山口里望，就如同俯瞰一个巨大的环形蚁穴，从敞开的火山口里就看得见的火环有六周，看不见的一周是灰环，一头扎入暗黑的火山口底部。

在火环城最繁荣的时期，这里拥有两万名矿工。他们选出了自己的苏行和夫环，并拥有了自己的阿络卡。火环城变成了一座闻名天下的地下矿城。

三百年过去了，情况发生了重大变化，曾经带给河络大量财富的矿坑，开始如同迟暮的老人，经过冲洗、分拣、估价，然后被搬进仓库的原矿石越来越少，质量也在下滑。

为保证产量，矿工们大幅度增加了挖土基数，矿坑越挖越深，挖到了三百尺、六百尺，甚至一千尺以下，他们挖通了许多大裂谷，尽管如此，最终获得的矿石还是越来越少。灰环向下猛扎的速度陡然慢了下来，终于有一天它停止了前进，变成一条彻底的死蛇。

商人们开始络绎离开这座城市，然后是酒店旅馆主和杂耍艺人、歌行者，最后是游历到此的河络工匠。挖掘声和笑声消失了，已经在这里生活了几代的火环河络要开始面对空荡荡的仓库和残酷的饥荒了。

灰鼠卫队的卫所里，那些可以在战场上以一当十、挥戟杀敌的精锐士兵，如今满怀困惑，浑身冒汗，枯坐在卫所里很久，琢磨夫环的梦中人究竟是谁。最后，还是独鸦营山下定了决心："我们去找巡夜师帮忙。"

寻找巡夜师不是一件容易的事。

实际上，巡夜师算不算火山河络的一员，是否属于他们族人，就是独鸦自己都有些疑惑。

他们要想找到巡夜师陆脐，就必须爬出火山口，到羽蛇口上的观象台去。那儿贴近天空，而贴近天空，远离地下，总会让火山河络觉得不踏实。

一道由石拱支撑的石梁，从火山顶上悬空向火山口内延伸，一直延伸到圆形火山口中心。那道石梁实际上是一颗巨石雕刻成的蛇头，由黑色的玄武岩雕出片片鳞甲，地下隧道的开口就隐藏在蛇身里，张开的蛇口就是火环城的城门。走出城门，就会发现脚下悬空踩着森然的深渊，只有一道窄窄的石头平台可以落脚，要转身一百八十度，才可看见两道狭窄的道路贴着蛇身通往山顶小道。观星台则高踞在蛇头之上，那是一座石头圆锥高塔，好像蛇头上长出的独角。

观星塔的最底层有个图书室，上面两层则安设巡夜师要用到的各种奇怪装置，铜屋顶下最重要的是一个巨大的天球，蚀刻着日月、十二星辰和大大小小的星尘。天球的一半隐没在地板之下，另一半露在上面。在有雨水的季节，地板下掩藏的水槽和漏壶就会冲动机轮，驱动铜轮围绕着轴心按部就班地旋转，呈现星辰的起落变化。但是现在缺水，巡夜师把水槽关闭了，它无法动弹，就是只折断翅膀的无用怪鸟。

一夜接着一夜，巡夜师就端坐在铜屋顶上的一个小小平台上，仰望天空。巡夜师是火山河络中的异类，他们餐风露宿，袍子上总带着陌生的尘土，晚上睡在天幕下，常常危言耸听，因为远离了地下，说的话里十句有九句让人听不懂。火山河络里没有人喜欢和他们打交道。

独鸦叹着气，带着一名士兵沿着一圈又一圈盘旋的阶梯向塔上攀登。阶梯又窄又滑，没有扶手，要是他们攀爬的时候遇上越岐山常发的地震，大概就会正好掉在火山口的正中央。独鸦营山可不期待如此殊荣。

他们攀上塔顶时，正听到巡夜师爬在高处，对着远处的天空大呼小叫。独鸦不得不承认这家伙有副好嗓子，他的叫声可以顺着夜空飘出很远。至于他叫喊的内容，独鸦宁愿把它们听成一些无意义的怪声，也不愿意相信那是些渎神的粗话。

等叫够了，巡夜师陆脐回过头来，露出一张满颔浓密白须的胖脸。他系着宽边皮带和银带扣，腰带上插着几件小工具，但是没有墨晶眼镜。这些巡夜师的野外视力总是极好，最显眼的装束，莫过于这位星相大师的身上挂满了用毛笔写满符咒的小木牌。摔死御免，兵刀御免，地震御免，水淹御免……大约河络有多少种死法，他身上就有多少块辟邪符咒。

陆脐是出了名的性情古怪、既迷信又怕死的家伙。他有很多古怪知识，喜欢用水蛭给自己放血，喜欢一刻不停地抱怨、发牢骚、喝酒和吸菸果粉，喜欢看书和疯狂阅读。他的梦想是渴求更多的知识，特别感兴趣的话题是荒墟战争和世界末日。

独鸦刚要开口表明来意，一阵猛烈的晃动令他们摔倒在地。他们听到自己身下碎石子和其他东西噼里啪啦地往下掉。高塔摇晃不已。陆脐死死趴在地上，面如土色。地震刚停，他又一骨碌爬了起来，对来客说："生命无常，就绝不要错过享受生活！对不住，现在是我的开饭时间。"

独鸦营山点了点头。守时生活是河络的美德，虽然他想要尽快离开野外，回到地下，但依旧要尊重这种美德。

星眼陆脐盘腿坐下，打开一个食盒，那是他的学徒司辰横二每天从地下的大厨房给他带上来的。

"我不要吃这些东西！"他怒吼道，将手里的食盒盖子摔了出去，几乎砸中独鸦的脸。

"我不要吃这样的东西！"他说，却双手并用，捡起大块的沙虫肉，几乎是不间断地往嘴里塞。

"……太难吃了。"他感叹说，嘴里塞满了肉，但丝毫也不影响他抱怨的速度，"你们知道吗？有两百二十二种烹调沙虫肉的手法，这是我从书上学到的……顺便说一句，我有很多的古书，一百三十多部用天蚕纸抄写的菜谱……你们太不重视古书了。好了，现在我们有菜谱，但是我们有什么呢？不，我们什么都没有，只有清水煮沙虫肉。"

"……物资匮乏，如果不与人族开启贸易，我们甚至没有足够的盐。"独鸦营山谨慎地开导他说。

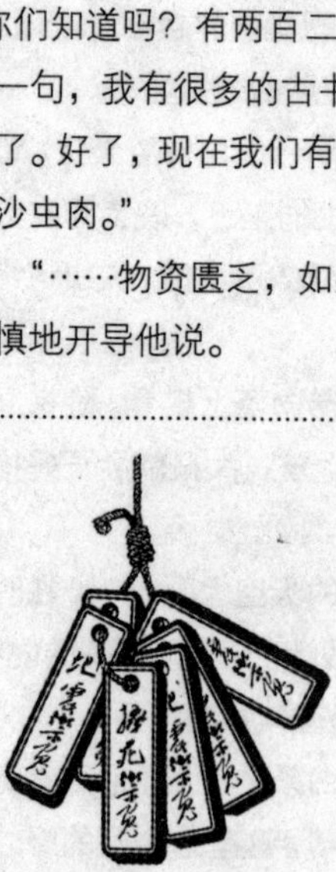

这位星相大师的身上挂满了用毛笔写满符咒的小木牌。摔死御免、兵刀御免、地震御免、水淹御免……大约河络有多少种死法，他身上就有多少块辟邪符咒。

“那么地火节该怎么办？”星眼陆脐翻了翻眼睛，白了他一眼。

“什么？”

“该死的我问你地火节怎么办。这是庆祝丰收的节日，每一座地下城市都要检视自己过冬的产品，巡夜师责任重大。可是我们马上就要过一个三百年来最惨淡的地火节了……不，这个责任我可不负……喊，就这样。”

独鸦营山耐着性子听他胡说八道，看他终于舔完盘子上最后一点残渣，急忙说道：“巡夜大人，我们寻你，是为解梦。”

“为何不去找阿络卡呢？解读梦境，是她的职责。”陆脐扔下盘子，饶有兴趣地打量他们。他每次动作，身上的小木牌就一阵抖动，咯咯相撞。他从腰带上扯下一杆吸斗，开始喷出阵阵浓烟，那味道在空旷的野外也异常呛人。就这样，老巡夜师还抱怨说：“味道太淡了。过去曾经有过真正的好菸粉，真正宛州来的大黄菸果……”

“是关于河络王的梦……”独鸦试图讲述事情的经过。

星眼陆脐立刻抢过话头：“河络王是个傻瓜。我有很多只铜星甲虫，一刻不停地传递外来的信息，可他从来不听。顺便说一句，你们看过雷眼山其他巡夜师的报告了吗？从北方侵袭来大批猛兽，月熊、豪彘，大只的白虎甚至越过了姑射山和霍山，往年它们只有在缺乏食物的冬季才出现。世界末日就要来了。”

独鸦营山继续耐着性子：“河络王梦见一名刺客杀了他，但已记不清他的容貌。”

“慌里慌张，记不住相貌很正常。顺便说一句，各地矿产都有枯竭迹象，并不是只我们一家，”星眼陆脐忧心忡忡地又填了一锅菸粉，“整个越州还能维持多久呢？”他一刻不停地抽，观象塔上浓烟滚滚。独鸦心中暗自揣摩，远处的旅人也许以为死火山又重新复活了吧。

“夫环大人命令我们务必在三天内抓住此人。”

“河络王之梦不能忽视，”陆脐表示同意，“你们必须找到真相，或许我们会遭遇灭族也未可知呢。顺便说一句，那时候，其他巡夜师可就再也看不见带着火环城标记的甲虫了。哎，你们也许奇怪，为什么火环城的标记是条衔尾盘蛇吧？”

独鸦营山根本就不奇怪，他对衔尾盘蛇没有任何意见。但是星眼陆脐已经开始兴奋地解释了：“赤练蛇很可能是一种外来的神兽，在北邙古城的废墟里，人们发现一块制作于五千年前的石板，雕刻着已知最早的创造之神的神像——一条衔着自己尾巴、身体围成环形的大蛇。有巡夜师认为这是创造之神最早的形象，可是怎么会是条蛇呢？”

独鸦没有搭腔，只是麻木地看着对方。陆脐只好自己回答：“它是万事万物周而复始的象征，象征着河络族旺盛的生命力。传说这些半蛇半神的生物在地下绵延数百里，有着和龙相似的体型。它们吞吃炽热的岩石，喝滚烫的熔岩浆，有些蛇还拥有黑色的角，是灵气的渊薮……”

独鸦营山强行打断了他的话：“但又有谁能抓住梦里的刺客呢？请你告诉我们，我们该怎么办？”

星眼陆脐被打断了话头，不快地捋了捋胡子。他斜瞪着领卫，滴溜溜地转着眼珠：“你们指望天上星辰告诉我这些吗？”

独鸦营山撇了撇嘴：“既然它们能告诉你那么多东西，为什么不呢？”

“可我对夫环的生死不感兴趣。送客。”星眼陆脐头也不抬地开始收拾食盒。

独鸦一贯冷静，此刻也终于忍受不住了，他唰的一声拔出大刀，想了一想，又将刀子插回刀鞘，“巡夜大人对那些百年前的食谱感兴趣？那我们来做个交易如何？”

“嗯？”星眼陆脐闪电般抬起了头，“很感很感很感兴趣。你有？”

“没有。”

“那怎么……”

独鸦阴沉地说：“交易很简单，你告诉我该怎么抓到刺客，炉火之神在上，我就发誓不会去你的塔下放火，将你那些该死的菜谱烧个干净。”

星眼陆脐脖子涨得通红，身上的木牌跟着一阵抖动。他跳起身来，伸出一根指头恶狠狠地指着独鸦，哼哼道：“你这是在威胁我吗？”

独鸦冷哼一声，痛快地承认了：“是的。”

“好好好——”陆脐怒视着独鸦，好像要扑上去咬他一口，但还是很快服了软，“我有一个办法：等你们夫环再做一次梦，记住他的脸。”

“你在玩我们！”独鸦愤怒地嚷道。

“放屁！我以天上星辰发誓，”巡夜师说，“我以万铁之神发誓，我做过这样的梦。带有预言性质的梦会反复出现，一遍又一遍。如果这个梦很重要，必然还会重现，你们等着就行。”

“你做的是什么梦？”独鸦满腹怀疑。

“呸，我不会告诉你的！快滚吧！”

“如果不管用，我会回来放火的！”独鸦按着刀柄喝道。

3

独鸦没逮到放火的机会。

盘王殿是坐落在大火环最低洼处的一处宫殿，它由巨大的火山岩搭建而成，整体呈铁灰色，镶嵌在岩洞里，好像蛇嘴里叼着的一颗苹果。它从沉重的岩石下探出覆盖着绿色铜瓦的屋檐，檐口上布满怪兽状的滴水嘴。河络对建筑装饰就是格外讲究。

那天晚上，在盘王殿门外值班的哨兵铁腿戎卡是个四肢粗壮有力、皮肤黝黑的河络。

他在石殿门口机械地走着圈，每一步都落到自己的脚印里，不自觉地跟上了从火环城底部的熔岩海那里传来的敲打声。

盘王殿前的廊道壁上立满了狰狞的石头怪兽。一只商羊从莲花上跃起，老鹰般的前爪里抓着一把石刀；一只讹兽扭过头去，好像厌恶自己爪下的猎获物；一只钩蛇从石缝中转身，带钩的尾巴盘卷在肋下。

铁腿戎卡喜欢这些石兽，还未成年时，他曾经梦想自己是名石匠，可以在石头上雕玩出许多自己的怪兽；又或者，他可以当一名建筑石作，修造各类华丽的石殿，但是烛阴之神却不这么看。

那尊巨大的烛阴神兽铜像蹲伏在烛阴广场上的火炉后，状若神龙，有一座山丘那么庞大，似乎与火环城同样古老，弩张着刀戟般的胡须，头颀上昂，阴沉沉地开口而笑。

在成年礼前，苏行们会将刻有小河络名字的铁球倾倒入烛阴山丘一样高的背部豁口中。整整三天三夜的时间里，即将获取神示的铁球就在烛阴颀长的肚子中打着转，好像一场暴风雨被吞入腹中。雷鸣电闪，轰隆作响。

小家伙们紧张得喘不过气来，他们会在夜间绕着烛阴打转，瞪着溜圆的眼睛，屏息静气地用手指摩擦烛阴滚烫的肚皮。他们的指头能感触到敲打在铜肚皮上那些细密的雨点。

咚咚咚咚咚。

创造之神的指头掏弄着他们的命运。

等到铁球从烛阴的口中喷出，就会多了一行曲折细小的字，标明了每一个人适合的行业。

那些字好像刚刚被火热的刻刀刻上去的，还流淌着青烟。

阿络卡神情凝重，一个个地读出铁球上的名字，让刚成年的小河络们上前去领取自己的未来。

创造之神从来没有搞错过。

有时候它会让骨骼粗壮手掌厚实的河络去雕刻首饰，身材瘦削手指细长灵敏的河络去开山打石，乍看起来不可思议，但最终事实证明恰如其分。

烛阴之神在成年礼那天，向铁腿戎卡指明了他的职业之路：战士。

铁腿戎卡起先颇为失望，后来发现当战士也不错，因为足够简单，不用动脑，只需要服从命令；嗓门够大，胳膊够粗，就会得到彰奖——他发现自己其实是很怕动脑子的，奇怪过去居然没有注意到——而且亮闪闪的盔甲穿起来也很漂亮，很受女性欢迎。铁腿戎卡很快开始享受当战士的日子了。

当然，偶尔铁腿戎卡仍然会想起自己童年的梦想，站哨的时候，他会不由自主地比对一下石刻的异同，虽然都是石雕，还出自同一部族石作之手，但细看仍有区别。

例如阿络卡居住的地火神殿前的小道上，也有许多石兽，但它们被雕刻得面容宁静，犹如进入睡梦的河络孩子。而盘王殿前的石兽则体形更加庞大，外表更加粗砺，狰狞阴森，充满原始的力量。

石头是河络的纪念碑。基本上，每块组成建筑的石头上，都刻满了河络那种稀奇古怪的文字或是成串的漩涡和缠绕的花卉。河络们相信石头上一旦刻上了字和画，就不再是没有生命的岩石了，而与他们的城市、他们的生命浑然一体。

一二三四五……铁腿戎卡数着西面岩壁上那些石兽，走到了盘王殿的西南角尽头，矛柄在地上一杵，一个干净利索的并腿，以左脚脚跟为轴，原地旋转了半圈，掉头向东。一二三四五，又开始默数南侧道上那些他喜欢的环眼圆睁的怪兽。

他险些错过了那个陌生人的影子。

那名来客隐匿在石像中间，竟然一点也不引人注目。要不是一盏萤石灯突然爆碎，将所有的怪兽石像在一瞬间凝固成半黑半白的影像，戎卡还真发现不了这块多出来的石像。

铁腿戎卡惊起一身冷汗，竖起长矛，大声喝问："什么人？"

黑影抬起脸来，灯火下，可见一张鼻梁高傲、格外白皙的脸。戎卡发现他个子高于河络，戴着奇怪的高高冠帽，衣着打扮好像一名使节。

他看着铁腿戎卡，嘴角牵动，微微一笑："真是奇怪，我刚刚站在这里，陷入了一个梦。"

"什么人？"铁腿戎卡再次大喝，"我这么问的时候，你要报上名来。"

微笑的少年说："我乃人间使节，请通报夫环大人，我给他带了份口信。"

戎卡吹了声口哨，看见十来名同伴已经静悄悄地从四下包围了上来，手中兵刃的寒光闪烁，心中稍安，大声说："报领卫，他没有报上名字。"

独鸦营山大踏步走上前来，举起手中灯笼远远照了照那少年，冷哼一声："夫环的梦成真了，这就是那名刺客——杀了他！"

其时其地，夫环躺在他那光溜溜的石床上，眼帘眨动，正在做着另一个梦。

熊悚手持矿工镐，在地下挖掘前进，到处都是死胡同，闷热和黑暗好像尸衣一样紧紧缠绕着他。

可是矿工怎么会恐惧黑暗呢？他们本该热爱地下，当头顶上压着厚重的大地时，不是该让他们觉得更安全吗？

但是熊悚真的觉得恐惧，他在黑暗中摸索前进时，失去了位置和方向感。对于一名老矿工来说，这是糟糕至极的事情。熊悚握紧手里的铁镐，那一把他使用了十年的矿工镐，在梦里，他从没有丢开过它。

要抓紧。要抓紧啊。一个声音在对他说。河络城就要覆灭了，它面临灭顶之灾，你要如何才能救出它呢？

他开始挖掘向前，他知道铁镐在任何时候都是他可仰仗的伙伴，能将自己从恐惧当中挖出来。但是这一次，矿工镐的魔力仿佛减弱了，山洞变成一条又一条分岔的喉咙，他在这些黑洞里快速下滑。地面崎岖不平，不是坑道常有的那种坑洼，而是可怕的沟谷深渊，处处夺人性命。

就在他越来越深地陷入到这片纯净的黑暗中时，他意识到自己滑入的不是坑道，而是一条蛇，一条衔尾赤练蛇的咽喉里……

熊悚茫然无效地挣扎了许久，突然镐起石落，手中的铁镐挖出了一扇坚固的大门。

大门高不见顶，布满复杂的花纹和铭文，黑黝黝地伸到洞穴上部。门扉上刻着两条龙，左边的龙牙关紧闭，右边的龙大张巨嘴，震慑人心。这些传说中的动物现在石作们已经不再雕刻，因为雕刻方法早已失传。

即便是创造之神盘瓠的天界之门也不过如此高吧。

恐惧依然紧贴在熊悚的身后，仿佛决不放弃这顿美食。要打开这扇门才有出路！

熊悚听到门后有沉闷却宏大的呼啸声，那声音无比熟悉。它剥啄着大门，在门后回旋，在那边呼唤他的名字。

熊悚趴在门上，倾听着门里的声音，汗流浃背，心脏狂跳。毫无疑问，拯救火环城的力量就等待在门后。

熊悚四处寻找开启大门的机枢，他上下摸索，急切地想要找到开门的方法，即便他已经意识到自己在梦中，也能感觉到那种焦急的情绪如此真切，也能感觉到时间滴滴答答地快速流失。

要快呵，要快呵。梦里丝绸一样滑的声音低声重复。要想拯救火环城，这是唯一的机会。

在门前的地上，河络王看到了一根沉甸甸的铜钥匙，已经锈得发蓝了。他刚刚看到它，它就突然地出现在他手上，好像早被攥在他手里。

要快呵，要快呵。时间已经不多了。开启大门，就能治愈所有的恐惧，就能让火环城重获新生。

河络王举起手里的钥匙，它重得好像一整座铁砧。在钥匙上，好像还刻有一排文字，这排文字体制怪异，夫环知道定有蹊跷，刚要凝目细看，突然一只火鸟流星般划过他的头顶，全身覆盖着金红色的羽毛，翅膀好像火一样熊熊燃烧。它比南方还要明丽，比夏天还要嘹亮，比心脏还要沉重。

他认识它，它就是在上一个梦中刺杀了自己的少年。此刻，他又化身为鸟，重新出现在此了。

它落在门前，拦住去路，发出一声锐利的鸣叫。它烧啊烧啊，烧了个没完没了，挡住了视线，大门由于火焰的阻隔，变得完全看不清了。而钥匙不知道为什么，跑到了鸟嘴里。

一瞬间里，夫环和那扇大门间的距离就变远了。

扁毛畜生，你抢走了我的钥匙！夫环暴躁地喊。整个火环部落都害怕他的吼叫。

但大鸟紧盯着河络王的眼睛，抖动身子，一些羽毛从翅膀上脱落，它们一旦脱离翅膀，就不再是羽毛，只是一团燃烧的火焰，然后变成一小堆灰烬。

快闪开，我可没有什么耐性。夫环熊悚说道。

火鸟紧盯着河络王的眼睛，它分明在说：不！随后它仰起头，朝天空发出一声清脆的鸣叫，然后弯曲了两下脖子，吐出了一颗圆形的白色玩意儿，那东西一直滚到熊悚的脚前……

熊悚浑身是汗地惊醒了，正好听到殿堂外独鸦营山的军令。一个念头闪电般地闯入自己的脑海中：钥匙！他闯进了我的梦里，抢走了钥匙！如果我杀了他，那么也许就永远打不开那扇门了。

他跳起身朝外喊道：“独鸦，住手，把这个人给我放进来！！”

夫环向来军令如山，独鸦等人虽然不解，也只得向后退却，狠狠地咬着牙，看着那人间使节昂然进入石殿之中。

4

少年使节独自踏入夫环熊悚的殿堂。

这个殿堂呈现为偏执的河络才会建造出来的完美正方体，黝黑的殿堂里只有地火银炉一个光源，高大的砂岩石柱拖出暗红色的影子，在光滑的铜制地面上印出舞动的影像。

使节还未仔细观看，就听到河络王毫无礼貌地朝他大声吼叫道：“关上大门。”

这正合使节之意。

两扇铜门看似高大沉重，上百名力士也难以撼动，却是轻轻一推就合上了，门轴只是发出了一声轻轻的叹息。使节不得不感叹河络工艺的精良。

使节好奇的目光四转，这儿的闷热让使节印象深刻，但另有一样东西让他目光难以移开，那就是历代河络王的头骨。

火环城的河络王头骨整齐排列在一排石头基座上。一些头骨在炉火下金属般闪闪发光，有些颜色发黄，滑溜溜的，似乎被抚摩过很多次，还有些颜色已经变成黯黑，看上去年代久远，非常脆弱。它们瞪着概莫能视的眼睛，空洞地望向前方。

与河络城市里其他的石头一样，这些基座上火流星和祥云密布，游光翻腾，如梦如幻。基座本身的构造变化多端，但在前方多半都凿有两个小孔，一个比较小，通常是用来插放燃烧的柱香，另一个椭圆形的大孔则盛满了水。纵然在这样的干旱季节，这些敬给祖先的水孔里还是满满的。

河络的头骨是历史的见证，每一代夫环都会把墓志铭和部落名号刻在自己的颅骨上，由迁徙的族人带往各方。如果有人能通读所有的墓志铭，就会遵循头骨上的城市标记，刻画出上千年来河络各部族在九州大地上那密如蛛网的迁徙、交融和分离的踪迹。

给我一根铁镐，我能挖通整个九州——这是老矿工出身的夫环雷镐，他并没有挖通九州，却被倒塌的坑道砸死。该枚头骨乘船从遥远的凤凰河流域穿越了沼泽和迷雾而来。

不在死亡面前低头——这是死在缚龙城之战里的铁骨奥司，曾是火环城的前任夫环，除了那场血战，从未离开过自己的出生地。他的头骨上只有一个干净利落的火环城标记，以及一只方头箭簇留下的深坑。

如果说河络看得更远些，那是因为站在了夸父的肩膀上——这是游历者牛盾萨柯，他的头骨二百年前由铜鱼部落的一名矿工携来，粗壮厚实的颊骨上刻着十五座城市的标记，包括夸父的古老城市。但它到达火环城后再也没有离开。

最搞笑的是一个缺了下颌骨的头骨，它带着古风部落（这个部族生活在半山谷半地下的地方，但仍然算得上是火山河络的一个分支）的标志，头骨上刻的是：我觉得我还可以抢救一下。

恕我进入永恒的梦幻状态了——这是火环城收集到的最古老的头骨。它脆得像

火环城的河络王头骨整齐排列在一排石头基座上。一些头骨在炉火下金属般闪闪发光，有些颜色发黄，滑溜溜的，似乎被抚摩过很多次，还有些颜色已经变成黯黑，看上去年代久远，非常脆弱。它们瞪着概莫能视的眼睛，空洞地望向前方。

纸，磨损得很厉害，上面的铭文几乎无人能识，是由行脚商疯舌罕罗混杂在米袋子里带来的。疯舌发誓他是从一座完全废弃的河络城市里找到的，但是他的誓言——大家都明白，总是被用在那种不可能发生的故事里。

河络绝不会放任祖先的头骨在废弃的城市里磨灭，他们离开的时候，一定会把它们带在身边。疯舌罕罗发现的古老头骨，如果真的是被丢弃的，只能说明一件事——那座城市里生活的河络全族覆灭，无一幸存。

这些头骨古老而神秘，带着若有若无的微笑，让外族人觉得不安，但同时又是如此地打动人心。从来没有一支河络部落拥有这么多的头骨——这也从侧面说明了火环城是一座移民城市，在过去的三百年间，它收纳了数十个部落的游民。

火边突然起身的巨影吓了使节一跳，等他定下神来，才发觉夫环的身材并不高大，刚才那一瞬只是变幻的炉火带来的幻觉。

使节在火光里悄悄观察矮个子的河络王，这位传说中的铜影战士[5]头发棕红，留得很短，胡子也修剪得很短，硬扎扎地丛生在粗犷的脸上。他似乎并不在意自己的形象，光着上身，赤着脚站在地板上，腰上却还缠着一条工具带。此外，他总是拧着眉头，烦躁不安，时时给人一种与厄运抗争的苦相。

熊恢同样也在打量着他的高冠紫袍、青色旄羽，一切都和梦里相似。他冷哼一声，粗声粗气地问："人间使节？我已经很久没见过河络之外的种族了。你带来了什么坏消息？"

"战争。"使节恭敬地回答。

"战争。"夫环重复了一句，好像在咀嚼这个词的意味，他背过身去，用火钳摆弄炉里的火，捅起大串的火星。

"是的，战争，"使节被火炉腾起的热量逼退了一步，他望着河络王背上晶晶亮的汗珠，轻声说道，"我受龙噙者之命，前来征召火环城出兵。"

夫环熊恢并不陌生"战争"这个词，也不陌生"龙噙者"这个名字。

六年前，他曾在锁龙河与龙噙者并肩作战。那一仗他们以少胜多，击溃了蛮舞月奴横扫天下的近卫骑兵"赤鸟"。

锁龙河之战，是改变人世间格局的一场大战。他们的对手是早已有了山呼海啸般名声的"万山之宗"蛮舞月奴，而龙噙者那一年刚刚十五岁，一战成名，名动河山。

经历了那一战的盾牌就挂在身后，和他的长柄镰刀、矿工镐挂在一起。

使节也正在抬眼看高挂在石墙顶端的盘王盾。

那面盾牌是用青铜和黄金打造成的，形似松果，一侧开了个月牙般的口子，以便投掷标枪。金子贴片的盾面上雕刻有精巧的图案：一条衔住自己尾巴的赤练蛇盘绕着天上诸星，这就是火环城的城徽。盾面上有着上百个微微凹陷的坑，更有一道狰狞的凹痕斜过狰狞的蛇头，好像断谷横贯平原——虽然河络工匠巧夺天工，也没能将它完全修复。

或许，他们就不打算修复。凹痕就是这面盾牌的勋章。

使节很想伸出指节敲敲它。

5

黎明已至。

永远照不进阳光的盘王殿里，只可以从高处挖出的窗孔上，依稀望到隧道尽头传来的一点微光。

就连人间使节也意识到，地面的欢歌、悲痛、酣畅、战争，离这里有多么遥远。

夫环熊悚眯起眼睛观察使节，在这黑暗的微光里，他们的视力可是远超过人类。

他突然开口问："嗓子怎么了？"

"嗓子？"

"少年的面貌，却是老人的嗓音。"熊悚厉声说。

使节干笑了一声，不做回答。

"请坐吧。"熊悚捏了捏拳头，不再追问，背上的肌肉成块隆起。他把一块木炭扔入铁炉，盘王殿里热气更盛。

使节四下张望，却没找到可坐的地方。河络历来不备凳子，他们习惯蹲在地上。"请坐"对人族而言是句客套话，也是句嘲弄的话。

"说说外面的状况。"夫环用无法抗拒的口吻命令说。

使节像背书一样宣称："龙噙者于三月前新登帝位，已是九州三陆七海之主。"

夫环垂头低语："有野心又有才华，天下本该是他的，我没想到他花了这么久。那么，接下来呢？"

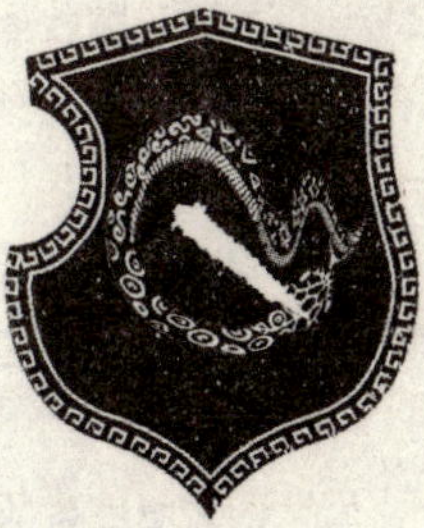

那面盾牌是用青铜和黄金打造成的，形似松果，一侧开了个月牙般的口子，以便投掷标枪。金子贴片的盾面上雕刻有精巧的图案：一条衔住自己尾巴的赤练蛇盘绕着天上诸星，这就是火环城的城徽。盾面上有着上百个微微凹陷的坑，更有一道狰狞的凹痕斜过狰狞的蛇头，好像断谷横贯平原——虽然河络工匠巧夺天工，也没能将它完全修复。

使节在火光下移动的方式有些古怪，关节稍显僵硬。他步步走近。

“龙噙者登位后，第一件大事便是征讨宿敌蛮舞月奴，此刻大军已发。三百拓之内的河络部族都在征召范围内。听说有八千鼠骑兵已经过了透水河，还有大量步兵方阵、将风军团正向回风山山口开拔，扬起的尘土遮天蔽日……那些不听从征召令的夫环已经尽数被就地正法。”

“唔？”夫环熊悚奇怪地转了转眼珠，“这又是为了什么？”

“佣兵团不加入我们这方，就有可能加入敌方，”使节不含感情地说，“龙噙者说，开启战端前，要保证拥有尽可能多的棋子。”

夫环望着眼前的火焰出神：“你从人族那边来，说说看，为什么要战争？”

“他是龙噙者，日月光华，奋发有为，自然要将农耕人的田地全部夺回。天下掌控在一个强有力的君王手中，才能赢取和平，百姓才能安居。至于战争……用小的代价换取大的安宁，这不是自然而然的事情吗？还请问夫环是否应允出兵？”

熊悚盯着火焰说：“我们是座矿工城。”

使节等了很久，熊悚却不再往下说。

使节再问：“请问夫环是否应允出兵？”

熊悚不耐烦地说：“我们是座矿工城。”

人与河络之间大眼瞪小眼看了一会儿，使节不得不追问：“什么意思？”

“这意思不是很清楚吗？按照河络和天启的约定，在发生战事时，矿工城可以不参战。”

“你要拒绝征召？”使节以与其年龄不相称的忧虑皱了皱眉，“锁龙河之战证明了你们的实力，火环城的名字可不是无缘无故传遍中越二州的，你们并非不沾惹凡尘。”

“河络不需要人族的荣誉。我们为钱而战，但是不需要钱的时候，我们就退出。”熊悚简洁明了地说。

使节变得踌躇起来，他歪着头，仿佛又在聆听远方的什么声音。

炉火突然拔高起来，左右晃动，在大厅里重叠出令人烦躁的乱影。

从使节的嘴里突然冒出了另一个声音，嗓音沉重，仿佛每一个字都在胸腔里共鸣良久：“……这是一场血战，战火已燃，火环城却想要躲在世界尽头独善其身吗？！”

众多的声音开始从使节的嘴里冒出来，一忽儿尖锐，一忽儿威严，一忽儿轻蔑，一忽儿不耐，全都想要说通这名固执的地下城主出兵响应龙噙者的征召令。没有区别的是，这些声音都带有尊贵的身份受到怠慢的愤怒。

夫环熊悚眨了眨眼，河络心里有再多惊讶，也不表现出来。至少这次他早有怀疑，使节如同一个容器，身体里装满了各类灵魂。

他至少从中辨认出一个天启城权阉的声音，在用尖细的嗓音告诉他，矿工城要奉献值得贸易的产物，才有存在的价值，“火环城有六年没有与外界做任何贸易了，你，凭什么说自己是矿工城呢？”

然后，像是有一道命令，所有的声音突然都消失了，暗室之内一片寂静。使节立定在原地，却由于炉火的快速移动，身影好像飘忽不定。他再次开口时，已经换了副轻快的声音，那声音很年轻，但却带着不可忤逆的无上威仪：“哈哈哈。熊悚，这可不像你这类聪明人的做法啊。我在天启城，一步一步登上俯瞰天下的虎蛟王椅，那是我夺取天下的第二日。你要是在场就好了，你该听听黎民百姓呼喊万岁的声音，他们丝毫不怀疑我是能给他们带来盛世的明君。”

“河络可不那么容易激动，”熊悚冷冷地说，“除非有人打翻了他的炉子。”

熊悚听到使节胸腔里隐藏的那数十个人同时倒吸一口凉气。他自己也不得不承认，这话从嘴里溜出得太快，但是不善言谈的河络不总是因言而引起异族的怒火吗？

使节嘿了一声：“还是这么嘴毒！”然后突然提高嗓门喝了一声：“你们都退下。”使节的胸腔仿佛一座挤满人的殿堂，响起一阵窸窣之声，复归平静。

躲藏在年轻使节面容下的龙嗡者突然换了副真诚的语调说：“熊悚大人，这将是一场不世的血战，听说蛮舞月奴搞定了剽悍的真族骑兵，那些骑着猪打仗的荒野人，成了他帐下勇武的战士……我需要最多最好的河络佣兵，一个也不能少……但这些不重要，都不重要。蛮舞月奴根本就不是我出兵的理由。”

“哦？”

“数千年来，九州之地纷争不断，狼烟蜂起，纵有安宁，也极为短暂，你查究过其本因没有？”

“没有。”熊悚回答得倒是干脆。

“我二十一岁即获取天下，麾下有鬼神也惧的雄师十万，身边是俯首帖耳的诸侯，从来没有人对我说过半个不字，此刻我一声令下，七大海的海水也要应声而起——可是一天早晨我独自醒来，我听到天启城寒师院传来的钟声，殿前的大铜缸因为严寒而发出冰裂声，突然间我明白自己所得的并非真正的天下。除了你们的创造之神，除了星辰揭示的天命之外，还有其他的力量在推动这个世界。”

“什么样的力量？”熊悚不太有兴趣地问。

“我正在寻找！我正在接近！在澜州的沼泽深处，也许就存在一些线索……不，不应该是线索，而是源头。蛮舞月奴只是虫豸蟊贼，我要一举歼灭的是扰乱天下的祸源，我要再没有家园荒残兄弟离散，我要再没有烽烟战乱兵燹杀戮，我要天下安宁四海升平。这很难，我甚至不知道对手是谁。要是在往常，我未必想去探究世间的奥秘，我只要放马踏平一切阻挡在前路的人就行了。可是少年热血的时代已经过去了，我能经受苦难、磨砺和困顿，我想要灵魂重新融铸，我应该踏上这条路了……熊悚，我希望你，我要求你，我命令你，伴随我见证这一时刻——这就是我布武天下的第三日。”

“你也还是那么急不可耐！龙……陛下。探究神的奥秘是很危险的，上一次在锁龙河你差点送命——那时候你还不是皇帝——我出现在那里并非偶然，而是创造之神的意旨。可是这一次，这一次……”河络王悲哀地摇着头，“烛阴之神在上，可是这一次我救不了你，你会断送性命。”

“谢谢你提醒，”那声音里的轻快消失了，带上了易怒的腔调，“还要谢谢你们这些地下矮子的神灵。火环部是否应召？”

“唔，很打动人，但我们河络，有更紧要的事要做，那就是挖矿。”

龙噙者的声音更趋严厉：“不跟随我脚步的人，都是我的敌人！别忘了，这六年来火环城需要缴纳的矿石份额日渐不足，如果换了一家河络城，我对它的做法早就不同。”

雷眼山两麓的河络多次领教过人族皇帝的怒气，虽然河络领地偏远崎岖，但人族人口众多，几乎不在意士兵的生死数目，足以破坏大部分地下世界的安宁。熊悚必须小心应对龙噙者的指责。

他挑了挑眉毛，“河络有债必偿。我会挖到矿石的。只是此刻我抽不出人手，旱灾已经持续半年了，地下河的水位持续下跌，我们日夜不停地从地下汲水，火环城能不能活过这个夏天都成问题。”

“我们曾经是旅伴和兄弟，”那个声音沉思着说，“你说得对，那时候我还不是皇帝，不了解这个位置有多寂寞。你救过我的命，但此刻的我已经不是我了。皇帝是一个注定要寂寞的人，他没有私人兴趣、私人喜好、私人感情、私人联系、私人财产，甚至没有自己的名字。他的整个存在都必须被一个目的、一个想法、一种激情吞噬——天下。从心底到灵魂，他都要切断自己与整个世界，以及律法、情义和道德的联系。

“我要思虑的是帝国和天下的运势，你们是一枚棋子，一枚小小的棋子，你所抱怨的那些困难在我的棋盘上就显得微不足道了，我需要所有的人都服从我……火环城扼守雷眼山中段，位置紧要，我要派一支突骑，绕道越州，从南侧夹击蛮舞月奴的大军，你地处前沿，要派两团佣兵作为先导。我还要一千工匠随军，修缮战械……除非你们能提供足够的墨晶矿石，我就免了你的征召令，可是你们没有。”使节捂住嘴剧烈地咳嗽起来，“我不能和你说太久，横刀熊悚，你自己要想……何去何从……”

那个年轻的嗓音逐渐轻了下去，石殿之内黑暗和光明的幻影交替，终至完全消失。

熊悚在烟雾腾腾的盘王宫殿里站起身，气恼地来回走动：“我还有话要说，你们人族从来不认真听我们河络的发言。”

“请问夫环是否应允？”使节咳嗽了一声，跳回到最早显露的嗓音，威胁性地向前逼近了一步，“你都听到了，龙噙者君临天下，他的话就是天命。火环城的夫环要想清楚自己的答复。”

熊恜东转西转，想了又想，又扔了一块木炭到火里，“如果我不听从，你就要杀了我吗？”

铁炉散发出的热量让盘王殿内变得更加难以忍受，汗珠从两人的额头和背上不断滚落。

熊恜朝挂满了武器的墙边大步走去。使节的目光收缩了，把手悄然收到腰间。那一瞬里有股冰寒之气散发而出。他的目光变年轻了，带着残酷的杀心，不知道此刻又是哪一个灵魂占据了他的身体。

熊恜没有去碰墙上的武器，却伸手拿起一把磨秃的铁镐。

那把铁镐没有光泽，毫不起眼，只是镐把磨得格外光滑。

“这是我的矿工镐，”熊恜说，“我七岁时，烛阴之神选中我当一名矿工。从那天起，这把铁镐就一直伴我左右。我曾经以为自己的一生就将投放其中。”

“挖矿是我们河络生存的根本，不论是筑冶、凫栗、熔炼、砥砺、镂刻、铸造还是束魂，这一切令人眼花缭乱的技艺没有矿石都无从谈起。每一个矿石筐里都装着动力和文明，墨晶石是河络的黑色血液，是盘瓠大神的肉髓筋脉——你挖过矿吗？”他突然问。

使节只是不耐烦地眨了眨眼，河络的指东言西让他有点烦躁，他不习惯和这些矮子打交道，不明白他们在说什么。

使节悄悄地拔出了腰里的刀子。那把犀牛角柄的短刀又薄又锋利，带着可怕的血槽，石殿光线不足，暗影纵横，正是杀手喜欢的好环境。刀尖映着明亮的炉火，炉火一会儿高涨，一会儿低伏，犀角刀也就一亮一灭。

夫环还在用蛊惑人心的狂热背对使节低语：“……最后成型的掌子面往往不到三尺的高度，我们在挖矿时都要跪在地上，步步向前掘进——那是敬神的姿势。我们抛弃了太阳和风，抛弃了在地面生活的方式，不是因为河络喜欢幽闭和黑暗，而是因为河络以采矿来敬仰诸神，以采矿承接烛阴的恩惠，我们再无所求——火环城是一座矿工城，采矿才是我们的生活方式，你能明白吗？”

“我不用明白这些。”使节含混地回答。他亮出匕首，纵身向前，空气里一道尖锐呼啸声骤然而起。

炉火晃动，粲然而亮，又转瞬暗淡。

闷热难耐的黑暗里，有人咕咚一声向后翻倒在地。

“你当然不明白，”夫环熊悚咕哝着说，不知道为什么却有几分失望，“这么闷热的天气里，火炭能加速释放炭毒，我们河络可以忍受这种毒气很久，而你们人——不论是东陆人或者北陆人，什么时候明白过河络的生活呢？”

第二幕 炽灼之夏

1

“那些沙虫杀起来变困难了，”沙蛤抱怨说，“它们会很努力地挣扎。以前它们被刺矛捅入身体的时候才会翻滚两下，现在它们像是在一开始就知道要发生什么。我还能听到那些沙虫说话，它们在喊我的名字。”

“这不可能，孩子，”庖师蜡丁说。她是个胖胖的和蔼大婶，但是处理起饭食来麻利泼辣，半个时辰就可以准备好二百名矿工的饭菜，没有几名庖师可和她比拟，“没有人可以和沙虫说话。来，搭把手，帮我把这些饺子馅剁碎。”

沙蛤听话地在面粉飞扬的榆木大案板前蹲了下来，耐心对付那些混杂鼠肉和碎蘑菇的饺子馅，但心思仍时不时滑到那些沙虫上。

胖乎乎的沙蛤在两个月前的成年礼上被分配为庖师学徒，那正是他最想要的工作。他如愿以偿地系上了庖师的铁环腰带，他的一生将面对成千上万筐的土豆、蘑菇、莴苣和胡萝卜，他要能熟知胡椒、茴香、肉桂、丁香、八角、孜然的妙用，他还要能够坦然地面对死亡——六丈长的沙虫像巨船那样躺在屠宰场，翻滚着死去，鲜血如同火焰喷射。哦，那是最困难的部分，不过习惯了也就好了。

其他的工作他也都很喜欢，但尤其喜欢的是削土豆皮切土豆块捣土豆泥炝土豆丝熬土豆蒸土豆烤土豆熘土豆煎土豆炸土豆……凡是与土豆相关的食品他都无限喜爱。

“别总和土豆过不去，”蜡丁会这么跟他说，“来，尝一下料酒酸了没？”

沙蛤乖乖地伸出舌头，一边还说：“我还听说，有只洞狮跑到火蛇口看得到的森林里，杀死了一头母鹿——巡夜师亲眼看到的……啊，好酸！”

“呸，你听到的谣言太多了。不要随便去找那个怪人聊天借书，那些书讲的都是些神怪故事。唉……怎么办呢，没有香菜，没有法兰，料酒酸了，手头什么都没有，却要我做出虎翅杂菌汤来！”

沙蛤低头快速切起各类小料，他的刀子下叮叮当当地吐出蒜泥、蒜片、蒜丝、姜末、姜片、姜丝、姜汁、红椒丝、红椒末、红椒片、青蒜粒、青葱花和青葱段，“巡夜师还说，星星比他小时候变得要大多了，他说，灭亡之日就要来了。”

“都是喝醉了胡说的。”庖师蜡丁啐道，“火中火在上！我看火环城等不到那一天

了，二十人的汤我都烧不出来，世界末日早就到了。今年冬天，也许我们要饿死人了。”

沙蛤把案板下的青铜小秤找了出来，用一个三钱重的铜砝码一份一份地称那些葱花。河络的习性就是一丝不苟，他们调配调料时必须用天平称量出每一份佐料的重量。沙蛤仰头说：“今天阿络卡该给我颁发庖师铜挂坠了吧，我已经三十天没有出错了。”

蜡丁一拍手掌，“看我这记性，几乎忘了——那是你的第一枚职业挂坠吧？快跑，沙蛤，把火上这锅汤给端去，她马上就要带队出发了，说是要向西探查栖息之地。这次离开，不知道几天才能回来呢。快，去地火神殿，她将要走一条长路，我们不能让夜盐空着肚子出发。”

沙蛤跳了起来，找了一块布，包在炉子上咕噜作响的铁锅的把手上，要把它从火上端起来。

“等等，”蜡丁拉住了他，她搬开灶台后面一块被烟熏黑的石头，取出后面珍藏的一个锡瓶来。锡瓶里还剩最后半勺橙色透明的液体，蜡丁将它们全倒进了铁锅里，然后用铁勺搅了一搅，浓郁的香气登时喷满洞穴。蜡丁满意地眯起了眼，“这才对了，没有黑菰酒，算不上虎翅汤。”

沙蛤抱着滚烫的铁皮汤锅，一路嗅着酒气氤氲，跑出了温暖的大厨房——它之所以温暖，是因为时刻有三十口巨大的铁锅喷着香气——顺着大火环隧道朝着地下跑去。

如果不出差错，今天他可以得到一枚工作挂坠，虽然是最低等的白铜材质，但沙蛤很期望他的第一枚挂坠。蜡丁大婶的腰带上挂着一串白铜青铜和银质的勋章挂坠呢，那些工作出众的河络匠人腰带总会越来越沉重。这是荣誉的象征。

沙蛤正跑着，却发现对面走来了一个大个子矿工，那是狂牛陀罗。庖师学徒犹豫着放慢了脚步，左右张望，想看看有没有其他路可以绕过去。他一直害怕这大个子。狂牛陀罗体格粗壮，总不错过欺负小孩的机会，而沙蛤就是个最胆小无用的胖小孩。

太迟了，狂牛已经大摇大摆地走了过来，胳膊肘一摆，把沙蛤的帽子撞到地上。

沙蛤挪开一步，看看地上的帽子，再看看眼前的大个子，不敢说什么。他只希望狂牛会看出他的胆怯，觉得已经够了，赶紧走开。

“什么好东西，真香啊，让我看一眼。”狂牛笑嘻嘻地凑上来。

“不行，”沙蛤试图溜着边走掉，“这是给阿络卡送去的早餐。我不能给你。”

“和比你高的人说话要留点神！”狂牛陀罗横跨了一步挡住去路，“别在我面前说‘不’字，我不喜欢这个字。知道吗？上次打架，我可把那小孩的牙都打折了，看着那混蛋把牙吐在地上，真爽！”

沙蛤闭上了嘴。狂牛总是打小孩，不管他们年龄多小，这他是知道的。

“我打掉了他的牙，我打得他满脸是血。”狂牛陀罗继续恐吓他说，然后从腰带上抽出一把大铜勺，“把锅盖揭开，让我喝一口，快点。”

沙蛤目瞪口呆，那把铜勺如此巨大，几乎可以两勺就把锅里的汤舀空。阿络卡会怎么看待剩个底子的虎翅汤呢？他想起了自己的铜坠子，那枚将由阿络卡亲手交给他的挂坠，就要被狂牛陀罗一口吞下了。

他咽了口唾沫。反抗的念头第一次悄悄地溜入脑中。

“快点。”狂牛陀罗叫道。

沙蛤下定了决心，头一低，使劲撞开狂牛，开始端着锅往隧道下跑。但是他的反抗经验太不足了，锅太重了，他很快就绝望地发现，自己根本就跑不快。

狂牛陀罗的反应很剧烈，这个火环城里最胆小最蠢笨的家伙也敢反抗，让他觉得火冒三丈。他冲向男孩，由于力量过大，两人一起腾空而起。沙蛤的头一阵晕眩，双脚离开地面，有那么一刹那他好像飘浮在空中，然后砰的一声栽倒在地上。他就那么躺在冰冷的石头上，不知道发生了什么。

铁锅在他眼前翻滚，跳向远处。

“你他妈的这个笨蛋！”狂牛陀罗嘀咕着说，从沙蛤身上爬了起来，沙蛤的嘴里全是鲜血，他看着也有些惊慌，“要是告诉别人这件事，我就打死你。”

他警告说，一边向后退去，然后扭转身，啪啦啪啦地跑远了。

等狂牛跑远，沙蛤揉着蹭破的胳膊肘爬了起来。他犹豫不决地将手指伸进嘴里，牙齿之间有个缺口，摸起来很疼。他开始哭泣，在周围的地面上摸索，想要找回被砸掉的牙齿，好像这是最重要的事情。他盲目地找了一会儿，然后才想起那一锅汤。

锅子斜躺在路边，锅底已经漏了，美味的汤闻上去依然气味芳香，但除非有人能将它们从地面上召唤进锅子里，才于事有补。

沙蛤又哭了一会儿，他将得不到自己的第一枚铜挂坠了，而这是陀罗的错，那不该是他应得的惩罚。他伤心地爬了起来，捡起漏了的铁锅，拎着它走了。

沙蛤越走越远，不知道自己该去何方。即便他回到大厨房，庖师蜡丁也没有办

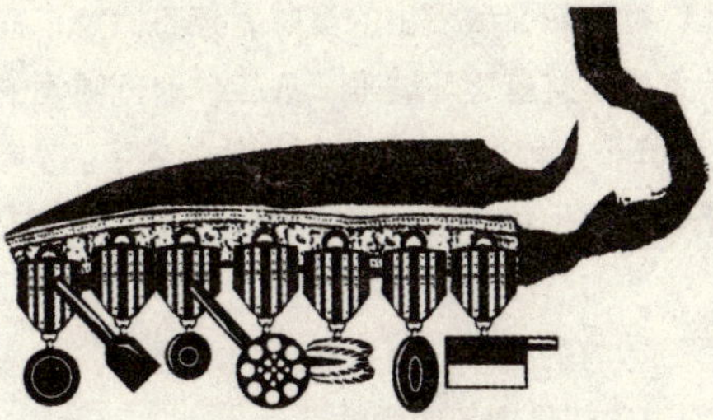

蜡丁大婶的腰带上挂着一串白铜青铜和银质的勋章挂坠呢，那些工作出众的河络匠人腰带总会越来越沉重。这是荣誉的象征。

法再搞来一份虎翅汤了。他不想去见阿络卡，为他不该承担的责任担责，此刻他只想一个人躲起来。

等他止步时，发现大灰环入口就在他左手边，如同垂死之人发黑的咽喉，但没有守卫的痕迹。大灰环是最后的大开采留下来的遗迹，深埋在地平面下，没有采光口，没有住民，只有空荡荡的巷道、迷宫般的竖井和没有清理干净的掌子面，只有深处的暗红色岩浆和夜光蘑菇偶尔点亮某些区域。

灰环是块危险地域。支撑架和边墙无人维修，正在慢慢腐朽，随时都有冒顶和片帮⑥的危险。它探洞众多，像树根茎须那样向四面生长，和没有整理干净的岩石裂隙组成一座超级庞大的迷宫。

原先有两名河络长矛手在此守卫，没有阿络卡的许可，没有人可以下到里面去。但是后来卫兵被撤销了，这儿被简单地用木板钉死。

沙蛤无聊地拍了拍封路的厚木板，却发现貌似坚固的路障上，钉子早就丢了大半，木板还有撬动的痕迹，也许是有人从这里经过，钻入到地下去了。他吐了吐舌头，琢磨着是否要把这个发现告诉老河络蝗眼古洛，矿洞的日常保障归他打理。

就在这时，紧挨着大灰环的另一个地下廊道向外喷出一阵火焰和青烟，还有轰隆隆的巨响。沙蛤的眼睛一亮，朝那个地下洞室奔了过去。

那个洞就在熔岩坑正上方，有个宽敞的斜坡，倾斜着向下插了三十多尺，然后骤然止步于一道陡峭的绝壁，斜坡上堆满了各种你想象不出来的古怪物品。

沙蛤顺着斜坡跑下去，站在石头砌成的护栏边，就能看见悬崖下火红色的岩浆海在翻腾。它们是被关在监狱里的火之恶魔，拼命地搅起漩涡和泡沫，向上冲起几丈高的岩浆浪，每当这时，烧灼皮肤的热量几乎能把沙蛤冲个跟斗。

“喂，哪来的小家伙啊，”有个醉醺醺的声音朝他喊，“是要在这些垃圾中挖宝贝吗？”

沙蛤回头应了一声：“布卡老爹，在忙吗？”

布卡老爹哈哈大笑着走了过来，满脸的大胡子遮住了他坑坑洼洼的面孔，赤裸的胸膛上挂满了汗。他用两团布塞住鼻孔，抵挡四面散发出的臭味，还不时解下挂在脖子上的酒葫芦给自己灌上两口。布卡大概是整座火环城唯一在工作时间喝酒的河络。老吹牛大王布卡、大话王布卡、糊涂布卡、喇叭布卡……都是他的名字。成年河络在背后议论他放弃了自己的真神之路，但是河络小孩们喜欢他，听布卡老爹吹牛，是童年时代罕得的笑声。

他喝多了后，就会号称自己参加过两百年前的战争，他那时候勇敢强壮，身高超过夸父，杀人如同砍瓜切菜，可是战斗的对象却是虚无缥缈的童话人物。

“夜蛾人会趁着黑夜杀过来，它们悄无声息，突然就出现在眼前，割坏了我的鼻子，破了我的相，可最终我还是征服了它们的公主，嗯，好几个，要不是这些美人们最后飞上月亮，也许最后我能继承夜蛾人的王位。

“夜蛾人趁着黑夜杀过来，那一次我被打掉了三颗牙，可是打我的夜蛾人死掉了，它的拳头在我的牙上磕破了，医者说，我的唾液是有毒的。

“夜蛾人趁着黑夜杀过来……它们总是趁着黑夜行动，像烟一样看不清。我们的河络王因为走路不带灯笼，被撕成了两半。有些小伙子嚷嚷着要还击，可是这些夜蛾人，它们的眼睛是鼓出来的，像昆虫一样，所以你永远不能从后面偷袭它们。

“对付这些恶魔，只有一个办法。太阳！还有火。可是夜蛾人还有法术保护，一般的火都烧不死它们。只有岩浆的温度凑合着够。把它们扑倒在热腾腾的岩浆池上，跳上去打个稀烂，再把它们的头按住，就听到嗤的一声，夜蛾人化成青烟……”

吹牛布卡口沫横飞，看到周围一圈人挨个张开了嘴，就满足地微微一笑，神秘地收住了口，转到其他方向去：“你怎么跟死了爹似的无精打采。”

“我没有爹。”沙蛤回答。绝大部分的河络孩童都是在河童殿⑦长大的，他们只有共同的父亲和母亲，那就是部落本身。

“你们都没有爹，”布卡抹了抹嘴巴，擦去胡子上的酒沫，“过去的河络可不是这样的，他们有爹有妈，我觉得也挺好。”

他站了起来，把铁铲插入垃圾堆中，鼓起浑身的肌肉使劲一搅。堆叠到了悬崖边缘的垃圾纷纷坠落，被安装在悬崖中部两个巨大的带铁齿的铅轮一点点碾碎，再掉入熔岩坑的血红巨口之中。每当此时，就从火海中喷吐出上百尺高的火焰和烟雾。被碾碎的东西有带铁箍的桶、布娃娃、旧车和相框，都曾经是过去的记忆。过去某些人的爱物，现在只能让垂死的火山再多冒出几股白烟。

沙蛤很喜欢看这幅景象。他趴在栏杆上，斜撑着胳膊肘，看了好一会儿，又仰起头问：“布卡老爹，如果都是别人的错，我们也要受惩罚吗？”

“谁会关心是谁的错，”布卡哼哼道，又给火山庞大的胃口加了一铲子，“就像关心北邙山去年冬天下了几场雪一样蠢……有些时候，很多事会让我们忘记，决定权在我们手上，始终在我们手上。我们有选择。你选择下一步怎么走，然后事情发展到它本该发展到的地方。”

沙蛤大睁着眼，默默地想了很久，他要为自己的选择负责吗？也许陀罗拦住他不对，但如果让狂牛尝上一口汤呢？如果他不愚蠢地想要跑走呢？如果他不撞击狂牛惹怒他呢？

他将漏了的铁锅交给布卡，掉头离开。

布卡在他后面喊：“去哪，小家伙？”

“我在做选择。”沙蛤苦恼地说。

2

阿络卡夜盐。沙蛤在刚学会走路时就爱上了她，城里所有的河络都爱她——也许除了河络王熊悚。

夫环熊悚根本就不隐藏自己的敌意，他从不为她让路，也不太遵循她的命令；但即便是河络王，也无法动摇夜盐的身份任命，那是由烛阴之神决定的。

还被圈在河童殿里集体生活和学习时，沙蛤有一个秘密，他发现了某条不为人知的路径，可以爬到河童殿的屋顶，在那儿可以清晰地看到毗连河童殿岩洞的地火神殿的卧室窗户。每次他挨完打或者遭到训斥，就会在那儿坐上一整夜。

有时候，他能从窗帘间看到阿络卡和那些英俊的青年河络度过的那些和睦生活。每次回想起来，沙蛤都会脸色发红，心里突突乱跳。他既渴盼又害怕自己所看到的一切。他常常希望忘掉这一景象：夜盐穿着一件中州式样的长衫，解开发辫在房间里走来走去，剪裁得很短的衬衫花边下可以看见两个隆起。她喜欢穿镶着紫色花边和绣着龙和鸟的衣服，那些衣服是很多年前由商人带到越州来的商品之一。

那就是沙蛤的初恋。

沙蛤快走到烛阴神像后面时，正好看见一个苗条的身影独自走出地火神殿的大门。

他立刻认出了那个身影。整个火环城都再没有这煤矿一样乌黑的眼睛，美玉一样的皮肤，石灰岩一样洁白的牙齿了。黑暗里裙摆摇曳，沙蛤愣了好一会儿才追了上去。

夜盐拐了个弯，独自走向一条废弃的坑道。沙蛤奇怪地摸了摸头，那是条很少有人通行的坑道。阿络卡即将出行，为什么独自到这么偏僻的地方来呢?

他在那里胡思乱想，突然几句断断续续的话语从黑暗的坑道里飘来：“不行！”“听着，如果有必要……我就……强行……”

啊，她在和人争吵。沙蛤的耳朵一下就竖了起来，怎么会有人违拗阿络卡的威严呢？在火环城，夜盐简直就是创造之神的化身。这可一定是叛乱！

沙蛤热血上涌，朝着那边摸了过去。他从小就胖，动作迟缓，总是被人欺负，但他和其他小男孩一样，也有许多梦想。

他做得最多的白日梦就是：火环城陷入一片混乱，暴乱的歹徒到处烧杀抢掠，阿络卡那些忠诚勇敢的卫队都牺牲了。那个时候，他就会穿着像鼠骑兵那样的漂亮铠甲，带着刀和弩跳出来保护云端之上的夜盐。

地火神殿的顶部有巨大的砖砌射孔，他的肩膀上架着木雕连弩，跪在箭堞后面，探出头向暴徒们回击。土匪们死伤无数，但是人数众多，他们呼啸着越过前院，露出雪白的牙齿，一步步地朝他逼近。沙蛤充满了临死前的骄傲。

当然这次不一样，这回可是真的了。沙蛤小心翼翼地从一块岩石后探出头去，就听到如雷的吼叫声：

“……已经全部枯竭。这是谎话，谎话！……秘密……并不是没有好矿石了，它们只不过埋藏在更深的地下。只要找到矿脉，就可以拯救我们的地下城。你身为阿络卡，难道可以什么都不做？”

那一瞬间，沙蛤有点失望，对着阿络卡吼叫的不是暴徒，而是夫环熊悚！熊悚手脚粗大，皮肤、牙齿全是黑色，曾经是名矿工，后来成为一名战争英雄，多年的艰苦辛劳造就了他坚强果断、不达目的誓不罢休的性格。

阿络卡在冷静地回答：“不仅仅是我们这里，整个越州的矿产都在枯竭。这几次探查，我已经走遍了南部山区和越州平原，看清现实吧，夫环大人，遇到问题的不是我们火环城一家。也许迁徙和改变河络的生活方式是唯一的选择。这次我会带上一队人马，前往西方寻找其他适合生活的地方。”

“你要穿过河络边界吗？”熊悚讽嘲地问。

“要穿过。”

“或许，你还打算越过初始石像[8]吧？”

“有必要的话。”夜盐严肃地说。

熊悚火冒三丈：“万铁之神在上！那是我们的先祖和真神立下的契约，人族往西，河络向东。除了那些远游的河络，我们永远也不应该踏过初始石像，离开世代居住的家园。那些异族已经玷污了西边的大地和矿藏，河络不可能在那样的土地上生活——真神在上，这是背叛。老罗达在她的坟墓里也会翻身的。你根本就不热爱河络，不爱这座地下城！”

沙蛤看到夜盐的嘴唇有些哆嗦，但还是充满了阿络卡应有的威仪，“夫环大人，留下来我们只能困死，这你十分清楚。我的命令说得很明确:不允许再往下开采了。你知道那个传说，我们根本就不知道火环城的下面埋藏着什么！”

“传说都是些疯话，比糊涂布卡的话还不靠谱！火环城快要死了，它已经死亡了！你什么都不知道……”夫环气势汹汹地向阿络卡逼近。沙蛤瞪大了眼，握紧了拳头，但是河络王站住了脚，硕大的泪珠突然从这个久经风霜的老夫环的眼眶里滚落出来，“这座城市历代相传，我们祖先的骨骸埋藏在此，我们的子孙在这里出生，我决不能让它毁灭在自己手里。”

夜盐咬着牙说：“夫环，你不能忘记了，神的恩赐是有限的，大雷泽的大鱼已经所剩无几，它还能支撑我们河络多久？这些年来，河络族繁衍生息，到处建立钻挖矿物的村庄和城市，把初开天地时埋藏在地下的星辰都挖了出来。矿井越钻越深，等到矿物干涸后再被遗弃，森林变成秃地，矿山变成戈壁，河流甚至流不到大海就被截走。最近二百年来，河络开挖出的矿物比过去五千年都要多，可我们挖出的财富呢？马车和驼队络绎不绝，大部分被人族商队夺走，我们得到的只是变成一片荒漠的越州。如果我们不小心，不另外寻找一条道路，不敬爱自然，不小心听凭神的安排，毁灭就在眼前了。再重复一遍，在我回来之前，绝不允许任何新的发掘。试探性的也不行。这是神的意旨！”

“谨遵君命。”夫环僵硬地鞠了一躬，但是他放下胳膊的时候，拳头捏得嘎巴作响，他抬起头来的时候，悲伤的目光如此的深邃。他猛地旋转身，大踏步朝外走去，几乎踢到了缩身在石缝后的沙蛤。

夫环熊慷走后，夜盐仍然立在原地，她看上去有点忧伤，还有点柔弱。也许不是上去认错的最好时候，但沙蛤还是慢慢地挪了过去。

阿络卡转过脸来的时候，他一口气说道：“我是来给你送早饭的，庖师蜡丁让我给你带虎翅杂菌汤来，上好的高汤，可是路上被打翻了……我把锅留给布卡了……我是说，如果路上我不惹怒其他人的话，也许就不会这么糟糕，这都是我的错……”沙蛤松了口气，看见夜盐朝他笑了笑，“沙蛤。”她说。她居然知道自己的名字，沙蛤觉得自己的心几乎要跳出胸口了。

夜盐说：“今天是你得到第一枚工作挂坠的日子吧。我带着它呢，来，让我替你系上。”

她从腰带上解下一枚白铜制的汤南小勺，要把它交给沙蛤。

沙蛤糊涂了，结结巴巴地说：“可是，可我不是搞砸了吗？我没能把汤送到，我还把汤锅砸坏了。”

“是否成为合格的工匠，不是看他是否会出错，而是看他是否能承担责任。”夜盐说着，将它郑重地挂在沙蛤的皮腰带上。

“记住今天发生的事，记住它，它会帮助你更好地了解自己的工作。”

沙蛤使劲点了点头。

“真神赐予我们的每一项使命都是有意义的。”阿络卡柔声说，拍了拍他的额头，转身离去。

3

熊慷气呼呼地回到盘王殿，大步走来走去，怒喝连连。卫兵们不知道发生了什么，都战战兢兢不敢进来。过了一会儿，熊慷才注意到躺在地上的年轻刺客，他依然昏迷不醒，早超过中炭毒昏迷的时间。他沉思半晌，大步走到矮桌前，用炭笔写了一张纸条，把信纸卷成一个小筒，封在一根铜管里，然后从桌边的铜丝笼里拎出了一只铜星甲虫。

熊悚将铜管套在甲虫那威武的独角上，甲虫看上去没有睡醒，蹲在桌面上摇摇晃晃。

熊悚焦躁地弹了弹它的独角，让它明白这里谁说了算。

铜星甲虫在桌沿上爬了几步，张开翅膀飞了起来。它绕着盘王殿的大厅盘旋了几圈，然后找准了屋顶上的一条缝隙，晃动粗胖的躯体，钻了进去。

熊悚没有等候太久，门环三响以后，须发蓬乱的星眼陆脐瞪着一双怪眼，走了进来。他走路有点跌跌撞撞，这些巡夜师的野外视力极好，但地下生活却很生疏。

“这里可真热啊，夫环，”巡夜师擦着额头上的汗说，“我收到了你的信……大人，什么事如此紧急？”

“天空怎么样了？”熊悚皱了皱眉，极不情愿地问，这是对巡夜师的通用问候语，其实带着点奚落的味道。

“很糟，”星眼陆脐嘴里这么说着，看上去却不知道为什么有点兴高采烈，他来了精神，“星星们都疯了。能给我来一壶酒吗，一个晚上一丝雨星都没见到，我渴得快要死了。”

夫环想了想，扯出了个酒壶，然后又从床底下拖出个尘封的铅石箱子，他们就在箱子两边蹲下，以箱盖为几，喝起酒来。

巡夜师抢过酒壶，拔开锡封的盖子，深深地闻了一口，满脸都是满足的神色，“哈哈，石中火，再没有更好的酒了。”他等不及熊悚找杯子了，仰起脖子猛灌了一大口酒，开始了他的开场白。

“星相和古书上记载的完全不同了，天空一片混乱。密罗的轨迹偏向南方天空，

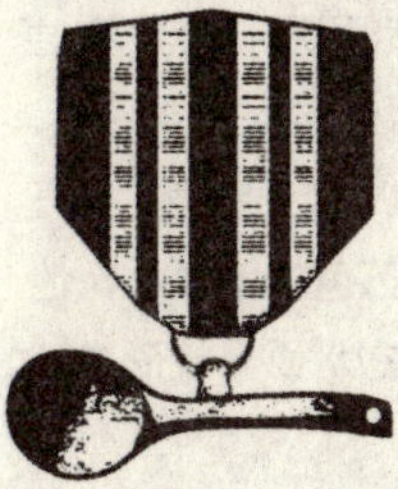

她从腰带上解下一枚白铜制的汤南小勺，要把它交给沙蛤。

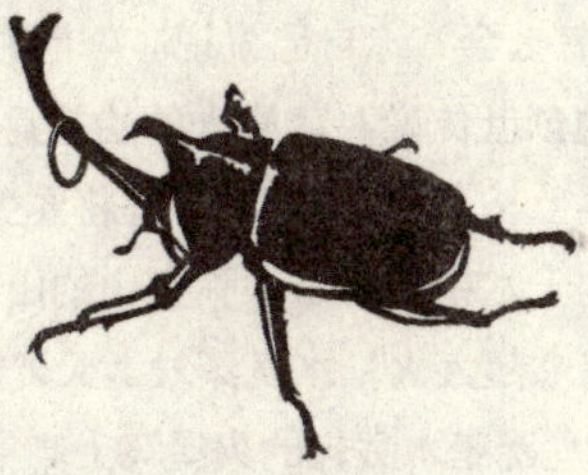

熊悚将铜管套在甲虫那威武的独角上，甲虫看上去没有睡醒，蹲在桌面上摇摇晃晃。

一向准时出现的岁正三年不见踪影，郁非熊熊燃烧，侵入宁、瀚二阙之间，放射出刺目的光芒，这都是凶兆啊。这是凶运之年，旱灾、凶兽南迁、战乱重现，去年的严寒还冻死了竹林和松柏。"

陆脐指天画地地发誓说："只有一种解释：暗月将至，末日即将来临。这是所有人的末日，没有种族可以幸免。"

熊悚对巡夜师的话不以为然，河络对天空没有多少兴趣，而关于末日的疯话，他从认识的每一名巡夜师那里都听到过。巡夜师陆脐又往嗓子里使劲灌了一口酒，然后猛烈地咳嗽起来。他喝酒的样子极其贪婪，好像这辈子再也见不到酒了似的。熊悚有时会好奇巡夜师身上挂满的牌子，有无醉死御免的符咒。

"我可是，呃，滴酒不沾。"陆脐正色说道，"可是今天一看到这幅天象，我对自己说，陆脐，再不喝点什么，就没机会了。再说喝酒有时候能让我们的感觉更加敏锐……更加敏锐……"他使劲眯起眼睛看熊悚，"此刻我看你看得更清楚了，头是头，脚是脚，这可是我们巡夜师的独特本领——再给我来一杯。"星眼陆脐抢过熊悚面前的酒杯，一饮饮尽，抹了抹大胡子，好像这才注意到地上的光景，"哟呵，怎么回事？地上躺的那人是谁？"

"一名刺客。"

陆脐斜眼看了看熊悚的肋部，没心没肺地乐了："怎么，让你受伤了？"

熊悚不快地嘿了一声，擦去顺着肋骨流下的血。他确实低估了杀手的速度，要不是这少年人中毒在先，那一刀突刺过来，结局如何，还真未可知。

"谁派来的？"陆脐继续问，

"龙噙者。"熊悚抿紧嘴唇。

"哦，那个你救过一命的家伙。"陆脐又幸灾乐祸地笑了起来。

他走近躺在地上的少年仔细查看，突然咦了一声，说："这是个蛮子。龙噙者平日最恨蛮人，居然找了这么个人做使节。"

熊悚皱了皱眉："怎么会是蛮子？"

"怎么会？你自己说说……他额角上两个骨突是什么？"巡夜师说，"你没听过蛮人的创世传说？蛮族人的始祖盘鞑骑着一匹白马来到世间，那时候天将要形成，地将要生长，人将要孕育，马将要生驹，万物将要繁殖，可是连草原都还没有，只有蓝色的天水中微露着须弥宝山的山尖。盘鞑骑着白马往来奔驰在蓝色的水面上，他的马蹄燃起大火，水汽蒸发上天，形成了云彩，燃烧的尘灰撒落在水面上就形成了大地，马蹄踏水溅起的火星飞上高空成了星星。

"盘鞑大神在人世间留下了七个儿子，他们分别叫做马兰勒、孛儿帖赤那、黑日特、宝拉嘎特、巴塔赤罕、沙鲁、巴图乃，他们的图腾分别是鹿、狼、熊、芒牛、天鹅、鹰和树木，这是蛮族的起源，也是蛮族最古老的七个家族，拥有纯正的盘鞑之血。”

“蛮族人的创世传说？似乎没有其他种族什么事啊？真是够傲慢的。”熊悚撇了撇嘴说。

“七个古老家族的后代子孙中豪杰辈出，都是传唱千年的史诗里的英雄人物。后来，他们的子孙生齿日繁，分布到了瀚州各地，分化出了九姓铁勒、十二姓白戎、三十姓鞑靼，这些最古老的家族也就离散在漫长的历史中。据说身负盘鞑之血的勇士在暴怒状态下会血液沸腾，头上生长双角，爆发出常人不可企及的力量……但是现在已经没有人见到过了，我还以为他们全都消亡了。”

他注视着那少年额角上两个又小又尖的突出，想摸又不敢触碰的样子，又是欢喜又是赞叹，就好像顽童拿到了心仪已久的玩具：“现在蛮族勇士还喜欢头戴铁鹿角，其实是对这些真正鹿武士的模仿。居然能亲眼目睹这对角，我操，铸造之神在上，非让巡夜师大会上那些老家伙嫉妒得把肺都吐出来！这些有爹有妈的笨蛋。喂，你一定要借我玩两天。”

他的粗话让熊悚皱了皱眉：“按说这少年早该醒了，我想从他嘴里撬出几个问题，而你对异族的法术比较了解——我的梦与此人关系甚大……”

“你梦见自己是个哨兵，然后被这个少年杀死？”陆脐哈哈大笑起来。巡夜师们会注意到任何一点微小的星辰闪光，但从来不懂得察言观色。

“是另一个梦，我梦见自己看见了一扇门，但是被这少年阻止了。”熊悚按捺住自己的恼火，走上前去，嗤的一声，撕开少年刺客的衣服。陆脐惊叹一声，向后退了一步。

少年赤裸的上身上，有一条正在游走的黑龙，形式犹如刺青，却在全身游走不定，好像活物一般。

“木之傀群者？这小子是苍之天罗的刺客？龙噙者居然也和他们打上交道了。”

熊悚点了点头，五年前的那场血战中，他曾见过的那名天罗刺客身上也有同样

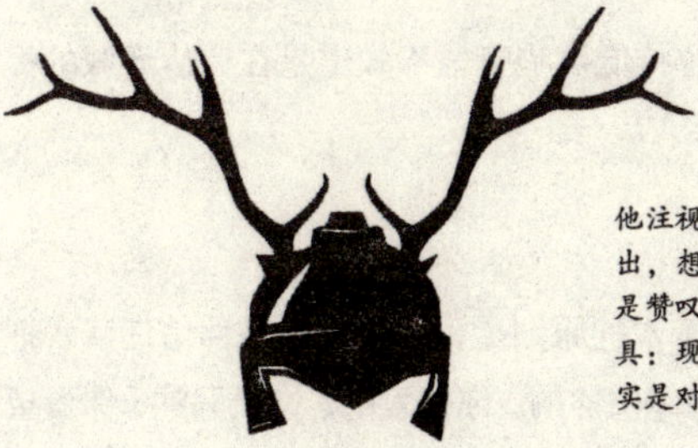

他注视着那少年额角上两个又小又尖的突出，想摸又不敢触碰的样子，又是欢喜又是赞叹，就好像顽童拿到了心仪已久的玩具：现在蛮族勇士还喜欢头戴铁鹿角，其实是对这些真正鹿武士的模仿。

的刺青花纹。只是现在，刺客、龙噙者和他之间的关系倒了个个儿，这副场景让他觉得有些晕眩。

巡夜师蹲到刺客身边，捏了捏他的胳膊，又翻起他的眼皮看了看。

少年昏迷不醒，全身滚烫。他呼吸平缓，但呼出的气，却好像火炭一样热。

“是有蹊跷，”陆脐说，“这是青木移魂术。”

熊悚曾经听说过，移魂术是一种高级魅惑术，被施术者在命令被激活之前也不知道自己身负的任务，等他们最终清醒过来的时候，会完全忘掉自己所做的事。它常被苍之天罗用来控制一些人作为自己的刺客。

“青木魂，最难的一种，”陆脐揪着自己的胡子，“据说移魂术是可以移除，但是很麻烦，如果他的目的是刺杀你的话，不达到目的决不罢休。要我说，解决的办法很简单，咔嚓一刀……一了百了。哎，不过杀他之前，一定要留给我玩两天。”

“他来的目的，不是杀我，是胁迫我接受龙噙者的命令。”

“你准备怎么回复龙噙者？”巡夜师沉吟起来，“这些中州人不在乎我们的生活方式，他们为了莫名其妙的理由就出动大军，把整片大陆搞得烟尘滚滚，泥泞一团，随后一跑了之。参加战争对我们河络一点好处也没有，他们会不停地伸手，要求更多的军事机械和墨晶矿石，我们满足不了他，火环的矿场早就枯竭了；但是他拥有人间的所有力量，我们不能拒绝他。”

“我们不能拒绝他。”河络王斩钉截铁似的点头同意，“唯一的指望就是：我们挖出矿来，以矿石买和平，否则战火就将真正地在我们头顶燃烧。”

“继续挖矿，阿络卡会怎么说？她可是坚决反对再往下挖了。”

“那些个可笑的禁忌传说？她甚至还想要带领族人放弃我们祖先灵魂盘踞的城市——”熊悚气恼地挥了挥手，把那些沉默的河络王头颅全都划在内。

巡夜师吓了一跳。“迁城？这可是个大事件。”他埋怨说，“我天天呆在地面上，就没个人上来告诉我一声，但是——她还真有可能说服大家，”他转着眼珠思索着说，“夜盐是那么受欢迎，比你要受欢迎多了，他们看着她的那种眼神，好像全都爱上了她。”

“这是一种背叛。”夫环像受伤的狮子那样低声咆哮，不知道是在评价迁城的提议，还是在指责那些喜爱上年轻阿络卡的族人。

巡夜师说：“你很生气。”

“我没生气。”夫环咆哮着说。

“你很生气。”巡夜师坚持说，“解梦最基本的原则是，你必须无条件信任我，把你隐藏在内心深处最隐秘的感情都告诉我，你相信的、你喜爱的、你厌恶的、你渴望的……你已知的所有事情，然后，我才可以告诉你那些未知的事。”

“比如什么？”熊悚恶狠狠地瞪着他。

“比如，你不喜欢夜盐，是因为她威胁到了你的地位。你是身经百战的传奇战士，但地位却在这个乳臭未干的小毛孩之下，是这样吗？”

“滚！”

“地下世界没有无缘无故的恨。”巡夜师陆脐继续沉思着说，“她和死去的罗达长得很像，每个人都注意到了，也许是因为这个——你才恨她？她接手了罗达的所有东西，可她毕竟不是她……”

“放下你的酒壶，滚开，我们的会见结束了。”夫环熊悚威胁性地站起身来，他的影子好像一座危险的巉岩逼近了巡夜师。

陆脐伸出双手护住自己：“你赶走我没问题，那蛮子呢？”

熊悚站住了脚：“我把这孩子交给你，你要设法取出他身上被种下的青木魂，他闯入了我的梦里，取走了钥匙，我需要你想办法打开那扇门。”

“很好玩的梦，”巡夜师沉吟着说，“未必真的有那扇门。”

夫环蹲回地上，用他的铁镐在地上划了起来：“这是地火之梦，是创造之神的启示。它表达得很清楚，我们若想要从险境走逃生，就必须打开它。”

白色的浅沟在岩石地面上纵横，逐渐看出，那是一扇圆形的大门，门上精雕细刻，大门正中心有一圈花纹，由三十六个方框围起，每个框内都有图案。熊悚越画，陆脐就越觉心惊，那些图案看上去像是古拙的图画，实际上却是古老的河络文字。陆脐很确定，除却少数人，甚至包括夫环在内，都不认识这些文字，就连陆脐自己，也只有把握确定一只展翅腾飞的鸟代表什么含义。

巡夜师搔了搔头，困惑不解地抬头看向盘王殿的天顶，那儿也用朱砂画着一只硕大无比的毕方鸟，宽喙长嘴，红色的羽毛上带有白色的花纹。这只鸟是火焰的魂魄，是河络的守护神。它的形象和河络王刚刚画出的那张草图确实很接近。

那图案也就是“毕方”的古字。

那儿也用朱砂画着一只硕大无比的毕方鸟，宽喙长嘴，红色的羽毛上带有白色的花纹。这只鸟是火焰的魂魄，是河络的守护神。它的形象和河络王刚刚画出的那张草图确实很接近。那图案也就是“毕方”的古字。

遗憾的是，夫环画出了毕方，就停了手，方框中大部分图案都很不清晰，只有个模糊的轮廓，有几个方框还是空的，陆脐转头注目昏睡不醒的蛮族少年，如果他是闯入夫环梦中的那只鸟，那么他又看到了什么呢？

熊悚等陆脐看完，就擦去地上的图案，眼睁睁地看着巡夜师。

陆脐点了点头："我明白了，我们得从这少年的脑子里挖出答案来。"

夫环唤来独鸦营山，让他带两个人，将刺客悄悄地背到巡夜师的观象塔去。

他看着离去的巡夜师的背影，心中仍然充满了各种疑问。

他当然不会告诉这名嗜酒如命的家伙，对地下矿藏的开挖早已秘密开始。

他们瞒着阿络卡在大灰环里开挖了一个多月，已经发现了一条墨晶石大矿脉，还在矿脉的附近发现了栈道和冲车槽的残留印迹。矿工头火掌舒刺以为那是火环城在过去的挖掘中留下的遗迹，但是熊悚心里非常明白，那不是他们挖的台阶。

火环城矿工挖掘的每一条矿道，他都了如指掌。可除了他们，还有谁能在遥远的过去生活在这座火山下呢？莫非传说中灭亡的那支河络真有其事？

河络王低头面向熊熊燃烧的银炉子跪下，开始向铸造之神和祖先祈祷。

他要亲自去查探一下。

第三章 腹中鳞甲

1

他在梦里听到了星星的啸叫。

有个声音在低语："醒来，快从梦里醒来。"

但是他伸展胳膊，抓到的全是空虚。

如果有人解开他的衣袖，就可以看到他胳膊上的纹身，密密麻麻的纹身。

那些都是来自少年时代的纹身。

他的父亲在他左手纹上雄鹰，右手纹上苍狼，左腿纹上天鹅，右腿纹上大树，随后那个豹子一样雄健的男人从他的生命中消失了，没来得及在他的胸口和后背继续纹上熊和芒牛，那些动物保护神本可保护他免受邪神入侵。

于是黑龙来了，它吞食一切，控制着一切，在黑暗中张开闪闪的毒牙，蛇一样分叉的舌头鞭子一样甩动，尾巴一扫，将他甩入飘飘荡荡的空中。

他孤单地飞翔，好像断线的风筝，却不知道飞到了什么地方。

这里太黑了。

他看不见天空也看不见大地，只有一条黝黑的通道，他自身发出的光亮照亮了四周的石壁。突然之间，通道的尽头显露一扇门。圆形的门。好像巨神独眼，在死亡的寂静中闪烁。

门上的青铜图案揭示着星辰和大地的秘密，但它是如此的不真实，甚至在他不真实的梦里依旧显得不真实。这是虚构中的虚构，镜子中的镜子，梦中的梦。

他刚想走过去，好好观赏一下那些雕刻和纹饰，但是有个苍老的声音打断了他。

那个声音无可抗拒，朝着他的大脑怒吼。

动手！

现在就动手！

他落回到大地上时，发现自己利刃在手，血从刀尖滴落。

他杀了谁呢？

大地在他脚下融化，他沉入到更深的黑暗中去。

醒来，快从梦里醒来。

蜻蜓展翅，在他鼻尖停下，又飞走。

黑龙张开大口，吞噬一切。

他昏睡过去。

2

矿道上方有一个草草刻就的石狮子，熊悚知道那是火掌他们刚刚刻上去的。火环河络习惯用动物为坑道命名，他们刚刚经过了朱雀洞道、赤练洞道和蛮牛洞道，而这条黑暗压抑的坑道自然也就叫做狮子洞道了。

道旁的石灯笼中火焰飞腾，但是再往下，就是一片漆黑了。这里有许多裂隙通往地心熔岩洞，到处冒着烟，空气中充斥着浓烈的坏味道。红褐色的火山石和灰白色的砂岩混杂而成的碎石堆一座连着一座，在烟雾中若隐若现，坑道两边是深浅不一的试采坑。

矿道上方有一个草草刻就的石狮子，熊悚知道那是火掌他们刚刚刻上去的。火环河络习惯用动物为坑道命名，他们刚刚经过了朱雀洞道、赤练洞道和蛮牛洞道，而这条黑暗压抑的坑道自然也就叫做狮子洞道了。

“再走两步。”火掌舒刺催促说。他的腰带上挂着一串摇摇晃晃的火焰缠绕的铜环，那表明他是名久经考验的矿工。

熊恽发现脚下是无尽的黑暗和寒冷，空洞的大风从脚底掠起，把地下的气息带了上来。

世界退化成一个幽灵般的影子，投射在这纯静的黑暗上，使得它成为平正完整的一团混沌。熊恽曾经无比熟悉这种混沌，但是现在却对它有些陌生了。

火环城的现任矿大师火掌舒刺在脚下的石头上敲了敲吸斗，一串火星飞溅着掉落下去。

“扎个丁。”他说，把吸斗塞进腰带。

矿工是特殊的群体，有他们一套独立的黑话。担当过十二年矿工头的熊恽很高兴自己还记得这些话的含义。他解下腰间的长绳索，在绳头上扎了个丁字活结。

火掌舒刺不太满意地看了看他打的结，嘴里嘀咕了句什么。

熊恽对火掌舒刺的感觉既亲近，又隔阂，他们已经有了显著的区别。熊恽的头发粗短，洗得很干净，而铁掌的头发落满黑色的粉尘；熊恽穿着短上衣和皮带绑扎的靴子，胸襟上还绣有金丝图案，而铁掌赤裸着上身，肩膀上的汗把黑色的粉尘冲刷出一道道的小沟；熊恽是河络的领袖，粗糙而坚硬，而火掌舒刺是从炉火中跳出的模样可怕的精灵，黝黑而笨重。

事实上，一旦离开地下矿坑，哪怕是短短的半个月，他就变成了普通河络，丧失了在矿工中的家庭身份和兄弟血缘关系，不论地位多么崇高，多么热爱挖矿，都和它再没有关联了。

“他要刺杀你？”火掌舒刺说，在狭窄的栈道上一个漂亮的回旋转，掣出手里的一根采矿镐，把它使劲地凿进岩石缝里。

“我很习惯对付刺客。”熊恽试图把这话题变成一个玩笑，但河络通常没有什么幽默感，他的笑话在这地底下显得很沉闷。

火掌舒刺接过他的绳子，把丁字结套在铁镐头上。他使劲拉了拉绳索，很满意它的牢固度。

“要紧吗？你受的伤。”火掌舒刺的话好像从深瓮里一个一个蹦出来似的。

“被挠了一下而已。”熊恽不快地皱了皱眉。虽然一路上遇到的人都没有直接表达出那个意思，他们的话或多或少还是打击了他。你老了吗？

只是很小的伤口，他想，虽然肋骨上的血越流越多，那也是因为刚才向下攀爬峭壁，剧烈活动引起的。

火掌舒刺不再吭声，他的话在任何时候都很少。挖掘不需要语言。他扎好了另一条绳子，然后他们抓住绳索，蹬着峭壁开始向无尽的黑暗滑降。

“这是最快到达那儿的方式。”火掌向他保证说。

除了那些没抓住绳索，掉下去的人。

这处刚被发现的超大裂缝，几乎就在火环城的正下方，它又深又宽，好像一个敞开的巨嘴。如果火环城整个掉落下去，也许都会被它不动声色地吞没吧。

下降的过程无穷无尽，他们的手掌擦得绳索滚烫，腰带上的铁扣偶尔撞击到峭壁上，撞出一溜火星。熊悚开始感受到了黑暗的威力。落得越深，情况变得越糟糕。在你周围，整个黑暗的地穴都活跃起来。耳中奇怪地嗡嗡作响，好像有人在说话，也许是蛇，也许是甲虫，也许是沙虫、鼯鼠，到了最后，仿佛黑暗也有自己的声音，它好像潮汐掠过，无比庞大，包容一切。所有的河络矿工们都会断然肯定，自己是在穿越某个活着的躯体——大地就是盘瓠的血肉之躯。夫环熊悚过去曾多次有此体验。

几块踩松的石头哗啦啦地滚了下去。

“小心！别错过了栈道。”火掌舒剌提醒他。

他们落到了一道狭窄的石头阶梯上。石头阶梯打造得很粗糙，刚刚落得下脚，在直上直下的峭壁上，就好像一根若隐若现的细线，但一落地，熊悚就敏锐地感觉出来了，这道阶梯是人工开凿的，它风化得十分严重，绝不可能是火环城的矿工修建的。这条栈道属于久远的过去，它的历史远远地超过了火环城的历史。

黑暗中传来一片浩大的水声。

“再往前走两百步，就是一条瀑布了。”火掌舒剌说。

“地下河里还有这么充沛的水量？”

“是啊，再早下去，我们就要组织人员到两千尺下来提水了，”火掌舒剌抱怨说，“从来没遇到过这么旱的天气，莫非整个越州北部都不适合居住了？”

他从腰带上取下了一盏獾油灯，嗤的一声点亮了。

小小的光晕在厚重的黑暗中显得微不足道，但在黑暗里呆久了的熊悚还是把眼睛眯了起来。

“跟我来。”火掌舒剌一手提灯，一手拎镐，踩着风化严重的石阶，贴着石壁向前走去，不时跳过大块裂隙，好像岩壁上的一阵风，移动得轻松自如。

熊悚很努力地跟在后面，希望自己不要落下太多。自从当上了夫环，他的肚子就肥厚起来，已经不适合在悬崖上做这样的运动了。终于，火掌舒剌在一块稍稍凸出的巉岩前停了下来。

他摸了摸地面，嗅了嗅石壁。河络的嗅觉是九州种族里最发达的。

“我觉得出事地点就是这里了。”他说。

熊悚也点着了自己的獾油灯，向四处照射。他抽动鼻子，跟踪着空气里的可疑气息，终于在一处不显眼的岩壁上，找到了一小片干涸的血迹。

火掌舒剌点了点头，“一共三名矿工，都是有经验的汉子，带着铁镐和灯，装备齐全。来调查修理栈道的可能性……”

“创造之神！一个都没有回来？”河络王熊悚皱着眉头沉思。

“是的，幽灵故事已经到处流传开来。你知道，在地底下，这样的故事从来都不缺。有人传言，说这条栈道是那个灭亡的夜蛾部落挖掘出来的。我们跟随在他们身后，正在走向不归路。阿络卡夜盐一再禁止我们向下挖掘，也许她是对的呢？”

“我不相信幽灵。”熊悚冒着火气说。

火掌耸了耸肩膀，“我也不信。”

“那就应该有更简单的解释！”河络王怒吼道。

“嘘——”火掌舒剌猛地站住了脚，竖起了耳朵。熊悚虽然还在火头上，也学着他的样子侧耳倾听。他虽然脾气暴躁，但不是莽撞行事的人，地下世界美好温暖，同样也蕴藏着无数的危险陷阱。

哗啦啦的瀑布声里，似乎混杂着朦胧的鼓声。

“这是什么声音？”他愕然问。

“听起来像是沙虫交配的声音。”火掌舒剌闷闷地说。

没错，那听起来像是公沙虫在交配时节，用附肢敲打下腹部发出的求爱讯号。只是……他从不知道它们发出的声响会这么大。

“把灯灭了。”火掌舒剌要求说。

他们在黑暗中静静地等了一会儿，只听得到岩浆隔着一层薄薄的屏障在岩壁后面流动的声音，隔了不久，果然看到了脚下的岩壁上有些地方发出淡淡的荧光——它们连成一道断续又极长的痕迹，一直通往深渊深处。

熊悚伸手去摸了摸，手指头沾上了滑腻腻的粘液，也发出光来。

“你怎么看？”火掌舒剌问。

熊悚点了点头：“是沙虫的粘液。”

沙虫是河络的盘中餐，它们体格庞大，有河络的四五抱那么粗，咽喉几乎和身子一般粗，里面长着密密麻麻一圈圈针状的利齿，但却没有什么攻击力。被驯服的沙虫被大量圈养在河络的领地里，为河络提供美味的食物。

成年以后，沙虫皮会变得又黑又光滑，但通常它们会在成年之前就被屠宰完毕。在那之前，幼虫肉质松软，行动缓慢，蠕动起来就好像慢悠悠移动的半透明的肉山，跳动的器脏都清晰可见——可是如果地底深处还有他们闻所未闻的格外庞大的沙虫呢？

“那就难说了。”火掌舒剌擦了擦额头，从腰里掏出他的铜吸斗，“还记得那些偷溜到大灰环里探险的小孩吗？他们从地下带回来一只巨大的虎天牛，几乎毁了半个市场，最后那东西掉到熔岩洞眼里烧死了。”

“虎天牛不该超过胳膊肘长。”夫环熊悚阴沉着脸说。

“实际上，超过手掌长度的就很少见了，胳膊肘长的虎天牛在雷眼山历史上只听说过一次。”火掌舒剌点着了他的烟袋抽了起来。他抽完一袋烟后，提议说：“这里很热，我们早点上去吧。”

这里确实很热，几乎每下降一百步，岩石的温度就升高一层。即便是河络，在这样的地底下，也呆不了半个对时，别提还有石炭。墨晶矿附近通常会附生很多石炭，石炭燃烧会产生大量的炭毒，即便是河络也未必忍受得了，所以矿道挖好后，他们必须用牛皮大袋往下不间断地送风。要做的工作还多着呢。

夫环熊悚把手伸到腰带上的一个小收纳袋里，里面的一粒小石子，已经被捏得略显光滑。那是探险的小孩同时从幽深的地下深处带上来的墨晶原矿，品质绝佳，远超过火环城历史上挖掘到的最好矿石，它所蕴藏的星辰力量，就连见多识广的铁大师也赞叹不已。

墨晶石让河络族得到神的祝福，是他们最重要的矿石资源，它能使河络的那些机械将风得到充足的能量，也能使种种法术运行流畅——同时，它们也能让其他的生物饱汲星辰之力，发育得格外庞大。

他必须尽早做出决定。

在龙噙者派出第二支刺客队伍之前。

河络王下定了决心，他对火掌舒剌说：“调配一支军队到这儿来，以后矿工不能单独行动，必须有装备连射铁弩的骑兵保护，直到我们把那只沙虫干掉。”

“动用军队需要阿络卡和苏行会议的批准……这就不能是小规模的偷挖了。一定会知道的，我对偷挖这件事……”

“没必要动用赤甲的执镰者，让我的灰鼠卫队下来就可以了。而夜盐，她的事让我来处理，”他几乎是恶狠狠地打断自己的矿大师，“不需要愧疚，我们是矿工城，本来就应该向下掘进，这是我们的命运。”

---

①北邙之盟：胤朝末年，在界明城的引导下，闭关自守三百余年的北邙山河络决定与人族缔结盟约，在人族不进入北邙山河络聚居地的前提下，部分河络走出深山，在北邙山下的云中城建立据点，与其他种族建立联系，互相交流和学习，这就是“北邙之盟”。北邙之盟是九州人族和河络族交往历史上的又一里程碑，引发了河络族“第二次叛离”，更多的河络进入了其他种族主宰的社会。

②地火节之前的习俗：地火节前一个月，所有的祝福语都要反过来，河络们相信黑夜渐长的日子里，只有如此才能祛除厄运。这种问候方式在河络与人族初次接触时引起了多场战争。

③夫环：河络是母系社会，部落或村落的最高权力者为女姓，称为“阿络卡”（河络语：地

母)。随着社会发展，分散的部族走向联合，逐渐形成类国家的结构，其最高女性宗教首领亦被称为阿络卡。为了避免过多受到世俗事务的干扰宗教系统的纯洁性，，由各族长老（仍然多为女性）从技艺或科学方面有杰出贡献的人中选出“夫环”（河络语：王座），负责管理庞杂的日常事务。夫环是执政官，男女均可担任，但不是最高尊者，他（她）要向王国的阿络卡负责。

④墨晶石：暗月纪初期才为人所知的矿石，它是星空诸神留在大地的胎衣，蕴含着混沌的力量，有种种奇妙的作用，河络族用它们来驱动最新式的将风。由于墨晶石在战争和生产中的作用越来越大，同时虽然墨晶石在九州大地的分布其实十分均匀，但是只在越州有大规模的开采，所以崑王朝和河络的交易大部分集中于此。

⑤铜影战士：佣兵制度兴起之后，河络族对本族佣兵所授予的荣誉，获得这样的荣誉的佣兵一定是为本部落做出了伟大贡献的战士。

⑥冒顶片帮：片帮，指矿井作业面、巷道侧壁在矿山压力作用下变形、破坏而脱落的现象；冒顶是顶板失控而自行冒落的现象。由于二者常同时发生，造成人身伤亡事故，故统称为冒顶片帮。适用于矿山、地下开采、掘进及其他坑道作业发生的坍塌事故。

⑦河童殿：即河络族的育婴殿，越北河络对这一居所有他们自己的称呼，但河童殿实际上与北邙山河络的育婴殿并无分别。育婴殿是河络族用于抚养幼年河络的殿堂，大部分河络族没有血统和宗族的观念，年轻的河络在休息的日子里狂欢，自由相爱。当生下婴孩，母亲就把他们送到育婴殿，因为河络们把孩子视做大地之母所创造的独立个体，只不过是借他们的身体而孕育出来。送入殿堂的河络婴儿由专门的培育者来抚养，孩子长大后加入劳动，即使和自己的父母相见也认不出来，完全是平等的。

⑧初始石像：河络族立在人族与河络族栖息地边界的石像。在第一次背离真神的迁徙之后，河络族痛定思痛，建立了这样的石像，河络部落的迁徙将以此为终点，走出石像的范围被视为是对真神意志的背叛。

锁龙河的决战

未来的夫环与未来的皇帝

文·图/潘海天

最终的决战发生在一道浅河滩上，骑在烈马上套着硬皮甲胄的蛮子武士发出狼一般的嚎叫，洪水一样不断地冲击而来。

而人族盟军中，宛州军骑兵主力先后被击垮。号称“巨人熊”的梁国猛将桑之末身负重创，楚国公沐玉成那面干净纯白的明月一轮旗也陷入泥淖，骑兵乱七八糟地退却时，连带冲动了自家步兵的阵脚，护卫两翼的长枪也折断了十之二三——但河络佣兵还是守住了支离破碎的阵地。

河络族佣兵是近百年来才兴起的一种军制。起先其他各族的战士看不起矮个子的河络士兵，只是实在缺乏兵力时，才会想起这支后备军。后来他们发现，虽然单个河络的武力有限，但刻板机械的河络方阵却极适合各色战场。不知道是军纪严整，还是就只是因为刻板，河络佣兵仿佛不知恐惧般，一丝不苟地完成主将下达的任何命令。

整个阵线崩溃时，他们仍然会严守军令，直到方阵的损伤超过一半才会撤退。有时候战争双方都会雇佣河络佣兵，河络族人恪守互不攻击的原则，当他们在战场上劈面相逢，河络方阵兵就会从对方的行列间隙里相互交叉而过，目不斜视，好像对方是空气。

使用他们像是下棋，一板一眼，了解清楚他们的规则后，就不用做更多考虑。

此刻，这些矮个子的职业战士，机械地低头蹬弩，疯狂地拉弦，对近在咫尺的死亡无动于衷。在最后关头，站在这些弓弩手前排的长戟兵才会一声呼喝，立起树林般的拒马长戟，那些冲锋正酣的蛮族骑兵收脚不住，一些战马嘶鸣着绕转回头，另一些战马刹住了脚，却将背上的骑兵甩到密集的枪林里，而更多的战马则带着主人向上猛跃，试图跃过长戟的密林，突入阵中。沉重的战马压折长枪，肚腹破裂，将倾盆的血雨洒落下来，骑兵则被河络兵用镰刀钩下马背，被那些矮小的、不知恐惧为何物的步兵们淹没。

蛮舞月奴的骑兵在东陆作战多年，富有冲击步兵方阵的经验，他们遇到抵御顽强的长枪手，会低俯着身子，钻入枪下，用弯刀完成最后的屠戮，但这次他们面对本来就擅下三路的矮小河络，竟然是毫无办法。

山王的骑兵冲击越凶猛，河络的阵型就挤得越紧密，就好像一只只四面伸出死亡毒刺的刺猬，纵然蛮人的游骑在战场上左右盘旋，迅捷如鬼魅，想要见缝插针，依然是找不到一处可乘的空隙。

被激怒的蛮舞月奴终于放出了精锐的赤鸟飞羽。

“赤鸟飞羽”，那一时代所出现的最暴烈最凶猛的重骑兵。“赤鸟”是指毛色赤红的马，“飞羽”则是壮硕的持马槊勇士，全都披挂赤红色重马铠和红色羽毛披肩，跑动起来时大地震动，冲锋时，飞羽军寂然无声地低伏在马背上，只有肩头烈火般的羽毛披肩抖动不休，好像是红色的狮子鬃毛。

那一日的傍晚时分，虽然是纠集了双方数十万人的广阔战场，所有的人还是同时有种窒息感，那种不祥的征兆，甚至让许多拼死搏杀的士兵停下了刀枪，望向了同一个方向。

轰轰轰，那声音齐整又低沉，好像一只庞大野兽的呼吸，只有宁州东海岸最大的海潮差可以与之相比，但那个声音里，还潜藏着险恶气氛。

突然间，锁龙河的河滩上赤潮奔涌，马上骑军一色的长枪阔刀，除了马蹄声呼啸，竟没有一丝多余的嘈杂声。

傍晚的低斜太阳穿过烟尘，照耀在他们的红色飞羽披肩上，渲染得更是一片血红。那更像是他们的翅膀——火焰的翅膀，足以刺穿天幕，刺穿生灵的实体。

狂暴的狮子亮出了爪牙。

无论是王军还是叛军一方，在那一时刻心里都猛然抽紧，空气里有骤然而至的压力，尚未接触，已然绝望。

“赤鸟飞羽”一旦放出，必如烈焰一般席卷大地。要么烧尽敌人，要么烧尽自己。

交战双方都知道到了最后的决胜时刻。

其时锁龙河西侧，天启盟军中，只有残存的晋国龙骑仍有一定的机动力，已是满头白发的飞将军孟广大声叱喝，带领一千多铁骑斜刺扑入赤鸟飞羽的锋面之中。

晋国龙骑也是东陆上有数的勇悍之军，此刻带着必死的勇气杀向前去。双方数十万人都眼睁睁地看着这场交锋——但红色潮水中竟然未泛起一丝涟漪！赤鸟飞羽的冲锋犹如宝剑掠过轻纱，不受丝毫阻涩。就算是狮子搏杀野兔，也要腾起一些草叶和尘土吧，而一千多人的龙骑反突击，好像泥牛入海，就如此寂静无声地被吞没了。

潮水冲上了堤岸！晋国锋甲军崩溃，九原铁锁军崩溃，卷云部河络崩溃，转瞬之间，左翼前卫三列全部溃退。赤红色的重骑兵冲击到哪里，就让哪里的防线好似层层剥落的片岩般崩解。

龙噙者有着和年龄不相称的大将风度，一直在冷静地调兵遣将，大旗树在本阵中心，好像铁铸一样纹丝不动。随着旌鼓旗号，预备队一队一队地开向前去，填补缺口，王军左翼虽然向后退却，但中军大营依然如磐石般稳固。

猛然之间，叛军阵地上爆发出阵阵哄笑，还有一些人嘲讽式地呼喊万岁！一支赤鸟飞羽的前军将俘获的皇帝仪仗高高地挑挂在长杆上示众。那些器物有青罗伞盖、孔雀羽团扇和幢幡宝盖、署掌大乐鼓等，那都是蛮舞月奴在一年前的“婚筵之乱”上夺去的皇帝礼器。在那一场大乱中，被这个反叛的蛮族将领杀死的公卿贵胄不计其数，各士族大家都有亲属遇害。皇帝礼器被夺，更是天大的羞辱。

眼看着蛮舞月奴在河对岸耀武扬威，龙噙者的眼皮一跳，对他的侍从小鳌说：“取我的枪来。”

枪童小鳌不敢怠慢，双手用力拔起插在地上的那支月纹狮子枪。那支枪身长八尺二寸，重二十六斤，通体银光耀眼，白银打造的龙首吞口法度严谨，显然是河络名家手笔。枪头好像一片芦叶，杀气荡漾，寒光闪闪，新月般的枪颚上刻有“天下”二字，为当世公认书法第一的名家韩芾所书。

龙噙者取枪在手，又大叫：“牵马来。”

马童小鳖急忙将他的坐骑毛月白牵了出来，那也是匹万中挑一的神驹，通体洁白，颈下挂着一串铜铃。

龙噙者绰枪上马，喝道：“擂鼓，放开中军，随我冲锋。”

手下众将这才明白他要做什么，尽皆大惊。

老臣师勃龙伸手拉住他的马缰，急道：“殿下三思！我方兵力远不及叛军，唯有稳守此地，挨到各地勤王军赶到，蛮舞月奴必退。此刻万万不可着急！”

战马人立而起，将两只前蹄在空中虚踏。龙噙者喝道，“快放手！我正要统一天下。

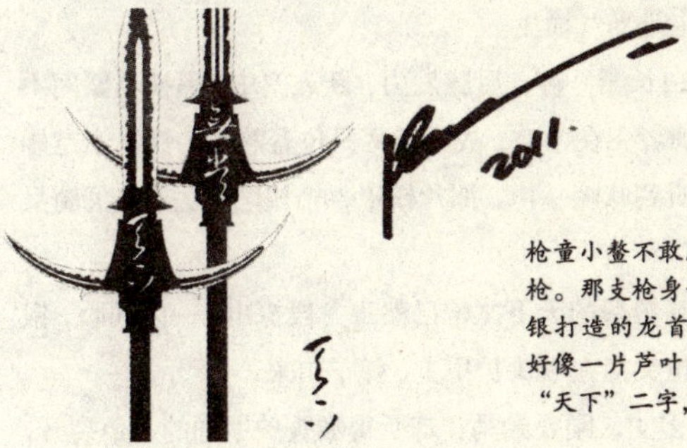

枪童小鳌不敢怠慢，双手用力拔起插在地上的那支月纹狮子枪。那支枪身长八尺二寸，重二十六斤，通体银光耀眼，白银打造的龙首吞口法度严谨，显然是河络名家手笔。枪头好像一片芦叶，杀气荡漾，寒光闪闪，新月般的枪颚上刻有“天下”二字，为当世公认书法第一的名家韩芾所书。

崑高祖用上三十年，我却只要三日，今日便是第一日，岂能让小小马贼挡住脚步！”

龙喻者军中，素有智将之称的李少锋也上前拉住毛月白说：“主公再等半刻！让我军左翼稍退，引赤鸟前行，我军再突出攻它侧翼，则必胜矣！”

龙喻者：“就是现在！此刻我三军气势已夺，再拖片刻，势不能起。此时唯有对冲，才能压制住蛮舞的气焰。”

一贯稳重的鱼信方也劝阻道：“主将不可轻出，此为兵法之忌也。”

龙喻者哈哈大笑：“你们都不知我啊。我要的不是胜，而是名，敢决天下的名。没有谁可以遏止住我，我要教你们看看，今天我不会死，天下还在等着我呢。”

他咧嘴微笑，舞动那柄“天下”之枪，银光闪烁，笼罩一身。

龙喻者那时候少年气性，周身风华宛如明镜一般，向四面散发出无尽光芒，当真是盖世无双，教人生出“此刻追随此人，便是死在沙场也不枉了这一生”之念。李少锋心头一热，放开手里拉着的缰绳，倒退了两步，让出路来。

龙喻者骑在毛月白上，在自家阵前来回奔突，纵声喝道：“想要苟且偷生颐养天年的，就回去！想要在史册上留下堂堂之名的，就跟我来！”

那时候，龙喻者一手训练出的龙旗军还没有成型。中军帐下大多都是少年郎，却胜在少年胆略，无一个怕死的，全都紧随其后，一冲而出。少年将军求仁得仁，这一战中，紧随龙喻者冲锋的虎胤尾、鱼信方、贺雾行、李少锋等人，后来都成为名传天下的勇将。

龙喻者的白衣白甲在乱军之中，好像一朵明净的莲花，踏着铃声而来，迎头正撞上一队低头冲锋的铁甲飞羽。

这是他第一次看清这些赫赫威名的武士模样：他们骑在红铠马背上，红色的鸟羽大氅下是黑沉沉的铁甲，一朵硕大的红缨铺满铁盔，额铁宽大，遮挡着鼻梁，只露出张黯然无光的脸庞和极端无情、残忍的眼睛。马蹄翻腾中，当先一名飞羽骑兵朝龙喻者扑来，手中的马槊显然沉重之极，长有两尺半的黑铁枪头下是一个生满倒刺的狼牙铁蒺藜箍。这名飞羽骑兵不用它直刺，却像使用狼牙槊一般当头猛砸，便如同一座铁山倒下。这种马槊远较一般的马上长枪要长要重，若不是臂力过人，转动会颇不灵动，然而赤鸟飞羽果然名不虚传，就是一名普通的军士，这一砸也是霸气横生。

龙喻者猛喝一声，猛力一夹，毛月白长嘶一声，后腿发力，跃入空中。黑铁马槊间不容发之际从他耳边擦过，只差毫厘。龙喻者飞在半空，战马的两只包着熟铁的铁蹄当空踢去，狠狠地砸在铁甲飞羽的胸膛上，只听到咔嚓一声，那片铁甲整个塌陷进去，飞羽骑兵口中鲜血狂喷，仰天摔下马背。

毛月白犹在空中，龙喻者掌中那柄亮银般的天下之枪已然毒龙般探出，一闪而瞬，银色的光弧叮的一声扫中左近一名骑兵，枪尖撞在喉头护甲上，弹了出来。

双方错马而过，铁甲飞羽冲出了十多丈，刚要勒马，却听得喉头护甲啪的一声裂开，里头喷出一股血泉，发出一阵清亮的哨子声。

第三名飞羽骑兵，眼看两名同伴倒地，自己又冲得太前，长枪被掠在了外门，已经不适用了，却是不慌不忙，抛下手中马槊，抽出一柄斩马长刀，左手扶住刀背，当胸一立，挡开龙嗆者一枪，刀势未尽，竟然反攻过来。

龙嗆者大叫了一声："好！"长枪一搅，枪杆震动，咯嚓一声将长刀弹开。他刚要趁势将长枪刺入飞羽骑兵胸膛，突然从身后冲上一员大汉，一柄阔刀横劈，硬生生从那名飞羽骑兵的右胸斩入，左肋飞出，刀过处衣甲平过，飞羽骑兵上半身断成两截，倒撞下马，下半身仍然好好地骑在马鞍上，冲入尘烟中去了。

那名大汉正是龙嗆者身边猛将虎胤尾，此刻抛去头盔，露出毛发蓬乱的头颅，脸上胸前溅满鲜血，他笑嘻嘻地吼道："主公，我已斩首三级，你输给我了！"

龙嗆者微微一笑，喝道："再冲！"长枪指处，身后的铁骑呼啦啦掠过两边，犹如一支锋利的箭头，呼啸而去。

赤鸟飞羽受到当头猛击，猝不及防，竟然硬生生被冲退了数里地。但他们久经战阵，仍然发出一波波反击，张弛有度，节奏鲜明，实在是龙嗆者生平未遇的劲敌。

但是在那一天，最可怕的敌人不是赤鸟飞羽，而是隐藏在阴影里的刺客苍之天罗。

苍之天罗，九州大地上最负盛名的刺客联盟，据说已有近千年的历史，而千年来，他们失手的记录不过十余次。

没有人知道他们什么时候与蛮舞月奴有了瓜葛，在这一战中选择了与叛军站在一路。刺客们总是沉默不语、低调行事的。他们正是以沉默洞悉敌人的弱点，在漫长的忍耐中寻找攻击的方向，在电光石火间完成必杀的一击。这一次，他们的目标是龙嗆者。

龙嗆者骤马疾驰，眼中闪烁着狂热的光。

箭支在耳边嗖嗖地响，蛮族人拴在长长绳索上扔出来的长矛和从投掷器里射出的巨石不时地掠过耳畔，这些都无法阻止少年去夺取自己的名声。

他纵马跃过河络布下的正在燃烧的篱樊，越过翻滚在一起厮杀的士兵，他的注意力全放在那个咆哮呼喝的蛮族首领上。那是可怕的北方蛮人。

蛮王不戴头盔，而是顶着青面獠牙的野兽头，上面插着巨大的鹿角，头发编成辫子，散落在头颈后，也像是一把雄狮的鬃毛，但却是浅黄褐色的。

龙嗆者纵马越奔越快，他一骑当先，踏过河滩地上堆积的尸体，飞驰过滩头还在苦战的河络佣兵，紧盯蛮舞月奴不放。

在跃过浅滩上一堆残缺的尸体时，战马毛月白肋下突然爆出一条红线，随即扩大成触目惊心的伤口。那一条突如其来的刀口又深又宽，几乎将战马的肚子完全剖开。雄骏的战马跪地嘶鸣，翻倒在水里，龙嗆者掉落水中，水花四溅，就连他那些勇猛不同凡响的伴当也救之不及。

从锁龙河的急流中跃起一条水柱，在阳光下，水柱好像一条怪龙，突然爆裂成万千碎裂的水晶石，蛰伏已久的刺客自水柱的中心挥剑猛击。

这就是苍之术的要义。

蛰伏的时候已没有生死之分，他们是草木，是石块，是流水，或是尸体，但发动的那一刻，身周唯有死亡。

苍之术刺客在这条路上装扮浮尸已经有些时辰了。大战初起时，刺客先是伪装成一员蛮族骑兵，在龙噙者发起反击的一刻，他已经判断出局势变化，选定了龙噙者的必经之道。为了装得像，他在自己脸上和身上割开三四道深深的伤口，身上还挂着腐臭的断肠。他耐心地装扮自己，耐心筹划，耐心等待，就为了时机直臻最完美的那一时刻。

刺客本身的剑术造诣很高，而那一剑刺出时，战马倒下的姿势、风向、水流、日头高低、护卫的位置，全都拿捏得分毫不差，一切都在刺客的计算和掌握中，这才是最重要的。

龙噙者必死无疑——如果没有那面盾牌的话。

苍之术刺客千算万算，没有算到身边那群零散的、正在败退的、不起眼的河络佣兵中，会有一名红脸膛的战士突然出现，用一面盾牌挡在倒地的龙噙者身前。

刺客的利剑在盾牌上发出了切玉断金般的声音，蓄力已久的一剑威如雷崩，竟然刺不透那面河络盾牌。

刺客心中一凛。

决不能再犯第二个错误。

他收摄心神，如同大鹰一般，在空中一个倒翻，一脚蹬在金灿灿的盾牌上。盾牌横过河面，掉落在河滩地上一圈圈地旋转。

刺客人在空中，仗剑的手划出一个大圈，一瞬之间，刺出七八剑，破空之声细且锐利。二三剑是刺向龙噙者，倒有五六剑刺向河络佣兵。这一剑叫七出菊，已是刺客生平所学最强的剑术，凌厉耀眼，但最重要的一剑藏在花蕊中，剑尖颤动不已，好似在剑头藏了一只振翅的蜜蜂——仍是奔着龙噙者的咽喉而去。

龙噙者半条腿被压在马身下，正在奋力推开身上的死马。他仍然要死，一定得死。苍之术出手，不容有失。

猛听到那名河络低吼一声，持着宽刃的镰刀着地卷来，朱红色的长柄，隐隐然有烈火焚烧之声。

刺客吃了一惊，左膝上早绽出一道血沟。这是他犯的第二个错误，他仍是低估了不起眼的河络。

那河络觑破了他的虚招，发力抢攻，刀刀只攻下三路，镰刃掠过，风势锐利，暂要斩下他的膝盖骨。刺客计无可施，只得步步后退，一、二、三，他竟然硬生生被逼退了三步。

三步可以决定生与死，可以决定胜和负，可以决定天下的命运。

这三步已是咫尺天涯。

刺客锐气已失，被飞驰而来护卫的虎胤尾和鱼信方剁成肉泥，贺雾行跳下马背，将自己的黑鬃马换给了龙噙者。他们身后，王骑的冲击之势不减，滚滚而入东河岸深处，砍倒旗杆，夺回了皇帝仪仗。

王军士气大振，齐声三呼万岁！血色的夕阳穿透低浮的尘烟，照耀在龙噙者的银色盔甲上，闪烁着刺目的光辉。

起兵以来，无人撄其锋的万山之宗蛮舞月奴也为之气馁，吹动号角，赤鸟飞羽收拢队形，一队队有秩序地向后退却，天启盟军却也无力追击。

那一天，共有两万五千名北方好汉战死在沙场或者淹死在锁龙河里，大河带着上万具尸体漂向下游，给焦虑的天启城带去了胜利的消息。

是矮个子的河络战士拯救了那场战争。

而那名战士，那盾牌的主人，就是未来火环城的夫环，熊悚。

麟劫·珠沉记

文/因可觅　图/黑白工厂·安妮

一

每当何琦竹在临海园里凭栏乘凉的时候，总会觉得身体里一直纠缠着的燥热渐渐平息下去。丝丝凉凉的海风安抚了她，使她相信那种不安总有一天会消散。

她正昏昏欲睡，孩子的声音在耳畔响起："娘，爹爹说一会儿就过来。"

何琦竹睁眼，儿子宁扬正接过丫鬟捧上的冰镇酸梅汤。这孩子才十岁，一张粉妆玉琢的脸上已经显出一丝英气。何琦竹说："冰的伤胃，别喝太急……有了临海园之后，到了夏天你爹爹两边跑，倒愈发忙了。"

临海园是宁毅诚特意为何琦竹建的。夏阳①是个好地方，只是它的夏来得太早了些。每年才六月，便颇有暑意。何琦竹一向体弱，畏寒怯热。冬日里还有貂裘暖炉，夏日却不太敢用冰，总是难熬了些，所以宁毅诚就建了临海园。

说是临海，其实整个园子是平铺到了海面之上。他们从宁州取了最轻质最坚硬的兰槎木，上了数层油，制成七尺长完全封闭的浮桶。桶中空，桶壁不到二厘厚，浮力极大。上万只这样的浮桶拴在一起，固定在水底的基座上，在海面上铺开，就构成了临海园方圆千余尺的地基。宁毅诚将其划作数个各自独立的庭苑，其上亭台楼阁无不精巧喜人。所有的东西用的都是最好的兰槎木，浸过特制的龙眠香之后，海风的气息被中和，再无咸腥之意。自从建成，临海园就成了夏阳最好的避暑之地，入了夏，何琦竹就来这里住着。

不过这样的地方，耗资何止千万，也只有宁家这样的巨贾才有如此手笔。

"因为爹爹惦记着娘嘛，所以每日都来。"宁扬笑着说，"昨日一笔鲛珠的生意出了些麻烦，爹爹说还要找娘商议呢。"

何琦竹笑了笑。她嫁给宁毅诚时，他还是个只有一间铺面的小商人。夫妻两人携手，竟在七八年间打下这一份家业，如今在夏阳甚至是整个澜州，宁家也算得上首屈一指了。只是何琦竹这些年过于劳碌，加上本就身有痼疾，身子实是有些伤了。也为着这个，宁毅诚对她在倚重和爱敬之外，更添了几分歉疚。

过不多时，宁毅诚便到了。一家人就在这白鸥亭上摆了晚饭，闲话家常，其乐融融。饭中宁毅诚说："过几日有一位贵客要来临海园小住，阿竹你做些准备。"

"是谁？我可要回避？"何琦竹问。

临海园盛大华美、舒适怡人，早成了澜州海滨的一道胜景。每当有了身份尊崇的客人途经夏阳，总免不了到此一停。这里款待过生意上的友人，也奉承过往来的官宦——当初建起此园，也有几分意在此途。身为商人，笼络结交各方始终是件要事。

"是一位穆如将军②。"宁毅诚道，"他奉旨巡看海防，住不了三两日就要走的。这园子又不小，你不用动，安心在凛竹苑住着，不妨碍什么。"

何琦竹的手一抖，夹在筷中的一枚酥螺便滑了下去，在桌面上骨碌碌滚了好远，一个丫鬟赶紧拾了去。何琦竹慢慢放下筷子，笑道："这可是皇亲国戚呀。不过天下穆如将军那么多，不知是哪一个？"

"平戎将军。"

宁毅诚回答，仍没有说出那位将军的名讳。何琦竹张了张嘴，想要再问，终于还是把话咽了回去。她也不知自己是怎么了，"穆如"两字入耳，一颗心就骤然像被什么掐紧了一般，隐隐地郁痛。虽是再也不想遇上这个姓氏，但多年过去……其实也没那么要紧了吧？

宁毅诚显然也无意多谈这个话题，桌上的气氛一时倒有些冷了下去。好在宁扬这孩子浑无所觉地说着笑话，惹起他父亲的一阵笑声。何琦竹平了平心，给宁毅诚斟了杯酒，关心道："琴妹妹和望儿这几日都好吧？"

"弟弟已经会叫爹爹了呢。"宁扬雀跃地说。

宁毅诚点点头，嘴角带着笑，"望儿可淘气了，可不如扬儿听话。琴容被折腾得整日脱不开身。"

宁扬喝了口汤，只是笑。父亲可不知道他九个月大的时候是什么样子。当然他自己也记不得了，但总不会像如今的宁望这般锦衣玉食，众星捧月。从他的记忆来推断，那时一定是很苦很苦的。

虽然名义上是宁家的长子，深得宁毅诚与何琦竹的宠爱，其实宁扬并非他们的亲生骨肉。他是两三岁的时候，何琦竹在街市上捡来的。当时夫妻俩正想要个孩子，便将宁扬视若己出，投入了为人父母的全部热情。

不知是不是正因如此，此后多年何琦竹一直没能怀上。为着这一点憾缺，何琦竹多次提出让宁毅诚纳妾，但宁毅诚一直说，有她有扬儿便已足够。直到前年，实在拗不过她，才纳了一个当地小户人家的女儿，去年冬天便添了一个男孩。宁毅诚嘴上不说，实是发自内心地欢喜的。

但即便侧室有了儿子，对何琦竹这个发妻，宁毅诚却始终如一。何琦竹有时候想，遇上他，兴许就是上天对她前半生坎坷的垂怜吧。如果是这样，她也知足了。

平戎将军三日后至，何琦竹安排着备下了待客的凝玉院和宴席上要用的鲜品。临海园的下人甚是得力，不用她太操心，早早就置办妥当。

那天早上，她很早就醒了。

多年来，她有着失眠的毛病，但是那夜，她有了许久未有过的无梦的安眠，偏是醒得极早。盛夏的天光还未泛起，丫鬟们仍在熟睡，她便独自披衣起身。

肤若凝脂，眉目如画，镜子里的容颜仍是那令人沉陷的美。若是好好妆扮一番，她与自己十八岁时并无二致，然而十年前那双灵动的眼睛终是不再有了。她亦不愿刻意修饰，只想为一潭静水，不起波澜。

枯坐了一会儿，忽然想去看看扬儿。

他昨天的字练完了吗？夜里贪凉会不会受寒？丫鬟有什么疏忽吗？一个母亲牵挂起来，零零碎碎的事是层出不穷的。她一时也坐不下去，没有惊动任何人，悄悄出了院子。

宁毅诚事忙，不能过临海园来留宿时，便只有儿子陪何琦竹一道在这别院住着。何琦竹绕过小径，清晨的风吹在身上，竟然有些发冷。

她突然驻足，结结实实地打了个寒颤。

透过几株随风摇晃的竹，她分明看到一个黑色的身影静立在宁扬住的雨阁之外。那是个高大的男人，却好像全无生命的气息。庭中微风轻拂，他的衣袂发丝却纹丝不动，给人的感觉与一块石头没有什么差别。

何琦竹却死死攥住自己的衣襟，直到指甲都将丝罗戳破。

这个身影她那么熟悉。那个时候，在茶楼破旧的柴间里，他也是这样有如一块黑色的巨石，挡住了门外的阳光，挡住了她的视线。其时她懵懂而好奇地张望着，内心竟然没有惶恐。他的面容模糊而冰冷，声音却出乎意料地温柔："你想离开这种生活么？"

这个声音诱惑了她，让她燃起一种非份的梦想。然后，她粉身碎骨，不可幸免。

她屏住呼吸，没有出声。过了片刻，那个身影飞掠而起，消失在视野中。

何琦竹快步进了雨阁，孩子安然地睡着，她松了口气。听见动静，宁扬睁开惺忪的睡眼："娘？怎么了……"

她抱住孩子，"没事。不会有事的。"

午间，传来消息说宁毅诚引着穆如将军往临海园来了。何琦竹早已理好了见客的装束，率众仆婢在中庭的侧回廊上相候。蛮族入主后，男女之防并不如前朝严苛。身为主妇，何琦竹本应亲身待客，但她一向厌于此道，所以每回宁毅诚的客人来访，她都只是在侧回廊施礼，全了基本的待客仪节便即退避。

今日也没有什么不同，她仍是在侧回廊上相候，准备等百步浮桥那边的靴声近了便敛容出迎。只是她心里想着清晨的事，有些恍惚，竟没有注意到宁毅诚引着客人已经到了近前。等她发觉这一点，只来得及匆匆低首敛眉，微微作礼。然而在她垂目的那一刻，终究看到了来人的面目。

那人正侧着头与宁毅诚说话。他的嘴角带着浅浅的笑纹，给他轮廓分明的面庞镀上一层柔软的色彩，飞扬的眉眼，在午后的阳光下焕发出动人的光芒。他着一身深红的便袍，高大挺拔，仿佛并非来自凡世，衬得一旁的宁毅诚黯淡而庸俗。

这就是穆如将军了。

只是，天下穆如将军那么多，为什么偏偏是这一个——穆如昌明？

他没有变。和十年前相比，只是更添几分沉稳的神采。何琦竹脑中第一个掠过的，竟然是这样一种叹息。而后如同一团火落到了她的胃腹里，熊熊燃烧，漫遍了她的四肢百骸，令她不能清醒。头疼欲裂，无法辨别是幻是真。

他向她回了一礼。当他们的目光对接，他优雅的神情渐渐转为惊愕，她只觉得背上透出一大片冰冷的汗水，眼前就黑了下去。

二

喧闹的街市在窗子外流转。窗子里头，飘逸的茶香，蒸腾的热气，茶客们高声的谈笑，织成这一片熙熙攘攘的世俗景象。还有一道清溪似的小曲儿，在慢慢地飘着……何琦竹突然明白了，这儿不是夏阳，而是菸阳[3]。那唱曲子的不是别人，就是自己。她站在茶馆的一隅，努力唱着，努力笑着，期待心满意足的茶客多丢两个赏钱……

那时候，她是一个贫贱的歌女。她自小就跟着父亲辗转卖唱，后来父亲死了，她就只好一个人唱。茶馆老板看她可怜，又确实唱得不错，就给了一间柴房让她暂时容身。白日里她就堆起了欢颜在人群中低吟高唱，夜晚蜷起身子在冰冷的草铺上辗转反侧，不知道这样的日子什么时候是个尽头。

那时候，穆如昌明时不时地来喝上几盏茶。当然，她并不知道他是世家子弟，更不知道他有着“穆如”这样一个带着光环的姓氏。她甚至没有过多地注意到他，只是隐约觉得这位哥儿不像别人，从不动手动脚占她便宜。他言笑举止都斯文清雅，令她不敢仰视。

直到有一个傍晚，她被几个纨绔子弟堵在一个角落里。茶楼里只卖最清淡的酒，为首的那个却在装醉，嬉笑着就来摸她。她惊慌躲闪着，只听见旁边的人在哄笑着怂恿那个恶少把她带回家去，添一名姬妾。这时辰客人并不多，她张皇地张望，像溺水的人想找一根稻草，却只看见三三两两冷漠的客人。茶楼老板略带紧张地看向他们，是在担心闹出事来砸坏了东西。

被强掳威逼，最后困在一个宅邸里继续另一种低贱的生活，这就是她这种人应有的命运么？当时她紧紧抓着桌沿，脑子里迷迷糊糊地想。要不要挣扎？还是就此放手，随波而去？停在此地，四周亦是苍茫大雾，看不到未来。她没有什么明晰的想法，只是出自本能地用后背顶死墙角，抗拒着拉扯她的手。

突然那些手松开了，消失了。她抬起眼，看见那些人已经跌到几尺之外。她心里雀跃起来，是昌明，来救我的一定是穆如昌明！然而下个瞬间她就发觉并不是。挡在她身前的并不是那个温柔公子，而是一个影子。她看不清那影子的面容，只能感觉到它散发出的极具压迫感的气息。

她心中一凛，寒意彻骨。

何琦竹睁开眼睛，梦境消散。镶着金丝的碧色纱帐微微地飘着，把帐子外的一切模糊成另一个梦。一种极度紧张之后回归安适的感觉让她无比疲倦，一动也不愿动。帐子外头是两个她再熟悉不过的人影。只听得宁毅诚略带紧张的语声在问："你娘怎么样了？"

"大夫已经看过了，说是在日头底下站得久了，有些中暑，所以才昏倒的，没什么大碍。"宁扬回道。

宁毅诚叹了口气："她这两年身子愈发虚了。你好好陪陪她。"

"是，儿子知道。爹爹不是给穆如将军设了洗尘宴吗，怎么这么快就有空过来？"

"将军似乎神思不属，没有什么兴致；我也记挂着你娘，便草草结束了。"宁毅诚走近前来，微微掀开帐子看了一眼，"我还有些杂事要处置，晚些再过来。"

听着宁毅诚的脚步匆匆远去，何琦竹才虚弱地开口："扬儿……"

"娘，你醒了？"宁扬扑到床前，"我叫她们拿药来。"

"不用。"何琦竹拉住儿子的手，"你陪娘坐一会儿吧。"

宁扬听话地坐在床边。何琦竹细细地端详他。这孩子长得是真好，所谓麟儿，便该是如此吧——细长的眉，灵动的眼，白皙的脸庞，明明像女孩子一样秀美，眉宇间却分明透出男儿的坚定与英毅来。他仅仅十岁，却已经能看出几年后惹万千少女倾慕的风华。

这种风华是从哪里来的呢？他只是一个路边的弃儿。

七年前，正是宁毅诚的生意风生水起的时候。那时候还没有如今这样的声势，她身为他的妻，是他最有力的臂助。在需要的时候，她也要上码头去清点交付的货物。

那一天，码头上的事情告一段落，她撑着伞正准备离开。不远处，有几个半大孩子在打架，似乎是在抢什么东西。这种事路边常有，她本来没有在意。然而，围成一圈的孩子突然呼啦一下散开，从他们的包围中飞出一样东西，向她直直地冲过来。

她真的以为是一个东西，是被什么人抛却的物事，直到那"东西"摔在她脚下，她才看清楚，原来那也是个孩子。他比其他孩子小得多，蜷缩在她身前的地面上，像一个坏掉的沙包。他的双手缩在身前，紧紧攥着一个满是污迹的包子，可是却直直仰着头，看着她。那眼瞳里映着烈日，好像在无声地诉求，又好像闪耀着野兽的孤傲。

她怔住了。心底最柔软的部分被触动了，那是一个女人作为母亲的本能。

其他的孩子追赶上来，要抢夺那孩子手中的包子。何琦竹这才回过神来，原来之前他们是在殴打他，而他只是死死地护住自己的食物。何琦竹赶紧斥退了那些孩子，低下头去看那张肮脏却让她心疼的小脸。

这就是她初次见到宁扬的情形。这孩子似乎从一出生起就在市井间艰难求生，他没有父母，没有关于家、关于抚养他的人的记忆。于是她领了他回来，将他当成自己的儿子。宁扬很乖巧，也深得宁毅诚的喜爱，至少在何琦竹的心中，常常忘记了他是弃儿这一事实。

只是……他终究不是宁家的儿子。襁褓中的宁望才是宁毅诚的骨血。因此对于这孩子的将来，她并不是全无顾虑的。

后来，亦有一个十分相似的场景。几个游手好闲的混混围着她，嘴里不干不净地挑逗着，只是场景由茶馆换作了街角。她仍旧一脸惊慌，然而心境却截然不同。她知道自己是冷的，带着楚楚可怜的表情，冷漠地，等待着。

她并没有等待太久，穆如昌明便出现了。他带来的气场与影七不同，前者充满杀伐的犀锐，而他像阳光，所过之处乌云尽散。那些混混悄无声息地就散去了，因为谁也不想同穆如家的公子发生哪怕一点纠纷。他对此习以为常，所以只是淡然向她伸出手来："姑娘受惊了。"

她惊魂未定地抚住胸口："多谢公子相救。"

穆如昌明看着她，突然微笑起来："你……就是明月楼卖唱的那位姑娘吧？"

她垂头深深福了一福："承蒙公子记得，是珠儿之幸。"

"我很喜欢听你的曲子，所以菸阳的茶馆里，我走动最多的便是明月楼呢。"那时他单纯而爽朗，并不吝于表达自己的心情。

她抬起头，用盈盈的目光直视着他："珠儿能请公子喝茶么？我……想唱曲子给公子一个人听。"

这就是她和他的开始了。作为对他的感谢，她要了茶楼一个雅间，为他斟茶，轻唱。谁说只有酒才醉人呢？那天的南平香片分明让她和他都一醉不醒。何琦竹常常在心底回味这一日的点点滴滴，哪怕是后来恩断义绝，哪怕是当日她明知这一切都是刻意安排，背后另有目的，可是那种感觉她仍不能忘怀。他确然是一道阳光，让她晕眩；亦是一个漩涡，令她迷失并沉沦。

总之他们就这样在一起了。彼时穆如昌明只是一个初离家门的少年，与大部分穆如家的子弟一样，军中历练，以备来日报效家国。他时居检校椽[4]，负责一些军需事务。天下昌平，军中并无大事，他也便有很多时间陪着她。他买了一处小小的院子，再不让她出门卖唱——她一夜之间变作了他贤淑的妻。关起院门，便是两个人的神仙居处。

穆如昌明是穆如世家的旁支，因此并不处在这庞大家族权势之争的风口浪尖上；只是要在这样的家族里安稳中庸地活下去，从来就不是一件容易的事。这需要付出很大的代价，婚姻就是其中一项重要的筹码。

“等将来我们成了亲，要生许多的孩子。”浓情蜜意时，穆如昌明如此调笑过。但何琦竹——哦，那个时候她还叫做可珠——心里明白，别说是穆如家，哪户稍有些头脸的人家，都不可能聘她这样出身寒微又在风尘边缘打过滚的姑娘做正室。于是她就只是笑，用笑容和感激的神情去取悦他。

她从没想过要做他的妻。从一开始，她的梦想就不在他身上。

影七的面容总是非常的模糊，哪怕他后来教过她许多诡秘异术，她还是转眼就不记得他的容貌。除此之外，他还找来一些女人，教她怎样对男人笑，怎样对男人说话，怎样抓住男人的心。那不是媚术，她们只是教她如何伪装成一个天真懵懂温柔无辜的小女人。相比那些令人焦头烂额的法术，这倒是没什么难的，她本来就是这么一个人，用不着花多大力气去伪装。

“五千金铢。事成之后彻底抽身，任你到何处安身，如何？”

当最初影七用平静无波的语气这样问她的时候，她是有过恐慌的，好像一个不见底的深潭在眼前。然而她还是机械地确认道：“只要我到穆如昌明身边，生下他的孩子？再没有其他要做的？”

影七点头，“仅此而已。”

年少无知的何琦竹彼时盘算的是：五千金铢，足够她到一个繁华的城市开上一个大绣庄，或者一间珠宝行。到时她有一份家业，丰衣足食，寻到一个可心的夫婿并不是一件难事。那样安稳富足的生活，就是她儿时梦想的全部。而这一切仅仅需要浪费一两年时间，用一个孩子去交换，这真是一件再划算也没有的事情。

而倘若穆如昌明真的看上了她，能够把她留在身边，于她而言自然也是上佳的归宿。到时候有了穆如世家的庇护，亦不必再担心影七这样的江湖人掀起什么风浪。虽然她隐隐觉出影七和他背后的人对穆如世家一定有着什么不可告人的图谋，然而彼时在这个懵懂少女的心中，穆如世家是除了皇室之外最无所不能的存在。影七行事遮掩，穿着寒酸，怎么看也不可能是皇室的人。

于是就带着这样自以为万全的算计，她踏入泥沼，万劫不复。

三

宁扬午后不知不觉在竹林的深处睡着了。

他常常做一个梦，梦见自己被抛进一个深坑里，四周是簌簌落下的土块，黑暗塞住了眼鼻。他想叫喊，肺腔里的空气却将抽尽。万籁俱寂，他只能等待被掩埋。

每次做这个梦他总是很难过。他觉得这个梦是自己幼时的流离生活凝固而成的，尽管他已经离开它很多年，但彼时的压抑与痛苦仍旧烙印在心。也许再过些年，父慈母爱终能将那些阴影驱散吧。

他正迷迷糊糊地胡思乱想，忽然听到有脚步声渐近，伴随着隐约的低语："小旗子……不，宁先生，多年不见，没想到您如今竟如此飞黄腾达了。"

宁扬心中一凛，清醒过来。透过层层的竹枝看去，来的二人一个是他的父亲，另一个依稀是穆如将军卫队的首领，似乎名叫于成。他一时不敢动，只好敛声屏气，静听他们说下去。

"于大人是不是认错人了？"父亲带着商人惯有的那种谦逊而圆滑的表情，"在下记性不好，委实不记得昔日有幸结识大人。"

于成叹了口气："你突然不见，兄弟们都很是挂念的……没想到如今……"

父亲不再说话，只是那样气定神闲地笑着。于成似乎突然觉得无趣，恢复了木然生疏的神情，"尊阃贵体可还安好？"

父亲一愕，仿佛没有想到对方会问出这么一句话，停了一下才道："拙荆一向体虚，应无大碍，多谢大人惦念。"

"要谢便谢将军才是。"于成忽然笑了起来，头也不回地离去。父亲怔忡了片刻，也尾随而去。

宁扬脑子里有些乱。这两人短短几句言辞间，都像暗指着什么，又像遮掩着什么。于侍卫最后一句是什么意思？是说惦念着母亲的是穆如将军不成？

他的心怦怦跳起来。那日迎客，穆如将军进园时还满面春风，到了宴席间却明显心神不宁，这三两日更是闭门不出，此时想来，确是有些异样的——这些变化正是发生在母亲晕倒之后。母亲风姿绰约，难道……

想到此宁扬反而笑出声来。哪里会有这种事？就算那位穆如将军有着风流多情的传闻，哪怕他对母亲真的一见倾心，他也不可能有这般出格的表现。达官贵人强占民女的故事虽听得多了，但宁家是什么人？手中握着整个夏阳乃至半个澜州的商业命脉，人脉遍布各衙署和军中，哪怕是穆如世家也不敢随意轻视。

他想通此际，心跳渐缓，然而一旁的一声轻笑又令他一惊。他这才想起，自己来到这儿，就是为了等这人的。可是，他竟然会笑？宁扬扭头看去，那影子一样的人竟然真的在笑。

他认识这人这么久，从没见他笑过。

"你笑什么？"宁扬心头一股火气莫名就涌了上来。

"现在你该知道，我说的不全是空穴来风吧？"

这人低沉的嗓音总是要敲进人心里去。宁扬并不知道他是谁，他好像是在某个夜晚突然出现的。他问道："想学秘术吗？"宁扬当时虽有些惊异，却并不害怕，反而带着某种好奇道："我为什么要学秘术？"

"因为你会需要。宁家会有一次大劫。"

这基本构成了他们对话的固定模式。这人既不告诉他宁家会有什么劫难，也不告诉他自己的来历，只是好像很有兴趣当他的老师。他总是假装不经意地向宁扬展示一些秘术的奇异之处，或神秘，或华美。宁扬先时对他充满警惕，后来也不知不觉就被吸引了。也许每一个孩子心中，都向往着那样神奇的力量。而影子——宁扬这样称呼他，很有耐心。他并不做任何催促，只是偶尔来，讲一些天南地北的事情，让宁扬心驰神往。

所以后来宁扬渐渐动摇了。学一些东西，总是没有坏处的吧。他虽年少，也有自己的考虑。现在父亲有了弟弟，作为养子，他将来在这个家族中能得到些什么、要付出些什么，尚不得而知。他需要某种能安身立命的东西，哪怕只是模糊的，不确定的。这至少能给他带来多一些安全感。

只是今天他莫名地焦躁，因此只是孩子气地对影子叫道："不要老缠着我！"便飞快地跑开了。

何琦竹这两天一直卧病在床，她非常非常不安。那人在此地住了下来，却没有什么举动。她确信，那天他是看到并且认出了她的。也许他已然彻底淡漠了前尘？这倒是件好事，只不过她不敢相信。

他们在菸阳的日子过了一年多，她很顺利地怀上了他的孩子。他最初知道这个消息时流露出一种发自内心、纯粹情感上的喜悦，这让她觉得自己有些可耻。不过半年后她就不这么想了。因为他说："我要回天启了。"

当时何琦竹静静地看着穆如昌明，微笑着，仿佛没有反应过来他说的话是什么意思。于是他露出欲言又止的神情，不过最终还是说出了口："家里给我定下了亲事，三个月后大婚。"

当然，迟早会有这么一天，不过比她想象的还是稍稍早了一些。她睁大眼睛，泫然欲泣道："真的吗？公子，你走了，我和孩子……怎么办？"

他伸手搂住她："别怕，我带你一起回天启。"

这倒是出乎她的意料。突然就有点温暖，好像是他说要带她回家似的。虽然这其实都没有意义。

家里给穆如昌明定的是一门好亲。女孩子是牧云家的，宗室的女儿，据说深受帝后宠爱，她父兄更在朝中担任要职，说起来倒是穆如昌明有些高攀了。他父亲穆如举对这门亲事很是上心，而看起来穆如昌明自己也十分满意——是啊，这样郎才女貌门当户对的婚事，谁还会有什么不满呢？

何琦竹悄悄随穆如昌明回了天启。他给她雇了一辆舒适的车，又买了几名贴心的侍女，让她们来照顾她。他比她早一天动身，于是她就尾随着穆如家的车马向天启而去。只有很少的人知道她的存在。她从车窗探出头，望穿前尘也望不到那个曾经属于她的身影——他在她的前方，只是永远无法企及。

其实这期间还有一件让她疑虑重重的事情，那就是影七似乎彻底消失了。自从把她送到穆如昌明身边后，他就再没出现过，也没有用任何方式来联系过她。好似他们对她放心得很，只等着她生下孩子，银货两讫。何琦竹最初觉得古怪，后来便渐渐地将他们抛到了脑后，只是偶尔想起时感到些微隐秘的恐慌。

在去往天启的路上，她越来越多地想起阴沉的影七，想起这个不知所谓的交易。但她仍旧不知道自己能够做什么，她仍旧只能听凭命运拨弄，随波逐流。

到了天启，已有一个与菸阳那处相仿的小小院落在等着她。作为女主人，她可以在那里安然度日，等待临盆。但与菸阳不同的是，这小院里不再有男主人。穆如昌明很少来，因为他远行初归，又有着那样一门显赫的亲事，周旋于相互攀交的世家子弟之间，忙得焦头烂额。应酬之余，他还得陪伴他那位如花似玉的未婚妻。蛮族不像华族礼数繁琐，并不苛求未婚夫妇严守婚前不相见的规矩，所以他们常常出双入对，俨然人们眼中的一对璧人。

那女孩子名叫牧云清舞，是绪王牧云冲之女，日前刚刚受封为安化郡主。郡主是很喜欢昌明的，据说从几年前中元节宴上便一见倾心——哪怕在众多气宇不凡的亲贵子弟中间，他的容貌和气质仍旧有着令少女青眼独加之处。而相处之后，他的体贴温存，甜言蜜语，更是紧紧抓住了郡主的心。没有哪个少女能抵抗得了这一切，这一点何琦竹很清楚，这些都是她曾经享有的。而他对他的未婚妻，只会比对她更好十分。

关于牧云清舞的一切都是穆如昌明告诉她的。他仅仅到小院来过两次，每次她都斜倚在床边，听着他滔滔不绝，然后点头，微笑，询问，给予适当的回应。在菸阳的时候他就很喜欢向她讲述一些事情，现在只不过改变了讲述的内容。他描述郡主的容貌与性情，告诉她他们一起去游玩了何处……或许他是想让她多了解一些他未来的妻，为着在那遥遥无期的将来接她入府做准备；或许他并不把她的心情当一回事，毕竟她只是曾开在他枕边的一朵花，终有凋谢、丢弃的时候。

但这些都不重要，也没有意义，她只需要等待就好。

然而，等待的日子真的是很漫长的啊。

在穆如昌明不出现的那些日子，她总是略过院子里飘零散落的梨花，看着空无一物的天空，或者时而出现的云层翻卷。它们都像她的命运，表面寂静若死，却暗蕴着难以捉摸的变数。那个时候她已经度过了妊娠最难熬的时期，尽管全身的浮肿还没有消褪，但她已经拾回了自己的好胃口。她变成一个肥胖而仁慈的妇人，在院子里的阳光底下和侍女们谈笑。仿佛除了照顾好腹中的婴儿，再没有需要忧虑的事情。

只有在深夜，恐慌和痛苦才会席卷她。穆如昌明和影七的脸相互交叠，有如鬼魅。她只能在黑夜里睁大眼睛，防止自己落入幻觉的深谷。

同样的，只有在这个时候，她的心中才无法抑制对穆如昌明深深的眷恋与渴望。她原以为自己是不爱他的，因为一切都只是源于一个不明所以的阴谋。然而那些温柔相拥的夜晚，她在烛火中对他归来的守望，毕竟就是她生命中唯一的爱情。

当然，这样的日子注定过不了太久。随着产期的临近，某些东西也像新生命一样想要破茧而出了。

四

“我第一次见你母亲，是个雨天。”宁扬不知道，本在教他核对账目的父亲，为何会突然合上账本，说起这样奇怪的话题。宁毅诚的目光投向窗外，飘到很远的地方，“那时候我还是个行脚商。那天正在赶路，突然下起了细雨，我前往一户人家避雨，正看见一位姑娘在收拾晾在院子里的衣物。细雨之中她淡然出尘，像一朵欲放的芙蓉。我当时就爱上了她。”

“那就是我娘么？”虽然觉得有什么不对，但宁扬还是忍不住好奇。

宁毅诚点头，“当然。只是她对我却淡漠以对。我当时花了好些心思在她身上，才终于打动芳心……”他突然自己失笑，拍了拍宁扬的头，“爹爹真是糊涂了，竟和你说起这些。”

那种感觉又在宁扬心里升腾起来，很多事情都变得说不出的古怪，好像每个人都心事重重，有异平常。平戎将军似乎带来了一些令人忧虑的东西，只是他不明白那是什么。他有心请教一下影子，影子却一直没再出现。

父亲这两天都没有离开临海园，一则平戎将军尚没有离开的意思，礼节上他须得作陪；二则母亲的身体也无起色，令人担忧。

“只是，你母亲并不是你外祖父母的亲生女儿。”过了好一阵子，父亲慢慢踱起步来，终于又说，“这是成婚几年之后她才告诉我的。但我没有问她的过往，”他笑了笑，“于是也不知她有哪些故人。”

宁扬心中意识到了什么，脱口道：“爹爹你是说……”

“那时候，她一定比我初见她时还要美……”父亲垂下头，看着孩子微笑，“扬儿，你母亲早年吃过许多苦，如今你要好好照顾她才是。”

父亲的手搭住他的肩膀，温暖而有力。这是他非常熟悉的感觉。不管是幼时初执笔写字，还是玩耍中险些摔下马背，都是这双手在替他把握。如果说母亲的爱温柔似水，那么父亲就有如山峦，稳重，博大，令人仰望。

宁扬应了，抬头望向父亲，宁毅诚的慈和里却杂着一丝微妙的莫测。

苦涩的药汤在碗中翻滚。实在是太烫了呀……何琦竹松开手指，药碗便跌落在地，应声而碎。暗褐的汤水四溅开来，侍女慌慌张张地过来打扫。多么的相像……她想。当年如果不是影七将药碗打碎，她还有命活到今日么？

那时，影七是从窗外掷出一枚石子，将她手中的碗打落的。她惊吓之余，看到一地的药汤急速地泛起泡沫，涌动不止，仿如有看不见的虫蛇在其中穿梭。这是剧毒之象。伺候她喝药的侍女转身欲逃，却被影七截住。那侍女瘫软在地，瑟瑟发抖。

何琦竹已经不记得彼时全身有着怎样无边的冰冷，她只是冷冷地审问那侍女："是谁让你下毒的？"对方垂头不答，她拔下头上的簪子，狠狠地扎进那侍女的手臂。

影七就在一旁冷眼看着她仪态全失地折磨着自己的侍女。最后那孩子终于说了："是……是天衡府[5]的人吩咐婢子这样做的……他们说，只要娘子死了，郡主就不会知道公子在外胡作非为……他们说娘子的孩子是贱种，不能够生下来。"

何琦竹虚脱一般倒在地上。是穆如家的人……她不相信是穆如昌明，虎毒尚不食子，倘若他想除去她们母子，又何必带她回天启来？那么会是谁？会是谁？听侍女所言，除掉她是为了遮掩穆如昌明在外的荒淫，那便只能是他的父亲，或者有可能受此事牵连的人。

她逼迫着自己做出冷静的分析。委屈和愤怒交织在心口，幻作了一团火，也燃起了战斗的意志。她凭什么这样任人宰割？她要保护自己和孩子，她一定能！

于是她仰头对影七说："你看到了，现在我很危险，你最好保护我的安全。"

完全出乎意料，对方反问道："我为什么要保护你的安全？"

"因为你们想要我的孩子。"

"你可能对事情并不清楚。"影七蹲下身来，看着她，"像你这样的人不止一个，她们都怀着穆如家的孩子，足够我们慢慢挑选。你的孩子能顺利生下来当然最好，若是不能，也不算什么。我是没有权力调集人手来保护你的。今天能够救你，也只是碰巧而已。"

何琦竹这才意识到自己彻底成了一枚弃子。原来对影七他们，她同样是个无足轻重的人。他们只是安排了她和穆如昌明的相识，仅此而已。既无多大投入，也就不会有什么损失，所以影七才大半年都不联系她，任凭她潜回天启。可笑她竟还以为孩子是什么筹码。

"那我应该怎么办？"她失声。恐惧漫了上来。

影七站起身来，不再看她，亦没有任何表示。静立了一会儿，他转身欲走，何琦竹扑上去拉住他的衣襟，好像他是她最后的浮木。她嘶声道："是你将我带到这条路上来的，你不能就此不管！”

影七这才不带一丝起伏地说：“两条路：第一，你跟我走，性命自然无忧，但你必须入我辰月圣教[6]；第二，你去找安化郡主。”

安化郡主？她怔住了，手渐渐松开。不知何时，影七带走了下毒的侍女，屋子里归于空寂，仿佛什么也没有发生过。

他说去找安化郡主。

何琦竹的思绪急剧翻腾。安化郡主牧云清舞是出了名的柔弱善良，又对穆如昌明用情至深，知晓此事一定会伤心欲绝。然而男子擅养外室虽然可恨，却并不是什么特别大不了的事情；这事一旦尽人皆知，郡主便只得做出宽容大度之态善待外室，以博个贤良柔伏的美名。倘若外室遭遇不测，人们怀疑的目光必然会聚焦在郡主身上。安化郡主并非帝女，却受帝后宠爱，这种身份本就容易遭人嫉恨，行事更需小心避忌……

因此，只要她对郡主恭让卑伏，求得一时的庇护应该还是可以的吧？郡主既已知晓她的存在，穆如世家也就没有除去她的必要了。

这并非良策，只是她已经别无他法。

至于入什么“圣教”，她连想都没想过。她只想做一个丰衣足食的普通人。影七背后那个行事诡秘的教派，她并不想弄清楚。

因此她几乎是在一瞬间就做了决定，没有任何犹疑。

五

“夫人……”侍女欲言又止，双手递上来一个荷包。

何琦竹一眼就认出来了，那是自己绣的，因为绣的是穆如家的麒麟踏风纹，她还特别用了菸阳天华绣坊最好的玉蚕丝线。好多年过去了，那荷包已显得残旧，玉蚕丝的柔光也不免蒙尘，然而穆如昌明还随身带着它——令她感叹的是，想到这一点她的心境已经没有任何起伏。

她接过荷包，安慰侍女道：“是穆如将军使人送来的吧？别怕，不要紧的。”

私相授受说出去是不大好听，不过何琦竹反而轻松起来。他先按捺不住，让她有了一种占了上风的快意。抽出荷包里的花笺，他的字还是那般潇洒飘逸。信不长，却写得情真意切，简直令她可以想见他饱含热望泪盈于睫的眼睛。他约她相见。她叹口气，也好，总是需要一个了断。

宁毅诚掀帘走了进来：“阿竹，你好些了么？”

何琦竹不动声色地将荷包笼进袖中：“好多了，不碍事的。你怎么这样急，出什么事了么？”

“城里钱庄出了点小麻烦，我得回去一趟。”

“怎么了，要不要紧？”

“没什么大事，放心吧。”他握住她的手，“你的手还是这样凉。这时候我本不该离开……”

何琦竹笑了，“我是老毛病了，你又不是不知道。眼下虽有贵客，但生意上的事也不可轻忽。”

“穆如将军……有些阴晴不定。”宁毅诚略有些踌躇，“你多留心，别让下人出什么岔子。”

“我晓得。”

他匆匆离去，她想着他提起穆如昌明时的神情，仿佛在忧虑着什么。也许他有所察觉，但那也不要紧，她问心无愧。

何琦竹踏入凝玉院的时候，穆如昌明正坐立不安。见到她时他惊住了，显是没有预料到她猝不及防的到访。她盈盈一福，向他施了礼，他痴痴看着，竟忘了回礼。

与其遮遮掩掩，不如正大光明。他住在这儿，她来一尽主人之谊，本就是顺理成章的事情。至于引着客人在临海园内四处游览，赏玩此地独有的异草奇花，更是契合大户人家主妇应有的优雅与热情。

“白鹭草叶形极似鸥鹭，色泽洁白，加之茎杆纤长挺拔，几近透明，远看就如一只只的鸥鸟浮在空中，因此得名。还有这玉鲛花……”

“珠儿……”四下无人时，穆如昌明哑声低唤。

他还叫她珠儿，多么讽刺。她转回身来，彬彬有礼地笑回道：“将军，妾身是宁家妇，名叫何琦竹。”

“不，你还是我的珠儿，你没有变。这些年你还好么？我以为你早已经……”

“以为我早已经死了，是么？”她笑容不变，只语气冰冷下来，“我确是死了。多亏了你在人群中竟能拦下我来。”

穆如昌明喃喃道：“我没想到你会去拦郡主的翟车。我怕极了……”

她当年也真是天真愚蠢，竟想在大婚当日截住迎亲的翟车——她一介布衣女，想见到深居简出的郡主陈明身份，也只有这个法子。那天她早早起身，为了给郡主留一个安分无害的印象，她妆点得很是细心，衣着力求朴素稳重，不用任何惹眼的饰物，连平日染成樱红的指甲都用紫凤丹细细擦去。避开耳目，她悄悄出了门，在翟车的必经之路上一直守候。天启的道路宽正平直，看不见尽头。她捧着即将足月的肚子坐在路边，焦急地等待孩子父亲大婚的队伍，不安地思量如何乞得情敌的庇护。

天色向晚，人渐渐多了。穆如家的公子与宗室联姻，什么时候都是件引人注目的喜事。围观的人潮在街边涌动，她像随波起伏的小舟，还要奋力冲在前面，以防错过了郡主的车驾。拥挤不堪的人群让她呼吸都困难重重，腹中的胎儿在不安地踢打，她甚至幻听到他的嘶声啼哭。执礼的仪队过了一拨又一拨，她不知道郡主什么时候来，也不知道郡主会不会慈悲为怀，赐她一条生路；她只知道须得努力往前挤，披头散发、状若妖鬼也在所不惜。

终于新人的车马来了。她看到骑马走在前面的穆如昌明，华衫名驹衬得他神一样完美。少年意气风发，携得如花美眷，世人称羡，人生之中还有什么比这更快意的呢？何琦竹被人群推搡着，却踮起脚尖张望。她试图在穆如昌明的脸上找到一丝有关自己的惘然——尽管她当时已经觉得这个想法是如此可笑。

他终于看到她了。在人群之中，他一眼就认出了这个属于自己的女人。目光交错的刹那，他眼中的惊慌失措竟让她产生了复仇的快意。然后他低头向侍从说了句什么，太远了她听不清，但事后她能想象得出，他说的是："拦下那个女人！"

"郡主！放开我，我要见郡主！"尽管她放声喊叫，却仍旧飞速地被淹没在喧闹的人群中，甚至没有引起多少骚动。真是功亏一篑。当被几个人架离街市的时候她绝望地想，她真的不该让他看到自己，不管是在菸阳的茶馆，还是在天启的长街。

她被带进了天衡府的一处偏房。喜庆的礼乐就在不远处持续地鸣响。过不多时，三个人走了进来。走在最后的是小心翼翼的穆如昌明，前面一男一女，不用引见何琦竹也知道必是柱国将军穆如举和他那位当家的如夫人。在菸阳时穆如昌明给她讲过，他的生母已在四年前去世，父亲不忍续娶，是以他们这一房只由一位姓沈的妾室暂司中馈。沈氏祖上在前朝也是衣冠宦族，如今虽家道中落，教养却好，为人端庄正派，又甚有才干，故而虽是侧室，府中上下却都尊称一声"娘子"。私养外室事涉内宅阴私，沈娘子身为穆如昌明的庶母，自当出面料理。

"逆子！我早听说你在外面拈花惹草，想着你行事尚晓分寸，睁只眼闭只眼也就罢了。想不到大婚的日子，竟有这样的女人招摇过市！让外人知道，你还要不要做人？"

看来穆如举很生气呢。只见穆如昌明跪下道："父亲，是孩儿的错。"转头质问何琦竹，"你来干什么？"

他的眼中只有怨愤。果然，男人翻起脸来就是这个样子。何琦竹忽然笑了出来："今日殿下和郡主姐姐大婚，我只是来送一份礼呢。"

“你想怎样？”

“孩子就要出世了，他是穆如氏的骨血，难道你忍心看他流落在外？”她深吸了一口气，“我要留在天衡府。”

“不行！”冲口而出的是沈娘子，“郡主刚刚过门便闹出外室，这让我们穆如家如何自处？”郡主进门，她便可卸下肩上的担子，安心荣养；在这时闹出如此不好看的事情，她这几年的功劳苦劳便要尽化乌有，由不得她不急。

穆如昌明咽了口唾沫，迟疑道：“其实……未尝不可，藏在府中，外人不会知道……”

沈娘子摇头，恳切溢于言表：“公子，你今日成了亲，凡事便要为郡主想想。一个稠人广众之下敢当街拦截翟车，为她一点私欲便置公子和穆如氏满门的体面于不顾的女人，公子还相信她日后能够安分守己？”

不拦翟车我就要被毒死了！两条性命只算“一点私欲”？！何琦竹腹中愤恨，却明白此时不能节外生枝，忙道：“只要开恩让我母子留下，断不敢再给府上添任何麻烦！”虽然终归要闹开她才算安全，但眼下“留下”是当务之急，忍耐方为上策。她看一眼不再开口的穆如昌明，只得转向此间生杀予夺的真正决策者，乞道：“民女一时情急，都是为了孩子能有个安身之所……大人，这终究是您的孙儿啊。”

“是否穆如氏的骨血，恐怕还未可知吧？秦姑娘。”沈娘子突然笑了，准确地叫出了她的姓，“你在菸阳卖唱卖笑，比之青楼女子又能干净几分？你侍奉过些什么人，自己最清楚。我家公子心思纯正，才被你哄得团团转。”

“我没有！”固然明知穆如家的长辈会鄙薄自己攀附豪门，但何琦竹怎么也没想到这面目和善的妇人会说出这番话来。她下意识攥住穆如昌明的衣袖，“公子知道的！”她期盼得到他的证明，世间也唯有他能为她剖白清楚。然而穆如昌明却垂着头，久久沉默。

难道他这是……默认了沈娘子的鬼话？何琦竹瞪大了眼睛。他怎么能这等——颠倒黑白？！还是在他心里，自己从来都不曾清白过？

何琦竹想大骂，想大声辩解，想将这种莫须有的污辱怒斥回去，然而那件事情发生了。剧痛袭来，从骨盆向全身蔓延开来，夺了她全部的精神。这种剧痛不同于任何一种疼痛，足以在瞬间摧毁人的意志。她不知自己何时滚倒在地，整个人仿佛都空掉了，没有了自我意识，只有腹腔中的那团火焰想要喷薄而出。那是另一个比她强横百倍的生命，正在残酷地撕裂她的身体，以获得自己的诞生。她终于意识到，自己就要临盆了。

这一整天，她的小腹都在隐隐作痛。可是这个日子太关键了，她顾不上。现在这孩子终于要来了。

被剧痛侵袭的意识稍微清明之时，她听见外面有人来催请穆如昌明——毕竟他是外面那场盛大的喜宴中不可或缺的主角。她看见他站起身就要离开，她挣扎着拖住他的袍襟，气若游丝地哀求道："求求你……孩子要出世了……"

穆如昌明没有转头看她，盯着一个墙角低声道："她毕竟与我……别让她太受苦吧。"说罢将袍角从她手中强扯出来，大步离去。

何琦竹茫然地看着他的背影，后襟上的如意麒麟，正挥着利爪朝她狞笑。她一时竟不知身在何处，只有波涛一样的疼痛拍打着她的躯体。她像不甘就死的人似的圆睁了眼，直起脖颈，却撞上一张苍老的脸。

那是一直沉默不语的穆如举。他此刻正俯下身来观察着她，缓缓说道："其实我早已知道你的存在，只是不想过问罢了。你若老老实实呆在外头，也许将来还有出头的日子。如今是你自己不懂事——真是可惜了。"

他这番话其实更像是在喃喃自语，最后他看她的那一眼里，甚至真的有几分惋惜。接着他直起身来向沈娘子道："你派人查过，她腹中怀的果真不是我们穆如家的骨血吗？"

沈娘子忙道："这样大事，妾身怎敢含糊了事？千真万确。"

"那你知道该怎么做。"

这个男人同样地决然而去，再也没有给过瘫软在地的那个可怜的女人哪怕一丝眼角的余光。

六

"当年，你究竟是为什么离开天衡府的？"于成紧逼道。

"大人让我回城，就是为了弄清楚这件事？"

于成看着宁毅诚，"我们兄弟几人当年也是过命的交情，如今各散东西，只有你消失得最离奇。这次无意间重逢，我岂能不弄个清楚。"

宁毅诚长叹一声："于大人，我怎么说，你都是不信么？我并非你过去的兄弟，你又何苦这般逼我？"

于成定定地看着他，突然冷笑起来："小旗子，你怀疑我的眼力也就罢了，竟以为我无法查证你的身份？你们夫妻二人的身份我都查过了，你还要装傻，真是叫人伤心。"

宁毅诚皱眉，"夫妻二人？"

于成意味深长地眯起眼来："尊夫人，是将军命我去查的。既然你执意不认昔时身份，那我也不再强求。但我既还当你是兄弟，便不得不提醒——小心！得罪了穆如家，可不是一件有趣的事。告辞！"

于成走后，宁毅诚脸上才露出焦虑之色。片刻，他的侧室琴容走进书房来。宁毅诚看了看她怀中的婴儿，微笑道：“望儿这么淘气，不如你带他出去散散心吧。离开夏阳，离开澜州……”

琴容吃惊地抬起头：“老爷，出什么事了么？”

“没事。”宁毅诚轻描淡写地道，“你慌什么？又不是不叫你回来了。只是暂时……避一避吧。”他似乎下了决心，“我立即安排，你也准备准备。”

其实何琦竹一直想不明白，既然穆如家已经决定了将她和她的孩子一并处死，为什么还要安排人替她接生？不过那个夜晚于她而言过于黑暗、痛苦、血腥，她的记忆自动屏蔽了许多细节。

她只知道，在毁灭般的痛楚和求生的欲望所支配的努力之下，她生下了孩子。但是他们没有把孩子给她，她只隐约看到一个带着污血的肉团从身旁掠过。那一刻，她清楚地意识到这是最后一眼，自己将永远失去刚刚诞下的骨肉。不知哪里来的气力，她像一只雌豹般猛扑过去，将孩子抢到了怀里。那孩子只在她怀中停留了短短一瞬，便马上在数条有力手臂的干预下被再次夺走。婴儿在大声啼哭，那呱呱声让她心碎。那一刻她只能死死地抱住他，不过最终，她留在他身上的不过是一道指甲的划痕，他在她掌中留下的也只有一触即散的一点余温。

然后或许是因为虚弱而昏厥，或者干脆是被打昏了，总之她失去了意识。

“他们告诉我，你是难产死的。”穆如昌明轻声道，“我心中虽然有疑惑，但也无法去查证什么。珠儿，我当晚心太乱了，又担心郡主知道，爹爹又着了恼……原谅我……”

“已经不需要原谅了。”何琦竹淡淡道，“如今你做你的平戎将军，我做我的宁氏娘子，不是很好？这些年我过得很好，你也不必再执念了吧。”

“但我们的孩子呢？”穆如昌明急切道，“你还活着，那孩子在哪里？”

“孩子已经死了！”何琦竹转过身来，看着他一字一句道，“当初你，和你们穆如家，何尝打算让我们母子活过那个晚上？你难道还不明白？孩子在那夜就被杀死了！至于我是如何活下来的，我自己都不清楚，你要是想知道，不妨去问问你父亲！”

穆如昌明脸色苍白，久久说不出一个字。何琦竹终于流下泪来：“穆如昌明，若你心中还有一丝对我的怜顾，就不要再来找我。你我早已陌路，这样最好。我恨过你，但如今已然忘却了一切，你就不要再唤醒它了——这是我真心的央求，好么？”

琦竹，弃珠。那一晚他已对她弃若敝屣，现今还来侈谈什么生儿育女、过往旧情？

许久，穆如昌明咬牙点头，“我答应。”

何琦竹不再多说，掩面而去。

不远处，有两双眼睛在注视着这一幕。属于孩子的那双眼中充满震惊与愤怒，另一双眼却平静无波，不带丝毫情绪。

“这件事情，我父亲知道么？”稍稍平静之后，宁扬问道。

“你怎么会来问我？”影子揶揄道，“你并不信任我。我只是带你来看一些你可能感兴趣的东西，并不想插手宁家的家事。”

“至少我母亲对这个家并无二心。”宁扬安慰着自己。

现下是这样，但很快可能就不同了。影子并没有把这句说出来，只是眼底闪过一丝玩味的神色。

这局棋历时十余年，到了收官的时候，愈发意趣横生了呢。

平戎将军在临海园盘桓多日后匆匆离去。他走得如此仓促，仿佛要逃开身后什么他再也不愿触碰的东西，甚至此间的主人都没来得及从城中赶回为他饯行。临行前只有女主人遣人送来一杯薄酒，平戎将军一饮而尽，称谢之后，嘴角泛起一丝苦涩的笑意。

穆如昌明走后，何琦竹心下稍宽，但是她的忧虑远远没有消除——还有另一条更可怕的阴影纠缠在她的心底。这些天刻意不去想，但现在已不能不考虑。不过对于这个人，她能做的始终只有等。

好在她仅仅等了几个对时。或者说，她的安宁只有几个对时。

“影七！”这个人终于出现时，何琦竹心中还是升起一种前所未有的恐惧。之前在园中同这个人遭遇引起的震惊，被穆如昌明带来的危机冲淡了，如今又席卷而来。“……你又来做什么？”

后者一如既往地冷漠，“你难道忘了，虽然时隔十年，可我们的交易还没有完成。也该是两清的时候了。”

她真的忘记了那项交易。她答应给他们一个孩子——穆如家的骨肉，而他们给她丰衣足食的生活。后来她由死入生，他则销声匿迹，仿佛再无瓜葛，但是她心里明白，契约并没有解除。就像一根隐形的绳索，仿若不存在，收紧之时却足以令人胆战心惊。

“你们当初置我母子于不顾，不肯伸出援手，如今还来说这些，是不是太过分了？”何琦竹压制着怒气，“孩子早就死了。你们有很多人可以挑选，再来找我岂不是个笑话？”

“孩子没有死。”影七平静地道，“你尚且活着，他怎么会死？他若是死了，每天唤你‘娘’的又是谁？”

何琦竹的心几乎要跳出咽喉，强笑道："你说宁扬？你一向消息灵通，怎会不知他是我当街拾回的弃儿？他与穆如家没有任何干连。"

"你何苦自欺欺人。既然你能死里逃生流落澜州，做了清白人家的待嫁淑女，他为何便不能变成夏阳街头的流浪弃儿？何况——他身上的印记，你难道不是比我更清楚一些？"

"一切都是你们的安排？"盘旋已久的疑惑甫一脱口，何琦竹便暗自失悔——这等于承认了他的说法。

影七喉间隐约发出低沉的笑声，"你若是到今日才知，未免太过天真。"

何琦竹哑口无言。不错，他说的全是实情。虽然最初带回宁扬时她只是怜惜弱小，然而很快她就发觉了令她无比震惊的真相——宁扬是她的儿子！他就是那个一离开她的身体便被夺走的小生命。他的腹部有一道淡紫色的抓痕，她再熟悉不过——只有蓬门女儿才会用紫凤丹，因为它虽可洗脱指甲上的着色，但在用过后数日之内，一旦指甲划伤肌肤，就会留下长久无法消褪的淡紫痕。在与穆如家的人抢夺婴儿时，她失手抓破了孩子腹上的皮肤……正是宁扬腹前那道紫痕的位置。何况，日子稍长，母子天性犹如十指连心，那孩子的轮廓气韵又日益与穆如昌明相类——她怎么可能认错？

多年过去，如今宁扬身上的痕迹早已不见，而影七对此却了如指掌，只能说，一切都在他的谋划之中。

"你们究竟想对穆如家做什么？"这是长久困扰何琦竹的一个问题。穆如氏子孙七支，子嗣数十，她的这一个，到底有什么特别？

"终要有一个穆如氏的后人毁去整个穆如世家。但这份好奇心对你没有好处。"影七道，"三日之后我会带走宁扬，那五千金铢也将如数奉上。"

哈，多么嘲讽。当日她何琦竹为了五千金铢不惜勾引男人，卖掉自己的孩子，如今她的任一枚环珮都已不止这个价，可是交易却仍要进行下去，偏偏她还无力逃脱。

"你们……要让他做什么？"她抱着最后一丝希望问道。

"弑父灭祖，终结不可一世的穆如世家，如何？"

于是她的最后一丝希望也破灭了。她只是与他们做了那样一个"小小的"交易，尚且死而后生，近十年夜不能寐，一生都要在悔恨中度过，那么她的孩子，这场交易最终的目标，又将遭受什么？她原以为那场交易自己能够掌控，后来才知道，只要和那个什么"圣教"牵扯上了关系，你的眼睛将被迷惑，手脚将被操控，你自己的意愿和选择都只会零落成泥！她绝不能让她的孩子再陷入此境，绝不能。

他们既是冲着穆如家去的，便也只有穆如家才是他们所忌惮的了。

七

夜水行船，本来深有凉意，然而海里又不一样。夏夜的海风又闷又湿，咸腥的气息腻到骨子里，无孔不入。虽是最好的船，船舱里的何琦竹仍旧被这风搅散了发，凌乱的烦恼丝贴在脸上，更叫她觉得每一次呼吸都得用尽全力。

宁扬忧心忡忡地看着她："娘，到底有什么急事，非得你亲自连夜回城？"

"不是回城，我们是要出城。"

母亲的话让宁扬心下一冷。出城？那位穆如将军刚刚离开，这个时候出城，不是与他有关又是什么？

但他又不明白，母亲若要和那位将军私会，为何还要带上自己？但这样也好，有自己跟着，就不会出事。他心下稍宽，只问道："那出城又是要做什么？"

何琦竹从怀中取出一只锦盒，交到宁扬手里。锦盒不大，入手却颇沉重，宁扬打开更吃了一惊，里面装着的竟是四枚晶莹剔透的赤玥珠。这珠子生在冰骊颈下，夜可照方圆数尺，指顶大的一颗便值得数万金，这样鸽卵大小又色近正红的四枚，分明价值连城。宁扬虽自小见惯金银玉器，但这样贵重的东西还从未捧在手中过。

"你身上不好带太多物什，离开了家，好歹需要些钱财防身。这几枚珠子贴身放好，迫不得已时再动用。"

"离开家？"宁扬更加不解，"娘要我到哪儿去？"

何琦竹闭上眼睛，"扬儿，我要你跟穆如将军走——马上就走！"

宁扬腾地站起来。他万万没想到母亲会说出这样的话，愤怒和困惑让他不由得脱口而出："你们有些见不得人的事也就罢了，拖上我干什么？"

何琦竹睁眼看着儿子，这孩子气得脸都红了。"原来你已知道了。"她微微笑了笑，"这样也好。你听娘说……"

"我不要听！"宁扬大声叫道。他站起身，准备到舱外去告诉船家掉头返回临海园，不期然脚下一软，跌坐回椅子上。他一惊，想再次站起来，却全身无力，连一根手指都动不了。他惊怒地看着母亲，说不出话来。

"扬儿，别怕。"何琦竹将落到地上的锦盒放入他怀中，安慰道，"娘在酸梅汤里下了些软筋散，不过很快就会没事的。"

"为……为什么……"宁扬难以置信地看着母亲，他最亲的人，竟然在他的饮食中下药。

"娘知道，你和你爹的感情很深……娘接下来告诉你的这些，你会很难接受，你不会愿意离开……"何琦竹柔声道，"娘这才不得不出此下策。不过你先告诉娘，你和影七接触多久了？"

原来母亲知道那人的存在。宁扬虽是第一次听到这个名字，却立即知道了她说的是谁。但他和影子的交往是个秘密，他从未向他人言说。此刻他仍在踌躇，所以默不作声。

“时间不多了，娘说不了太清楚。”何琦竹咬咬牙，临海园到码头坐船只须一刻钟，没时间掰开揉碎，“但有一点你要知道：你是我的亲生骨肉，你父亲便是穆如昌明。”

“不可能！”宁扬又是狠狠地吃了一惊，“我三岁那年在街上见……你的情景，我还记得。你是宁家的主母，我是街头的流浪儿，你怎么可能——是我母亲？”

“生你当日，正是穆如昌明大婚之时……娘是他私养的外室，穆如家容不得我们母子，要处死我们。”那时的情形何琦竹真的不愿再回想，“后来虽然死里逃生，我们却失散了……”

“所以，你就任我在街头受人欺凌？”宁扬的声音变得低沉，绝冷的寒意从心底升起，“你就看着我为了争一个馒头遍体鳞伤？你就看着我——七年来为着你的养育之恩感恩戴德，却始终不肯相认？”

“我最初并不知情。”何琦竹辩解了一句，却没有再说下去。这孩子因着自己收养的身份，在宁家小心翼翼，如履薄冰，她不是不知道；然而，若时光回到当初，要她对宁毅诚说这孩子是她亲生骨肉，她又有这个勇气，会这么做么？她终究亏欠他太多。

“你要如何怪我、恨我，都不要紧。”何琦竹平复了一下心绪道，“总之，穆如昌明是你的亲生父亲。他如今膝下无子，定会百般护着你。我已遣人给他送了信，说明了你的身份，叫他来接你。现今也只有穆如家能护着你了。影七想带你走——他这人太过可怕，你记着娘的话，别信他的花言巧语！”

“原来你是想送给他一个儿子……将来好母凭子贵么？”宁扬语若寒冰。

“你说什么？”何琦竹再忍不住，“娘在你心中难道就这么不堪？”

宁扬冷笑，“影七若要对我不利，早就可以下手。若他要将我带走，又何必等到现在？”

何琦竹闻言又气又急，便想要将影七所作所为对儿子和盘托出，即便宁扬怨恨她狠心拿他做交易也顾不得了。然而这时船身一震，是靠岸了。她定了定神，没时间说了——也罢，只要这孩子到了天启，进了天衡府，安危无虞，她还愁不能向他解释清楚？他最终总会理解母亲的苦心……

“阿竹，可以下船了。”熟悉的声音，令何琦竹惊得差点跳起来。她转过头，只见宁毅诚正在舱外负手而立，似笑非笑地看着她。

“你们母子这是要去何处？不如陪我喝杯酒吧。”

他这么说着，无喜无怒，不动声色。但她有多了解他，明白他已将一切看在眼里。

船家跟在宁毅诚身后唯唯诺诺。她特意找了条外来的船，还是瞒他不过。但，他是那么好的人，夫妻多年，他会原谅她，理解她所做的一切吧？

她尽力凝定心神，盈盈一笑："相公好兴致。只是这儿夜寒风大，不是好去处呢。"

"殿下，宁府送来的东西。"连夜赶路的穆如昌明勒住马，看着下人递上来的盒子。他犹豫了一下，掀开盒盖，一愣之后，不禁摇头苦笑起来。盒中装的竟是那只旧荷包。他心头一阵绞痛。他已答应放她走，只要她幸福，怎样都好。为此他下了多么大的决心，不得不立即离开这个伤心之地，可她又送这个来……她究竟想怎样呢？

荷包拿到手中若有所思地把玩，便发觉内里装着东西。是一封信。他匆匆一扫，只觉更加不解。但迟疑了片刻，穆如昌明还是吩咐众卫士道："我要回夏阳一趟，你们在此等我，不用跟上来。"

于成开口想说什么，被穆如昌明摇手挡了回去。夜色中，他策马掉头而去。

她约他在夏阳码头相见，除此之外再无片语。他有种隐隐的不安，却说不出是什么缘故。

"将军一人行路，要是有个闪失……"过了片刻，卫士中有人说道。众侍卫都看向头领，于成略一思忖，咬牙道："我们悄悄跟上，别让将军发觉就好。"

自见了那宁家主妇后，将军便神魂颠倒。这位爷向来喜欢随心所欲，也不知这么着会闹出什么事来，只能悄悄跟上，见机行事吧。又要护得主子周全，又要小心不惊扰了主子幽会旧情人——旅贲率⑦校尉，朝夕得近贵人，听起来风光无限，只这贴身侍卫，是那么好当的吗？

不远处，望着绝尘而去的这队人马，影七满意地点了点头。他从怀中抽出一张纸页，在手里揉成一团。翻出来的一角依稀写着"……系君亲子，望君……"，但很快，这页纸就被那手搓成了碎末，上面的文字连半个笔划都不剩。

码头脚夫避雨的棚屋极是简陋，临时的木床上也尽是霉味，宁扬此刻便躺在这样一个地方。烛火被捉摸不定的风撩拨得时明时暗，他觉得很困，他想这应该是那软筋散的效用。话是必然说不出来了，手脚也不能动弹，但他还是逼着自己清醒一点、再清醒一点。他和宁家的命运都面临最大的动荡，这是他此前的生命中从未遭遇过的。

这一刻他竟有些想念影子。如今他似乎已经习惯了，不明白处只要问一问影子，就能多少知晓究竟是怎么回事。

他的父母此刻对坐桌前。无关的人已被遣散了，此处只有他们一家三口。桌上竟然真的有一壶酒，只是没有菜，摇摇欲坠的木桌上空荡荡的。父亲给母亲斟了一杯，笑道："我们多久，没有在这样的深夜喝酒了呢？"

母亲将酒饮尽，酒杯重重地撴在桌上。她泫然欲泣，但尚能镇定，只道："你听我说……”

“不用说。”父亲笑了笑，“我明白的。你是个有过往的人，我娶你之前便知道这一点。但过去便过去了，我既不担忧，也不好奇。你既一直掩着，我也不愿去查探。终有一日帷幕掀开，即便触目惊心，我也是有准备的。”

“我本想让这个秘密永远保持下去，更不想让扬儿与他相认……只是，实在被逼无奈！”母亲说道，“辰月教的人有个绝大图谋，虽然我也不明白究竟是怎么回事，但让扬儿回到穆如家才是妥当之策……这件事我日后会细细解释。”

辰月教？宁扬从未听说。他听见父亲柔声说道：“你我之间还有什么可解释的呢？扬儿既是穆如将军的亲骨肉，去天启也是正理，于他的前程也大有助益。”

不，我不要去天启！宁扬心里喊着。爹爹，难道你也不懂我？你才是我的父亲，其他的人没有资格！他自小对宁毅诚又敬又爱，对穆如昌明这个所谓的生父却只有对入侵者才有的不适甚至厌恶。此刻他有千言万语想要对父亲说，无奈却只能发出微不可闻的呜咽。

“你这样想，真是……太好了……”母亲声音渐低，头慢慢垂下，伏在桌上没有了动静。

酒里也有迷药？！宁扬心里划过这个念头。接着他看见父亲向他走来了，在他身边坐下来，将手放在他的背上，看着他说道：“扬儿，爹爹真是舍不得你呀。”

宁扬心里一喜。父亲怕母亲坚持把他送走，所以用药迷倒了母亲。这下好了，只要父亲知道了这件事，他就没什么可担心的了。在他印象里，还没有父亲不能处理好的事。眼前这件事情虽然严重，但父亲看上去已有对策。总之父亲怎么说，他怎么做便是。

父亲轻轻抚着他的背，让宁扬几乎有一种幻觉，好像自己回到了幼儿时，就这样被父亲轻抚着睡去。父亲若有所思，说话也很慢很慢，仿佛是为了让他能有时间将每一个字理解透彻。

“我要把这件事告诉你。这些年来，这件事我再也没有向任何人提起。就像你母亲执着地守着她的秘密一样，我也有自己的秘密。我们都是要被秘密拖垮的人。可是今天我要告诉你，扬儿，否则你不会明白我为什么要这么做。我不奢求你原谅我，我只求你能明白。”

他声音低沉，像从极远极远的地方传来，带着一丝诡异的情绪。不安像虫子一样爬过宁扬的心，更吸引着他聚精会神地听下去。

“我曾经也住在天启。那里真的繁华非常，更胜夏阳数倍。那时我在一个显赫之门当差——你一定能猜到，那就是天衡府，是你的族人聚居的府邸。那时我不过是旅贲率中一个小小的卫士，过得辛苦，却也安逸……直到六支里的三公子成婚。

“大婚那日，我们这一干人都绷紧了弦。像穆如氏这样盘根错节的人家，喜庆之日最容易出事。若闹出什么差错，先就要怪我们办事不力。幸好，那日顺顺当当地过了。晚间我正要休息，却又和另一个兄弟一起被叫到了一间偏房，六支里管家务的沈娘子隔着帘帐吩咐我们说：‘把这两袋东西弄到城外去埋了罢。记得，手脚要干净。’

“地上的是一大一小两个麻袋。我们应了，将其拖走时我便心中一沉——大麻袋里装的显然是个人，看份量，应该是个女人，只不知是死是活。另一只小麻袋里装的是什么我们却百思不解。到了城郊，选好了地点，我那兄弟按捺不住好奇，终究把小麻袋打开看了一眼。没想到里头竟也是个人，是个刚出生的孩子！那孩子还有细微的呼吸，但必定也是活不成的了。

“我那兄弟突然说：‘听其他弟兄说，今天当街捉了一个要拦郡主车驾的女人，挺着个大肚子，据说就是成亲的那位三少爷在外惹的野花，难道这就是……’我说：‘得了，她是什么，你能管得着？别嚼舌根子了，快干活。’这埋人的活计不交给府中下人，却交给我们两个在卫尉寺领钱粮的卫士，显见是事关六支阴私，不想被府中旁人知晓。深宅大院里的勾当，多猜多说只会惹祸上身。

“我们挖好了坑，将两个麻袋推下去，正往里填土，突然刮起一阵大风。那风来得怪异，似乎是平地而起，掀起沙尘，迷了我们的眼睛，让我们两人连站都站不稳。夜色很浓，我们只能伸臂乱挡乱扑。过了片刻，待到风终于静下来，又能看清的时候，我二人不禁面面相觑——那两只装了人的麻袋竟然不见了！

“我们在左近找寻许久，一无所获。想来想去，回去复命时终究没提这一茬。此后我俩惶惶不可终日。果然，没多久，我那兄弟莫名便在林中被一块大石当胸砸中，筋骨尽断，脏腑碎裂，神仙难医。他临终前只告诉我一句话：‘……穆如家要灭口，逃！再晚你也要……’

“我当日便不告而别。事实证明其言属实，不断地有人要杀我。我拼命逃，拼命逃，最后造了个已死的假象，才逃过这一劫。”宁毅诚长出一口气，“之后我到了夏阳，改名换姓做了个小商人。这些年诸事顺利，我都有些忘了这档子事。今次听说那人要来，我虽心惊，但料想当年我不过是个普通的卫士，他是不认得我的；再则郡上既安排了，若刻意推拒，反而惹人生疑。但我不知道你母亲便是那个女人……于是，逃不过的，还是逃不过。”

宁扬这下是真正的瞠目结舌了。父亲是说，当年他奉命要杀的，就是他和母亲吗？他们不知所踪，所以父亲只好浪迹天涯？今日所闻惊骇之事接二连三，令他全然不知所措了。

“扬儿，你不得不死。”

宁扬身子一震，如坠冰窖。

父亲抬起头，不再看他，“我的身份已有人认出。若是你的身份也泄露，我便成了当年私自拐带你们母子二人出逃……穆如家是不会放过我的。再则，穆如昌明若真想认你，我便是占了他的妻儿，取代他的位置长达十年之人。他这人心胸狭窄，更加要置我于死地。你身世的秘密是保不住的，你与他……只需细看，便知定是血亲。但你若死了，”父亲顿了一顿，“我便可抵死不认。你母亲……她毕竟与我风雨同舟这么多年，若你已死，我相信她是会就此缄口的。”

宁扬胸口像被什么压着，喘不上气来。心脏上的疼痛漫遍全身。他想大叫，想哭喊，却只有眼泪溪水一般流下脖颈。这就是他的父亲，他最敬爱的父亲……他如何能这样理智地分析为什么要杀他？他如何能将这样残酷的话，轻描淡写地讲给他听？！

宁毅诚将他扶坐起来，仍旧絮絮地说着，仿佛他得靠着源源不绝的语言才能将动作进行下去。他好像是说给宁扬听，又好像只是喃喃自语：“若早几年，我为着你们母子二人死了也就死了；可是如今，我还有你琴姨和望儿……我不能抛下他们不理。”

他伸手探入宁扬怀中，取出那只锦盒打开看了看。“这是我这些年收集的最珍贵的夜明珠，这份量也够了。”他把锦盒放回宁扬怀中，“宁家少爷携宝出走，不幸溺水而亡。”

他将宁扬负在背上，缓步走出棚屋。

码头上空无一人，连盏灯也没有，漆黑安静得不太正常。穆如昌明弃了马，提了风灯往前走去。她在等着他么？在哪里呢？他的心境仿佛回到了多年以前。那时他坐在茶楼的雅间里，等着她出现，心情也是这般的期盼和不安。所不同的只是，当年他等待着她悠扬的嗓音，而今天他走向的是一个未知。

冰凉的海水触上肌肤，仿佛要渗透进脏腑里。恐惧像虫子一般噬咬着宁扬的心。宁毅诚的手很有力，将他放入水中，缓缓推了出去。正是平潮的时候，水流温柔地盘旋，并不带他远去。但他不能动，身子转眼便渐渐下沉。他这才明白宁毅诚说的“份量也够了”是什么意思——他是怕他一旦放松身体还会浮上来，因此给他加了这几枚沉重的赤玥珠，确保万无一失！

冰骊寿数越久，玥珠的形体就越大，颜色也越深，分量也越重。四颗极品的赤玥珠，加上外头坚固的铁楝木盒……母亲若知道是她准备的这笔“傍身钱”最终断送了他的性命……

宁扬拼命试图挣扎，然而无济于事。他不想死！这一日虽然遭遇诸多惊吓，但他从没想过今日自己就要殒命。水漫过了口鼻，他紧紧闭住嘴，屏住呼吸。海水灌进了耳中，带来巨大的轰鸣，仿佛整个世界都瞬间垮塌。他脑中浮起了无数奇怪的感觉，有幼年街头滚打的痛楚，有冬夜偷偷出门玩耍的寒冷，当然最重要的还是窒息，窒息！他突然明白自己为什么总是做那个梦，因为确曾有一双手将他抛下深坑，如今也是同一双手，将他推入了水中！这是不是命运的玩笑？可他不想死，不想死！这就是此刻唯一的欲望。

然而他终究是撑不住了。肺里的空气再也不能维持他的生命，反而变成了一种狰狞的存在，要胀破他的胸腔。心跳得近乎爆裂，一下下敲打着耳鼓，混杂在倒灌的海水中，恍若鬼哭，叫人疯狂。宁扬无法再忍受，稍一放松，海水便冲入肺腔。他想大口呼吸，然而这个举动非但没有带来生机，反而更将他拖向了死神。

若说有什么比死亡更令他不能接受，那就是，他竟然死在最爱他的父亲手里……

一股力量向上拽动了他。几乎是立刻，他的头露出了水面。新鲜空气涌来，他奋力喘息着，拼命呛咳起来。片刻之后，脑子渐渐清明，听见母亲在耳边又哭又笑。他发现自己能说话了。

"娘……"他牙齿打战，"这究竟……是……怎么……"

"扬儿，扬儿，你没事吧？"何琦竹语无伦次，"我知道酒里下了药的……我不知道他想做什么，所以我……我没想到……他竟然是……"

说来这得感谢影七，在她年轻的时候，他专门训练过她这些暗中的小技巧，才令她今日得以识破宁毅诚的用心。发现酒中加了料，她便多留了个心眼，假装中计，只是想看看他究竟意欲如何。只是真相竟然如此可怖，远出乎她的意料。

宁扬侧过头，看到宁毅诚倒在不远处，昏暗的风灯下，后脑勺上的伤口在汩汩流着暗色的血。然而他动了。宁毅诚坐起身来，面朝着他们，脸色惨白，像一个孤苦无依的魂魄。

"我们快走，马上就走。"何琦竹仍在说着。宁毅诚在她身后笑道："阿竹，你要去哪里？你要离开我了么？"

何琦竹霍然转过身来，只见宁毅诚缓缓从袖中抽出一把匕首。刃口闪着微光，锋锐逼人。他柔声道："阿竹，既然你不肯让我活着，我也只好对你不起了。扬儿必须死——让开！"

何琦竹张开口，想劝说他。她常常劝他的，生意上有什么决断呀，家里要添置什么东西呀，他也总是听她的。她知道他能听进什么样的话。然而此刻她却一个字也说不出来。她无话可说。

难道她说，让他放弃自己的性命，保全她儿子的性命么？

他正当盛年，有富可敌国的身家、乖巧的爱妾和亲生的儿子，有男人想要拥有的一切，她凭什么要他为了她的私生子统统放弃？

所以她只能紧紧抱住宁扬，挡在他身前。

宁毅诚逼过来，一把将她推开，但她一跃而起，再次扑了上去。匕首直对着她的心口，她不避不让，注视着宁毅诚的眼睛。

宁毅诚心中一阵剧痛。这许多年，似水绵长的恩爱，让他要怎样去相信，这个曾给他最大幸福感的女人，竟一直当着他的面，若无其事地养着私生子。他真的像爱自己的孩子一样喜爱宁扬，因为这孩子的眉眼略有些像她，这让他觉得亲切。原来……呵呵，原来他是一个这般可笑的傻子。

穆如昌明不过逢场作戏，她至今不曾忘情；他把全部都给了他，她却只是催促他纳妾。生死关头她毫不犹豫地选择了宁扬，她不在意他的死活，不在意他与她燕子筑巢一般积累起来的这一切。

是啊，就算他再如何努力，又怎能与穆如世家的公子相比！

哭泣的是他的心，但也只是他的心而已。手中的匕首向着她的胸口刺下，没有犹豫。

——事到如今，他难道还有别的选择？

宁扬听到刀刃划破身体的声音。温热的血流上他的脸，与早已同海水混杂不清的泪水融在一处，令他再看不见前方。血那么多，顺着母亲柔软的身子漫过他的肌肤，温暖了他的身体。他发觉自己能动了。

他颤抖着抱住了母亲。有生以来第一次，他知道这是在拥着自己的生母。母亲柔美的面容在没有月的夜色下是那般凄楚，她死死攥住他的手："快走，去……去找穆如昌明，我已向他说清……你是他的……"她奋力地想多说一些，气息却终是无以为继，游丝般的语声戛然而止。

也许对于何琦竹来说，这未必不是一种逃脱梦魇的好途径。她这一生中，只有此刻，才获得了真正的安眠。

"娘，娘……"宁扬想放声大哭，然而麻木已久的嗓子只能发出幼兽一般的呜咽。宁毅诚手握带血的匕首痴立在一旁，失魂落魄地看着死去的女人。那是他几天前还相濡以沫的妻。他想不明白，为何短短数日，事情就会变成这样。

夜色深沉，万籁俱寂。

光，一缕灯光渐近，宁扬感到有谁拖动了他怀中母亲的身体，然后是一声撕心裂肺的惨呼："不，珠儿！"

这一声男人的喊叫响彻天际，连海浪都摇晃起来。宁扬抬起模糊的泪眼，只看见一张惊痛欲绝的面容。穆如昌明，他怎么会在这儿，他为何来？只一瞬间，宁扬心里便燃起了对他刻骨的仇恨——如果不是这个人十年前抛弃他们母子，如果不是这个人十年后再次出现，一切怎么会变成这样？！

“不准碰我娘！”

他一把推开了穆如昌明，后者悲怒欲狂。“是谁杀了珠儿？”他看到了宁毅诚手中的匕首，“你？是你杀了她？你为什么要这样？！”

宁毅诚木然道：“为什么，你难道不清楚吗？”

“她没有做对不起你的事！你究竟还是不是人？”穆如昌明霍然抽出佩剑，不容分说大力挥去。宁毅诚本能地闪身避过，他清醒了些，转身欲走。

然而这时人声嘈杂起来，许多风灯乱晃。那是暗中尾随的旅贲卫士们赶到了，穆如昌明的喊声把他们吓得不轻。一看眼前情形，于成便暗叫声不好。宁毅诚的妻子躺在血泊之中，显已不治；将军狂怒难抑，更是碰也碰不得——果然这纨绔大少只会搞出难堪之事。奉旨来夏阳公干，不但与富商内眷暧昧不清，更卷入情杀……他爹知道岂不又要气得吐血。

“杀了他，给我杀了他！”穆如昌明理智全失，发疯般喊着。

侍卫们把宁毅诚团团围住。宁毅诚自然不肯就缚，于成无奈，只得硬着头皮挺剑上前与他交手。于成在旅贲率中是一等好手，宁毅诚久未练武，哪里是他的对手？但于成未尽全力，留了余地——宁毅诚终究是故人，他仍想给他一线生机。

于成故意大开大阖，将周围清出一个大圈子。看准时机，他削向宁毅诚的下盘。他的速度不快，只要宁毅诚向前跃起，便能从空出的上方跃向他身后。后面就是一顷碧波，正能入水遁走。宁毅诚如何不明白这个道理，立即提气而起。然而商人当得久了，他的功夫不到过去的二成，虽是拼力一跃，竟还是未能跃上足够的高度，脚踝撞上了于成的剑刃。就这么一顿，他究竟还是落到了浮板上，离水面尚有一步之遥。

见他意图逃离，侍卫们呼地冲了上去。一名新晋的年轻人急欲立功，将长剑猛地送出，正插入宁毅诚的后背。旁人见了忙纷纷效仿，一时间乱剑齐下，将宁毅诚钉在了浮板上。

宁毅诚双目圆睁，猛地直起身子。他看见无边无际的黑色海水，没有彼岸。他努力转过头，不远处，何琦竹的尸身倚在宁扬的怀中，仍是那样的惹人怜惜。他心中划过一个奇怪的念头：他果然是要与她同生共死的。这样也好，他是那样爱她，若非如此，恐怕一生都要在煎熬中度过。只是他很困惑，他到底是做错了什么，才会有这样的报应？他一直勤勉自律，与人为善，没有做过有愧于心的事情。然而在这生命的最后一刻，他却清晰地感到一只看不见的手推动了他命运的起伏。那只手没有情感，不辨对错，它暗中翻云覆雨，他却一无所知，时至最终也不知它的真身是什么。

“爹爹，爹爹……”宁扬嘶声哭叫着，他想过去看看父亲怎么样了，但母亲的尸身尚且温热，让他放不下。

穆如昌明的脸突然出现在他眼前，想要察看母亲的情况——就是这个人！杀了他的父亲，还要抢走他的母亲！就是这个罪魁祸首！宁扬狂乱地随手捡起一块石头，朝这卑鄙的入侵者砸了过去。

穆如昌明也正满腔痛楚无处发泄，宁毅诚的小孽障更无需怜惜。他毫不留情地将剑身一抽，宁扬胳膊上便出现了一道深可见骨的伤口。

手臂上的疼痛传来之际，脖颈上也倏然一麻，宁扬失去了知觉。

码头上仍旧魔影憧憧。这无星无月的夜，鲜血在黑暗里沉沦，谁也得不到救赎。

尾声一

神智初初恢复清明时，宁扬以为自己还躺在四季如春的雨阁里，一会儿就会有丫鬟来伺候他梳头洗漱，厨房里已经备好了燕窝粥。然而巨大的悲痛遽然袭来，泪水如泉般涌出他尚未睁开的眼睛。他不愿去回想那晚的事情，一切都模糊成一团。唯一清晰的是，一夕之间，他的世界彻底毁掉了。

“要不要喝口水？”睁开眼，影子面无表情地问着。其实宁扬能想到，救他的除了影子还能有谁？他心里莫名地踏实了一点。忍着臂上的疼痛坐起身来，喝了水，宁扬开口问道：“我睡了多久，这是哪儿？”

“三天三夜。夏阳城郊。”影子顿了顿，“你父母都已不幸身亡，你现在有什么打算？”

尽管已然目睹了这个事实，但听到旁人明明白白地说出，宁扬还是一阵晕眩。他定了定神：“我要回家。琴姨和弟弟不知道怎么样了。”

影子并无异议，送他回了城。距宁府尚远，宁扬便看见府门上触目惊心的封条。他犹豫着，往前走了几步，突然被一只手拉到了路旁。他吓了一跳，定睛一看，是醉福楼的小伙计大牛。

醉福楼就在宁府对面，宁毅诚不时偕友小酌，宁扬与大牛也很相熟了。大牛把他拉到一旁的巷子里，压低声音急急地道：“宁少爷，你怎么回来了？官府正四处拿你，你赶紧避一避吧！”

“他们为什么要封我们家？”

大牛犹豫着，“你不知道么？宁先生……宁先生杀了他娘子，又畏罪自杀……府上、临海园还有你家各处的铺子都被封了。他们说你也牵涉其中，官府现下正在满城找你呢。”

“那琴姨和望儿呢？”

大牛嗫嚅着，宁扬连声追问下才道：“一听说宁先生不在了，琴姨娘一下子就像疯了一般，封府的时候冲撞官兵……要把她押下大牢时，她抵死不从，抱着小少爷一头撞死了！小少爷也……宁少爷，宁少爷……”

他没有必要回去了。

温厚的父亲、慈爱的母亲、善良的琴姨、淘气的弟弟……所有的亲人都离他而去，他不知道这个世界还有什么意义。大牛还说了什么他没有听清，他只是茫然地离开，茫然地拖动双脚，心麻木得再也感觉不到疼痛。

“你父亲发迹太快，难免遭人忌恨。他根基又浮，多少人觊觎他的产业。如今这样，也在所难免。”影子说的话，也像风一样飘过，落不到他心里。

“我要杀了穆如昌明！”不知走了多久，宁扬突然驻足，一字一字清晰地道。

穆如昌明，他倚仗自己的显赫出身为所欲为，十年前无情抛弃他们母子，十年后悍然杀死他全部的亲人。而且，母亲明明已经向他言明自己是他的亲生儿子——宁扬下意识地抚了抚疼得无法抬伸的右臂——他还下了如此狠手！如果不是影七带他走，他也死在码头上了吧？对于这样一个人，哪怕与他有血缘之亲，血里也充满了毒，结成了冰。

他绝不放过他！

影七淡淡道：“仇恨是一种很有力量的情感，你得用你的整个身心去成就它。”

宁扬抬起头，冷冷地看着他：“听我母亲说，你对穆如家有个大图谋？你做了什么，才让我母亲那么惊恐？”

影七平静道：“不错，正是为此我才接近你。你母亲怕我逼你做一些可怕的事情，但我绝不会逼你。我并不屑于靠逼迫他人达到自己的目的，任何时候都是。你有你的自由，你要去哪里，有什么想法，都不用顾及我的存在。我可以帮你，但只是作为朋友，仅此而已。”

“那我们走吧。”宁扬眯起眼睛，看着夏阳莹洁的街市，这里曾是他的天堂，而今他要将这一切全部抛却。他的心仿佛一夜之间长大了，变冷了，世上再不会有比他刚刚经历的劫难更惨痛的遭遇，只要能向那不可一世的凶手讨还血债，未来如何，他不在乎。“我不知道要去哪里，但这条路总要走下去。”

他们很快隐没在人海之中。

尾声二

三个月后，天启。

戏园子里总是很喧哗。戏台上咿咿呀呀，抑扬顿挫，戏台下低语谈笑，交头接耳。然而喧闹中总有静处，闹中取静才是真的静。戏园子是个很适合谈论秘密的地方。

后头僻静的小屋里，有一男一女两个人。男人一袭黑衣，面容冷漠，如一磐石；

女人衣着华贵，戴着帷帽，看不清面目。但听声音她已不年轻了。

“那孩子怎么样？”女人问，语气颇可玩味，“论起来，他还算我的孙儿呢。”

“天资甚佳。勤加督导，精通暗月秘术不是难事。”

“他如今很信任你吧？”

“嗯。”男人点点头，“但尚有棱角，需要很长的时日去打磨。”

“唉，这十几年间你们撒下不少种子，收获的虽只有这一个，也总算是有了报偿。”女人叹了口气，“你可有松一口气？”

“没有。只他一个远远不够，至少需要三名穆如氏的后人，这是底线。不过不管怎么说，他是目前最好的一个人选。”

女人摇头，“在他身上费的工夫也是最多的。别的不说，光是成就宁家的富贵，就动用了多少人财物力？要是再无所获，你也难以交代。”

“很多时候只是顺手而已。宁毅诚一直商运上佳，我们只是略加推助。这也值得，终归是越辉煌的东西，垮塌后越令人心惊。”男人顿了顿，“说起来，能有今日的结果，也多亏了你当年的助力。”

“我没有做什么，只是替那女人安排了接生。我好歹做了五年的管家娘子，这点小事算得了什么？”女人轻笑了一声，“菸阳沈氏[8]身负亡国之恨，只要能倾覆伪朝，便是再难十倍的事，也自当为君设法。”

当年穆如举要处死何琦竹母子，是受了她的推动。本来只要坐视何琦竹“难产而死”便可，但她“心怀不忍”地安排了接生，令何琦竹得以平安生下胎儿，其后又给了辰月教的人带走他们母子的机会。正因她这出人意表的一步，宁毅诚、何琦竹和宁扬才能来到夏阳，一切才得以继续。

“这个局已运转十余年，如今才完成冰山一角，不知局成之日，又是什么景象。”

“百狄之术[9]空有记载，却千年未曾现世。我真盼着能早日看一看，这伟大的暗月秘术，会有多么壮丽的令人痴迷的力量。”

“与君同盼。”

女人笑了起来。男人总是漠然的脸上竟也泛起了笑容。这笑容幽暗奇诡，融合了血与死亡的气息，充满莫可名状的意味。

多年后震惊端朝朝野的惨案，就这样悄悄演完了它的序幕。

①夏阳：澜州东部最大的滨海城市，其最显著的特色是整个城市的建筑都由辟先山中的新山白玉堆砌而成，蓝色海洋衬着洁白耀眼的城市，是澜州最著名的景观之一。端朝时夏阳是阑昉郡的郡治所在。

②穆如将军：穆如氏是端朝除皇族牧云氏外地位最高的贵族，与牧云氏有“共享天下”的盟约，其家主世袭大将军，掌管全国军队，对国家大事有决议之权。因为地位特殊，穆如氏的子女同样被称为“殿下”，并与牧云氏世代联姻。穆如世家的徽记是麒麟踏风，与牧云氏的火凤流云纹一样是家族独享的标志，所以端朝时常用“凤麟”代指这两个家族。因穆如氏家主主管军队，故子弟多为武职出身，所以后文才有“天下穆如将军那么多”的说法。

③菸阳：中州重镇之一，在菸河北岸。端朝时菸阳是北望折冲军府所在地。

④检校椽：官职名，麟阁各道派驻在各折冲军府（地方军事机构）中的武官，正五品，职能为监督本府辖区内军队的驻扎、训练、粮饷、屯田、装备、调动等情况，并接受辖区内有关军队的投诉。

⑤天衡府：穆如氏的府邸，取“力可衡天”之意。因为第一代大将军穆如天彤将自己的族人分为七支，故百姓也称天衡府为“七王府”。除了大将军由长房世袭之外，穆如氏的其他房支并没有可以世代传家的官职或爵位。穆如昌明属于与长房血缘较远的第六支，所以前文说他是“穆如世家的旁支”

⑥辰月圣教：教徒对辰月教的称呼。辰月教是九州最古老的神秘组织之一，教徒多为秘术师。他们信仰的是九州两大创世神之一的“墟”的意志，力求社会的动荡和分裂。

⑦旅贲率：卫尉寺“十率”之一，是天衡府和大将军的卫队。十率不属于军队（更类似警察），其职责是天启墟荒两城的城防和治安，及护卫太子、大将军和重臣的安全。

⑧菸阳沈氏：这里是暗示沈氏是华族“豢龙”计划的成员。“豢龙”是晟朝旧臣的后人试图通过阴谋手段覆灭蛮族建立的端朝政权的计划，详见莫雨笙《九州·阮郎归》（载于《九州幻想·十一光年》）。

⑨百狄之术：一种极其霸道的暗月秘术，发挥最大威力时可以使一个家族全部男子瞬间身亡。但这种秘术久已失传，而且“发挥最大威力”的必要条件之一，是该家族的男子中有两到三个暗月系秘术师，并在明知自己协同的情况下亲自施法。因为几乎不可能有人愿意施用秘术使自己的家族（包括他本人在内）灭门，所以百狄之术向来只是个传说。但是，端章帝隆治十三年四月初四夜，分散在九州各地的穆如氏男子，无论老幼，七支共六十余人全部暴毙，死因一直无法确定，世人疑为百狄之术，所以称这次惨案为“百狄之变”。

云渊

文/迟卉 图/何懿

0. 名字

女孩在剧烈地咳喘。

负责照顾她的实验人员已经放弃了，转而去关注其他的生化培育体，这一个对他们来说是失败品——和数千没能在胚囊期活下来的受精卵并无太大区别。

秦跃站在实验室外，注视着女孩。他们之间隔着一道气密门，对人类而言，女孩呼吸的空气是剧毒的。那是金星本土的大气，以二氧化碳为主，混合了各种杂质。

即使是经历了大规模基因改造的实验体，也只是能勉强呼吸。

他低下头，阅读刚刚提交过来的病理报告。

这个女孩儿快死了。她快速发育的肺里积存了太多金星大气中飘荡的硫微尘，却没有能力将它们代谢出去。

又是一阵剧烈的咳喘，她看上去快要窒息了。

这里是金星，金色云海之上七万米高空的实验室，这个女孩是第一代金星人，即将死去。

"嘿，秦。"她突然抬起头，对着话筒说，眼睛清澈明亮得令他心悸。

"怎么了，宝贝儿。"

这是实验室里不成文的规矩：像看待实验品一样看待他们，但是表面上一定要温柔地对待这些"孩子"。就像是某种自欺欺人的赎罪。

"我想好了一个名字。"她笑了起来，"你说过，我可以给自己取一个名字。"

"嗯，是的。"他点点头。

"我想好了那个名字。你会给我那个名字的，是吧，秦？"她的手指贴在玻璃门上，指尖有些贫血的苍白。

身后有人围了过来，是其他研究员，他们沉默地看着这个孩子，她曾经是最接近成功的一个，因此，他们曾经向她许诺：她可以获得自由，并给自己一个名字。

"我想叫于菲。于是的于，芳菲的菲。"她笑着，说完这句话，又剧烈咳嗽起来。

"为什么要叫这个名字？"他问。

"只是把肺鱼倒过来而已。"女孩露出一个恶作剧的笑容。

肺鱼。

第一次离开水上岸的鱼，要拼命呼吸才能活下去。再也回不到水里了，而且也不能真的上岸，向前一步也是死亡，向后一步也是死亡。就只能站在分界线上，拼命活下去。

像她一样。

三个月后，女孩死了。

既无墓碑，也无葬礼，他们用白被单裹住她小小的尸体，送入火葬炉。

在另一个实验室里，新的实验体开始培育和成长起来。出于某种补偿心理，秦跃仍然把这个新来的孩子叫做于菲。仿佛她可以承接之前那个女孩的生命。

反正，她们都长着一样的脸。

1. 孩子

金星，表面温度最高可达500度，连岩石的棱角都被酷热融化，岩浆河流从火山口发源，在平原上绵延数百公里，空气中充满着二氧化碳，地面气压高达90个标准地球气压，大气的上层富含硫化物——灼热，暗红，硫磺，金星更接近人类传说中的地狱，而不是维纳斯爱与美的天堂。

为了把这个硫磺地狱改造成人类能够生活的地方，地球化工程曾消耗了大量的人力和物力，在金星上修筑了一座“桥”。前不见头，后不见尾。

这座“桥”由十二座太空电梯、一百八十颗牵引卫星和环绕金星一周的巨大高空轨道组成，因为金星比地球要小，所以更容易建造。

高空轨道位于大气层的中上层，距金星地表足足有70千米，温度较低，气压也合适，便于人类实验和活动。从七万米的高度望出去，小小的泡状实验室外是广袤的云海和一望无际的微红薄雾，长长的轨道延伸向世界的尽头，仿佛随时会驶来传说中通往天堂或地狱的列车。

事实上，高空轨道上曾经异常繁荣：飞机频繁起降，列车在轨道上飞奔，太空电梯运来大量的物资和行色匆匆的旅客。曾几何时，金星环境地球化工程围绕着高空轨道逐步开展——但它过于巨大的开销最终令整个计划半途而废。

如今，只有生化改造实验室的科学家们还留在这里。绝大多数参与地球化工程的公司已经都撤走了——在一系列改造环境的大规模计划无疾而终后，唯一可行的就只剩下成本相对更低廉的生化体改造技术。

在地球和月球上，针对生化和基因实验有着严格的立法：禁止人体实验，禁止未经许可的干细胞实验和基因修改等等。

但是尚没有明确针对金星的立法。

因此，秦跃和他的团队留了下来，做只有恶魔才会做的事情。

第一批的受精卵一共是一千零二十四个，不算对照组。存活率为零。

起初的想法过于天真了，金星上几乎没有氧气，在地球化工程开始之后略微有了一些——但是这些氧气远远不足以保证生化体的生存。他们必须考虑一种全新的代谢方式。

比如说硫代谢。

这相当于从零开始改变人类的基因，但是又不能够改变人类的本质。

他们要创造的是人类，另一种人类，而不是别的什么东西。

所幸，高层大气的二氧化硫略少，这里的气压低，有水蒸汽，也有硫化氢气体。它们之所以能够存在，主要是依靠云层中漂浮的金星粘质体悬浮生物。它们不断代谢，吸收光，生存下去。这些生物的基因和地球上的硫化细菌非常接近，事实上很可能它们拥有同样的祖先。

人类的新陈代谢需要氧。这一点几乎没办法改变——但是一名研究员找到了一个好办法：将硫化细菌的基因代入线粒体，取代原有的代谢方式。

如今，生化体们可以呼吸硫化氢，并依靠阳光来活下去。

第二批的受精卵大部分都活过了最初的培养阶段，硫代谢非常顺利，但是它们先后死于组织和器官的形成阶段。

在秦跃看来，这不过是些技术问题。

模拟，计算，操作，尝试。整个研究团队争分夺秒地努力着，因为他们的资助人希望获得一些成果——要赶在冰渊降临之前。

作为研究所的负责人，这六年来，秦跃只回过一次地球。

那时，冰川已经开始向着南方蔓延，头顶上的太阳明亮依旧，却显出某种阴郁的苍白，暗星云弥漫在太阳系里，削弱太阳的日照，并带来一个新的冰川时代。

地球正在急速变冷，并且还将继续寒冷下去。如果那些研究暗星云的天文学家没有撒谎的话，人类将在二十年之内迎来最冷的冰川时代，迎来一颗完全被冰雪包裹的地球。

但城市喧嚣依旧，人们仿佛根本听不到末日将至的脚步声。

他在望沙城落脚，约了前妻出来见面。熟悉的城市，熟悉的人，偏偏感觉如此陌生。他不记得她什么时候起开始把头发剪短烫卷，看上去显露某种妩媚的老态。

“我知道一家很好的店，就是有点远。”她说。

“坐地铁过去？”

“嗯，你知道，我再也不开车了。”

他叹了口气。这个他曾经深爱过的女人如今变成一株满溢痛苦的荆棘，用她的每一个表情每一个习惯每一个动作来表达那永恒的悲伤。他曾经想要帮助她忘记，最终却只能签下离婚协议书，落荒而逃。

沉默地，他们搭上一班地铁。

“你在那边做什么？”她突然问。

“老本行。你呢？”

“还在K大教书。反正没别的地方可去。再说，如果我也走了，欣欣的坟会荒掉的。”

秦跃扭过头去。

前妻的悲伤成功把他拉回到过去痛苦的记忆里，那种异样的静默，某些东西丢失了，不见了，喧嚣里的一个个空洞，奔跑的脚步声，欢笑声，扬起的小小笑脸……都丢失了。

七年前，命运开了个残酷的玩笑，用一起意外车祸偷走了他们的女儿。

在失去孩子之后，他们的婚姻濒临解体。一对在悲痛中相互支撑的夫妻，却因为对待死亡的态度而分道扬镳，她拒绝遗忘，而他拒绝回忆。

“K大快要搬迁了吧，北方的大学都要迁校了。”他说，试图引开话题。

“嗯。我想等那时候把孩子的骨灰也迁过去……”

两人有一搭没一搭地聊着，但无论什么样的话题，最后都会在亡女的记忆上归于沉默。

不过，秦跃始终没有对前妻提起他在金星上的实验室，在那里，他用女儿的基因克隆了几万个孩子。

她们大部分都死了。

第五批受精卵中有一些孩子存活了下来，为了尽快获得实验结果，他们的发育节奏被调快了。这些孩子大部分在三至十个月左右夭折，但是他们的基因数据被记录下来，根据发育中遇到的问题，研究员们进一步修改基因架构，并培育新的婴儿。

夭折的于菲是第六批的孩子，最接近成功的一个，她活了三年半，将近四年，因为生长加速，所以头脑和身体都接近九岁。闲暇之余，秦跃和另外两名研究员试着教她阅读和交谈。

从她的身上，秦跃总是能看到自己失去的女儿的影子。他的女儿。他的宝贝儿。他的好女孩。

有时候，秦跃会猜想自己也许疯了，但是在这颗地狱一样的星球上，做着魔鬼一样的事情，疯狂的感觉反而令他感到安慰。

改造仍在继续进行。

第七批和第八批实验体的改造重心主要放在肢体和骨骼上。因为实验体可以通过皮肤的光化学反应来获得能量，所以庞大的消化系统可以得到精简，也包括沉重的骨骼和累赘的肌肉。

整个研究最终想要的是一个蓝图，一个模式。只要有一个有效的基因蓝本，他们就可以将普通的人类改造成为金星人。由于金星地表九十倍的大气压和五百摄氏度的高温太过苛刻，因此他们放弃了在地表生存的设想，转而将生化体改造的目标环境指向金星大气上层的广袤空间。

这意味着，这些实验体将是一些飞行的智慧生物，从诞生便开始飞翔，并且飞翔至死。

最终，他们得到了一个完美的蓝本，女性，发育良好，智力良好。

秦跃把她也命名为于菲，用以纪念他的另一个女儿。

2. 童年

说不清从什么时候起，她开始意识到“这边”和“那边”的区别。

隔开“这边”和“那边”的东西是一堵透明的墙，或者两扇分出隔间的门。

这边的都是孩子，那边的都是大人。

这边的都很小，那边的都很大。

这边的有羽毛，有翅膀，那边的没有。

这边是金红色的，那边是黄褐色的。

这边的不能到那边去，那边的把自己裹得紧紧的，可以到这边来。

那边拥有决定的权力。这边没有。

在学习语言的时候，关于“他们”和“我们”，她纠结了很久。一个我们也是他们，很多个他们也可以是我们……某天，当她用手指抚摸那冰凉的墙壁的时候，顿悟降临，像一束光照亮她的头脑。

“那边”的是“他们”，“这边”的是“我们”。她这样想。

当然这并不是绝对的，但在这堵透明的墙壁一侧，她为自己的语言打下了清晰的基础。

每隔一段时间，“那边”就会有人过来教她说话，也教她读书写字，她总是拿不好笔，但是她仍然是最棒的一个，因为另外几个孩子还只会把笔放进嘴里咬。

学到“父亲”和“母亲”的概念时，她迷惑了一阵子。她是否应该把“那边”的某个人看作自己的父亲或者母亲？她向自己的教师提出这个问题，得到的回答是否定的。

那么，我们都没有父亲和母亲，父亲和母亲是“那边”的事情，不是“这边”的。她想。

教师并不总是陪着她，他们都有“正经事”要忙，只是偶尔抽空出来陪伴她。这让她觉得自己可有可无，恐惧包围着她——她渐渐开始意识到一些事情，比如某个孩子大声哭叫，抽搐和吐白沫，从这里被“那边”的人带走，然后就再也没有回来。

除了喝水和晒太阳，她无所事事。

有一天，她用力摆动手臂，结果带着自己转了半个圈。这事儿很有趣。她不停地转啊转啊转啊，没法停下来，像是在身体里有什么东西推动着她转。她开始感到恶心，最终无力地趴在地板上。

在那之后，她染上了这种旋转的疯狂。

一圈，再一圈，再一圈。

身体里有某种渴望推着她转动，得不到，想要却得不到，无法抵达，无法形容。

一圈，再一圈。

她不停旋转，直到那边的人穿着厚厚的防护服冲进来，把她按倒。她听到一些话语，每个字都听得清楚，却不懂是什么意思。

“强迫症倾向。”

“人类大脑的顽疾。”

“你们对她关怀太少了。”

“你是说这个东西？”

“请称呼‘她’！”

“算了吧，这东西让我作呕。”

最后那个声音是她的老师的，她曾经隔着玻璃门教她认字和书写，教她如何说话。但是如今她声音里有某种令她战栗和恐惧的意味。

她蜷缩成一团，大声哭叫起来。

在那之后，她不再旋转自己，胸膛里有某种坚硬的东西结成顽石，静静沉淀下来。她的老师依旧会来教她读写，有时候会给她带一两本书。另一个人出现得更加经常一点，他让她称呼他“秦”，那个人总是微笑着，按照书本上来看，他应该是个男人。

他总是给她带来一些东西，有时候会隔着玻璃门为她放映一段陌生世界的录像，那里有蓝色的天空和绿色的世界，被称为“鸟”的动物在空中飞过。它们很像她，尤其是羽毛。她披着羽毛，而他们穿着衣服。这让她觉得奇怪。

“高兴吗？”他笑着问她。

她点点头。“为什么你们穿着衣服而我披着羽毛？”

“因为你不需要衣服那种累赘的东西。”他微笑着回答，笑容有些僵硬。

第二次来的时候，他带给她一条长长的飘带。

“你可以系在身上某个部位，在最原始的时代，人类也是这样‘穿衣服’的。”他说。

我并不想要一件衣服，我只想知道为什么我和你们不一样。

虽然是这样想着，但是她并没有说出来，只是在传送入口拿起飘带，想了想，系在自己的手臂上。

他笑了。

“高兴吗？”他问。

她点点头。

在那之后很长一段时间里，那个叫“秦”的男人都重复着这样的事情：带来一些他希望给她的东西，然后问她是否高兴。她始终都回答“是的”，因为她觉得，他期望她那样回答。

她也有自己想要的东西。不过每一次，他总是回答，“你知道的，有些事情我现在还……”

还做不到。

还不能做。

还不愿意做。

这样几次之后，她就不再要求了，他给她什么，她一律接受，露出那种灿烂的天真无邪的笑容。

某天，她在睡梦中醒来，无意中听到透明墙壁那边，两个人在争吵。是她的老师，还有秦。

“你不可以再叫她‘那个东西’！”秦的声音非常激动。

“难道要我像你一样叫她宝贝儿？秦，她不是人类，她和我们不一样，看看她的样子，你到底是怎么想的？”

“我爱她。像爱我的女儿一样。”

“呸。”

“如果这令你不适应，你可以不来。”

“哦，我会来的，我会教这孩子怎么活下去，不是像人类一样，而是像她自己一样。这和我喜欢不喜欢无关，这是我的责任。我的责任就是让她不至于弄不清楚自己是谁。”

“如果有必要的话，我命令你至少表现出爱她的样子。”

“抱歉，我不像你那么善于自欺欺人。”

短暂的静默之后，愤怒急促的脚步声远去。闹钟响起。是该上课的时候了。她揉揉眼睛，装作刚刚醒来的样子坐起身。

老师若无其事地走过来，“打开你的课本。”她说。

到课程快要结束的时候，她终于忍不住了，把手贴在玻璃墙壁上，仿佛这样就可以摸到老师的脸。

“你爱我吗？”

老师吃了一惊，她看着她，最终缓缓摇了摇头。

“我是你的责任。”她模仿方才听到的话说。

老师点了点头。那张脸上出现了一些她从未见过的神情，是悲伤？是歉疚？是愤怒？但老师最终只是伸出手贴在玻璃墙壁上，和她的手指影像重叠。

“我很抱歉。”

她庄严地点了点头。虽然不明白老师为何要道歉，但是直觉告诉她：她有义务接受这份歉意。

在她“九岁生日”那天，在“这边”的角落里，她发现了一本日记。

“这边”其实很大，有很多个房间和很高的房顶，有很多架子放着很多东西，大部分她都不知道是用来做什么的。只有四个孩子生活在这里，她最大，另外三个孩子，一个刚刚会写字，另外两个正在学习走路。她偶尔会拖另一个孩子一起去探索“这边”的广大空间，那是个男孩，总是畏畏缩缩的。

“我害怕。”他呜咽着。

“书上说男孩子要比女孩子更勇敢。”她鼓励着他，两个人打开一扇积满灰尘的门。

他们发现了一个宝库。

里面放着很多玩具和乱七八糟的东西，虽然都积满灰尘，但是大部分都是完好的。她有很多玩具，这些孩子们都有很多玩具。但是这个不一样，这不是别人给的，而是她自己发现的。

男孩已经跑了进去坐在里面挑挑拣拣。

“我要这个，还要这个，还有这个……”他大叫着，宣称自己对这些物品的主权。

她努力想着如何宣称自己才应该拥有这些物品，突然看到一些破碎的纸页从一只毛绒玩具下面露出来。

一本书。

她小心地捡起那本书来。脆弱的纸张，据说书在“那边”可以保存很久，但是在这边，很快就会变脆和变得破烂。她很少能得到书，而每次“那边”带来的书都很傻气，读起来一点也不好玩。

这本呢?

她翻开第一页。

我的第一日 天气：晴

我讨厌那边的纪年方式，他们告诉我说太阳升起到落下是一天，但是我只记得两次日落，每一次都长达一个月以上。哦，还有“月”，我没见过月亮，我讨厌这样。

这是我的第一天。

一本……日记?

她写过日记，老师教过她怎么写，也要求她写过。但是这本显然是没法通过老师检查的。她看了一眼封皮，上面端端正正写着“于菲”两个字。

她的名字。

男孩伸手来抢这本书，她退后一步，指着封面上的名字。

“这是我的！”

3. 飞翔

“你给我的名字很有趣，于菲，倒过来就是肺鱼。”她笑着说，隔着厚厚的玻璃气密门，手指张开来，贴在玻璃上，指尖是浅红色，和她的皮肤一样。

战栗流过秦跃的脊背。

面前的少女早已不是当年那个女孩，他亲手火化了那个夭折的孩子，他亲眼看着这一个从婴儿长成女孩，从女孩长成少女。一样的眉眼和笑容，说出一样的话语，仿佛所有死去的生化体都在她的一举一动里还魂。

“是飞鱼。”他说，试图用这个小小的近音词来否认那种不祥的感觉。

女孩点了点头。

“飞？我的确能飞。”她说着，鼓动起翅膀，相对于她宽大的翅膀，原本宽阔的屋子变得异常狭窄。“秦，你们什么时候才肯让我们出去？”

“就今天。”

验证生化体能否在金星自然环境中生存的时刻已经到了，秦跃决定把这些孩子们放到实验室外面的平台上去，在那里，头顶是广袤的天空，脚下是虚无的深渊。而他们必须从头开始学习飞翔。

按照地球时间计算，于菲现在是五岁。不过，他们曾一度加速了她的生长，后来又拨慢她的生理时钟。如今，她是一个美丽聪明的十几岁的少女——虽然很多人并不这样想。

因为她不像人类。

基因修改偏重实用，对外貌的要求不高，而且实验体本质上已经和人类相去甚远。以于菲为例：她全身大部分皮肤都被细密的浅红色绒羽覆盖，羽毛里遍布毛细血管，通过光合作用提供她必需的生命能量。两条修长纤细的腿走起路来摇摇晃晃，但中空的骨骼略微减轻了这一负担。她现在是一只六肢生物——巨大的翅膀在背部折叠着，肩胛骨微微向后缩，双臂贴着翅根，像是翅膀下面的古怪赘物。

和她拥有同样基因的改造体一共有六名，两名留下来做生殖实验，另外四名将和她一起参加这次放养。

实验员们聚集在观察区，今天将是一个决定性的时刻。

秦跃按下开关，居住区外面的门缓缓滑开。

几个孩子怯懦地缩在角落里，实验员们发出了嘘声，用手势和声音驱赶他们出去。

于菲站起来，望着玻璃墙壁的另一边，那些大人们在这个女孩黑色眼睛的注视下突然就安静了下来。

她走到平台上，张开翅膀。微风吹动她的羽毛，掠过她的脸庞。

“很棒的风。”她说。

她扇动翅膀，一下，两下，越来越用力，带起风呼啸的声音。另外几个孩子也抬起头来看着她。

她又用力扇动了一下翅膀，然后飞了起来。

不算很高，也不算很远，她并没有离开平台，只是略微飞了一小段，就落了下来，踉跄着跌倒在平台上。这个开端不算很好，但是也不算很糟糕。

另一个男孩站了起来，他平时很活泼，但是现在看起来，也很害怕。

磕磕绊绊地，他走出平台，在风的吹拂下摇晃了一下。

于菲回过头看着他，和他说了什么，但是太远，听不清楚。

男孩似乎激动起来，挥舞着手臂。

于菲摇了摇头。

男孩继续叫喊。

她再次摇了摇头，神情里满是悲伤。

男孩用手指着于菲，说了一句话。然后跌跌撞撞走到平台边缘。

“快拦住他！”

惊叫声响起，实验员们纷纷穿上防护服打算出去拦住男孩。但是已经晚了，男孩展开他的翅膀扑向深渊，借着上升的风，他甚至飞翔了短暂的一小会儿。

然后像石头一样落了下去。

像是打破了某种东西，男孩坠落的那一刻，另外几个孩子也都冲出了房间，一个接一个地展开翅膀，扑向深渊。

于菲站在那里，静静地看着。

秦跃跑上平台的时候，只剩下于菲一个人还站在平台上，她静静看着脚下的深渊，脸上没什么表情。

“为什么？”他愤怒地吼叫着，却说不清楚自己是在对谁愤怒。对那些自杀的孩子吗？或者对还活着的于菲？

“他们想死。”她简短地回答。

“你呢？”林女士，负责教授她文化课程的实验员问道。

一抹奇异的笑容浮上女孩的脸庞。

“我想飞。”她说。

改造实验初见成果，很快，地球方面就秘密提供给实验室一批纳米机械装置，利用这些装置，可以在短短三个月内将人类改造成于菲的模样。投资人和研究者都已经看到了大规模改造移民的曙光，当然，仍然要做很多的实验和调整才行。

第一个接受改造的人是男性，一名……罪犯。按照预定的计划，他将成为于菲的伴侣。

秦跃不知道该怎么告知女孩这个消息。

嗨宝贝儿，我给你带来一个同类，一个丈夫。他以前是个罪犯，从监狱里来的。哦，你知道什么是监狱，那就好办了……

为了避免尴尬的场面，他最终对此保持了缄默。

出乎意料的是，他们带来的实验者是一个看上去很温和俊朗的年轻男人。

陪同的还有两名全副武装的军官，他们将这个实验体的相关资料交到秦跃手中。

卡尔·李，曾经是一名宇航员，后来加入太空部队，被派到火星。2091年火星叛乱爆发，他参与并领导了长达三年的火星独立运动，是叛乱军的四名领袖之一。

最终，火星独立运动还是被地球政府镇压了，而那些独立运动的领袖也纷纷销声匿迹，死了，或者被俘。

不知道是出于什么样的心理，有人把他送到这里来当实验体。秦跃知道，这个实验室的赞助人里有地球政府的高层人员，这或许是他们的某种报复。

按照规定，他应该向这个男人解释实验的内容和结果，但是刚刚开口就被打断了。

“算了吧。”那个男人露出苦涩的笑容，举起被铐住的双手，示意他身后那两个面无表情的武装押送人员，“我没有选择，很显然你也没有。所以，你只需要告诉我，我会变成什么样子，就可以了。”

秦跃看了他一会儿，示意他们跟自己走。

他们来到外层平台，透明的弧形墙壁隔开内外，里面是地球人类的世界，外面是金星柔缓然而致命的风。秦跃拿起话筒，大声呼喊于菲的名字，扩音器将他的声音放送到外面的天空里。

她来了。

学会飞行后，于菲仍然留在实验室附近，事实上也没法飞得太远。生化改造体虽然适应了金星的环境，但仍然需要水。金星的上层大气没有天然水源，外面也没有实验室使用的这种冷凝设施。实验员们定期供给这个女孩饮水，而她必须按时回来。

调皮的小家伙。她像一只巨大的鸟儿般掠过天空，一个灵巧的转折，稳稳当当落在平台上，收起翅膀，好奇地看着这群人。

一个士兵发出低低的诅咒声，作出驱逐魔鬼的手势。

“那就是我们的第一个生化体，于菲。”秦跃介绍道，“她将是你的……同伴。”

“同类。”

名叫卡尔的男人微笑着纠正道。他若有所思地打量着于菲，看着她身上的羽毛，她淡红色的皮肤，还有她的翅膀。她看起来真的很像来自金红色地狱深处的女妖，但这个男人的脸上没有露出任何厌恶或者恐惧的神情。

“很美。”他最终这样说。

4. 云渊

卡尔·李格外怀念火星那广袤荒凉的大地。

从实验室望出去，淡红色薄雾笼罩了天空，云海层层叠叠在脚下铺展开去，偶尔会裂开一条缝隙，让他窥见下方暗红色的深渊。在深渊的映照下，脚下实验室薄薄的地板突然就变得不那么踏实起来。

你有觉悟为自由而战吗?

有。

你有觉悟为了自由而失去自由吗?

有。

你有觉悟为了自由而失去一切吗?

有。

说出那些誓言，是多么简单的事情，而面对之后接踵而至的一切，又是多么艰难。只有他自己才知道。

天空中发射猛烈炮火的地球军队飞船并非致命打击，火星自由革命组织是自己从内部崩溃的。而他被出卖，被背叛，被囚禁，被折磨，失去了一切，落到这个地方，并且，还将失去自己“人”的身份。

值得吗?

他抬起头，注视那个女孩在云层间飞舞的小小身影。

灵巧，轻盈。金星上的风比地球上更柔缓沉重，但是也更容易托起一双翅膀。他听说这女孩是第一个实验体，而他是第二个。

我们即将成为同类，被囚禁在这座金红色的巨大监狱里。

他自嘲地笑了笑。

女孩似乎看到了他，翅膀拍动，一个灵巧的转弯，飞向平台。

一旦落下来，她就显得很笨拙，那双腿太纤细，身躯太瘦小，完全笼罩在那对巨大翅膀的阴影下。

如果她像麻雀一样跳跳蹦蹦或许还容易些。卡尔这样想。

但女孩仍然笨拙而庄严地“走”着。她来到墙边，好奇地看着他，伸出细长的手指贴在玻璃墙壁上。“你是那个新来的人。”她说，“你会变成和我一样吗？”

他点点头，“我想会的。”

“要多久？”

“不知道，他们刚刚开始给我检查身体。”

女孩笑了，“我叫于菲，你呢？”

“卡尔，卡尔·李。我从火星来，有一半亚洲血统。你是亚洲人吧？”

她摇了摇头，“我是金星人，我出生在这儿。”

*我不是那个意思。*他看着她明显带有亚洲人轮廓的脸庞，突然意识到这个女孩根本就没有地球上那些种族的概念。她从出生就在这儿，在这片云海与深渊之上。

她恐怕都不知道什么是大地。

仿佛是为了验证他的想法，女孩又问：“那你知道鸽子是什么样子的吗？”

“鸽子？”

“嗯，鸽子。”女孩认真地点点头，“他们给我的书里有写。但是我不知道那是什么。”

“唔，是一种鸟类，有翅膀，有银灰色的、褐色的和白色的。它们……”他突然有些窘迫，因为他对鸽子也同样所知不多。

“它们喜欢森林吗？”

“森林？”

“这本书里写的。”女孩向他扬起一本破破烂烂的书，“我能看懂一些，有些看不懂。你能给我讲讲地球上的事情吗？”

“呃。我想可以吧，反正在他们把我塞进改造舱之前，也没什么事儿干。”

女孩笑了，在墙边坐下来，他也坐下来，靠着话筒和扩音器。也许改造完成之后，他可以出去和她坐在一起，不用这样隔着墙壁交谈。

他们谈了很久，直到他有些累了。女孩抬起眼睛看了看挂在墙上的钟。

“谢谢你告诉我这些。”她笑着说，“下个标准日我还来。”

他摆摆手，目送她展开翅膀远去。

在那之后，她每天都来。卡尔给她讲述各种故事——有些是故事，另一些则是他经历过的事情。女孩就像一块海绵般吸收他的所有知识，而另一些时候，她会告诉他一些在金星上生活的细节。

“看到那些浮子[①]了吗？”她指点着云海中间的斑块，那是一些有足球场那么大、甚至更大的生物，它们无知无觉，飘浮在云层中间，斑驳的表皮使它们看起来很像是丑陋的云朵。“我可以在那上面歇脚，他们的皮很韧，承载一个人完全没问题。

“但是你要小心坠子。浮子和坠子看上去几乎是一样的，但是有些时候，一些浮子会落向下面的云层，那里很热，而且充满酸。你必须在被烧焦之前就起飞。我猜那

①此处借用卡尔•萨根先生的《宇宙》中对木星生态系统的描述名词。

里是它们产卵的地方，因为我曾经见到很多浮子从酸云里升上来。

“还有，你得小心猎手。它们是很大很大很大的生物，藏在酸云里。坠子下落的时候，它们就会从酸云里探出头来吃掉坠子。只有很少的坠子能逃过去。”

她认真地说着，卡尔仔细地听。他终究要在这颗星球上度过余生，他不想死。这就是为什么在生化改造和死刑中间，他选择了前者。

但于菲的活动范围很窄，她多次提到了“水”的问题。金星是一个干燥荒芜的地方，而她的全部供水都依赖实验室的捕风器，因此她根本没法远离实验室的影响范围。

“从这一点上来说，我只是半个金星人。”她自嘲地笑笑。“也许我的孩子将来能成为真正的金星人。对了，他们有告诉你吗？我们将会是一对儿，他们要我们进行放养的生殖实验。”

卡尔被噎住了。“你上次告诉我说，你只有五岁！”

“五个金星年。”她歪歪头，“但是秦说了，我已经成熟了。他们让我加速生长。他说我可以算作一个女人。”

“他妈的！”

她露出好奇的神情，“那个词是什么意思？”

“……”

在接下来的三天里，她从他那里学到了汉语、英语和火星方言的各种骂人话，并乐此不疲。

又过了一个星期，他进了泡舱。改造开始了。

对可能出现的疼痛，卡尔有足够的心理准备。但事实上，改造过程中并没有太大的痛苦——他们给他用了疼痛阻断剂。

真正的恐怖来自寂静。

在泡舱里，他的呼吸、心跳和躯体一起都交给机械接管，浸泡在液体泡囊中，他听到的只有机械运作时低沉的嗡嗡声，以及异常深远的寂静。

一个普通的人，终其一生，都不太可能注意到自己身体里那些恒定微弱的声音：呼吸的声音、空气在肺里的声音、心脏跳动泵出流动血液的声音……这些细微的声音是生命的背景乐章，然而在这个泡舱里，它们相继停了下来。

那种寂静令他发狂。这是死亡的寂静，而他偏偏还活着。

所幸，于菲总是会来陪他，在墙壁的另一侧，坐下，读一些故事给他听。

只有当她的声音回荡在寂静中的时候，他才觉得自己是活着的。

之前，他曾经满怀歉意地告诉于菲，他不能再给她讲故事了，因为他要开始接受生化改造。

“我去和秦说，让他把改造室搬到外环，这样我可以来看你。”她说。

“可是那样我也没法和你聊天啊。”

“没关系。”女孩笑了起来，“我说，你听。”

5. 瞬间

那天，秦跃忙完了手头的工作，穿过外层平台到休息区去，打算给自己买杯咖啡。

路过改造室的时候，他听到里面有声音传出来。他好奇地探头进去看。

于菲背对着他，斜靠在透明的墙壁上，翅膀松松地折在背后，手里拿着一本残破的书。

那是秦跃丢给她的诗集。

在学会阅读之后，她经常向实验员们索要书籍，但是大家都不很愿意给她：金星的大气对书籍纸张的腐蚀非常厉害，拿到外面的话很快就会变得残破不堪，没法回收。上次他在杂物间翻到一本北岛的诗集，又旧又破没人看，索性丢给了于菲。

她居然还保留着那本书。

并且正在读给卡尔听。

虽然不知道那个被裹在微型机械和人工血液泡囊里的男人能否听到她的声音，但她似乎并不介意，只是专注地朗读着。

仿佛是闯入了某个神圣的地方般，秦跃觉得不自在起来，向后退了半步，藏进阴影里。

金星的日落相当漫长，橘色的阳光洒满天台。年轻的男人在改造泡囊里漂浮着一动不动，微闭双眼，仿佛一座半融化的石像。透明的墙壁外，少女清朗的诵读声穿过扬声器，在屋子里回荡。

沿着鸽子的哨音
我寻找着你
高高的森林挡住了天空
小路上
一颗迷途的蒲公英
把我引向蓝灰色的湖泊
在微微摇晃的倒影中
我找到了你
那深不可测的眼睛[①]

---

①北岛作品：《迷途》

6. 夜

在改造泡舱里，他昏睡了很长时间，再一次睁开双眼的时候，金星漫长的黑夜已然来临。

在白昼的时候，卡尔偶尔会自欺欺人地幻想自己仍然身在故乡，只是停留在云层里而已——但是金星的夜晚足以抹杀一切关于地球的记忆，将鲜亮冷酷的色彩涂抹在匪夷所思的景色之上。

研究员们围着他的泡舱，一张张冷漠的脸藏在面罩后面，每一双眼睛里都透出热切的希望。但是他没办法把注意力从窗外的景色挪开来。

世界在他的认知中，仿佛不合常理地颠倒了。

绯红色的薄雾笼罩着黑色的夜空，一两颗格外明亮的星星将隐约的光芒照进雾气里，而在他们的脚下，层层叠叠的云朵散发出金红色的明亮光芒，看起来仿佛燃烧的大地，或者吞吐火焰的海洋，将他们照亮，将天空照亮。云朵和云朵间，偶尔裂开一道缝隙，在那之下是更加明亮的深红色光焰，无休无止地跃动着，其间时不时地绽裂开一两条冷蓝色的闪电。

我们就像是踏在地狱的血海之上。

他深深吸了一口气，挣扎着试图站起身来。身体很虚弱，而且头有些晕。头重脚轻，他细弱的腿几乎没法支撑起沉重的上半身。肩膀非常沉重，他花了一些时间，才重新想起自己的手在哪儿。

窗外传来翅膀扑动的声音，于菲降落在平台上，看到他，露出一个欢快的笑容，向他挥动手臂。

他愣了一会儿，才意识到自己正在呼吸着金星上的空气。他抬起手，看了看自己浅红色的指尖，手背上覆盖着薄薄的绒羽。

于是，我最终变成了像你一样的东西。

卡尔勉强挤出一个笑容，他没法形容自己的感受，恐惧？愤怒？无助？反胃？

都有，但不完全是。

他惊讶地发现自己甚至有点儿期待。

要站起身保持平衡非常困难，他学习于菲的动作，略微向前倾着身体，把翅膀的重量留给脊背来承担，他的腿很瘦弱，但是足够让他行走。他向前走了一步，又一步。

门滑开来，穿着防护服的研究员们跟在他身后，而于菲扑打着翅膀跳进来，伸手抓住他的手臂。

他想缩回手臂，但最后还是让她抓着了，她牵着他走到平台上，柔缓的风吹动他们的绒羽。

“这东西好像不是我的。”他抱怨着，指了指背上的翅膀，“它们只是个累赘。”

女孩摇了摇头，神情一半严肃，一半期待，“你可以飞。”她说。

“我大半辈子都是用走的。”

于菲咧嘴笑了，她绕到他的身后，用力按他的肩膀，要他蹲坐下来。然后她开始用她细长的手指梳理他翅膀上的羽毛。

他没法形容那种感觉。

女孩细长的手指按摩着他翅膀上的每一块肌肉，梳理着每一根羽毛，而他感觉到了它们，或者更准确地说，关于这些肌肉和羽毛的记忆仿佛原本就在他的头脑中，而他只是一点点将它们想起。

女孩的手指不慌不忙地从翅根一直梳理到翅膀尖端的长羽，每一根羽毛被拨动的时候，他头脑中都有某个空洞深邃的区域被这种感觉点亮，他感觉到了他的翅膀，他现在知道如何让它们动起来。

也许还知道如何飞翔。

“别急。”女孩按住他急匆匆扑动的翅膀，手指滑过他手臂和腿上的羽毛——每一根羽毛都有着比人类毛发丰富得多的感受，当他站起身来的时候，他几乎可以用身体阅读出每一缕风的方向。

他展开翅膀，笨拙地扑动了一下，又一下。

于菲站在他对面，展开翅膀，以一种固定的韵律扑动着，她的动作带动着他的动作，两个人仿佛在跳一曲镜舞。

他感觉到翅膀的力量和风的力量，身体仿佛失去了重量，风托着他，滑过他，包裹着他，如此鲜明而强烈的感受，他几乎无法思考，除了飞翔，他没法思考任何其他的事情。

他用力迈了一大步，向前跳去，并让风把自己托起来。

那一瞬间的飞翔如此美妙，莫可名状。

然后他跌落下来。

于菲拉了他一把，两个人滚倒在天台上，差一点就跌进脚下的万丈深渊里去。

“你着急找死么！”她埋怨道，但并不是真的生气。

他放声大笑起来。

在学会飞行后不久，新的一批实验体来到了改造室。他们检查身体，服用必须的药物，并且等待进行改造。例行公事地，秦跃把他们带到外围平台上，让他们看一看卡尔和于菲——好对自己即将变成的样子有个心理准备。

他们一共四男四女，神情惊恐，慌乱不安。透过玻璃墙壁，卡尔打量着每一个人的脸。突然，一张熟悉的脸庞映入眼帘。

“凯莉？”他脱口而出。

那个身材高挑的女人猛地抬起头来，她有一张坚毅而美丽的脸，剪得短短的金发，以及火星工人标志性的粗糙皮肤。凯莉·德米特，火星独立运动抵抗组织的一员，米沙·德米特的妻子，他曾经在塔尔西斯火山口的基地里见过他们两个。

当她看到他的时候，美丽的蓝色眼睛里满是错愕和愤怒，“卡尔？”她咆哮起来，“这就是他们对你做的事情？”

他叹口气，岔开话题，“塔尔西斯基地怎么了？”

凯莉痛苦地皱起眉头，“他们从轨道上击穿了圆顶，只有很少的人幸存下来。”

卡尔闭上眼睛。

塔尔西斯基地里有几千人，大部分是妇女、孩子和普通工人，只有不到两百名抵抗组织成员。

“活下来的人逃进了荒野。”凯莉轻声说，“但是那里什么都没有，这不是地球上的游击战争，火星的旷野里没水，没食物，也没空气。我们很快就被抓住了，没被抓住的，大概也都死了。”

他颤抖的手指放在玻璃墙壁上，试图从凯莉的双眼里读出关于最后一个火星独立抵抗基地更多的故事。

没有更多了。

除了死亡、失败、背叛和被俘之外。

“一些人被关在轨道监狱。”凯莉的声音如一潭死水，“他们要枪毙我，不过给了我另一个选项，就是来这里。你呢？”

“和你差不多。”

“我以为……我们都以为你们逃脱了。”

“王中海背叛了。”他叹口气，看那双蓝色眼睛镜子般映照出自己愤怒的记忆，“我杀了他，不过来不及逃走。我们几个都来不及逃走。米高扬和基罗特自杀了，我……我决定活下来。”

凯莉的嘴唇微微抖了一下。

“我明白。”她说。

……当我思考金星和火星上关于自由的问题时，我感到强烈的惊恐。人类是非常脆弱的。我们的生命支持系统在火星上成了抵抗组织的软肋，要活下去，就必须留在城市里，而城市非常容易成为高空轨道打击的目标。

我们没办法走进旷野，因为那里极不友善，异常贫瘠荒凉，甚至没有生存所需的空气。

相比之下，金星的状况更好一些，也更糟糕一些。改造人类可以在金星上生活，并且无需食物。我们几乎是自由的，除了水的问题。这里没有水，我们完全依赖实验室供水来生存。

如果有一天他们不再需要我们了，或者他们出于某种理由想要杀死我们所有人。

只需要关上水龙头就够了。

……

……

《卡尔·李在改造人类中的多次演讲》

——回忆并整理 凯莉·德米特

7. 水

在十多年之后，秦跃终于第一次见到了实验室的神秘资助人。

来自地球的信使飞船和另一艘装饰精美的小型飞船一先一后穿过金星浓密的云雾，虽然秦跃不懂得如何判断飞船的好坏，但是单单从信使飞船老牛一样吼叫的噪音和后面那艘飞船的安静程度，就很容易看出两者之间的差别。

很多研究员跑到平台上来围观，一些实验体也在空中好奇地盘旋张望。从小飞船里走下来的，是一支武装小队，以及一个干瘪瘦小的老人。秦跃见过他很多次——在地球频道晚间六点的新闻公告里。

"我想我们差不多该谈谈了。"老人微笑着说。

在会客室坐定，寒暄几句后，老人示意手下拿出一个小箱子，打开来，里面是一颗拳头大小，光芒四射的宝石。

钻石？

秦跃没蠢到把这句话直接问出来。

"奥拉芙晶体。"老人解释道。

他吃惊地倒吸了一口冷气。

"看来你对这东西有一定了解。"

“现在金星上就两个支柱基站还在运作，一个是我们实验室，一个就是晶体打捞者，有时候我们之间会做些小生意。”秦跃说，目光却离不开那个光芒流转的盒子。

奥拉芙晶体，目前唯一可以作为人工智能核心的天然晶体，每一颗的价格都昂贵得惊人。任何工业制造出来的晶体都没法复制它内部那些细小复杂的构造，而且每一颗奥拉芙晶体内部的构造都截然不同。

唯有差异才能创造智慧。

这种晶体唯一的产出地是金星，但不是在轨道上和云层里，而是在酷热的金星地表，目前完全不知道其产出方式和天然来源。那些打捞者冒着生命危险穿过硫酸云层，用泡舱抵抗90倍的大气压前往金星地表搜索，但只有运气最好的人会在半熔融的岩石间发现一两颗晶体，而且多半已经在六百至八百摄氏度的高温下被严重磨蚀了。

“那个打捞基站也是我的产业。”老人轻描淡写地说，“他们最近有了一些新的进展。简单地说，他们在地面发现了一只腐烂的浮子，并且在它的尸体里发现了两颗完美的奥拉芙晶体。”

秦跃瞪大眼睛。

“您的意思是说……”

他的视线不由自主地转向窗外，云朵间隐现着浮子花纹斑驳的巨大脊背，在他的眼里，那些浮游生物已经化作了巨额财富。

“并不是所有的浮子都有晶体，而且要抓住一只浮子，解剖它，还要找到晶体……”老人耸耸肩。

秦跃明白他的意思：浮子最小的也有一个足球场那么大，而大的浮子几乎像一片平原或者一座山。

“用飞船做到这一切很困难。但是用比较小的人就可以很方便。”老人看着秦跃恍然大悟的神情，露出一个淡淡的笑容，“我还会继续资助你和你的实验，但是首先，我想我们得和那些实验体谈谈。”

一开始的时候，秦跃还担忧卡尔会带来大麻烦，但出乎他意料，卡尔并没有提出抗议或者反对。

“我知道会有这样的事情的。”前火星起义军领袖拍打着翅膀，露出一个讽刺的笑容，“有些人肯定要收回自己的投资嘛。但是我告诉你，让这些家伙工作，可是很难的。”

“哦？为什么？”

“到时候你就知道了。”

面前这个男人带着讽刺的笑容让秦跃非常不舒服。最近，经常和他交谈的人换成了卡尔。这让他不安。于菲是个很单纯的女孩子，但卡尔很难应付。秦跃意识到自己在实验室呆得太久了，他宁愿去摆弄仪器，也好过面对一个复杂的人。

“对了，菲儿还好么？”他问。

“她很好，只是不太愿意和你说话，孩子长大了都会有那样的时候吧，不想和父母交谈的时候。”卡尔淡淡笑着。

“嗯，我能理解，对了，你们有没有……”

“如果你指的是那个的话，没有，我没抱她。你们这些人啊，真不知道是怎么想的，就算身体和头脑发育得再好，也才五岁的年纪而已。”

“……很多研究员认为她已经足够成熟了。”

“你们相当于是菲儿的父母，子女会回应父母的期望而表现出成熟的模样——事实上，即使面对的是很差的父母的很糟糕的要求，子女仍然没办法拒绝。”

卡尔的语气像是在谴责他一般。

“我们……我们只是研究人员，她只是实验体而已。你也一样。”

年轻的男人发出一声轻轻的嗤笑，伸出手指，指着自己的胸口，“不再是人类的我，和否认自己是一个有情感的人类的你，究竟哪个更可悲一点呢？”

他哑然。

正像卡尔预言的那样，实验体们拒绝工作。

实验室回收了他们睡觉用的毯子，以及一些小小的个人纪念品。但是这丝毫不能改变这些家伙拒绝工作的决心：对他们来说，“饥饿”和“生存危机”并不存在，阳光可以供给他们生活的必须能量。除此之外，他们只需要水。

无奈之下，实验室终止了对他们的水供应。

当天，卡尔就来找资助人谈话。

“我们希望你们恢复水供应。”他的声音很平和。

“天下没有免费的午餐，当然，也没有免费的水。”他们的资助人傲慢地回答。

短暂的沉默后，卡尔点了点头。“我懂了。我会去说服其他人的，请保留一点耐心，阁下。”

他转身展开翅膀飞进浓雾里，最近那些实验体都搬离了平台，住在附近的几只巨大浮子上。

“当初把他送来这里是个错误。”资助人看着卡尔远去的背影，冷冷地说。

秦跃品尝着老人话里的余味，不由得打了个寒颤。金星的天空中弥漫着金黄色的薄雾，那个飞翔的男人背上红色的披羽映着初升的朝阳，仿佛一团炽烈的火。

被改造者仍然源源不断地从地球运来，并不断地从实验室走向外面广阔的金星世界。实验室扩建了平台，并添加了两台从大气中冷凝水的捕风器，这些工程大部分都是由实验体来完成的。

一个星期前，两颗奥拉芙晶体被送进了实验室里。卡尔和他们进行了直截了当的交涉：实验体找到了不捕杀浮子就能取得晶体的方法，而他们希望以此为交换，来让实验室继续关于实验体生育的研究——当实验体的数量已经接近一千人的时候，他们在源源不断地从实验室里走出来，却没有一个孩子出生。

秦跃向资助人转达了卡尔的要求，却被拒绝了。老人冷漠地表示：既然可以稳定生产实验体，就并不需要自然生育，因为他不希望他们变得太多。

到目前为止，实验体依然很听话地劳作，并在一天的劳作后领走他们的水。秦跃远远地看到过于菲几次，但是她从来不靠近实验室。据说她是晶体采集组的，每天飞来飞去，降落在浮子的巨大躯体上，用撬钩和短刀偷走那些巨大生物的眼睛。

资助人带了一些武装人员来，半是保安半是工头，每天穿着气密衣物在外面监视实验体们工作，渐渐地，就有些抱怨传出来。不外乎是这些“蠢鸟”又搞丢了工具或者又飞到他们看不到的地方去了云云，很显然他们认为实验体要么是弱智要么是动物。

秦跃并不这样想，上次他去探看那些实验体，恰好在撞见一个前政治犯兼历史教师给坐成一圈儿的实验体讲课。而且对于他们“丢失”的那些工具，秦跃也有不好的预感。

这该死的预感在大约三个月后应验了——某个工头在轨道站支柱上发现了一个简陋的手工制作的集水器，它用了一些丢失的建筑材料，配合一些从金星粘质漂浮生物上剥下来的皮膜制成。挂在支柱上，里面有一些水。

当试图没收这个集水器的时候，这名工头遭到了实验体的愤怒攻击。他的头盔被扯下来，在百分之九十六二氧化碳的大气中迅速毙命。

资助人当即宣布停止供水，而实验体也不出秦跃所料地停止了工作。卡尔来和资助人交涉过两次，但是双方都不肯让步。

停止供水七十二小时后，资助人恼怒地宣布，要派出一支武装小队来“解决问题”。这些雇佣兵整装待发，每个人都武装到了牙齿。

正在提心吊胆地旁观的时候，一名助手跑来告诉秦跃：于菲在天台上等他。

秦跃吃了一惊，连忙来到外层平台。

她在那里，看上去成熟了许多，也长大了许多，一条细细的皮带束在她腰间，似乎是某种象征。和过去一样，她伸出手贴着透明的墙壁，仿佛这样就可以触摸到另一边的他。

秦跃哽住了。

“你好，秦。”她露出和过去一样天真的笑容。

“嘿，宝贝儿。”他好不容易才挤出一句回应。

“别那么紧张，我不会向你要水的。”她笑着说。

“我很抱歉。”

秦跃等着她说她不需要道歉或者她会原谅他之类的话，但女孩只是笑着，仿佛他应该为此事而感到歉意。

“我只是想告诉你，我怀孕了。是卡尔的孩子。你给了我一个好丈夫。”她说。

秦跃的心沉了下去。

“我今天喝掉了他们留给我的最后一点水。”她把手放在腹部，露出一个哀伤的笑容。

他想回答她，他想告诉她快逃，武装小队即将被派出去“拆掉那些水包，并且顺便干掉那个带头的家伙”，他想告诉她快点和卡尔一起逃走，他想祝贺她和她的孩子……

但是他什么也没有说。

女孩看着沉默的男人，笑了笑，隔着透明的墙壁轻轻摆动右手，仿佛在抚摸他的脸。

“我走了，秦。”

说着，她展开宽大的翅膀，转身飞进金色的云雾里。

武装小队在四个小时后出发，又过了四个小时，他们带回了一批被破坏的手工捕风集水器，还有六具实验体的尸体，其中包括卡尔。资助人命令武装小队把尸体放在天台上，摆成一行，实施某种无言的警告。

不到半个小时，“他们”的身影就出现在云雾里。

几乎所有的实验体都来了，于菲飞在最前面，他们先后降落在天台上，沉默地面对着六具尸体，每个人都露出复杂的愤怒神情。而武装小队黑洞洞的枪口正对着他们。

秦跃看到于菲转过身去和他们争论着，她用力打着手势，但是从这么远的地方，秦跃听不到她在说什么。过了一会儿，人群略微散开来，而她走出来，独自面对着他们。

她跪了下来，低下头。

“我们将会恢复工作。”她说，声音平静，听不出半点屈辱或者谦卑的意味，只是在陈述一个事实，“请将尸体还给我们，并恢复供水。”

“你们不得再自己建造捕风器。”资助人傲慢地提出附加要求。

“我接受。”

“不得怠工和偷窃工具！”

“我接受。”

“……”

那个老人似乎还想提出什么，却已经想不出什么新鲜花样。他烦躁地摆了摆手，示意武装小队撤离。

两名实验员迅速抬着水来到供水机边上，将水添加进去。

但是没有一个人动。

那是非常令人不安的场景：一个怀孕的女人跪着，巨大的翅膀覆盖她瘦小的身体。除此之外每一个实验体都站在那里，用混合了骄傲和愤怒的目光看着他们。

她站起身来，走向那些尸体，弯腰抱起死去的卡尔，她的丈夫，她尚未出生的孩子的父亲。在她的身后跟着另外几名实验体，每个人抱起一具尸体，走向平台的边缘。

短暂的静默后，他们将尸体丢进云海，任他们坠向下方那狂暴炽热的大地。

在这一切结束之后，实验体们排成有序的队伍，领取水，并回到工作岗位上。

没有任何抗议的举动，他们喝水，然后去工作。每一个人，包括怀孕的于菲在内。

仿佛是感受到了秦跃的注视，女孩回过头来，黑色的眼睛冷漠地迎上他不安的视线。

8. 方向

她坐在浮子宽阔的脊背上，透过薄雾和云层向下窥看那广袤炽热的大地，巨大的深渊。

卡尔去了那里，和其他死者一样。

眼泪滑下她的脸颊，但心里感觉不到悲伤，也没有愤怒，只是空荡荡的，仿佛灵魂被掏出了一个巨大的洞，又好像她的躯体也被掏空了，只剩下一些羽毛和皮肤，只要张开翅膀，就会飘飘荡荡地坠落下去。

有呼喊的声音响起，她回过头看去，一个小小的身影在平台旁向着她用力招手。

她并不很想过去，她讨厌实验室，也讨厌秦。那个创造了她的男人并不残忍，也不冷漠，他甚至很亲切，但是总是那样疏远。她曾经仰慕他，曾经爱他，曾经怀着某种期盼，期盼她某一天可以信任和依赖他。然而……

迟疑了一下，她还是飞了过去，刻意把泪痕留在脸上。

当她降落在平台上的时候，秦跃向前走了几步，似乎想要拥抱她，但最终仍然和她保持着一定的距离。

"……你还好吧？"他谨慎地问。

"你觉得呢？"她讽刺地反诘道。

"别这样，看在孩子的份上。"

"我没孩子。"说出实话让于菲感到一阵轻松，"我听到了关于武装小队的消息，所以找个借口找你打听一下……但是你……"她轻笑一声，"你什么也没说。"

"你真的没有……"

"他没抱过我！"

于菲再也忍不住，转过身来大吼，在闪烁的泪光里愤怒地注视着秦跃的脸庞，"——他说我还是孩子，他说要等我长大了再娶我！"

"可是……"

"没有可是，就是这样而已。"

于菲听到自己的声音嘶哑疲惫，如今，她有七岁的年龄，二十岁的身体，以及仿佛比一万年还要老的灵魂。

"宝贝儿，我有一件事情要告诉你。"

"哦。"

"红河那边有水。"

于菲猛地瞪大了眼睛。

"从这边向北去，伊洛斯活火山喷发出来的岩浆，一路向东流动，凝结在巨人平原，几十年来它们一直这样流动，一路上的岩浆高热造就了一个低气压带。

"很多坠子和浮子聚集在那边。那些从下面升上来的坠子，携带着地面上高温生成的碱性岩石，和云层中间的酸性气体反应，以此来获得能量。水是它们的代谢废物，会定期排出。这边的坠子浮游高度太低，太靠近酸云，没法排出。那边是低气压带，浮游高度相对高一些，可以去采集。但是要小心一点，那边也有很多大型猎手。"

"……这件事，你们知道多久了。"

"很久了。"

"但是你一直没告诉我。"

"是的。"

“为什么？”

她瞪着那个男人，想要用目光从他的唇齿间挤压出答案，但他只是转过头去，不再看她。

“我知道了。”她轻轻叹了口气，转身展开翅膀。“那我走了。”

她等了一小会儿，没有得到回答，便径直飞进了云雾里。把那个造就了她的男人抛在身后。

不再爱是很容易的。

但学会不再期待却很难。

尾声 红河

在某个早上，从人工灯光下醒来的实验员们发现，所有的实验体都不见了。

资助人暴跳如雷，但是无可奈何。他多次派出武装小队寻找，但是一无所获，金星的天空如此广袤，一千多名实验体不过是沧海一粟。反复搜索多次未果，连最新一批培育出来的实验体也在一段时间后神秘失踪。

老人愤怒地放弃了实验室，撤走了资金和人员，自己也离开了舒适的高空别墅，回到日渐变冷的地球上。秦跃留了下来，此外还有几个和他一样无处可去的研究员。他们凭借实验室的自我循环能力生活，并进行有限的研究。

又过了一段时间，开始有零星的实验体——或许现在该叫他们金星人——出现在平台上，和实验室里的人做生意，也和那些水晶采集者做生意，用奥拉芙晶体交换物资——主要是大量的书籍。

他们中有一些会带着孩子。

一些研究员靠贩卖奥拉芙晶体一夜暴富，便离开了艰苦的实验室。秦跃则用他的钱为实验室添置各种设备，继续他在金星上的研究和生活。时不时地，他会接受一些移民，将他们改造成适合金星生活的模样，并委托来做生意的金星移民带走他们。

实验室的人来了又走，但他始终留在这里。

再后来，实验室北方大地上的伊洛斯活火山发生了一次大规模的喷发，岩浆河流改道，经过实验室下方的平原。

那天清晨，他从实验室的平台上向下望去，云海被热气撕开，暗红色的河流切割着橘色的大地，巨大的坠子乘着风缓缓上浮。在坠子上栖息着许多披着绒羽的身影，其中一个女孩展开翅膀，向上飞来。她落在平台上，用黑色的眼睛迎向秦跃的目光。

已经过去了多少年？他不记得了。

很多很多年前，他曾经隔着玻璃幕墙，给幼小的于菲讲过一个故事。那是关于一个妖怪的，那是一个不死的妖怪，因为它把自己的心脏拿出来，放到了一个安全的地方。只要心脏还在，它就是不死的。

那如果它的心脏回到了原来的地方呢？女孩问。

哦，那个，也许……

也许它会觉得，死的时候来到了吧。

玻璃幕墙上隐约映出秦跃自己的影子，从什么时候起，他成了一个老人？从什么时候起，那女孩有了那样陌生的双眼和迷惑的神情？他想要提问，但是心脏跳得飞快，就像是它突然回到了自己的胸口一样。

他伸出手，隔着玻璃试图抚摸女孩的面庞。

然后便重重地倒在了地上。

“妈妈，他是谁？”女孩扭过头，迷惑地问。

另一个身影落在她身后，于菲望着老人被实验员搀扶着远去，轻轻叹了口气。

“我们所有人的父亲。”她回答道。

三姑和她的花房

文/花布　图/何懿

1

年底时，我生了一场大病，淋了雨雪、喝了酒，回家以后就开始发高烧。那阵子我几乎烧迷糊了，只能浑浑噩噩地看见家里人跑前跑后，急得脚不沾地。

那个时候，我想，我的小命可能就此葬送在这个冰天雪地里了。

是我奶奶救了我，不对，应该说是她老人家想了个办法救了我。

据我妈说，我昏迷不醒的时候，一直在念叨着一个人的名字："qin nan、qin nan……"这个人家里人都不熟悉，奶奶因此断定我是被鬼缠身了。这当然是无稽之谈，可爸妈和医院都对我束手无策了，只好死马当活马医，听了奶奶的话。

奶奶她老人家当时颇具巾帼英雄的风范，把大手一挥，说："去！叫老三来！要快！"

老三是谁？那是我姑姑，奶奶最小的女儿。

关于三姑，我从很小的时候就觉得她很神秘。这个姑姑并非我奶奶亲生的，她是奶奶捡回来的一个弃婴。上世纪六十年代，百废待兴，又面临着大饥荒，自然有不少弃婴。

奶奶曾经不止一次地给我讲述那段艰难岁月，据说，她把三姑捡回来的时候，爷爷并不打算收养三姑——家里已经有大伯和我爸两个孩子了，一个八岁，一个六岁，正是能吃的时候。俗话说，半大小子吃死老子，爷爷那时候的工资早已入不敷出，别说三姑，就是再养只猫都成问题。

那一次，爷爷和奶奶大吵了一架。

奶奶是个心慈之人，女人特有的慈母天性，让她看到三姑第一眼时，就打定主意要收养这个女娃娃。她说，这叫缘分。不过，那个年代，吃饱肚子是顶天的大事，缘分再深也没个用处，最后，爷爷还是背着奶奶偷偷摸摸把三姑抱到了附近郊区的荒林子里。

说是荒林子，是因为原本茂密繁盛的林地，早被饿疯了的人抢食光了，树皮树叶都被扒拉吃了，所以，除了柴火棍似的光秃秃的树杆子，什么都没有，而且经常出没一些野狗什么的，那种东西饿疯了可什么都照吃不误。

奶奶在第二天早晨醒来的时候，发现三姑杳无踪迹了，她哭喊着要爷爷把闺女还给他。

爷爷心里也不忍啊，可望望饿得干瘦的两个儿子，最终狠着心没告诉奶奶丢弃三姑的地方。

那几天，我奶奶像疯了似的，没日没夜地哭着出去寻找三姑。过了三四天，爷爷实在受不了了，想着那么个小东西，丢到荒林子里，不冻死饿死，也会被野狗吃掉的吧。他忽然也觉得自己做了件天大的恶事，便把丢三姑的地方告诉了奶奶。

那是个大晚上，数九寒天的冷气吹得人骨头都发颤，大雪像疯了似的下，天地一片白茫茫。爷爷和奶奶摸黑出来寻找三姑，晃着昏黄的手电筒在荒林子里转了好几个圈，等找到三姑的时候，两个人都傻了。

三姑没死，这是自然的。关键是三姑没死的原因实在让人匪夷所思。

当来到丢弃三姑的那棵老树底下时，爷爷和奶奶简直不敢相信眼前的景象：那棵被扒拉得树皮都没了的老树，居然长满了绿油油的叶子。不仅如此，在它脚下方圆一米左右，青草满地，足有半人高，奇怪的是，除了这方寸之地以外，依旧是寸草不生。

三姑躺在那棵老树下，厚实温暖的草甸子盖在她身上，睡得正熟。

那棵老树是棵桃树，几年没结果了，偏偏那个晚上，似乎一夜之间开窍了，硕大的桃子结满了树枝，沉甸甸地压得树都弯了腰，而三姑四周围落满了熟透的桃子，她小手里还抱着一个啃了一半的软桃子。看来这些天她是既没冻着，也没饿着。

爷爷和奶奶说不出的惊讶，也不知道当时是害怕还是宽慰。遇到这种怪事，爷爷也不敢再说什么了，他们把三姑裹在怀里，又摘了不少桃子，这才回了家。

打那以后，爷爷再没说过不要三姑的话。

而关于那棵一夜之间茂盛起来的老树，在爷爷去世后，也成了奶奶一个人的秘密。说是秘密，其实也不是，因为她无聊的时候，时常会对爸爸还有大伯说起，只不过眼见为实、耳听为虚，既然见到的只有他们两个人，相信的也只有他们两个人，爸爸和大伯只是一笑而过。

我却很相信，因为那时候我仅仅六岁，还能从奶奶那些奇怪诡异的故事中找到乐趣。

据奶奶后来说，把三姑抱回家之后，他们两个人望着满地的桃子依旧如坠梦里，于是当即又回了一趟荒林子。奇怪的是，等他们再回去的时候，那棵老树又成了干巴巴的柴火棍，别说桃子，连个绿叶都没有。打那之后，奶奶总说三姑不是普通人，但究竟是什么人，她也说不清楚。

既然不是普通人，就一定有些古怪之处。

三姑却并不古怪，她和普通孩子一样，和我大伯老爸一样，在饥一顿饱一顿的年代里，顶着个营养不良的黄毛脑袋，一岁一岁地长大。上小学、上中学、上大学，完全没有什么非凡之处。

直到二十多岁参加工作之后，三姑才变得有点不可理喻。

那时候像她这么大的姑娘还没嫁出去，是个大问题，奶奶为此不知道和三姑生了多少次气。三姑不是没人追，相反，追她的人太多了。她长得漂亮，就跟一朵花似的，所以，大学时期的校友和工厂里的同事，都想着办法讨她这朵花的欢心。

可三姑竟然一个都看不上。

有一次，奶奶急了，对着老丫头发起了怒："你个死丫头，你到底要找什么样的？！你打算让老娘陪你一辈子啊？！别仗着自己长得漂亮点，就把眼珠子拴到天上去。等过两年人老珠黄了，有你苦头吃。"

三姑也不示弱："我就是长得漂亮，我就眼界高！我这么漂亮的一朵花，找不到合适的牛粪我就不插！"

三姑是孝顺，可是也拧也倔，经常把奶奶气得满屋子揍她。一来二去之下，三姑决定惹不起，咱就躲。

那个时候，我们家已经从老家搬到了市里，三姑的工作也不错，可她竟然背着奶奶偷偷辞了职，一个人回了老家。等大家伙儿找不到她，急得满屋子乱窜的时候，她才从老家寄来一封信，说是再也不回城里了，就在老家过，舒心。

奶奶是被这个老丫头气得没了办法，索性也就由她去了。

那时国家正提倡搞自主创业，三姑就在老家包了原先的荒林子，种起了花。不到几年，就富了。也常常寄钱回来给奶奶，常常打电话来让奶奶回家养老，可这一老一少都是倔脾气。

每一次，奶奶接三姑电话的时候，都虎着脸说："我不回去！回去也会被你这丫头活活气死！"

其实，我知道奶奶是惦记她那老丫头的，她常念叨着我那老三怎样怎样，我那老三怎样怎样的。

大概要不是为了我的病，奶奶可能和三姑就倔到一辈子了。我也不知道奶奶怎么就突然想起三姑来了，也许真的是把我死马当活马医了吧，也许是想到三姑常常寄给她的那些个花茶，喝了之后的确能平喘去痰，也许，是想到了当初那棵替三姑遮风挡雪，还结桃子的老树吧。

所以，在奶奶一通电话后，三姑马不停蹄地坐飞机赶了回来。

三姑回来的时候，我已经陷入了深度昏迷中，大家也没心情和她叙旧，她也知道事情的严重性，把我爸我妈、大伯大娘、堂弟堂妹们往病房外一推，大门一锁，房间里就只剩下了我和奶奶还有她三个人。

三姑从背包里拿出一个纸袋子，开始往外掏东西。奶奶就坐在一边紧张地看。

不一会儿，屋子里，甚至整个楼道里都开始飘香，那是花的香气，格外馥郁，好像医院里都长满了姹紫嫣红、各式各样的花朵，香得顶鼻子。医院里自然没种花，那香气都是三姑带来的干花散发出来的。

三姑在我身边，像医生一样翻了翻我的眼皮，摸了摸我的脉，就叫奶奶拿了只碗，开始吭哧吭哧地在碗里捣花瓣，一边加水一边捣。黄的、紫的、红的、蓝的花瓣不停地被她丢进碗里，很快，那碗里就捣出了一汪黑乎乎的汤。

三姑撬开我的嘴，开始给我灌黑汤。

我记得，我喝了第一口的时候，已经稍微有了些感觉。说不出到底是个什么感觉，只觉得浑身暖洋洋的，喉头那黑汤也丝毫不苦，而是格外的香甜，没蜜甜，却比蜜好喝。等喝到第二口的时候，我就听见奶奶的声音了。

奶奶一蹦老高，惊呼着："我大孙子醒了！醒了！"

三姑脸上的汗也干了，吁了口长气，笑呵呵地望着我，说："小林，你可把这一家子都吓坏了。"

福兮祸兮，祸兮福兮。有句老话说的好，厄运去了就是福。

因为我的病，我们一家子难得地团圆了，奶奶也和三姑冰释前嫌。当天我就出了医院，她们母女俩在我的小屋为我守夜。其实我已经没事了，不过三姑和奶奶不放心，或许两人也有些话要说吧，我虽然好了，却浑身无力，躺在床上，听着奶奶和三姑唠嗑。

三姑近几年是过得越来越富了，她在荒林子里盖了几十亩的花房大棚，种满了各色各样的鲜花。花也卖得不错，她便在花房周围圈了一圈篱笆墙，里面盖了一幢小楼，日子算是有滋有味了，只是奶奶似乎还是对老丫头的婚事担忧。

奶奶说："老三啊，你还是找个人嫁了吧，不然等你老了，连个说话的人都没有。"

三姑笑了笑，说："妈，我都多大了，谁还要我？我这一辈子就陪着您了。"

我躺在床上一直没有说话，我心里有事。是关于秦楠的，据说我虽然病傻了，却依旧不停地呼唤着她。

2

秦楠是我女朋友。

大学毕业之后，我在公司里认识了秦楠。秦楠长得很漂亮，男同事都喜欢她，不过，她最后选择了我这块愣乎乎的"牛粪"。我和秦楠的关系一直没有告诉家里，本来我想再等一阵子就把秦楠介绍给家人认识，可却出了意外。

秦楠是外地人，孤身一人来我们这儿打工。

年底之前，她说要回一趟老家看看父母，二十一日就回来。于是，那天我特意去火车站接她，可却连个人影都没见到，手机也不通。我以为她有什么急事出去了，就在她租的屋子里等她，可这一等就等到了天明，她依旧没回来。我有点慌了，四处寻找秦楠，可足足找了一个星期依旧不见她的踪影。

那之后，我再也没见过秦楠。

我很郁闷，这算什么？被无声无息地甩了吗？

那几天，我经常一个人闷闷不乐地喝得酩酊大醉。在那个雪雨纷飞的夜晚，我灌了半瓶烧锅子，一边在雪地里歪歪斜斜地画八字，一边大唱“对面的女孩看过来！看过来！看过来！”最后终于四仰八叉地晕倒在了路上。

几天后，我在三姑那神秘黑汤的滋养下，身体彻底康复了。但公司我是不想去了，因为实在无法接受没有秦楠的办公室，索性就撒个谎，说我还处于恢复阶段，还要歇上它个十天半个月的。老总怕我“英年早逝”，满口答应了。

生活又恢复到以前那日复一日、索然无味的状态中。

奶奶倒是异常高兴，她大孙子病好了，她老丫头回来了，每天没事就琢磨着今晚吃什么好料，偶尔和三姑搬个麻札子，两人在院头边晒太阳边聊天。偌大一个院子，上班的上班，上学的上学，就剩下我一个无聊人士，又受了情伤不愿意出去，我便努力做起了宅男。

三姑是个聪慧的女人，似乎没有什么事能逃得过她的眼睛。每天看我衰神一般蹲墙角里拿树枝子画圈圈，就猜到我一定有心事。

这天，三姑特意把我叫到了她房里，问我："小林啊，是不是失恋了？"

我一愣，点了点头。事情憋在心里也难受，便一五一十地把和秦楠的事情告诉了三姑，还拿了秦楠的照片给三姑看。三姑听了点了点头，突然岔开了话题："小林，跟三姑回老家住一阵子吧，去看看三姑的花房，你这样老憋在家里是要憋出毛病的，出去走走对你有好处，我那地方可漂亮了。"

花房？我一个大小伙子对那种东西实在不感兴趣，花有什么可看的？可这样整日整夜地呆在家里实在是无聊，想了想，索性答应了三姑。

我已经整整有十五年没回老家了，记忆中对于那片荒林子还是有些恐惧。那是我八岁那年，老爸带着我偷偷摸摸回了一趟老家，打算看看三姑，她一个姑娘家，在老家一个人生活一定很艰难。那次，懵懂的我趁着老爸和三姑聊天的工夫跑了出去。

我跑到了荒林子里，因为一份稀奇，对奶奶口中那棵大冬天结满桃子的老树感到无限憧憬。

事实上，荒林子真的很大，大概也不适合叫荒林子了，满树满树的绿意盎然，俨然就像一个小型的原始森林。十几年来树木都粗了、高了不少，像一个一个巨人似的，横亘在天地之间。

我一个人就在荒林子玩开了，不知不觉天就黑了。

荒林子里的白天和黑夜是迥然不同的两个世界，白天它繁华似锦、生机勃勃，可到了晚上它一下子就变了脸，黑乎乎地没有一丝光亮。我害怕了，我能听见老爸和三姑在林子外呼唤我的名字，我就一边嚎哭着一边循着声音走，可不论我怎么走，也走不出这片林子，似乎老爸和三姑就近在眼前，却又隔着一层薄薄的纸，只闻其声，不见其人。

或许小孩子都有些没心没肺吧，又赶上我有点傻大胆儿，哭累了，我干脆坐在一棵老树下迷迷糊糊地睡着了。

我再醒过来的时候，天已经亮了。我睁开眼，就看见一个小女孩站在我面前，咬着手指头对我笑，她说："你是谁啊？你怎么跑到我家来了。"

我吸了吸鼻子，说："我迷路了。"然后，又不争气地开始哭。

小女孩蹲下来安慰我，说："别哭，我告诉你怎么走出去。"她指着不远处一棵最为粗壮的大树，"看见那棵树了吗？你就对着它走，从它左边绕过去；然后一直走，每走几百米你就会看见一棵老树的，你继续向前走，从老树左边绕过去——记住！是左边！等到你发现第六棵老树的时候，你就找到回家的路了，那棵老树是这荒林子里最粗的树了，它中间有个大树洞，你走进去就能回家了。"

这是什么？听起来有点像神话故事，让人打死也不相信的神话故事。

可八岁的我信，反而觉得很好玩、很刺激。俗话说初生牛犊不怕虎，就是老虎在跟前，也要睁大眼睛去看看长什么模样。我谢过那小女孩，那小女孩便笑盈盈地朝一棵树跑去，躲到树后不见了。我开始按照她的指示前进，绕过一棵又一棵大树，终于发现了那棵足足有五六人合抱粗的老树。

那是棵老银杏，扇形的叶子哗啦啦地随风响，抬头看，密实的叶子撑开像把伞，根本看不到头，也看不到阳光。

在树中间果然有一个大树洞，黑洞洞的呈半圆形。我咬了咬牙，把心一横，走了进去。

树洞里太黑了，什么也看不见，挤在里面的是松软的落叶，踩上去虚腾腾的。我刚迈了两步，脚下猛地就踩空了，整个身子一歪斜无休无止地往下坠落，我连喊都没来得及喊，眼前一黑就晕了。

等我睁开眼的时候，我发现自己躺在三姑怀里。三姑正望着我笑。我一怔愣站了起来，比手划脚地向三姑和老爸叙述我在荒林子里见到的小女孩，还有那棵银杏老树的树洞，可两个人只是不住摇头叹息，一副在听八岁说书先生讲天方夜谭似的表情，完全不相信我。

三姑笑我："小林啊，你是在做梦吧？我们发现你的时候，你正在一棵树下睡大觉呢。真是个没心没肺的小子，在荒林子里迷了一整晚的路，居然还睡得着！"

我指天誓日，急得双脚直蹦："我说的是真的！真的！"

三姑摇摇头说："是真的！是真的！不过，以后没大人跟着，再不许自己跑林子里玩了，听见了吗？这次你能碰见好人救你出来，下一次可就说不准了！"

我到死都记得三姑说这话时的表情。她冷着脸，轻轻地压低着声音，那模样完全不像是在和我开玩笑，似乎真的相信了我的话，似乎真的在警告我。从那以后，我再也没有回过老家，对于那片荒林子，我有一种说不出的恐惧。我总觉得它很神秘，神秘得让人难以揣测，难以了解，难以靠近。

3

下了飞机，大概一个小时的车程，花房已经近在眼前。

我真的开始佩服三姑了。不是吹，三姑的花房真的不像个花房，反而更像是一处古欧洲贵族们的庄园城堡。气派的电控大门上盘绕着枯萎的藤蔓，打开门，是一条笔直而宽阔的大道，道旁栽满了四季青，虽是冬天，这些矮墩墩的植物依旧生机勃勃，像护卫城堡的小矮人。再往里走，道路旁就是各色的植物了，此时基本都已干枯，除了一些耐冬的植物，剩下的早已凋零。

我看得新奇，俨然觉得自己像个古欧洲的贵族了，不免激动起来："三姑，您老行啊！赚大钱了！"

三姑见我拿她打趣，狠狠踹了我一脚："你小子还是这么不着调！"说着，伸手指去，"看！到家了。"

是幢小楼，三层，盖得非常气派。

推门走进小楼的时候，我差一点吓到。

楼里和楼外俨然两重天。楼内更温暖，暖意融融之下，收进眼底的尽是植物，红色的玫瑰、黄色的丁香、紫色的月季……更多的我就叫不上名字了，连楼梯的扶手上都缠绕着藤蔓小花；往地下看，地板原来是裸露的，没有铺地板砖，黑色的土地早就被各色植物覆盖，不过倒是修整得干净利落，绿色盎然之间也能清楚地辨别卧室、客厅、厨厅、房间的位置，泾渭分明。

我看得有点傻眼了，赞叹道："三姑，这哪是家啊，分明就是个室内小花园。"

三姑已经拉着我的行李上楼梯了，回头嫣然一笑，似乎在这个四季不分的室内花园里一下子年轻了好几岁，带着几分少女的娇羞说："怎么样？漂亮吧？我故意种的，我就是喜欢种满花草的世界，来，我带你去你的房间。"

我急忙跑过去，顺手接过行李。

还好，我的房间没有布置成绿野仙踪，不过也差不多了。进了房，我一屁股瘫在沙发里，说："三姑，这么大个花房，就你一个人吗？你这老板别太吝啬了啊，该雇工人就雇工人吧。"

三姑说："哪啊！有工人，不过现在这个点他们都在花房里忙碌。你先歇会儿，回头我带你去花房看看。"

三姑走后，我打开窗子，是老家特有的空气味道，湿漉漉的还挂着点清新的花香。放眼望去，是九间长条形状的花房，花房建得很规范，不是那种简易搭建一片塑料薄膜房顶的暖棚，是实实在在的房子，偶尔会有工人出入。

令我奇怪的是，每个花房的门口都挂着一块一块的木牌子，上面用黑油漆写着字，依次是：父亲馆、母亲馆、孩子馆、妻子馆、丈夫馆、朋友馆、同事馆、仇人馆和亲人馆。

我看得有些不大理解，养花何须搞这噱头，挂这些奇怪的名字寓意为何啊？我又向远处望去。远处，就是花房的边缘了，红色的砖墙格外醒目，如同一条界限，砖墙的里面是三姑的花房，外面就是荒林子了。

此时的荒林子光秃秃的，树木的枝杈密密麻麻地胶结在一起，像鬼爪子似的。我又想起了小时候的经历，不由自主地打了个冷颤，正巧此时三姑喊我下来，我便急忙下了楼。

来到一楼的花厅中，三姑身边站了九个人，笑嘻嘻地望着我。五个女的，四个男的，看年纪大约和我差不多，长得却是格外引人注目，可以说是男的帅，女的更是漂亮出众。他们穿着清一色的工作服，见我下来，都向三姑身边靠了靠。

三姑拍了拍手，说："都凑齐了，那我给大家介绍介绍。"她指了指我，"这是我侄子小林，因为失恋来住一阵子散散心。"她话刚完，我就狠狠拽了拽她的衣服，这大婶怎么一点面子也不给我留！她却不在意，把手一挥，"有什么可害羞的，谁还没失过恋啊！"

三姑的话让我很无奈，只好红着脸向大家点了点头。三姑接着给我介绍，我笨，九个人的名字一个也没记住，三姑说："那你就叫他们老大、老二、老三……老九吧。"

互相介绍完，一众人便一齐向饭厅走去。

饭厅里已经摆好了饭，我坐下来却不知如何下筷。这哪是饭啊，分明就是摆了一桌子的花。我抬头为难地看了看三姑，三姑笑了笑，向我解释，说这叫花宴。

桌子中央放着一个大型涮锅子，三姑夹了一片荷花花瓣，里面又裹了羊肉，在锅中涮了涮，放到我面前。我犹豫了一下，入嘴咀嚼，一股淡淡的肉香混合着荷花的清香，立刻萦绕喉间，味道非常美味且独特，吃下肚子后人更是精神百倍。

我竖了竖大拇指，说："三姑，有你的！"接着，便再没说一句话，因为嘴里很没出息地塞满了食物。

吃过晚饭，天色已近昏暗，庄园里点了灯，莹莹亮亮的，别有一番韵味。

三姑告诉我，九个工人都不在这楼里住，他们住在各自的花房，那些花很娇贵，要时刻注意温度、湿度等等等等。我这才蓦然想起花房上挂的牌子，好奇地问："三姑，那花房上挂的什么朋友、父母的牌子是什么意思啊？"

三姑一边从壁橱里摸出一个花盆一边笑道："没啥，那不过是分类管理，比如康乃馨是送给母亲的，就要种在母亲馆；玫瑰和百合是要送给心爱之人的，就要种在情人馆。我们这儿花的种类太多了，这样归类种植，便于区分，也便于发货。"

我皱起眉头："那三姑，难道还有送给仇人的花？"

三姑一副见怪不怪的表情，说："当然。这世上有善就有恶，有好人就有坏人，花的寓意千万种，有善意的当然也有恶意的，不过是普通人不大懂罢了。"她说着，将手里的花放到我床头，"这是一种帮助人入眠的花，能让你很快入睡，好好睡一觉吧。"

三姑走后，我特意吸鼻闻了一下，那花并不很香，气味淡雅，却沁人心脾。我是从来没听说过这种花，但世界之大无奇不有，在闻了几下后，淡淡的花香似乎成了一双按摩手艺高超的大手，在我额头轻缓地一番揉捏，我的眉头渐渐舒缓，整个身子也放松下来，很快就沉沉睡去了。

这大概是在秦楠失踪之后，我睡得最为踏实的一觉了。

翌日醒来，我的精力格外充沛。伸了伸懒腰，扭头看，床头的那盆花已经凋谢，香气早已淡去。走到窗前，我看见三姑和工人们正忙忙碌碌地工作，花房里停了一辆高档小轿车，一个秃头的中年男人，正面色焦急地恳求着三姑什么，手里还拿着一沓沓的钱，近乎要跪在三姑面前了。

三姑却一副视而不见的模样，不停地摆手，大概意思是叫男人赶紧离开。

这真是怪事，三姑是怎么了？我可从来没见过有人把送上门的钱往外推的。

我好奇地跑出楼时，男人刚刚走到车边，依旧满脸苦楚地望着三姑，三姑闭上眼，索性不看他。他咬了咬牙，无奈地上了车，缓缓离去。

望着车渐行渐远，我走到三姑身边，说："三姑，那是什么人？"

三姑笑得有些勉强："没什么，一个花商。想要买咱们的花。"

"那你为什么……"

"有些花能卖，有些花是不能卖的。"三姑打断我，说得别有意味，"来吧小林，带你参观参观花房。"

也许，商人也有商人的准则和规矩吧，三姑本就是个怪人，怪人做怪事，也没什么大惊小怪的。随着三姑，我第一次踏入了她的花房中。临近的是情人馆，走进去，可以看到大片的玫瑰、百合、紫罗兰等等等等，整整齐齐地栽种在花盆中，码放得错落有致。

花房中春意盎然，花香浓郁，我突然又想起那个男人，于是问："三姑，他要买哪盆花啊？"

三姑答非所问："小林，睡了一晚上，还想秦楠吗？"

感情这东西其实永远消除不掉，我敢打包票，只要是真心动了情，哪怕是十年、一百年都忘不掉的。即使已经过去，也会藏在心里，用年复一年的时光去掩饰。三姑的话让我一下又想起了秦楠的脸，抽了抽嘴角，却说不出什么。

三姑见状，拍着我的肩膀，安慰我："小林，你要相信缘分，你真心喜欢秦楠，早晚会见到她的。"

我只能点点头。

在三姑这里住了几天后，我发现几乎每一天都有人来找三姑，有的时候是开着小轿车的有钱人，有的时候是赶了几里地的普通老百姓，有男人有女人，有老人有孩子。按照三姑的说法，他们都是来买花的，可大部分她都回绝掉了。这让我越来越好奇，究竟他们要买的是什么花，会让三姑几次三番地回绝掉？当然，来的人多了，三姑也架不住央求，最终她答应了一个孩子。

那孩子看起来很清贫，大概也就十三四岁的模样，他跪在三姑面前，拉着三姑哭嚎不断。看到这情景的时候，我依旧站在二楼，根本听不见他们在说些什么，不过，看三姑的模样，还是答应了孩子的要求，她扶起那个孩子，微微点了点头。

孩子显得很激动，把手中的东西谨慎地交到三姑手里，一步三回头地走了。

我看得清楚，孩子手里不是钱，而是一缕系着红绳的头发。

晚上，三姑又来我房间了。几日来，每晚睡前她总要来和我聊聊天，顺便在我床头摆一盆花。

我问三姑："三姑，今天那个孩子也是来买花的？"

三姑笑道："是啊。"

我说："看那样子，他似乎很穷，可你好像答应他了。"

三姑不置可否："是啊，我让他一个星期后来取。小林，这个世界上有许多东西是不能拿钱买回去的，比如，感情。"

我更好奇了："那是什么花？一个星期就能长出来？"

三姑显然不打算回答我这个问题，转身走到门旁，说："小林，这世界上的花太多了，有些是你根本就不可能见过的。好了，睡吧。你来的日子也够长了，过一阵子我就把你送回去。"

我还想问些什么，可三姑很快消失在门口。

回头望窗外，夜色之下的花房格外安静，九个花房有八个都灭了灯，只有一个窗内透出光线来，看样子那花房中的工人还在忙碌着。我越来越觉得这个地方神秘了，似乎总有一些秘密藏起来，藏着不让别人知道，不允许别人窥探。

屋内，飘飘忽忽地萦绕起那迷离的花香，我打了个瞌睡，躺到床上，还想着三姑的话：这世界上许多东西是买不来的。

的确如此，感情是最大的证明，就像秦楠。

4

一个星期很快过去了，三姑说我该是回家的时候了。

最后一夜的晚上，我躺在床上睡不着。三姑送来的那盆花，入夜时，被我不小心打碎了。说来也怪，从没有见过那么诡异的花，盆子碎裂，泥土散了一地之后，它好像也一下失去了生命力，立刻枯萎，叶片和枝头的花朵，在一瞬间变成了亮闪闪的花火，风一吹，如同纸灰一般消散在空气之中。

我看着大为惊奇，虽说之前这花夕开朝落已经够怪异的了。

大概是已经习惯了在花香下入睡，没有了那盆花，就像失眠患者没有了安眠药，我翻来覆去地睡不着。

楼外那间花房，已经连续几天没有灭灯了，三姑这几夜来似乎一直在花房中忙碌。靠在窗口望着花房的夜景以及花房外围黑乎乎的荒林子，我越发觉得三姑的花房不一般了。正思索着，楼下突然出现了那个孩子的身影，打着手电筒，正由一个工人引领着向内走来。

我猛地想起，三姑说过，今天是孩子来取花的日子。

什么样的花七天就能长成？什么样的花，让三姑高价不卖，却卖给这样一个穷孩子？什么样的花非要深更半夜、偷偷摸摸地卖出去？

我的好奇无限增大，蹑手蹑脚地跑出了小楼。

小心地跟在孩子和工人身后，我果然来到了亮灯的花房门口，三姑正站在门口等那孩子。

见孩子来了，三姑笑道："今天你就能把花带走了。"

孩子激动地感恩："谢谢您，谢谢您。"

工人和三姑、孩子一起走进了花房，夜色又回归了沉静。我走过去，犹豫了一下，还是跟着钻进了花房。虽然我也知道这样窥视别人实在是不礼貌的行为，但好奇心来了真的是挡也挡不住的。可在摸进花房的那一刹那，我完全傻住了。

花房完全变了样子，不！不是花房变了样子，而是花变了样子。无数的康乃馨、杜鹃花、风信子、丁香花等等等等，疯了一样地长了起来，地上摆放的几百个花盆中，花枝像蛇一般蜿蜒伸出，又像桥一般横亘在半空之间，从四面八方聚集在花房的中央，在半空之中无数枝条纠结在一起、缠绕在一起、融合在一起，形成了一个粗壮巨大的藤蔓综合体。

那空中花桥上开满了各色各样的花，在顶端，独生一朵巨大的黄色大花苞。

说巨大，是因为那花朵确实大得不可思议，高度大概有两米，直径怎么也有五六米，饱满而殷实，花瓣上还粘着晶莹剔透的露水。

三姑和工人、孩子一动不动地站在花桥下，眼睛一眨不眨地盯着那黄色的大花苞。我屏住呼吸，也紧紧盯着花苞，直觉告诉我，他们在等着那朵花苞绽放。果然，不一会儿，花苞的顶端微微裂开了一个小口，整个花房立刻萦绕一股沁人的花香。香气缭绕下，藤蔓综合体上的小花苞们最先开始绽放，黄的、白的、红的、蓝的竞相开放。终于，大花苞也开始绽放，如同轻启面纱的娇羞少女，花瓣缓缓绽开。

我在心里默数着：一片，两片，三片，四片……

等到大花苞完全开放之后，我整个人已经傻了，目瞪口呆地望着花苞的花蕊处。

黄色的花蕊上，分明坐着一个赤裸的女人，像是结在蕊中的果实一般，微闭双眸，躺在花蕊中心。

这时，花桥下的孩子已经迫不及待地冲了过去。

女人睁开眼睛，显得很茫然，从花蕊上走下来，抱住孩子，又望着三姑。三姑手里早有准备好的衣服，披在女人身上，如释重负地长长吁出了一口气。

三姑对那孩子说：“现在好了，带你母亲离开吧。以后要好好过，记住！不要再来找我了，这世界上不可能总有后悔药给你吃的。”

孩子“噗通”给三姑磕了一个头，拉着还迷惘不解的母亲，离开了花房。而那朵花桥顶端的大花，在几分钟之内，很快枯萎消失，四周的各色花枝也各自缩了回去，像听话的孩子一般，乖乖地缩回到自己的花盆中，保持原样不动了。短短几分钟，似乎一切都没发生过，而我看到的只是幻象。

三姑显得很累了，脸色有些苍白。让工人去休息后，她一个人坐在花房中开始发呆。我转身打算偷偷摸回房间，刚从藏身的花丛中爬出，三姑竟然说话了。

三姑含笑叫道：“小林，你去哪啊？”

我愣了一下，有些恐惧地走了出来，结结巴巴地说：“三姑……”

三姑瞪了我一眼，说：“我早就知道你藏在那里了。刚才的事情，你都看到了吧。你这孩子，从小好奇心就重，我知道我不可能瞒得住你。虽然夜夜给你摆放那让人致迷的异花，却还是出了纰漏。”

我咽了口唾沫，坐在三姑身边，怯怯地说：“三姑，那刚才究竟是……”

三姑缓缓说：“我说了你别害怕。那是种人，用花种人。你知道我这花房挂那些牌子的真正寓意吗？那并非按照花的种类和含义去区分种植，而是以每一个馆能够种出的人为区分。这个馆是母亲馆，刚刚花苞中结出的女人，就是那孩子的母亲。”

虽然三姑的话太过不可信，但眼见为实，刚才的一幕我是亲眼所见的。我不解地问："三姑，究竟你这花房是个什么地方？"

三姑继续说："没什么大惊小怪的。世界上的怪事太多了，之所以称之为怪事，是因为人们很难见到、很难相信而已，却并不代表它不存在。小林，我这个花房既能养花卖花，也能实现人们的愿望。我实话告诉你吧，前一阵子来的那个中年男人，也是来求我种人的。"

我说："那你为什么不答应他，反而答应一个穷孩子？"

"我有我的准则。"三姑叹了口气，"世界上的人谁都难以逃脱生离死别，如果每一个人都来找我种人，种出自己的父母孩子、爱人仇人，如果我全都答应了，那这个世界不就混乱了吗？那个孩子的事，我本来也不想答应的；但他母亲是为了他而去世的，他不学无术，跑去赌博，欠下了一大笔债务，他母亲为了帮他还债，拼命打工赚钱，积劳成疾，去世了。你说，我能不帮他吗？"

我叹了口气，说："三姑你说得对。"

三姑拍了拍我的肩膀："小林，人们常常说，这世界上没有后悔药可以吃。可我觉得，人只有知道后悔了，才能真正意识到错误，而我们应该给他们一个改正的机会，不是吗？"

那个晚上，我和三姑在花房中畅谈一夜。清晨时分，阳光射进花房，暖意融融。我突然想起了一个重大问题，我说："三姑，你能告诉我，你究竟是什么人吗？"

三姑站起来，说："小林，我带你去个地方。"

5

这是我有生以来第二次进入荒林子。晨间的荒林子虽然依旧光秃秃，却充满生机，偶有阳光从枝头穿过，夹杂喜鹊的叫声，让人身心愉悦。三姑一直走在我前面，穿过一棵又一棵的树木，越走越深。等她停下来时，我大叫了起来。

"是它！"我不可思议地望向不远处。

没错，是它，是我八岁时见过的那棵老银杏树。它仍旧长着密密麻麻的扇形叶子，微风拂过，沙沙作响，树身下方的树洞，完全没有改变模样。至此，我彻底确定了自己八岁那年的经历果然不是一个梦境，它是真真实实存在的。

三姑已经探身进入树洞，对我招手："小林，来啊！"

我迟疑一刻，还是跟着三姑进了树洞。

儿时的记忆似乎历历在目，这个我曾经探险过的荒林子变得不再令人恐惧，反而熟悉亲热了几分。我脚下拿捏着，却还是一不小心失重了，接着，那种久违的感觉再一次袭来。等再睁开眼睛的时候，我看到三姑正站在一旁对着我微微笑，她的身旁还站着那九个工人，意味深长地望着我。

我坐起来，眼前的世界是无穷无尽的绿色。

这里似乎远离冬季的寒冷，四面八方长满了各种各样的树木，苍翠而高大，郁郁葱葱的完全是另一个世界。

我站起来，诧异地说："三姑，这是哪里啊？"

三姑笑："这是我的家啊，他们都是我的孩子。"

我彻底傻了："三姑你没结婚哪来的孩子？"

三姑摇了摇头："你奶奶并不知道我已经结婚了，只不过我有两个家，一个是你们人类世界的家，一个是这里的家。在人类世界我有你，有父母亲还有两个哥哥，而在这个世界我有丈夫、孩子……"

我一时还是难以接受，"三姑，这究竟是哪里？"

三姑却不说话了，身子一闪，一个婀娜的身影出现在她的背后，含羞望着我。那不是别人，竟然是秦楠。我愣了片刻，跑了过去，一把抓住秦楠的手，激动得不知道说什么好了。

秦楠笑道："对不起，回老家的时候，我出了事故，是三姑救了我，给了我重生的机会。前一阵子，三姑特意打电话回来，说让我暂时不要离开，在这里等一个人。没想到，居然是你。"

我恍然大悟，抓住秦楠焦急地说："那你没事吧？"

"早就没事了，现在还给你的，是一个全新的秦楠。"三姑走过来，望着我说，"小林，这个花房我已经不能再开下去了。已经有太多人知道了花房的秘密，这样下去，早晚有一天，会有越来越多的人来找我，那个时候，我们种族的秘密也会被人发现。人类归根结底是贪婪的，再善良的人也有一丝贪心。而我从小是被人类抚养长大的，我想，你们对我的恩情我已经报答够了，现在该是我们离开的时候了。"她说着，拉过秦楠的手，"你这傻小子一定要照顾好她啊，不要让她再出意外了。"

三姑说完，冲我挥了挥手，带着她的九个儿子女儿，向林子深处走去。

我傻傻地望着三姑，直到他们的身影消失在林子的雾气之中，才追过去。穿过一片林雾，眼前的景象让我目瞪口呆。这是一大片一望无际的绿洲，林地花草之间，错落有致地矗立着一幢又一幢的房屋，就像一个小型的部落或者村子，村子里有人，老的少的、男的女的，大家正在收拾行装，一副要做长途跋涉的模样，一排队伍已经整齐地沿着小路前进，向着未知的目标而去。

秦楠不知何时站在了我身旁，拉着我的手，说："小林，别看了，我们离开吧，三姑他们马上就要搬走了。"

我是被秦楠拽走的，恋恋不舍地钻出树洞之后，仍旧有些不大相信刚才所见。可是走了几步，再回头时，那棵巨大的老银杏已经无声无息地消失不见了。除了荒林子里光秃秃的树木，一无所有。

我愣在原地，秦楠有些哀伤地说：“再也见不到三姑了……”

6

几天之后，我终于回到了家，还带着秦楠。我没有把三姑的事情说出来，没有把花房的秘密说出来，因为我答应过三姑。我只是按照三姑叮嘱我的。告诉家里人，她去旅游了，或许要很久才能回来。奶奶也曾焦虑地询问我三姑去了哪里旅游，我只能摇了摇头，告诉她我也不知道。事实上，我真的不清楚三姑和那个神秘世界的人们搬去了哪个地方。

有一天，和秦楠一起下班回家的时候，我突然问她：“秦楠，三姑他们究竟是什么人？”

秦楠也是一脸迷惑：“我也不知道。”随即敲我脑袋，“也许，这个世界上并非只有我们人类，只不过我们的数目庞大，庞大到足以掩盖其他种族的存在。生命初始是神奇的，进化和演变到现如今，出现过太多各种各样的生命，有的一直生存下来，有的死去了，还有的却隐藏了起来。对于人类的眼睛来说，哪怕眼前看到的已经是全世界，也仅仅是庞大生命体系的一个角落而已，你明白吗？”

秦楠说得对，即便我知道三姑究竟是什么人又有什么用处？对于生命来说，不论任何种族，只要能和自己心爱的人在一起，就应该知足了。如此说来，即便是最聪明的科学家，也永远无法掌握生命的全部秘密，谜底或许在宇宙，在宇宙之外，在宇宙之外的之外……

既然这样，不如难得糊涂。

转眼开春，万物复苏。

春暖花开时，三姑意外地寄来了一封信，信里还有一些桃树的种子。我在自家的小院里将那些种子全部种了下去，悉心照顾，如同照顾一个初生的婴儿。不出几天，细小的嫩苗便钻出了土表，毛乎乎的叶子格外讨人喜欢。

奶奶经常会坐在桃苗旁，又开始一遍一遍地给人们讲从前捡回三姑时的怪事，只是依旧无人相信，都一笑而过。她老人家就怒了，扭头对我说：“小林，他们都不信我的话，你信奶奶吗？”

我一边给桃树苗浇水一边用力点了点头，说：“信！当然信！”

童言无忌·一言为定

文/夏笳 图/黑白工厂·安妮

一

我们家后面有个小小的院子，院子里有花，有草，有树，有虫，有鸟，还有一只叫“老白”的猫。

老白是一只黑猫，长着四只圆滚滚的爪子，一条又细又长的尾巴，浑身上下的毛又黑又亮，眼睛像玻璃珠一样金灿灿的。它喜欢坐在高处，眯着眼睛看人，一副懒洋洋的模样。

妈妈说，早在我们家搬进来之前，老白就经常在这个院子里出入。那时候我还没出生呢，所以它的年纪比我还大得多。有时候我觉得，老白就像我们家的亲戚一样，时不时会到院子里来坐一坐。不过它总是说来就来说走就走，一声招呼也不打。

老白很馋，喜欢各种好吃的东西，鱼啦，肉啦，水果啦，蛋糕啦，巧克力啦。不过它最喜欢吃的东西是书，尤其是讲故事的书。以前我常常看见妈妈坐在院子里，把我小时候看过不要的故事书一张一张撕下来，喂给老白吃。老白吃起书来津津有味，一张纸接着一张纸，稀里哗啦地嚼碎了，吃下去了，一点点纸屑都不剩。没有书的时候，给它过期的报纸和杂志它也吃，但最喜欢的似乎还是书。

我想，做一只老白这样的猫，大概比做人要快乐得多吧，想睡就睡，想吃就吃，想玩就玩，想去哪里就可以去哪里。要是我也能变成一只猫就好了。

文老师站在讲台上，读着我的作文，一边读，下面的同学们一边笑。

“老白？黑猫叫老白？哈哈哈！”

“猫会吃书？！”

“哈哈哈哈哈哈！”

笑声像许多小箭一样，呼啦啦地向我飞过来。我使劲低下头，脸上又热又痒。唉，看来这次又要挨批评了。

好不容易等大家笑完了，文老师放下作文本，笑嘻嘻地问：“童言同学这篇作文，大家觉得好不好？”

一时间没人说话。

“喜欢吗？”

还是没声音。

突然有人举起一只手，文老师点点头，副班长刘思思站起来。

“写得不好。”

“为什么？”

“不真实。”

“哪里不真实？”

“猫是不会吃书的。”

“那猫吃什么？”

“吃鱼，吃老鼠。”

“刘思思同学，你养过猫吗？”

“没有。”

“那你怎么知道猫吃鱼吃老鼠？”

“书上说的。”

“哪本书？”

“嗯……很多书里都是这么说的。”

“比如说呢？”

“比如说，小猫钓鱼的故事，语文课本里也有的。”

“那，小猫钓鱼的故事真实吗？”

刘思思愣了一下，不说话了。

“没关系，你先坐下吧。”

刘思思有点不服气似的坐下了。

文老师又问：“同学们，你们喜欢听故事吗？”

没人说话。

“喜欢吗？”

“喜欢。”有几个声音稀稀落落地响起。

“只有这几个同学喜欢吗？”

更多声音响起来：“喜欢！”

“为什么喜欢？”

又是一片沉默。

“好，今天回去以后，同学们都想想这个问题，也可以问问父母，听听他们的想法。明天上课的时候，我们再来讨论，希望每个同学都发言，好不好？”

大家纷纷拿出笔和本子开始记，教室里窸窸窣窣地响成一片。我一边记下文老师的问题，一边心里涌出更多问题。

为什么喜欢听故事？因为故事有趣，故事好玩吗？还是因为故事里面藏着什么秘密？这么简单的问题，为什么我以前从来没有想过？这跟我的作文又有什么关系呢？好像没关系，好像又有点关系。为什么文老师总喜欢问大家这种从来没有人问过的怪问题呢？

其他班的同学都说："你们班新来那个班主任，真奇怪。"

比如他上课，从来不照着课本念，而是像讲故事一样，一边手舞足蹈地讲，一边在黑板上写写画画，讲着讲着，好像就把大家带到另外一个世界里面去了。最厉害的是，每次都刚刚好讲四十分钟，讲完最后一个字，下课铃就响了，他合起书本就喊下课，绝对不拖堂。

又比如，大家最讨厌的思想品德课，以前马老师在的时候，会让同学们挨个站起来，一段一段念思想品德小册子里的文章，五讲四美三热爱啦，学雷锋做好事啦，拾金不昧啦，尊敬师长热爱祖国啦，一学期下来，要从头到尾念好几遍。

可是文老师，从来就没见他碰过那本薄薄的小册子。每次上课，他都领着我们唱歌啊画画啊，或者玩各种游戏，有时候甚至把大家放到操场上去玩，玩整整一节课，谁也不准留在教室里写作业！我们玩的时候，其他班的同学就用又奇怪又羡慕的眼光远远望着我们。

还有一次，上课铃响了第二遍，他突然一下子从窗户跳进来，把全班同学都吓了一大跳。他自己却没事人一样，笑嘻嘻地走到讲台上面，对大家说："不好意思，迟到了两分钟。"

这么一个奇怪的人，却很得班上同学的喜爱。每次他上课，大家都听得很认真，没有一个人说悄悄话或者做小动作，下课还会主动围过去问各种问题，讨论得热火朝天。

除了一个人，那就是我。

整个班里，大概只有我不但不太喜欢，反而有点怕他吧。每次在学校里遇见，我都会赶紧加快脚步溜过去，就像老鼠见了猫一样。

因为啊，只要靠近这个人的身体，就会被他听见心里面没有说出来的话。这样一来，就算不吭声，偷偷地想心事也不行，课本忘带，作业没做完，考试没考好，讨厌哪个老师，或者跟哪个同学闹了矛盾，他什么都会知道。

其他同学都不知道这个秘密，只有我一个人知道，可是我又不能告诉他们，因为我不能说话。更何况，就算跟他们说了，他们也不会相信的。

文老师一定知道我心里的这些想法吧，只是从来不说。每次看见我躲着他走，他就远远地笑一笑，白白的牙齿闪闪发亮。

二

回到学校已经有一个多月了，很多事都在变化着。哗啦啦下了几场雨，又晴了，路边的树一下子绿起来。还有各种颜色的花，一大片一大片地开着，开完了又谢了，数都数不过来。

上课的时候，我总是忍不住望着窗外发呆。阳光照在刚长出来的叶子上面，亮闪闪的，像宝石一样会发光。操场边上长出了小草，柳树也绿了，毛绒绒的柳絮迎着风满天飘扬。天空那么蓝，云那么白，有时候还能看见大大小小的风筝，在很高很高的地方飞啊飞。看着看着，我觉得自己好像也飞了起来，离开这间小小的教室，飞到外面广阔的蓝天上去，飞到我从来没有见过的地方去……

突然间，一朵柳絮迎着风，颤颤巍巍地飞了进来。

天气越来越暖和，教室窗户老是开着，经常有柳絮飞进来。可是，很少看到那么大那么美的，飘在阳光里，又白又亮，像个会飞的精灵，永远都不会落下来似的。

整个教室里鸦雀无声，大家纷纷从课本后面抬起头，盯着那朵柳絮看。柳絮飞啊飞，一直飞到讲台上，飞到正在讲课的文老师面前。文老师伸出手，那朵又大又白的柳絮就稳稳停在他手心里，像一只蝴蝶停在花上一样。

就在那一瞬间，我看见白白的柳絮一下子散开了，散成许多雪片一样大大小小的字，飘向四面八方，消失不见了。

同学们异口同声，发出低低的叹息。

文老师笑了笑，转身拿起黑板擦，三下两下把黑板上的板书都擦了，然后在上面写起来：

日长飞絮轻。

巧笑东邻女伴，采桑径里逢迎。
疑怪昨宵春梦好，原是今朝斗草赢。
笑从双脸生。

写完以后，他从头到尾读了一遍，声音还是平常那样，又低沉，又清澈。好像每一个字都轻飘飘的，被他吹到半空中，慢慢地落下来。

我看着黑板上的字，心里默默跟着念。每个字我都认得，合在一起，却似懂非懂的感觉。

可是，感觉好美哦。

日长飞絮轻。
日长，飞絮轻。
日长，飞絮，轻。

为什么，为什么这么简单的五个字，却能把我刚才发呆时的感觉说出来呢？

是谁写的这些句子，什么时候写的，是生活在很多很多年以前的人吗？那时候的春天也像现在一样，有很多柳絮在空中飘吗？那个人也是看着满天柳絮，写下这些句子吗？

那些句子又去了哪里？是不是随着柳絮飘到空中，飘去许许多多不同的地方呢？不会迷路吗？不会掉进水里溶化吗？不会随着短暂的春天一起消失吗？

为什么，为什么又在很多很多年以后，飞到我们这间小小的教室里来了呢？为什么正好落在文老师的手心里呢？

突然觉得，周围这个世界有点不真实。

就好像在水池中间扔下一颗小石子，卷起了细细的波纹一样。

“叮铃铃玲玲……”下课铃突然响了起来。

还没回过神来，文老师已经拍了拍手上的粉笔灰，干脆利落地宣布：“下课！”

三

晚上吃完饭，我趴在桌前写作业。写着写着，文老师写在黑板上的字，又清晰地浮现在眼前。我忍不住翻开一张白纸，把它们一笔一划写下来。

“咦，小言在写什么？”

不知什么时候，爸爸出现在我身后。

“日长飞絮轻……这不是晏殊的词吗？怎么上半阕只有一句？是你们新来的那个语文老师教的？”

我点点头。

“你们这个老师，看上去怪年轻的，大概才刚毕业吧。小言觉得他教得好不好？”

教得好不好？这怎么说呢。虽然觉得上他的课很有意思，可是也有别的老师不喜欢他，说他这样乱教，把学生都教坏了。

为了不让爸爸担心，我还是乖乖点了点头。

“那就好。之前你们那个马老师，倒是挺有经验的，就是……唉……”

好好的，怎么说起马老师又叹气呢，爸爸真是的。

这时候，我突然想起文老师课上问的问题，于是拉拉爸爸的袖子，在纸上写道：“爸爸，问你一个问题。”

“什么问题？”

“你喜欢听故事吗？”

“故事？喜欢啊。”

“为什么？”

“为什么……”爸爸愣了愣，“怎么想起问这个问题？”

我不想说是文老师让我们问的，就继续写：“想知道为什么。”

“为什么喜欢听故事……嗯，因为故事让我认识了你妈妈吧。”

诶，真的吗？

“爸爸年轻的时候，很喜欢读故事，所以每个周末都去图书馆，图书馆里有很多很多的书，书里面有很多很多故事。你妈妈那个时候在图书馆里工作，每次爸爸要找什么书找不到，都会找妈妈帮忙。后来爸爸和妈妈就认识了，后来我们就结婚了，就有了你。”

这段故事，我还是第一次听爸爸说。为什么以前从来没提起过呢？

这么说，如果不是因为故事，就没有我了吗？

没有我，那谁来问爸爸这个问题呢？

如果这是爸爸的答案，那我呢，我又为什么喜欢故事？

这样想来想去，不但没能解答文老师的问题，反而问题越变越多了。不过，说是每个同学都要发言，大概不包括我在内吧，毕竟我是不能说话的呀。

就这样，我一边胡思乱想，一边怀着忐忑的心情爬上床睡着了。

四

夜里，我突然被奇怪的声音吵醒了。

睁开眼睛看看，房间里黑漆漆的，什么都没有。

不，再仔细看，分明有什么，在书桌上，黑黑的一团影子在动，发出窸窸窣窣的声音。

我睁大眼睛使劲看，黑黑的影子里，突然出现两点金色的光，像手电筒的灯泡一样闪闪发亮。

救命啊，有妖怪！

“什么妖怪，胡说八道！”一个冷冷的声音，从影子的方向传来。

哇，妖怪说话啦！

“给我看清楚点，小丫头！”声音又响起来。

这时候风刚好把窗帘吹开一道缝，淡淡的月光照进来，我才隐约看清，桌上的影子是一只猫，一只黑黑的猫。

黑黑的猫……老白？

老白怎么会在这里？

奇怪的是，我脑子里冒出的第一个问题居然是这个，而不是“老白怎么会说话”。虽然以前从没听它开口说过话，可是这会儿突然感觉，如果老白本来就会说话，好像也没什么可大惊小怪的。

不仅如此，老白也像文老师一样，能听见我心里的话。不过，这好像也没什么可大惊小怪的。

老白坐在书桌上，眯着眼睛看我，旁边放着我的作文本，摊开着，月光下隐约能看见上面的字迹。

不对，我睡觉前，明明把作文本收到书包里了啊。

我从床上坐起来，打开桌上的台灯。果然，作文本不仅摊开着，而且还被撕掉了半张纸，剩下的半张上还有我用铅笔写的字：

我家的老白

我们家后面有个小小的院子，院子里有花，有草，有树，有虫，有鸟……

是我的作文！老白把我的作文吃掉了！

老白不慌不忙地把剩下半张作文纸扯下来，用爪子撕成小块，一块一块送进嘴里嚼着，好像吃薄饼一样，发出咯吱咯吱的声响。我就这样，眼睁睁地看着自己写的作文一点一点消失在它嘴里了。

“呸，真难吃……”吃完之后，老白眯起眼睛，像人一样露出嫌恶的表情。

“小学生的作文，就像生面团一样，那个味道真是……真该让你们语文老师亲自尝尝。”

谁让你要吃的，那可是我的作文啊！再说，我们语文老师又没有你这么奇怪的爱好。

“说起来，谁允许你把我写到你的作文里了？哼，小小年纪，脸皮真厚！”

什……什么叫脸皮厚？！把自己家的猫写到作文里，怎么就脸皮厚了？我们同学还写他们家的桌子椅子，还写花花草草，还写金鱼，金鱼也没有生气啊，金鱼也没有把作文吃掉啊。

“算了，不跟小孩子计较。”老白又哼一声，把脸扭到一边。所谓“傲慢”，大概就是这么一种表情吧。

你……不跟我计较？我……我的作文怎么办？！

“话说回来，小丫头，你真的觉得做猫比做人快乐吗？”

我的作文！我的……

诶？

“想睡就睡，想吃就吃，想玩就玩……”

想去哪里就可以去哪里?

“不然，给你个机会做猫，怎么样? ”

做猫?

怎么做?

“想试试看吗? ”

试试……看?

“就试一下，很好玩的。”

试一下?

“想……还是不想? ”

老白的声音慢悠悠的，仿佛有某种魔力，一圈一圈在周围环绕。金灿灿的眼珠中间，两道黑色缝隙变得又圆又大，像黑洞洞的深井，要把人吸进去。

脑袋有点昏沉沉的，好像在梦里一样。

“要是想，就把你的手给我。”

我不知不觉举起手。

老白伸出毛茸茸的爪子，放在我的手心里。一团小小的金色火焰，在我们手掌碰触的地方闪了一下，随即消失了。

“那么……一言为定。”

听见老白低低的笑声，我突然有种上当受骗的感觉。

可是，已经来不及了。

五

醒来的时候，好像整个世界都不太一样了。

睁开眼睛，光线好刺眼，我连忙眨了眨眼睛。啪地一下，就好像有人把台灯调暗了一档一样，觉得舒服多了。

感觉有点怪怪的，手和脚，脖子还有尾巴，都不对劲。

咦……尾巴?

刚刚想到“尾巴”这两个字，就有个东西“呼”地甩过来，把我自己绊倒了。回头看看，是一条尾巴，细细长长的，黑色的尾巴。

我自己的……尾巴。

这时我才发觉，自己正趴在书桌上，借着台灯的光芒，我看清了自己的身体：又黑又亮的毛，像一件柔软的厚毛衣，一条长长的尾巴，四只圆滚滚的爪子，甚至能看见脸的两边伸出去的胡须，在灯下闪闪发亮。

我变成了一只猫，一只黑色的猫。

我现在，是在老白的身体里。

我自己的身体呢？

我抬头，看见自己正坐在床边，穿着睡衣，头发乱糟糟的，脸上还有枕巾压出的痕迹。

可是，那分明不是我，是老白。老白拿走了我的身体！

面前的那个“我”笑了起来，跟我平时在镜子里面看到的笑容完全不一样。那是老白的笑，懒洋洋的，傲慢的笑。

“走吧，小家伙。”那个“我”居然开口说话了，发出的却是老白的声音，像冰块一样冰冷，每一个字落下，都让人打一个寒战。

它一边说着，一边从后面拎住我的脖子，打开窗，把我扔到窗台上。

“夜还长着呢，去外面慢慢玩吧。”

窗户“砰”地关上。我脚下一滑，摔了下去。

心刚一慌，身体在空中本能地转了个圈，四只爪子稳稳地落在地上。

我抬起头向四周张望，发现自己落在了后院里，只是因为身体变小了，感觉周围的景色也变得有些不一样。脚踩在草地上，那么柔软，那些被我踩弯的小草，哎呀哎呀叫唤着，想要用力挺直腰杆。

脚心痒痒的，我一下子就跳了起来，在空中翻了个跟头，又落回地面。

做猫的感觉，确实跟做人不太一样。

我小跑起来，静悄悄地，不发出一点声音，一直跑到窗户下面。从我卧室的窗帘后面透出温暖的光芒。但紧接着“啪”地一声，灯光熄灭了，屋子里漆黑一团。

那个假的“我”，那个冒充成童言的老白，大概回到床上去睡觉了吧。

我呢，我要去哪里？

我回过头，看着熟悉的院子，却又觉得一切都变得那么新鲜，那么不一样。不知不觉间，我向院子角落跑去，从藏在树丛后面的那个洞里钻了出去，跑向外面的世界。

天上飘着云，把月光挡住了，周围的一切却看得很清楚。我慢慢穿过树丛，踏着茂盛的野草，风吹过我的胡须，带来各种气味和声音，好像整个世界都变成了气味和声音的河流，从我身边流过。我越走越快，最后干脆跑起来，好像一阵风那样轻，像夏天的云那样自在。

其实，当一只猫也挺有意思的。

在树丛尽头，我遇见几只野猫，颜色和样子都不太一样。它们看见我，纷纷把身子压低，嗓子里发出呼噜呼噜的声音，好像是表示恭敬的样子。

哈，想不到老白在这一带的猫中间，这么威风啊。也难怪，它年纪这么大了嘛。

我也尽量摆出傲慢的模样，抬着头从它们中间走过去。

夜渐渐深了，我不知不觉，又走到附近的公园里了。公园里一个人也没有，只有树木的影子层层叠叠，奇形怪状，像是用墨画出来的，显得有点阴森。奇怪的是，深夜的公园里一点也不安静，到处窸窸沙沙地响，有的近，有的远，有的粗，有的细。大概所有的花草树木，鸟兽鱼虫，都在这个五月的夜里说着悄悄话吧。

走着走着，突然听到一个陌生的声音："哟，这不是老白吗？"

紧接着另一个声音说："真是老白，稀客稀客！"

我回过头，背后只有一座破旧的老房子，门口蹲着两只石狮子，眼睛鼓鼓地瞪着我看。

是你们在跟我说话吗？

我张张嘴，却发不出声音。虽然变成了猫，我依旧不能开口说话。

两只石狮子又说起话来：

"哟，认错了，不是老白。"

"不是老白？"

"你睁大眼看看，老白比它精神。"

"比它精神？"

"还比它体面。"

"比它体面？"

"再说了，老白半夜三更上这儿来干嘛呀？"

"不能上这儿来？"

"肯定不能。"

"那要你说，不是老白又是哪个？"

"这我哪知道，不然你问它自个儿。"

好像在说相声似的。

左边那只石狮子低头问我："小家伙，你是谁呀？"

右边那只紧跟着问："你打哪儿来？"

我还是说不出话。石狮子看我不回答，又自顾自聊起来。

"哟，不说话。"

"真不说话。"

"看来是个哑巴。"

"肯定是。"

“可怜的，八成是被老白骗了。”

“怎么说？”

“这还用问？本来嘛，一个老白，一个小哑巴。现在小哑巴变成了老白，那老白哪儿去啦？”

“老白变成了小哑巴？”

“可不嘛！”

“真可怜。”

“是可怜。”

“那你说，这小哑巴怎么办？”

“怎么办？我哪知道怎么办，看它自己本事，还能不能想办法变回来。”

“要能变回来？”

“那敢情好啊，虽说是个哑巴，也有做哑巴的好处。”

“要变不回来呢？”

“那就……做一辈子猫？做猫也有做猫的好处。”

“说的是，做猫有做猫的好处。”

做一辈子猫？这我从来没想过。

再也变不回去了吗？不能回家里，睡在我自己的小床上了吗？不能吃到爸爸做的饭了吗？不能去学校，见到老师和同学们了吗？不能再读书、写字、画画、做游戏了吗？

大概是看出了我的疑虑，石狮子们又开口对我说话：

“小家伙，我说你呀，别着急。”

“这种事着急也没用。”

“这么大半夜的，一个人乱跑怪危险的。”

“可不，这地方大着呢，什么怪力乱神的玩意儿都有。”

说的也是，想起上次在这里迷路的事，还是有点怕怕的。

“要我说呢，你先在这屋里歇一宿，明天再去找那个老白。”

“是，等天亮了再去。”

“说不定呀，老白它就是逗你玩儿。明天你见着它，它就又把你变回来了。”

“有这个可能。”

“你放心，我们这地方安全着呢。”

“可不，有我们哥儿俩替你把门，什么东西都进不来。你就踏实睡。”

好像也有道理。

我不能开口道谢，就笨手笨脚地鞠了一躬，然后沿着台阶爬上去。门上挂着一把大锁，但没锁严，刚好可以从门缝钻进去。里面空荡荡的，木头门窗和柱子散发出潮湿的气息。

我找了一个干净的角落，像一只真正的猫那样趴下。大概跑了一夜，真的累了。我刚把眼睛闭上，就沉沉地睡着了。

六

醒来时天已经亮了，不知道什么时候，只看见阳光透过破旧的雕花窗棂照在身上，暖洋洋的。远处传来一串串鸟叫，更显得安静。

我出门，鞠躬向石狮子道谢。石狮子不说话，两只眼睛鼓鼓地瞪着我。

不管怎样，我还是决定听他们的话去找老白。老白既然变成了我，现在大概正在学校上课吧。还好，去学校的路我很熟悉，穿过这座公园，走不了多久就到了。

正是上课时间，到处都传来读书声，校园里一个人都看不见。我轻手轻脚跑到门口，从传达室的窗户下面溜了进去。

费了好多力气，才从一楼爬到三楼，来到我们班教室外面。我鼓足勇气，轻轻跳上窗台，看见英语老师正在讲课，同学们坐在下面安静地听着。我仔细地扫视了一圈，咦，唯独看不见我自己。

我平时坐的座位上空荡荡的。难道，老白冒充的“我”，今天没来上课吗？

我把整个校园都找了一遍，校园里好大，尤其是变成了猫，身体变小了，就更觉得这里大了。走了好久好久，教学楼、前后操场、食堂、体育馆、花坛、喷水池……就是看不见我自己的身影。

最后，我走到校园的一个角落里，这里被两座教学楼的拐角包围着，只有一条窄窄的小路可以进出，平时几乎没有人来。同学们都传说这里有鬼，叫它“神秘角”，还编了很多奇奇怪怪的故事。角落里长满荒草，一个废弃的秋千架，一棵又高又大的桃树，半边树枝伸到围墙外面去。眼下花早就谢了，结了毛茸茸青绿绿的小桃子，落得草丛里到处都是，不过这桃子是长不大的。

终于，我在这里找到了老白。

上午的阳光透过枝叶缝隙落下来，随着风不停摇摆。老白一个人在坐在树下，手里拿着一本书，正从上面撕下一小片，放到嘴里面嚼着，品味着，发出咯吱咯吱的声音。

“唉，难吃，真难吃……”它小声嘀咕着，又撕下另一片，继续放进嘴里嚼。

草丛里乱七八糟，都是我的课本，每本都被撕得乱糟糟的。看来它把每一本都尝过了。

太过分了!

我正要跑过去,却被草根一绊,扑通一声摔倒了。老白听见声音,抬起头来看。

“是你啊,怎么跑到这儿来啦。”还是那个冷冰冰的声音,像冰块砸下来。

不许再吃我的课本了!

“这种垃圾一样的东西,至于这么生气吗?”老白一边说,一边把手里的书“啪”地一声丢在地上。

“怎么样,玩得开心吗?”

老白一边说,一边露出一种我很熟悉的笑容,大概就是所谓的“幸灾乐祸”吧。只是看见这样的笑容在自己脸上出现,我一点也不开心。

我不要再做猫了,快把我变回来!

“还不到一天就玩腻了?哼,真是喜新厌旧的小丫头。”

什么“喜新厌旧”,跟那一点关系都没有,明明说好只是试一下的啊。

老白又哼了一声:“此一时,彼一时。当初是你自愿要变成猫的,现在说变就要变回来,不是太便宜你了吗?”

什么叫便宜我了,我……我只是想变回我自己啊。

“这样吧,我提一个条件。”

条件?

“还记得矮子精的故事吗?”

矮子精?格林童话?好像……是有一个矮子精帮助一个姑娘,把稻草纺成黄金的故事。作为交换,姑娘成为皇后以后,矮子精要把她生的小孩抱走。

如果在三天之内,皇后能猜出矮子精的名字……

“如果在三天之内,你能猜出我真正的名字,我就把你变回来。”

真正的名字?

老白俯下身,伸手抓起我的爪子,握了握。阳光下,手掌间闪过熟悉的金色火焰。

“就这样,一言为定。”

我又感到昏沉沉的,像在做梦一样。

“啊,要下课了,我该吃午饭去啦。再见吧!”

假冒成童言的老白跳起来,背起书包跑远了。

远远地,传来叮铃铃的下课铃,很快,整个校园都被同学们的欢笑和喧闹声充满了。

下课了吗?马上是吃午饭的时间了吗?突然觉得舌头好干,肚子也咕噜噜地叫起来。这时才想起来,我连早饭也没吃。

那个假冒成童言的老白,这会儿一定正跟同学们一起涌进食堂吧。风里依稀飘来热腾腾的气息。今天中午吃什么呢？有我喜欢的红烧排骨吗？有粉蒸肉吗？就算是平常最讨厌的菠菜和炒豆芽，这会儿想起来也觉得好香好香。

可是，我却不能去食堂吃饭。

这个世界上，只能有一个童言。现在“童言”这个位置已经被老白占据了，它正在代替我吃饭，所以我只能饿肚子。

突然觉得好委屈。

“咦，哪儿来的猫？”背后突然有人说话。

叮咚一声，像珠子落地。

回过头，看见文老师站在那里，手里拿着一只饭盒。

不知为什么，比起文老师，我这会儿更在意的是饭盒，里面透出饭菜的香味。

“肚子饿了吗？来。”文老师一边说着，一边从饭盒里捡出一块熏鱼，蹲下来放在我面前。

我冲上去，脸埋在他手掌里，大口大口吃着。熏鱼的味道很咸，咸里面又有点鲜甜，好吃得我眼泪都要流下来了。

“别着急，慢慢吃。”文老师一边说，一边伸手轻轻摸我的头。就在碰触到我身体的一瞬间，他的脸上突然浮现出疑惑的表情，“你，你是……”

七

了解了整件事的来龙去脉，文老师笑了起来。

“哈哈，原来是这样。”

笑什么，很好笑吗？

“这个老白，果然不简单啊。”

什么意思？

“还记得我跟你说过的‘言灵’吗？”

言……灵……

好像说过，“真正的语言是有灵的”，是吗？

“一般人都认为，语言是看不见摸不着的，更是没有生命的。所以，是人在说话，而不是话在说人，对吗？”

话……说人？

“其实恰恰相反，真正让一个人成为‘人’这个东西的，是‘言’啊。”

人？言？

“这样说吧，想象语言是一颗种子，人的身体，是这颗种子生根发芽的土壤。小孩子在妈妈肚子里的时候，这颗种子还在沉睡。不过那个时候，爸爸妈妈已经会对着还没出生的孩子说话，会为它起名字，会讨论它未来的样子。这些语言，就像阳光和水一样，穿过母亲的身体，给沉睡的种子以力量。

“当小孩子出生，发出第一声啼哭的时候，也就是‘言’的种子萌芽的时候。从那一刻起，你听到的所有语言，医生的，父母的，老师的，亲戚朋友的，都会慢慢被身体里的‘言’吸收，促使它生根、发芽、抽枝、散叶、开花。同时你也会开口说话，从牙牙学语，到说出词汇，句子，表达更复杂的意思。这些说出的话，也都来自于你身体里的‘言’。”

文老师的话，像一颗一颗珠子叮叮咚咚落着。

难道他的身体里，长着像树一样的东西吗？这些晶莹剔透的珠子，是不是像叶子一样，从树上掉下来的？

“一般来说，‘言’是没办法脱离血肉之躯存活太久的，就像树离不开大地一样。所以一个人的身体消亡以后，属于他的‘言’也会慢慢枯萎，腐朽。不过，也有少数的‘言’，可以脱离身体存在很长一段时间，甚至继续成长，越来越强大，变成可以独立存在的‘言灵’。

“‘言灵’不受人类寿命的限制，在漫长的岁月中，会逐渐掌握强大的能力。不过，如果不借助一个可以‘说话’的身体，这些能力是没办法被很好地使用的。因此许多‘言灵’最终会选择一个血肉之躯寄居，这其中，最常被它们使用的，就是猫了。”

猫？

“是啊，为什么是猫，为什么不是人？言灵的想法，我们普通人是猜不透的。不过，你也听说过吧，‘会说话的猫’，不管是过去还是现在，到处都有这样的传说。据说，这个世界上百分之五以上的猫，都被言灵们占据着。”

所以，老白也……

“是的，你们家的老白，也是言灵。”

原来……是这样吗？

怪不得，总觉得老白跟一般的猫不太一样。可是，为什么老白要跟我交换身体呢？难道它不喜欢猫的身体了吗？

“恐怕没这么简单，言灵大多是很狡猾的。老白这么做，一定是为了它没说出来原因。”

那我该怎么办，难道要一辈子做猫吗？

“你不是也觉得做猫很开心吗？”文老师笑了，“‘要是我也能变成一只猫就好了’，你自己在作文里写的。”

唉，都是那篇作文惹的祸……早知道就不写什么《我们家的老白》，写点别的不好吗？可以写我们家的院子，我们家的葡萄架，我们家的无花果树，我们家的丁丁……为什么偏偏想起来写老白呢？

“别担心，一定有办法把你变回来的。”

真的吗？

“老白不是说了吗，如果你能猜到它真正的名字。”

真正的名字？

“万事万物都有自己的‘真名’。如果你得到了一个事物的‘真名’，就能召唤它，驱使它，成为它的主人。所以言灵们都会把自己的真名小心地藏起来，不让第二个人知道。”

所以“老白”不是它真正的名字吗？

“除了‘老白’这个名字以外，你还有没有听过你妈妈叫过它别的名字？”

别的名字……

眼前浮现出妈妈的样子，穿着长裙，坐在台阶上，手里拿着一本有插图的童话书，笑嘻嘻地轻声呼喊：“老白，老白，到这儿来。”

想不起来……似乎一直都叫“老白”。

“嗯……也许连你妈妈也不知道。”

是吗？

“没关系，还有别的办法。”

别的办法？

“如果还能找到的话……”

文老师一边说，一边跪下来，趴在草丛里向四周张望。我也跟着四处看，中午的阳光掉落下来，把每一片叶子都照得闪闪发光。

草丛里有什么东西吗？

“哈，找到了！”

文老师从怀中掏出那根又尖又长，像镊子一样的东西，从草丛里夹起了什么，然后又掏出一只小玻璃瓶，小心翼翼把夹住的东西放进去，塞上盖子。

他把小瓶子递给我看，好像柳絮一样，又小又白的一团，飘在瓶子里。

“是语言的残片。”

语言？

“说出来的话，不会立即消散，而会在周围徘徊一阵子。尤其这样的季节，被柳絮一类的东西吸附，可以保存很长一段时间。这里面，有老白刚才跟你说过的话。”

老白的话？在柳絮里？

“每个人的‘言’，都是独一无二的，就好像世界上没有两片相同的叶子一样。有了‘言’的样本，说不定就能按图索骥，查找到老白的‘真名’。”

八

吃完午饭，文老师找来一只很大的黑色手提包。他把包拉开，里面空空的。

“来，进来。”

钻进包里？为什么？

“因为要坐车。”

坐车去哪里？

“图书馆。”

去图书馆干吗？

“查书啊。”

查书？

书上会有老白真正的名字吗？

“先别问，跟我来就是了。”

似乎坐了很久的车，下车以后又走路。我在包里打了个盹，直到被文老师叫醒。

从包里钻出来，闻到空气里有一股熟悉又陌生的味道。我抬头张望，看见一排一排高大的书架，像卫兵一样威严地矗立着，几乎要碰到天花板。

这里果然是图书馆。

想起来，以前妈妈在图书馆里工作的时候，时不时会带我过来玩。但那个时候太小，很多事情记不太清楚，只记得图书馆里总是很安静，很多人静悄悄地看书。另外就是这里很大，很多很多房间，很多很多书架，像个迷宫。妈妈总嘱咐我不要乱跑，尽管如此，我还是迷过好几次路。

妈妈离开之后，已经有很久很久没来过了。

“这里是全市最大的图书馆。”文老师压低声音轻轻说，“里面不让带包进去。你跟紧我，别走丢了。”

我跟在文老师身后一路小跑。变成猫以后，更觉得他个子好高好高，拼命仰起头，也看不见他的后脑勺。

我以为文老师要去阅览室里找书，没想到他穿过大厅和走廊，推开一扇玻璃门，走进图书馆中央一座四四方方的小庭院。庭院里有坐椅和长廊，长廊上的紫藤刚刚开花，露出一串一串深深浅浅的紫色。

午后，院子里没有一个人，只有一只猫在长椅上面晒太阳。毛色是黄白黑三色相间，感觉比老白还要老得多，肥肥大大的身子舒服地摊开，像一块长毛毯子。

文老师走到晒太阳的猫旁边，单膝跪地，行了一个很奇怪的礼。老猫睁开一双绿莹莹的眼睛，一副被打扰了睡眠的不耐烦神色。

“怎么又是你？”

奇怪，这会儿在我心里，再没有比猫开口说话更自然的事情了。

“有点事需要查一查书。”文老师恭恭敬敬地回答。

“要紧吗？”

“非常要紧。”

老猫不情愿地坐起来，斜着眼睛打量我。

“这是谁？”

“朋友家的小孩。”

“你进去，它得留下。”

“还是我带着一起去吧。她不能开口说话，我保证不会惹麻烦。”

“不行，哪能随随便便带人进去呢？一点规矩没有！”

不知为什么，我觉得老猫说话的口气，有点像以前教我们语文的马老师。

文老师还是不慌不忙笑着，压低声音说：“是这样……”他俯身凑到老猫耳边，悄悄说了什么。

老猫听完以后气哼哼地说：“又来这套……哼……好吧，人你自己带进去，出了问题自己负责。”

“我一定小心。”文老师再次低头行礼。

老猫慢腾腾地从长椅上跳下来，文老师坐上去，把我放在他膝盖上。

“今天的口令是什么？”他问道。

老猫说了一个我听不懂的字。确切地说，不是“听”，而是“看”。我只看到一个深紫色的字从它嘴里出现，却没有声音。

文老师将那个字重复一遍。字出口落地的一瞬间，整个世界突然颠倒了过来。

说是“颠倒”，但却并不难受，不像倒立的时候，会有血冲到脸上的感觉。只是有一种感觉，那就是我们刚才以脚下的地面为轴心，翻转了180度，现在是在一个颠倒的世界里，头朝下，脚朝上，就好像水里的倒影一样。

这个颠倒的世界，跟刚才那个世界似乎有些不同，但又说不清楚是哪里不同，大概光线有点奇怪吧，说不清是白天还是晚上。我和文老师依然坐在长椅上，周围还是那座四四方方的小庭院，老猫却不见了。

这是哪里？还是在图书馆里吗？

“这里是‘真的图书馆’，里面都是‘真的书’。”文老师用很低很低的声音回答。

真的书?

“除了这个院子以外，整座图书馆里，是绝对绝对不能说话的，也绝对不能随便碰那些书。所以我一会儿进去查书的时候，你就在这里等着我，也许时间会长一点，但千万记住不能乱跑，好吗？”

好吧，我不乱跑。

一边这样想着，一边心里莫名其妙地紧张起来。

“别怕，这里很安全，闲杂人等是进不来的。你就在这里等我回来吧。”

文老师说完，起身离开长椅，穿过一扇门，走进图书馆里面去了。

我独自坐在椅子上。院子里非常安静，没有鸟叫，也没有一丝风，连树叶的声音都听不见。好像这里是一个被遗忘在时间之外的世界似的。

我发了一会儿呆，躺下睡了一会儿觉，又醒来玩了一会儿自己的尾巴，不知道过了多久，文老师还不出来。

还要等多久呢？文老师会不会在里面迷路了，要不要我去找他呢？

犹豫了好一阵，终于忍不住好奇心。我跳下椅子，来到一扇玻璃门旁边，用尽全身力气推开一条缝，钻了进去。

九

图书馆里空荡荡的，却一点也不安静，到处是叽叽喳喳的低语声，像我夜晚在公园里听到的一样，时近时远，时粗时细，仔细听，却又什么也听不懂。

奇怪，到底是谁在说话？明明看不到一个人啊。

难道……是书架上的那些书在说话?

既然猫和石狮子都会说话，那么书会说话，大概也没什么奇怪的。不过，在这么一个空无一人的图书馆里，听见这么多书同时在说话，还是让人有点害怕。我压低身子，轻手轻脚地沿着书架中间的走廊慢慢走着。大理石地板又滑又凉，像冰一样，甚至可以看见我自己的倒影。

走着走着，突然听到耳边有个声音低低地响："来，你过来……"

声音细细的，像一小勺蜜糖沿着墙壁流淌。我循着声音看过去，是谁？是在叫我吗?

“来嘛，到这儿来……”又是那个声音。

我向前走了几步，拐个弯，看见一本又黑又厚的书孤零零地斜靠在墙角，像一扇门一样高大，封面上刻着浮雕一样的花纹，昏暗的光线里看不清楚，只觉得有点森严。

是这本书在叫我吗?

“是我，我是‘世界之书’。”

世界之书?

“小东西，连世界之书都没听过吗? ”

从来……没听过……

“世界之书里，记载了世界上所有的事，从宇宙的诞生，直到毁灭，从最宏大的日月星辰，到最微小的原子。你想知道的任何事情，都能在世界之书里找到。”

诶，真的吗?

“不信，你就亲自翻开看一看吧。”

我慢慢走过去，爪子刚碰到封面上的花纹，突然有无数光芒从中渗透出来，刺得人睁不开眼睛。

厚重的封面悄无声息地弹开了，巨大的书页哗啦哗啦从我面前一页页翻过，像被狂风吹着一样。突然间，书页停住了，我战战兢兢地抬起头，看见空白的纸页上一幅接一幅，呈现出各种各样的画，或许有成百上千那么多。它们一会儿绽开，一会儿消失，就像有许多看不见的画笔在涂涂抹抹一样。

在一个很小的角落里，我看到一幅有点熟悉的画：一只小小的黑猫，站在一本巨大的书前面，书被打开了，纸页哗啦哗啦，像被狂风吹过一样翻开。

“这是你，此时此刻，在这里，翻开世界之书的事。”

另一幅画上，画的是我和文老师，在一座庭院里，跟一只长椅上的老猫说话。

再往前，是我在神秘角的桃树下面，跟假冒成童言的老白在一起。

再往前，是我和老白在我的卧室里，但我有点分不清，桌上那只黑猫，到底是我还是老白。

“看到了吗? 你一生的故事，在这里都能看到。不管是过去还是未来，从出生，到死亡，你想知道的任何事情，我这里都有。”

真的吗?

我想知道的事情，这里都能看到吗?

“当然。小东西，你想知道什么? ”

我……我想知道……

“告诉我，我为你揭晓答案。”

我想知道妈妈去哪儿了，为什么到现在还不回来?

世界之书的书页又一次哗啦啦啦翻动起来，这次是向前翻。我仰头望着纸页掀起的影子，心情又紧张，又激动。

马上就能知道妈妈的消息了，我的心在胸口怦怦跳着。

纸页终于停了下来。

我使劲抬头，空白的纸页上，又出现了许多画。我看了好一阵，终于看见了。

画上是一辆车，开车的是妈妈，后座上坐着我，那是六岁时的我，还扎着两条短短的小辫子。

那天，是妈妈开车带我去什么地方吗？为什么一点也想不起来了？

车一直在路上开着，妈妈从后视镜里对我说着什么，我戴着耳机，大概在听音乐吧。妈妈穿着一条浅蓝色的连衣裙，似乎是夏天，她的样子跟记忆中一模一样，脸上淡淡的微笑，那么年轻，那么漂亮……

突然间，有一双手蒙住了我的眼睛。

是谁？快放开我！

砰地一声闷响，然后蒙在眼上的手放开了，我赶紧睁大眼睛，面前的世界之书却已经被合上了。

为什么？为什么要合上？我还没看完呢！

四年前那天，到底发生了什么事？妈妈到底去了哪里？

那双手的主人，不由分说就把我拦腰抱了起来，迈着大步向外走。我想挣扎，却一点也挣脱不出来，只能眼睁睁看着世界之书孤零零地斜靠在墙角里，渐渐远去。

放开我！放我回去！我要知道妈妈的消息！

脚步声急匆匆地在走廊里回荡，两旁的书们叽叽喳喳叫着，说着我听不懂的话。转眼间，我已经出了门，回到四四方方的庭院里。

那双手把我放下，然后听见熟悉的声音，像珠子叮咚叮咚落下来。

“好险！叫你不要乱跑，为什么不听话？”

文老师？

为什么？为什么不让我看世界之书？！

“那根本不是什么世界之书。”文老师压低声音，异常严肃地回答我，“真正的世界之书，根本不存在！”

不存在？

“当然，也不能说绝对不存在，毕竟这个问题被争论了好多年，至今还没有一个答案。”

文老师说着，脸色渐渐缓和下来。

“大多数人认为，如果真有一本世界之书，那里面的字数，会比宇宙中所有的原子加起来还要多，所以根本不可能有足够的材料来制作这本书。不过，也有少数人依然坚持相信世界之书是存在的，只不过是用一种人类所无法理解的语言写成的。不管怎样，刚才你遇见的那本，根本不可能是它所自称的世界之书，而是一本写满谎言的书。”

谎言？难道它告诉我的那些，都是骗我的吗？

可是，我又明明看见了妈妈的样子……

“真是……好奇害死猫！要是再晚一点，只怕你就被困在那本书里，再也出不来了。”

困在书里？像被夹在书里的蝴蝶标本一样吗？

我不禁打了个寒战。

“还好没惹出什么大乱子。早说了让你不要进去，那些书跟你平时在书店里看到的书可不一样，每一本都很危险的。”

难道，书也会危险吗？

“书大概是这世界上，最危险的东西之一了吧。”

那为什么还要建立图书馆，把它们放在这里？

“因为书也是这个世界上，最好的东西之一。”

最危险，又是最好的东西？

不明白。

“将来你就会明白了。”

唉，又是这句话。

“时间不早了，我们离开这里吧，回去再慢慢说。”

对了，我突然想起来，更要紧的事情：老白真正的名字，找到了吗？

文老师叹一口气。

“没找到。”

没有？

“那只言灵的真名，不在这座图书馆中。”

十

傍晚，我和文老师坐在图书馆外面的椅子上。文老师买来三明治和奶茶，放在盒子里给我吃。这样路人看到也不会太奇怪吧，毕竟坐在路边喂猫的人，到处都是。

找了整整一个下午，却没有找到想找的东西，我有点沮丧。

“别担心，老白不是说三天吗，还有两天半的时间呢。”

可是，连图书馆里都没有……

“这世界上有那么多言灵，图书馆里有记载的，只是其中很小很小一部分，所以找不到也很正常。”

那该怎么办？

“总有办法的。”

我们并排坐在那里，发了一会儿呆。背后，图书馆的影子悄悄移动着，像巨大的指针。

“或许应该换个思路想问题。”文老师突然说。

换个思路？

“想一想，老白为什么要跟你交换身体？如果它想要人类的身体，随便找任何人都可以，为什么一定是你呢？”

为什么？因为我在作文里写了，想做一只猫吗？

“这也许是一个契机，给了它钻空子的机会。但它选中你，一定有更特别的原因。”

更特别的原因？

“再说，如果它想要你的身体，为什么又要跟你提条件，让你三天之内找到它的真名呢？怎么会有言灵主动要求人类去猜它的真名，这听起来不是很奇怪吗？”

为什么？因为矮子精的故事吗？

“矮子精？”

是格林童话里的故事。小时候，妈妈给我讲过那个故事，后来那本书不知怎么，再也找不到了。

“啊，我想起来了，是有这样一个童话故事。故事的结尾是……”

故事的结尾，皇后派出的骑士在森林里不小心发现了矮子精，它一边围着火堆跳舞，一边唱歌，唱着唱着就把自己的名字唱出来了。

“所以最后，是皇后获胜了。”

矮子精很生气，说皇后不守信用。因为皇后不仅没有把孩子交给矮子精，还把它的名字给拿走了。

“拿走了？”

从此矮子精就没有名字了，只能孤零零地生活在森林里，每天寻找它的名字。

“你妈妈是这样给你讲的吗？”

对啊。妈妈说，这个故事告诉我们，祸从口出，不想让别人知道的事情，千万不要说出来。

“祸从口出……原来是这样！明白了，这样一来就全明白了！”

诶？明白了什么？

“整个故事都明白了！来，跟我来，我知道该怎么办了！”

十一

我们匆匆赶回学校。傍晚，已经过了放学时间，阳光斜斜地穿过空旷的校园，把楼房和树木都染成金色。

我们来到神秘角。老白果然还在这里，把手里的书本一页一页扯下来吃。傍晚的风吹着满地乱七八糟的纸页哗啦啦作响，像一大群白蝴蝶。

“真难吃啊……唉……”老白一边吃，脸上一边露出痛苦的表情，“写这些书的家伙为什么不去死呢……”

“既然难吃，就不要吃了嘛。”文老师开口说道，声音很轻，却很透彻。

老白抬起头，冷冷地看着我们。

“没猜错的话，你一定以为，如果有人要把你的真名藏起来，那最隐蔽的地方，就是这些难吃的课本吧？”

老白沉默片刻，懒洋洋地眯起眼睛。

“看来你已经知道了。”

“我也是刚刚知道的。”

“是吗？”

“虽然能理解你的心情，不过，哄骗一个十岁的小孩子，对你这样高级的言灵来说，不觉得很丢脸吗？”

“丢脸？别开玩笑了，说话不算话的家伙可不是我！”

“别生气，我不是来跟你争论谁对谁错的。”

“那你想怎么样？”

“我可以帮你找到你的‘真名’。”

“哼！”

“条件是，你必须把这孩子的身体还给她。”

“你以为我这么好骗吗？真可笑！”

“不，我一定说话算话。”文老师向前一步，单膝跪下，伸出一只手。

“我以我的名字在此发誓，如果你把属于童言的身体还给她本人，我就立刻告诉你，你的真名被藏在哪里。”

老白冷冷地眯着眼睛看了他一阵，也把手伸出来。

两只手碰触的地方，金色火焰一闪而逝。

“一言为定！”

“一言为定。”

交换过誓言以后，文老师起身退到一边。

“那么，请先遵守你的承诺。”

“小事一桩。”老白哼了一声。

它走到我面前，伸手拎住我的脖子，轻轻一抖。刹那间我感到身子一轻，好像在梦里飞起来似的。属于老白的身体，像一件衣服似的落在地上，我变成了一团光，一团橙红色的，雾一样的光，飘浮在空中。

紧接着，老白把另一只手伸进自己嘴里，向外拉扯了几下，扯出一团金色的、又明亮又柔软的光芒。那光芒慢慢地从嘴里滑出来，跟身体分离，样子还是有点像猫，但没有四肢，只有尖尖的耳朵、圆圆的脑袋和细长的身子。

没几下，我就被塞回了原本属于自己的身体里，而老白也回到了它的身体里。

睁开眼睛，看见这个熟悉而又陌生的世界，感觉昏沉沉的。我躺在草地上，文老师扶着我的肩膀，低头关切地看着我。从他微微发绿的深灰色的眼睛里，我看见了一棵一棵小草的影子，还有我自己的脸，那张属于我自己的，小小的脸。

"怎么样？"他轻声问。

我动了动手脚，都能动，只是麻麻的，好像睡得太久，忘记了自己的身体一样。

"现在，也请遵守你的承诺吧。"老白在一旁冷冷地说。现在它又变回了黑猫的样子，金色眼睛闪闪发光。

"小言，把手给我。"文老师低声对我说。

我把手放进他的手里，他的手又大又温暖。

"来，跟着我心里默念。"

念什么？

"我，童言，拥有这只言灵的真名。"

我，童言，拥有这只言灵的真名。

"以主人的名字召唤，真名请显形。"

以主人的名字召唤，真名请显形。

刚刚念完，突然感到手腕上一阵刺痛。

手腕内侧，原本有颗小小的黑痣，现在那颗痣痛得厉害，像有一根烧红的针刺进去，在肌肉和血管中间搅动一样。我叫不出来，只能紧紧咬住嘴唇，眼泪大颗大颗地掉出来，沿着脸颊往下淌。

好痛！好痛！

"我以这孩子代言人的名义召唤，真名，请显形！"文老师又低声在我耳边说了一句。

突然间，一团黑色从手腕里喷了出来，像一丛墨汁的喷泉，带着浓稠阴郁的气息，飞溅到空中去。

"想不到……在这里……"老白声音哑哑的，从不远处传来。

我睁开被泪水模糊的双眼，慢慢才看清。那团黑色，像是一个字，一个用毛笔写出来的字，又有点像是画，一只兽的简笔画，有头，有耳朵，有身子，有尾巴。它在风里轻轻地抖动，好像一面旗子。笔画倒不复杂，只是我不认得，也猜不出它该怎么读，是什么意思。

“看见了吧，你的真名就在这里。”文老师说。

“还给我！”老白喵地一声，向我扑过来。我吓得一躲，那个字“咻”地一声，又回到我手腕里去了，好像老鼠钻回洞穴里一样。

低头看一看，手腕上什么都没有，只是那个小痣周围有点发红，像被烫伤似的。

“别激动。你的真名在这孩子身上，她就是你的主人。”文老师说，“除非她亲口说出你的真名，亲口答应还给你，你才能重新得到它。”

“混蛋，说话不算话！”老白气哼哼地，“说好还给我的。”

“我只是答应，告诉你真名藏在哪里。它就在这里，在这个孩子身上，我答应的事情做到了。”

“你……你们这些家伙……骗人……”老白气得说不出话来。

“别生气了。”文老师轻轻笑了一下，“虽然这孩子暂时不能开口说话，没办法把名字还给你，但也不能以这个名字召唤你去干什么，你暂时还是自由之身，不是很好吗？”

“好什么好？！”老白使劲哼了一声。

“只要这个孩子平安无事地长大，你的名字就一直是安全的。这不是比藏在任何一本书里，都要好多了吗？”

老白不说话，把头扭到一边。“算我吃亏！”它尾巴一甩，转身走了。

我躺在文老师怀里，感到头昏昏的，身上发烫，好像所有的力气都没有了。

文老师温暖的大手扶着我的肩膀，在我耳边低声说：“小言别怕，没事了。”

没事了？

“背你回教室休息一会儿吧，很快你爸爸就会来接你回家了。”

可以回家了吗？回我自己的家？

傍晚的风远远吹来，依稀真的听见爸爸骑自行车的声音。

“嗯，回家。”

我昏沉沉地睡着了。

十二

在家休息了好几天，我终于又回到学校上学了。

回来第一天，就有文老师的语文课。文老师看见我回来，什么也没说，只是点头冲我笑了笑，白白的牙齿闪闪发亮。

语文课还是那么有趣，同学们都聚精会神地听着，奇怪的是，我却总是不能集中精神听讲，一边看着文老师在黑板上写写画画的样子，一边恍恍惚惚地想起老白，想起被吃掉的作文，想起公园里的石狮子，想起那座奇怪的图书馆，还有世界之书。想着想着，就觉得周围的空气像水一样，微微地泛起了波纹。

或许，我现在坐着的这间教室，还有周围的老师和同学，还有外面那个春光明媚的世界，其实都是别人讲的一个故事吧。

下课以后，我去了文老师的办公室。办公室门虚掩着，我鼓足勇气，敲了敲门。

“请进。”文老师的声音传来，又低沉，又清澈，像珠子叮咚一声掉在地上。

我推开门走进去。

“这不是童言同学吗？”文老师笑嘻嘻的，“有事吗？”

文老师，我有一个问题。

“有问题是好事，问吧。”

在家这几天，我经常想起矮子精的故事。

“还在想那个故事吗？”

你觉不觉得矮子精很可怜?

“可怜……为什么可怜呢？”

矮子精很诚实，又遵守承诺，可最后却是皇后胜利了。

“嗯，好像是不太公平。”

那为什么大家讲这个故事的时候，都同情皇后，不同情矮子精呢?

“你觉得是为什么呢？”

因为皇后是为了保住自己的孩子才不遵守承诺的吗?

“也许吧。”

还是因为，皇后是跟我们一样的人，矮子精却是个妖精?

“也有这个可能。”

或者是因为，讲这个故事的人，心里都觉得不诚实其实比诚实好?

“你问的这些问题，很可能都是答案。”

没有最正确的答案吗?

“我想没有吧。一个问题，往往有不只一个答案，所以提问比回答问题更重要，特别是问出那些以前没人问过的问题。”

这样吗?

“还记得我在课上问大家的问题吗？”

为什么喜欢听故事?

“现在你有自己的答案了吗？”

为什么喜欢故事。

因为故事和我们的生活，是紧紧联系在一起的吧。或者说，我们生活的这个世界，本身就像故事一样，充满各种奇妙的可能性。只要想到这些可能性，就觉得满心雀跃，好像透过花园围墙上的小洞，偷看到外面的世界一样。

不，这肯定不是全部的答案。

“当然不是，还有很多不同的答案，等你自己慢慢去找。”

我仔细地想着他的话。

对了，我还有一个问题。

“说吧。”

为什么你会知道，老白的名字藏在我身上呢?

“这个嘛，其实我也不知道。”

不知道?

“只是突然想起很多年以前，曾见过一个人，喜欢把言灵的真名藏在自己身上。”文老师低头笑一笑，“所以想赌赌运气。”

赌运气？如果名字不在我身上怎么办?

“那……也就只好说话不算话了。”

文老师说完这句话，转头望向窗外明媚的春光，我也跟着看过去。短短几天里，又下了两场雨。雨停之后，柳絮渐渐地少了，天气越来越热，绿荫越来越浓，空气里开始飘荡着槐花香。

短暂的春天，很快就要结束了吧。

后记：

《童言无忌》这个系列，是由许多短篇小故事组成的，大概会以每个月一篇的速度推进。第一篇《不可言传》发生在四月，而《一言为定》则是属于五月的故事。

写这个故事，心情是非常畅快的，尽管篇幅大大爆棚，却仅仅用一天半的时间就写完了。大概因为写到许多我喜欢的东西吧：会吃作文本的猫、贪嘴的石狮子、异次元的图书馆、世界之书、身体里的“言灵”、和猫互换身体的小女孩、五月的柳絮与槐花香，还有事物的“真名”。

忘记了从哪本书里看来的，传说万物都有自己的“真名”，也就是抓住事物本质的名字。如果知道一个事物的“真名”，那么你就可以召唤它、驱使它，不但可以令鬼推磨，还可以令磨推鬼。法师呼风唤雨撒豆成兵，大概就是用风雨真正的名字来指挥它们吧。

黑格尔曾经受中国汉字的启发，以为只有这样一种表意的象形文字，而非表音的字母文字，才能给每一样事物以独一无二的命名。因此我想，万物的“真名”，应该以一种又像图画又像书法的形态出现，即便看到，也不知道读音，因此无法轻易被说出。

“日长飞絮轻”那一段，则是我小学时代的真实经历。

小学四年级，原来的班主任兼语文老师退休了，换来一个刚从师范学校毕业的男老师，姓钟，个子不高，戴着黑框眼镜，满脸青春痘。别的老师家长都说他太年轻，怕没经验，教不好。不过，在我记忆中那段日子却很快乐，平时最枯燥的班会和思想品德课，成了唱歌和玩游戏的时间。钟老师嗓子很好，一首《三套车》，唱得整个教室鸦雀无声。冬天里下大雪，全班同学都被放去操场上打雪仗，当然，玩完之后要回去写作文。

那个春光明媚，柳絮轻扬的下午，老师写在黑板上的半阕零一句词，也一直被清晰地记到现在。后来在书上看到，是晏殊的《破阵子》，全词如下：

燕子来时新社，梨花落后清明。
池上碧苔三四点，叶底黄鹂一两声。
日长飞絮轻。

巧笑东邻女伴，采桑径里逢迎。
疑怪昨宵春梦好，原是今朝斗草赢。
笑从双脸生。

有时候会觉得，尽管只是一首不完整的词，对我之后的人生，对我与文字之间的缘分，却多多少少有着微妙的影响。如果没有那几句词，今天的我，还会不会写下这个故事呢？

即使蝴蝶效应真的存在，我也绝对不会尝试去做这样的改变。

那位年轻的钟老师，只教了我们一年就离开了。转眼间十几年过去，他大概已经成家立业，变成一个中年人了吧。不知道他还喜不喜欢唱歌，会不会在柳絮飞起的季节，想起很多年前写在黑板上的那半阕零一句词。

写这篇后记的时候，突然想起教师节快到了。钟老师，你现在在哪里？还好吗？

奈何花

狰与蛟（结局）

文/goodnight小青　图/张旺

前情提要：

几个孩子在宫中争闹起来，为了保护镇平侯的女儿苏兰冰，宣帝独子牧云磐打伤了谷浑部世子，被罚去追远殿中长跪。于是在这个晚上，穆如世家三小姐穆如洗黛（虎子）陪伴受罚的牧云磐，四小姐穆如净绮（豹子）带着少年鹤雪士路然陌去定王牧云笥府中淘气。在豹子一顿卖力的装傻之后，阴晴不定的定王终于放他们离开。

天启城煌煌故都，向称“百二十行，百零八坊”。这般沉淀了一层又一层历史、一代又一代人记忆的古老城池中，房屋鳞次栉比，巷陌纵横交错，白日看去只觉辉煌盛丽，到了夜间就变成一张蛛网，一座迷宫，一袭涂了又改、错综模糊、如掌纹般不可推测的纷繁混乱的地图。

一个人的掌纹代表一个人的命运。一个人的命运从来没人能看得透。在这样的深夜里，在酣睡的天启城缓缓起伏的呼吸中，究竟发生了多少不为人知的故事，已经没有人清楚。但延熙四年七月十六的夜晚，至少我们可以看到一黑一白两个小小的影子自定王府逾墙而出，坠落于天启的绵软黑夜，像两滴水珠一样无声无息。

就在这对人影携着手隐入暗巷的时刻，与他们相隔了十数条街衢的遥远的天衡府，那黑沉沉的一片楼阁之中有一盏灯火亮起。一个少年在锦榻上曲肱枕臂，辗转了半夜，终于坐起身来。

将三个枕头塞在被窝里假装人形，爬窗出去的过程中，穆如骏一直在心里对自己说：“我只不过是怕她万一气死了，以后没有文章可抄而已！哼，我才不爱跟这种小丫头玩呢，婆婆妈妈的烦死人了……不过她文章写得可当真不赖，只要我以后抄得细心点儿，想必太傅也看不出来……咦，真奇怪，为什么这么小的小丫头肚子里会有这么多学问？难道娘胎里就开始读书了啊……话说回来，她……她今天真的不会气死吗？惹了这么大祸，她爹有没有揍她？”

也不知到底在想些什么，他便这样念念叨叨、糊里糊涂地爬出了天衡府，穿过深夜无人的若干坊巷，一路无数次或匿身房角黑影，或隐入树荫花丛，甚至形格势禁之下跳进了某家酱坊门首的一口大水缸……奇智百出地躲过了若干队巡夜率兵①

之后，终于来到镇平侯府的围墙下。

这时候穆如箴已经熟睡，发出响亮的鼾声，他夫人被吵得翻来覆去，终于忍无可忍，把他推了起来，夫妻俩喁喁细语，讨论着穆如骧与淳于凤至的婚事。穆如筹则独自站在虎豹姐妹听笑话的那间书房，亲手把门关上，对着门外刚刚出去的什么人低声说了句："今晚之事关乎国祚，一切拜托先生了。"

老兄弟俩都醒着，却怎么也想不到他们的一儿一女此时正双双野在外头，为了不同的目的各自翻着别人家的墙头。

"如果她屋里黑了灯，说明她爹没揍她。"穆如骏一边猫着腰在镇平侯府里潜行，一边以自己丰富的经验做出推想——他爹哪次揍完他不得疼上三五天，根本没法安睡？"唔，我就去看一眼，要是黑着灯，我就悄悄溜走，怎么来的怎么回去。"

镇平侯苏显之他也见过不少回，怎么看都不像个会动手打孩子的人嘛。他已经做好了"怎么来的怎么回去"的准备，谁知转过抄手游廊，来到苏兰冰所居的闺阁，赫然便见房里亮着灯，一个人影映在雪白窗纸上，是个侧面，微微低着头。那娇小身形、低垂双鬟，还有那尖尖俏俏的小鼻子，可不正是每天在毓华宫看熟了的苏兰冰么。穆如骏十分惊讶，心想人不可貌相啊，想不到镇平侯这等温文尔雅之人竟也擅长体罚，把个闺女揍得三更半夜都躺不住。

檐前种着一棵栀子，枝桠斜斜伸着，穆如骏拨开一簇障目的花枝，蹑手蹑脚又走近几步，到了窗根底下。此时侧影更加清晰，连那长长的睫毛都像印在窗纸上似的，只见女孩右臂微抬，单薄的肩膀偶尔轻轻一颤。

树枝兀自在他背后轻晃，窗上浅淡花影浮动，映着人影，两三朵栀子恰似簪在女孩鬓边。这幅窗纸就是浑然天成的一轴仕女图，花与人都已端然静好地放在那里，只等用笔勾一勾。但穆如骏可没雅兴欣赏这个，唯一的念头是"唉看来揍得不轻啊，直哆嗦……早知就把金创药带来了"。

作为挨揍经验丰富的他，金创药这东西本来是身边常备之物，不巧今天没带，那也后悔不来。不过一把小刀总还是带了的，当下摸出来插进窗缝，喀的一声拨开窗闩，纵身跳了进去。

苏兰冰愕然抬头，不幸中的万幸，在惊叫声出口之前看清了夜半逾窗而入的这个人是谁。

她原本专心致志地对案端坐，挥毫疾书。书案靠窗放置，侧面贴着墙，穆如骏脚一落地，正好站在她面前，两人之间隔着一张小小的黄梨书桌，互相瞪视片刻。

"咦，好像用不着金创药啊。"穆如骏抓抓头，率先打破了沉默，说出来的却是一句令人摸不着头脑的话。

原来苏兰冰肩臂的动作并非忍疼不过，而是在提笔写字。穆如骏对这个动作太不熟悉，才生了误会。如今他是明白了，苏兰冰可糊涂了，心道这人怎么回事啊，大半夜跳窗户跑进人家屋里来，张嘴就是这么一句不靠谱的？她皱着眉头想了一想，突然恍然大悟，樱唇微启，回了一句更加不靠谱的。

“你着什么急啊，还差一小段就收尾了，我看看……唔，最多一百字。稍等一会儿啊。”

说罢简直当此人不存在，自顾自低下头去又开始奋笔疾书。穆如骏瞪着眼朝桌上瞅，只见她面前摊着一张洛妃纸，半张已经写满了字，她正努力填满另外半张，小手拈着一管狼毫唰唰唰地……真乃落笔如风文不加点。旁边还有好几张洛妃纸摞在一起，满满当当行云流水般的小字，墨迹犹新，看来都是刚写的。

“子……子什么羊……中……二，”穆如骏瞪着最上面那张纸吃力地辨认，但他站在书桌对面，这些字全是倒的，瞧来扑朔迷离（其实就算正的，多半也不免迷离扑朔），他锲而不舍地念道，“目有……什么什么，二……”

“子独未闻中京之巨丽乎？且有墟荒之剖判也，肇于九州，文明之瑰隆也，弘自莲丘。”在他辨认期间，苏兰冰已写完最后一百字，将笔一搁，看也不看他正瞪着的那张纸，不假思索地背诵出来，“那个字是‘之’不是二！不过写得连了是有点像二……”

“好文章！实为锦……锦心绣口之妙文也！”穆如骏学着太傅的口气，击节不已，“——这到底是啥啊？”

苏兰冰睁大眼睛：“《太华殿赋》啊！三殿下今夜造访，不就是为了它吗？”

“啊？哦……太华殿赋，嗯对，果然是太华殿赋……”穆如骏终于想起来白天拜托人家代写的文章，只见苏兰冰一双乌溜溜的大眼望着自己，神情严肃，俨然把自己当成了半夜专门跑来催稿的……可是这时候难道要说“哦你原来熬夜给我写这个啊，我都忘了”么？

“好一篇《太华殿赋》！写得太棒了！”他一拍大腿，由衷赞道。

苏兰冰抿嘴一笑：“仓促之作，殊为草草，其中败笔颇多，恐入不得太傅法眼，但愿他老人家网开一面。”

“绝对入得了！足够了！这篇这么好，要再不满意，太傅就疯了！”

苏兰冰歪着头打量那一叠纸，忽而愀然不乐，犹豫道：“其实瑕疵真的挺多。方才只顾着赶，没及细想，这会儿一回味，已经发现好几处都犯了繁冗堆砌之病，行文也过于浮艳，格韵不高……要不我再斟酌斟酌……”

“你可千万别酌了，就这样挺好！”穆如骏吓得赶紧稀里哗啦地把一沓子纸全敛了起来，飞快一卷塞进怀里，“你要再斟酌，太傅一看就知道打死也不能是我干的，都不用我背错了的！这……这已经够好的了！”

苏兰冰严肃地点点头，“三殿下所言倒也有理。那么就这样吧，我也总算不负殿下所托了。”

“唔，你很不负……”穆如骏神色尴尬。听这意思人家小姑娘点灯熬油地这么晚不睡，果然是专程为了替自己捉刀啊！而且自己还不放心，半夜亲自跑来盯着人家写……这是个什么形象？

他满心想解释不是为这个来的，可不知道为什么，话到嘴边忽然一句也说不出来了，那些“我其实是来看看你是不是气死了”啊、“我怕你被你爹揍死了”啊之类的，全都堵在喉咙口，默默地吞了下去。

“我……我明天一定会兑现诺言，给你带好吃的糖！”咽了好几口口水，他只能憋出这么一句。

苏兰冰又抿了抿嘴，微微一笑：“既然应允了殿下，自当忠人之事。我就是再没出息，也不至于贪图几块糖吧？”

“唔……你当然不会了，不过糖还是要带的！男子汉大丈夫，一言既出驷马难追！”穆如骏拍胸豪言。

“嗯，我一直都知道殿下将来是要率领百万雄兵保家卫国、轰轰烈烈做一番大事业的啊。言出如金，生死不悔，正是大英雄的本色。”苏兰冰揉揉眼睛，疑惑道，“不过殿下来访之时，好像说了句什么金创药……那是什么意思啊？”

“哦，这个金创药，这个意思是……是……”穆如骏抓耳挠腮，语无伦次，“这个，我这不是想起你爹……镇平侯他老人家多日不见，不知最近贵体如何（有揍人的力气不）？”

苏兰冰展颜，敛衽行礼：“原来是这样。家父年未四旬，还称不上‘老人家’啊。托殿下的福，家父身体倒还一直康健，请殿下代为回禀大将军，多谢挂怀了。”在她心中，自然以为穆如骏忽然这般关心起九侯之一的国之重臣，必定出自穆如箴的授意，也不想想穆如箴怎么能如此不着调，半夜打发儿子跳墙来问这个。

“不过殿下不是今天才见过家父吗？”苏兰冰皱着眉头，又疑惑起来，“而且‘金创药’这东西好像也不是养生培元的，好像是受了刀枪棍棒之类外伤才用得上的吧？”

“嗯，嗯对，才见过。镇平侯红光满面，身体自然是壮健非常（瞧他攥着拳头想揍徒善迢石的架势我就知道他有把子力气了），看来心境应该也不错吧，人逢喜事（你捅娄子真的算喜事么）……精神爽啊！”穆如骏假装没听见她后半句，指天画地信口胡扯，拼命把“金创药”的作用遮掩过去。

“殿下说对啦，家父最近确实是人逢喜事，这也是我们全家的喜事呢。”苏兰冰小脸上焕发出一片光彩，悄声说，“家兄上个月满十五岁了，想必殿下也已风闻，我父母为他求娶太学博士司徒氏的三小姐，日前司徒家的尊长已首肯了。”

“哦……原来是太学博士司徒氏的三小姐。”穆如骏歪打正着，鹦鹉学舌地念道，一片茫然。

“三小姐就是司徒琛嘛！他家四位小姐，人称‘璋瑜琛瑾，有女如玉’。司徒氏书香传家，她们父母和两位长姊都点过翰林学士。司徒琛比我大两岁，在太学读书，殿下可记起来了？”苏兰冰掩不住喜悦之情，顾自憧憬道，“她文风清奇灵动，大有洒脱出尘之致，我一向最是景慕的。等过了门，家里又多了一个作诗的人了……”

“可喜可贺，可喜可贺。请代我恭喜苏兄……”穆如骏完全搞不清这位司徒琛何许人也，也完全不理解为啥她哥娶嫂嫂会把苏兰冰高兴成这样，稀里糊涂地拱了拱手，“不过司徒琛既然只比你大两岁，我看等她过门还得好几年，到那时候她进了你家门，你也差不多该嫁出去了吧……还哪来的‘一起作诗’？”

“殿下！”苏兰冰忽然小脸一板，方才的言笑蔼蔼荡然无存，“夜深了，多有不便，文稿既已交割，谅必太傅那边不致有变故。殿下若是没其他事情，我要休息了。”

“是是，你是该休息了。那个……对不住啊，让你熬夜帮我写，我……我走啦！”

穆如骏此时肠子都悔青了。这是什么猪油蒙了心……徒善迢石的前车之鉴又不是没瞧见，平白无故惹这个女夫子干啥！讪讪地按了按怀里的一卷作文，作了个揖，“我这就走！不过……不过你能再帮我一个忙么？”

“嗯？殿下还有何吩咐？”

“你能把这篇文重新抄一遍么？”穆如骏涎皮笑脸道，“我也不知道你刚才用的是什么字体啊……好像好多字我都、我都不认识……”

“……那是最寻常的行书。”苏兰冰叹了口气，想到此人高声朗读“木有什么什么二”的一幕，也觉得他的要求似乎不为无理，只得摇了摇头，无奈地重新在书桌旁坐了下来。

“请殿下移步，看着我写，有哪个字不认得，马上问我……”

穆如骏还在手忙脚乱地把文稿从怀里往外掏，一不小心又弄掉一张，飘到了屋角，赶紧过去捡。苏兰冰这厢已经濡墨挥毫，摊开一沓崭新纸张，从头将这篇《太华殿赋》再次默写，边写边说：“这次我写正楷，凡有笔画太多的生僻字词，我会在其后注明读音。可是殿下您抄录的时候千万要留意啊，不要把注释抄进正文里去，不然太傅跟前又要露馅了……”

“我知道我知道，这次一定不会再露馅了，我不错眼珠地盯着！”

穆如骏抱着一堆文稿笑眯眯地跑来，立在苏兰冰身后点头哈腰。忽然一阵风过，从半开的窗外吹来十数片栀子花瓣，有的掉在砚台里，有的沾在苏兰冰鬓边，还有的则飘飘摇摇，不偏不正地恰好落于她刚展开的洛妃纸之上。

穆如骏见落花碍事，不假思索地伸手就去掸。这时候苏兰冰刚默写了前两句，向砚中饱蘸狼毫，正自写下第三句打头一个字，被他莽莽撞撞从后面伸手一抹，卷面登时一塌糊涂。以穆如骏使惯了七尺长枪的手劲，这一下连花带墨，一道半寸阔的黑痕掠过半张纸，直飞到桌子上去了，连那支笔的笔头都戗了毛。

"殿下，这笔是我开蒙之日，家母亲自赐给我的……"苏兰冰看看那支陪伴自己写下了无数诗赋华章，此刻炸着毛跟小刺猬一样的爱笔，又回头看看一脸无辜的穆如骏，只能无语苦笑。

"你先写你的！"穆如骏当机立断地从白瓷冰纹笔海林立的一大把笔中掣了一支新的，并且乖觉地替她蘸好了墨，递到她手中，又铺开一张新纸，兢兢业业勤恳向学之状能把洛太傅活活气死，"这个……这个我以后会赔你的——我知道这是一支好笔，写过好多好文章，但总之……总之我一定会赔还你的！我保证！"

"这支笔，叫做'冰魂'。其材取自殇州雪狼之毫、越州玉竹之篁。相传乃言紫选亲手所制，孝懿皇后生前御用……"苏兰冰苦笑片刻，摇了摇头，重又手不停挥起来，"也罢，万物总有缘法生灭，焉知此笔不是今日尘劫已满，回到孝懿皇后手中了呢。"

"反正我会赔你的，这笔叫啥，'冰魂'是不？我记住啦。"穆如骏不知她在说啥，只觉得自己似乎毁了人家一件祖传心爱之物，愧疚之下一叠连声地打包票。

"世间的'冰魂'只有一支。任凭你极富极贵力可回天，又怎能再造一个冰魂出来呢？人有人的魂，笔也有笔的魂。这魂魄碎了，便是碎了。"苏兰冰提着笔，回眸看了他一眼，叹了口气，"殿下，你真是个呆子。"

走了豹子和羽人，王府的偏厢小院突然显得清静无比。定王与静风都没回屋，两人默然立在墙畔好一会儿，听着孩子们的脚步渐行渐远，直至万籁俱寂。

"看来是真走了。大师，我们且回去继续商讨吧。如今四部汗王每日与那逆贼相见，迟一日便多一分隐忧，我心中很是焦急，恨不能明天便能见个分晓才好。"定王揉了揉额角，"方才被这丫头吵得我头疼……"

"我本来也觉得那件事是眼下最急的，如今看来不是了。王爷，"虽仍不见动容，静风的语气却是郑重的，"那两个娃娃，您不该放他们走的。"

定王一惊："怎么？他们真是穆如家派来的？"

"不知道是不是。也许那女娃娃说的是实话，他俩真是纯粹来捣蛋的也未可知。不过……事情的关键并不在她身上啊。"

"大师是说那个男孩？"定王沉吟道，"他会带来什么麻烦吗？看样子倒是至羽体质，豹子言语中也承认了……难道大师担心的是逆贼已经和宁州羽国勾结上，那男孩借着豹子当幌子，其实……其实刺客是他？"

“军国大事，我不会比王爷更清楚。我不能判断这两个娃娃到底是谁派来的、有什么用意，他们为何而来也并不重要。”静风漠然说道，脸色毫无波澜，“我只是感觉出那个羽族娃娃不对劲，他身上有种厉气，很危险。”

“厉气……”定王暗自寻思。他深知静风乃是亘白秘术的高手，若说对于风与气流的精密掌控，此人的造诣当世少有人及，哪怕他说他察觉到了苍蝇弹了弹腿带起的那样微小的气流，定王也会相信左近真有一只他未曾看见的苍蝇。但“厉气”这种听来跟人的情绪更为贴近的东西，和真正的“气”可以相提并论吗……

虽然不修寰化系，静风却仿佛猜到了定王心中所想，开口道：“也可以说是杀气。那个娃娃浑身透着杀人的欲望，极其强烈。王爷，我这一生，和死亡擦着根头发丝那样的战斗经历过无数次了，一个人身上发出的仇恨与杀意，我不会弄错。如果王爷一定要一个解释，我只能这样说——没有理由，但我确实知道他在我们面前的时候，满心想要杀人。”

听了这话，定王额头虽渗出一点细汗，但想那小羽人才多大年纪，自己身边有静风保驾，就算他真有刺杀之心，也得不了手，因此倒也不甚后怕。此刻他所担忧的却是另外一件事。

“想那逆贼纵然昏庸无能，也不至于指望这点大的娃娃行刺，多半探路是真。”定王眉头深皱，“虽然不知那娃娃为什么满心杀气，可这小院的事情，还有大师……这些一定是要泄露了！”

“看他离去时的身手，那娃娃应属至羽无疑。王爷可曾听说，羽族以至羽体质为尊，而至羽之中又有一批格外杰出者，唤作鹤雪士……”

“鹤雪士！”

定王此时真正结结实实地吓出了一身冷汗。天有鹤雪，地有天罗。鹤雪天罗，千百年间这四个字就是死亡的代名词，谁不知道？那些倏忽掠过高空、流云飞星一般的白影子，飞过之处留下的便是鲜红的血！传说鹤雪每箭射出，必不空还。

“大师确定？”定王问了一句，不等回答便匆匆转身进了屋，坐在椅中，抬头望着天花板，心跳犹自剧烈——倘若真是鹤雪士，倘若鹤雪士真要杀人，这薄薄一层屋顶管个什么用？

静风跟着进来，说道：“王爷不必惊恐，即便他是鹤雪，也不过是一个十多岁的小娃娃，我若连他也敌不过，不能护得王爷周全，那也……哼哼。”

定王胆气壮了一些，也觉得自己这番举动于静风面子上大大过不去，强自镇定，笑道：“是啊，就算是修习过几日鹤雪之术，也不过是个小娃娃，大师自能轻易料理了他。”

“不是小娃娃的鹤雪我也料理过。他？不足为虑。”静风面无表情，“我担心的是别的。王爷恐怕不知，鹤雪士除了随时凝翼、箭无虚发之外，另有一宗可畏之处，便是他们的眼力耳力较之常人均强过数倍。”

定王此刻才恍然大悟：“如果他是鹤雪，自空中一路飞来，恐怕在落地之前，早已将我们的谈话听去不少了！”

“正是。所以我方才才想阻止王爷放了他们。”

定王冷汗涔涔而下。这座小院、静风的存在、自己的病并非外间传说那么严重……这些泄露出去，倒还可以用“请秘术师避静调养”来解释；但假如那个男孩真的听到了他与木颜烈的密谈，即便只有一句，也足以成为谋逆的证据！

“此人断不能留！”定王遽然起身，“适才我本也有灭口之心，但那个豹子既然告诉了她姐姐他俩今晚来此，一旦人不见了，她姐姐在宫里闹出来也着实棘手，为防引火上身，只好放了他们。不过事情如此紧急，也顾不得这许多了。大师赶快前去！”

“王爷不用顾虑——他俩今晚的确是来府里捣乱了，可王爷虽然受了惊，也不过申饬几句，便放他们回家去了。本想派人护送，但那女娃娃任性，死活不肯，王爷也拿这位四小姐没办法，只好依她。”静风笑了笑，“至于他们回家路上遇到了什么人……天启城这么大，深更半夜，什么事都有可能发生，又有谁能说得明白呢？”

“现在应该安全了吧？”

离定王府三条街，拐进一条小胡同，豹子四下望望，终于停下脚步。这是翻墙出来之后他俩之间的第一句话。起先两人故作悠闲，溜达了几十步之后见确实无人跟踪，便开始手拉着手一路小跑，一口气跑了三条街，路然陌还没什么，豹子到底是个小姑娘，虽然习过武艺也不免疲惫。这时暂行休息，放开了路然陌的手擦擦汗，才发现手心里的汗比额头上更多，湿漉漉、冷冰冰，也不知是少年的还是自己的。

“刚才吓死我了。定王动了杀机，那个黑衣老头也动了，我觉出来了。幸好我说姐姐这会儿在宫里，知道我们来他家，他们还有所忌惮……不然只怕我们出不来啊。”豹子胡乱抹了把脸，偏过头看看路然陌，“我看这事情不简单，肯定有什么秘密，不过不是咱俩现在能解决的。赶紧先回家再说吧。姓路的，你现在好点儿没？能飞了不？”

羽人少年脸色很白，但看起来精神还好，揉揉鼻子，答非所问地说：“我很纳闷为啥我突然就成了‘小毛’啊……”

“我不就是随便给你瞎编个名字么！”豹子瞪他一眼，“当时情况那么危急，难道你还指望我想出什么典雅动听的词儿，你当我是苏兰冰啊！再说要真是太典雅的名字，也不符合你这个‘宁州来的小要饭’的身份……”

“唔，这些我知道啊，我就是纳闷为啥不是别的非得是‘小毛’呢……这是怎么想的啊？”

“你真麻烦！因为我们今天去定王府，目的是剃狗毛！所以临时抓瞎，你就叫小毛！”

“那如果我们今天目的是剁狗腿呢？”路然陌很认真地发问。

“那你就叫‘小腿’或者‘小爪’！你这人怎么这么……我们才刚死里逃生，你说你满脑子琢磨的都什么啊……”

豹子气得七窍生烟，对他的智力简直无话可说了。顿了顿足，又拉住他的手。

“你到底休息好了没？有什么话到家再说行不？”

路然陌给她拉着跑了几步，嘴里还在慢条斯理地念叨：“如此说来，亏得咱们此行的目的不是踹狗腚、扫狗屎什么的……嗯，幸甚，幸甚啊……”

豹子不理他胡说八道，边跑边低声叮嘱：“待会儿到家，你悄悄跟我回房，天亮之前傅母不会发现。你今晚就在我房里老实呆着，明天咱俩一起去找姐姐……”

她的手突然被摔开了。因为惯性她又冲出几步才收住脚，愕然回首。这条窄小的胡同只能勉强容两个孩子并肩，若是个成年胖子恐怕就走着费劲，此时路然陌站在她身后几步远的地方，两边黑黝黝的墙壁离他肩膀只有半尺多，像个黑木框子把他镶在里头。

她无端地想起在父亲书房看到过的萤蝶标本。传说这种蝴蝶只生长在越州的珠沉湖畔，以湖中特有的骨香莲花蜜为食，骨香莲是只生于死水中、靠吸收腐烂水草与动物尸体中的营养存活的植物，萤蝶体内因此也带有巨量的磷，在夜晚会发出清冷的蓝光。一只巴掌大的成年萤蝶发出的光，强度可以媲美一支小蜡烛，它们的标本向来是贵官富商喜好的风雅摆设，据说珠沉湖那一带有不少本地乡民靠捕蝶为生，一只上品萤蝶可换好几个金铢。

不知道为什么，她望着路然陌，忽然就想起这个来。父亲书房里那只洁白的大蝴蝶就是这样平展着双翼，被钉在精致的黑木框子里……在夜晚，发着光。

月光自头顶清清亮亮地照下来，在这逼仄的胡同里收拢成一小束。七月十六的月，已圆又缺。白衣银发的少年独自站在那儿，他头上有光照射，两侧是阴影。壁立的、仿佛渐渐逼近的黑暗，把他牢牢地框在里头。

他大大咧咧地叉着腿，冲她扮个鬼脸：“不羞！一个女孩子家，拉我去你房里睡！你不要脸老子还要呐！”

豹子静静地看着他。她那么小，面对十三岁的少年也得拼命仰起脸，但她的目光如同这晚的月光，洁白、静定的一小束，淡漠得仿佛没有感情，世间万物以及人心底的一切却在这光里无所遁形。

“别装了。我能感觉到定王的杀心，难道不知道你的？你的比他的强烈一千倍。

姓路的，你想杀人。”她冷冷道，“把我骗回家之后，你打算干什么？”

那年他九岁，跟着父亲，徒步跋涉在一片树林里。

不知道那是什么地方，只记得季节和现在差不多，夏末将秋，无人的密林中开满了花，红的黄的白的，星星点点缀着满目苍翠，漂亮得很。

父亲的大手领着他，一步步踩过林中厚软的青苔，拨开挡路的藤蔓。他们是在赶路，要穿过这片林子去往一个地方。什么地方呢？父亲没有告诉过他。他也习以为常，从他记事起，就总是在赶路。

父亲从来不会在一个地方停留太久。他总是选择人迹罕至的荒僻之处，用半天工夫就能盖起一间足够父子二人栖身的小窝棚，有时候窝棚会架在又高又老的大树上，掩藏在密叶之间像个鸟巢，这让他极其兴奋。每当这时，父亲就拍拍窜上跳下的他，笑着说：傻孩子，这有什么好稀奇的，在咱们家乡，人人都是这样住的啊。

他缠着父亲要求听更多故事，于是一点一点地，他知道了宁州，知道了青都齐格林，知道了齐格林中央那棵参天的年木，以及许多听上去很遥远的名词：翼王朝、鹤雪团、向异翅、风凌雪、路然真……

路然真祖师，便是咱们路然系的先祖。父亲每次说到这句话的时候，神情总是很严肃，又有些忧郁。父亲的名字叫做路然菁，虽然听起来有点儿像女孩的名字，但他是个高大而英俊的男人，并且是不折不扣的鹤雪路然一支唯一的传人。

至少是路然陌自出生以来所见过的“唯一”。辰月之变后，向异翅身亡，鹤雪团几近覆灭，风凌雪不知所踪，传说有人曾见过她的传人，但这早已成为一个无法证伪亦无法证实的神话；路然真祖师重建鹤雪团，一脉传承到几百年后的今天，至少还剩下路然菁父子俩。至于其他的鹤雪士是否存在，如果有，他们都在哪儿，路然菁没有说过，路然陌也没敢问。

从记事起，路然陌的世界里只有三件事物：父亲、他自己，还有鹤雪术。母亲从未出现过。她是谁，她长什么样子，她为什么不在他俩身边，这是跟“世上还有没有别的鹤雪士”、“为啥总得搬家”、“每次赶路要去什么地方”并列的几大未解之谜，直到九岁这年，走在和父亲最后一次同行的旅程上时，路然陌仍然一无所知。

他只是记得非常清楚：那天早晨他被父亲摇醒，看到家中所有行李——其实也就是几件衣服和两个人的弓箭——已经收拾好，便知道又要搬家了。于是他揉着眼睛，半睡半醒，像只训练有素的小狗一样迷迷糊糊地跟在父亲身后，踏上了旅途。

走了两天、露宿过两夜之后，第三天，他们进入了这片树林。父亲说估计今晚就可以好好休息了，可是林子很大，直到中午时分仍然看不出什么胜利抵达的迹象，放眼望去周围只有海一般层叠起伏的绿。

鹤雪士虽可随时凝翼，但路然陌太小，每次凝翼飞行颇耗费精神力，因此像这种寻常的搬家之旅父子俩通常以步行为主。这天天没亮就动身了，走了整整一个上午，路然陌早已又累又饿，眼中发出了“看什么都是吃的”的光芒，路然菁见状便停下来，拿出干粮。

路然陌啃了几口风干果子，没滋没味实在难吃。恰好一阵风过，远远送来一丁点儿香味，闻着又甜又润，虽然极其微弱，路然陌登时为之一振。根据他的经验这是刚刚成熟的梨子，应该就在树林的东南方向。

尽管刚满九岁，可他是路然系鹤雪传人，从三岁就苦练鹤雪术，用他父亲的话说“路然真祖师像你这么大的时候已经是仪风营的佼佼者了，再过几年，都当上右翼领了”，他虽然不及祖师，总不至于不敢独自跑开。而且这种荒郊野林里，即便真冒出什么野兽或劫道歹人之类，也只有给他当靶子的份儿，再说实在打不过他还可以飞走嘛。

所以路然陌背上自己的一套小弓箭，又揣了父亲的一把贴身匕首——这匕首他眼馋很久了，父亲总说这个年纪应该先打基础，近身格斗先不忙学，怕他图新鲜荒废了箭术，总不肯给他，这次既然到手，可没那么容易还回去……

他神气活现迫不及待地奔向心目中的圣地，果然早生的梨子挂满了枝头，一个个又圆又胖小黄灯笼一样。路然陌大喜，那几棵树简直不够他忙活的，东抓一把，西啃两口，撑了个肚儿圆，然后脱下外衣鼓鼓地包了十几个，兴冲冲往来路奔回。

那些梨子都是他精挑细选，最大、最饱满、最甜……是众梨之中的佼佼者，他自己都没舍得吃呢。想着老爹待会儿看见自己这么会挑选果子，一定褒赏有加，说不定一高兴，匕首就此慷慨奖励了。

于是那一天，那把匕首真的归他了，却是以一种意想不到的方式。

那把匕首，成了父亲留给他的遗物。

九岁这年的夏天，路然陌亲眼看见他的父亲被一个秘术师杀死。死在那片青翠美丽的森林里，父亲的血染红了花朵青苔。路然系鹤雪传人，从此世间只剩他一人。

“那个穿黑袍子的人……就是杀你父亲的凶手？事情不会这么巧吧……”这个埋藏在他心里四年的秘密太过惊人，即使冷静如豹子也不禁为之震撼，迷茫了一会儿，她甩甩头，“你先别乱，咱们好好想想。第一，你已经不记得你父亲遇害地点是哪里，但听你描述，那地方应该离天启很远，如果那个人是凶手，为什么现在跑到了定王府来？第二，秘术师我虽然今天第一次见，可听爹爹说这种人世上有不少啊，你怎么断定就是他？第三，如果你看见他了，他难道没有看见你？他刚才的样子不像认出你来……”

路然陌静静望着她。豹子第一次看到这个永远嘻嘻哈哈、不着四六的少年脸上的表情会这么冷，冷得令人心生寒意。他就站在她身前几步之处，可怎么像离得很远很远，好像她从来不曾认识过他，她迟疑着向他伸出手，唤道："姓路的……阿陌。"

突然觉得自己在他眼中，只不过是个陌生人。他就那样漠然地看着她，目光在他与她之间竖起一道透明壁垒——如同那个黑衣人制造的那种无色无形、饱含杀机的墙。一瞬间她甚至觉得他已经疯了，失去神智了，假如自己敢往前走一步，他一定会动手杀了自己。

鹤雪士杀人，会有多快？也许她来不及喊一声，月华之箭已贯穿她的咽喉。

她同样安静地看着他，熟悉的白衣，陌生的脸，他低垂着的、随时可以像毒蜂的刺一样亮出致命凶器的手。她往前走了一步。

"那个人很厉害，事情没搞清楚之前，我决不容许你去报仇。"

她看到他的手指动弹了一下，仿佛是不可自控的痉挛，但他的声音却是意料之外的淡然，如同事不关己一般平静。

"杀我爹的那个秘术师，是亘白系的，也就是控制风与周天之气，使之成为武器的那一路。他当时用的就是刚才那种气墙。那天我离得非常远，中间还隔了很多树，我只看到他们的身影，没有看清凶手的脸。那个人的身形，和当年的凶手很像。当年他也不曾开口说话，所以我不能完全确定，可是一样的高矮胖瘦、一样的亘白秘术，这些全都相同之人，我想世上不会太多。无论如何我不会放过这个机会。"他缓缓说道，"他害死我爹，用的那记杀招，只是一眨眼的事。我看到的时候一切已经结束。我想那天他没有看到我。"

"为什么？"

"他不是羽族，不是鹤雪士。"路然陌似乎轻轻地笑了笑，"我能看到他，他看不到我。"

"那……后来呢？"事隔四年他见着个疑似的仍然会爆发出如此杀气，难道当时他能忍得住不冲出去拼命？

"就在我要叫喊出声的时候，我师父忽然出现，捂住了我的嘴。那时他还不是我师父。"路然陌道，"后来听师父说，他和我父亲早就认识了，那次我们搬家，本来就是准备去投奔师父的。师父前一晚才得知有人意欲截杀我父亲，急忙赶来，可是……迟了一步。只迟了一步啊。"

豹子心想这种"迟了一步"的倒霉事，以林先生的身材，倒也是极有可能的，几乎能想象到老先生艰辛地挪着两条短腿滚动在赴援路上……不过就算他及时赶到了，难道就能从一个极厉害的秘术师手里挽救路然陌的父亲吗？那可不是厨房里的烧鸡……除非是……她咬着嘴唇不语。

路然陌呵呵地冷笑了两声。

“都交代明白了吧？你听见了，我有怀疑那个人的充分理由。管他在定王府还是什么府，他就是在皇帝老子身边，这件事我也一定要弄清楚。我可以走了吗，穆如四小姐？”说着他转身欲行，忽又停住脚步，冷冷地说，“至于你的第一个问题，我回答不出，但是在咱们快飞到那个院子的时候，我听到屋里有人说话。”

“说什么？都是些什么人？”

“房子有顶呢，小姐，我看不见，只能照原样学给你听。我听到的第一句，是个声音低沉的男人，他说：‘静风大师，您说我说的对吧？’然后是一条哑嗓子，说：‘王爷所言极是。颅内的伤，是看不见的。世子逝世之后，仵作验尸，死因定然是重物砸击，以致颅内出血而死。凶手再无他人，自然是那个当众打了他的孩子。’先一人又道：‘那么依大师看来，世子还能撑几天呢？’后一人道：‘世子伤势险恶，我看至多三日之内，是必要夭亡的了。’先一人道：‘命中如此，世子天不永年，可伤可叹。这位静风大师，乃是……’”

路然陌记性甚好，复述先前窃听到的定王与静风的对话，不但一字不差，就连两人的声音也学得惟妙惟肖，直把豹子听得一阵发寒。

他面无表情，续道：“说到这儿的时候，咱俩触动了铃声，那个哑嗓子告警，第一个说话的人道：‘大人快走！送大人从后门离开！’此时出现了第三个人的声音，听起来也是个男人，而且年纪仿佛不甚轻了，他说：‘王爷的安全……’第一个人道：‘这里有静风大师保护。你快走，莫让人知道你来过！’此人说：‘是！王爷多加小心！’——这便是我听到的全部了，之后咱俩落入陷阱，定王和那个人出来，后面的事你都知道了。”

“定王自然便是‘第一个人’，看来那个黑袍子的术士名叫静风，”豹子皱眉道，“但是原来还有第三个人，而且既然定王叫他‘大人’，应该是一位品阶不低的官员……”

路然陌摇摇头，“其实是四个人。有一个人始终没有开口，我猜他就是奉定王之命送那个什么‘大人’离开的家伙，或许是个心腹卫士之类，因为我听到四个人的呼吸。这个不曾说话之人，他的呼吸平稳有力，应该是一名身体不错的年轻男子。”

豹子点头道：“嗯，你的耳力自然是不会出错的。这件事……这件事非同小可，你千万别再对别人提起！”

“关我屁事？我把我知道的都告诉你了，从此以后你要做什么别来找我，我的事也不要你管。你自己多保重吧，我走了。”

豹子听了他所复述的密谈对话，脑子里嗡嗡作响，仿佛正窥看着一个瞧不分明，却显然极其可怖的巨大漩涡，咻咻转着喘息着，深不可测的黑洞像是要把所触及的

穆如駿

一切都卷进去，吞噬殆尽。她打了个冷战，陡然抬头，厉声喝道："你不许走！"

路然陌懒洋洋地眯起眼睛，半是轻蔑、半是威胁地瞅着她，"四小姐要喊人了么？巡夜率兵还是穆如铁骑？"少年碧蓝的眼中迸出一线杀机，像刀锋边缘的微光，"我倒要看看'西穆如烈火燎原'是怎么个厉害法。鹤雪团就算只剩下我一个，可是鹤雪士要杀的人，从来都活不到第二天！"

"如果那个人是凶手，他就死定了。如果你敢就这么溜走，你就死定了。"豹子忽然迅速跑到他面前，牢牢地抓住他的手，"第一天我就警告过你，这里是天启城，我是天衡府的人，你最好少耍花样。"

少年惊呆了，低头看去，这个比他矮上许多的小女孩正侧头朝他望着，散乱的发髻中飘出几绺发丝拂在脸颊，映着一身夜行衣，越显得黑的漆黑，白的雪白，而她的眼睛如同星辰一般明亮，那样坚定不移地照耀下来，不为任何力量所阻挡。

她微微一笑，露出小小的洁白的牙齿。

"我决不容许你去报仇，除非你带着我。"

此时的东华皇城，应天宫深处的追远殿中，仍然只有一盏摇摇曳曳、随时可能熄灭的小油灯，门外守卫的武士们也依然把他们披甲执戟的影子映在窗上，雄伟而又恐怖，像是远古的灵魂，余威不灭，森森然游荡在周遭。

武士高大的黑影投射进来，将这空旷殿堂遮得越发阴翳。四周都是黑暗，那么广大，那么冷，人的身子浸在里头，错觉也漂浮起来了，一叶孤舟似的，飘飘摇摇凄凄惶惶，到处靠不到岸。灯火照到的一圈光明之中，那两个小小的身影只能抱在一起，借彼此的体温互相取暖。

小小的女孩子跪在地上，紧紧抱着身边的男孩，仍止不住格格发抖。男孩子虽然抖得比她更厉害，见状仍毫不犹豫地脱下外衣，披在她身上。

这件袍子还是今早为了觐见大典而特意换上的礼服，上好的南淮绊丝缎，绊出牧云皇族火凤流云家徽，泥金缀珠熠熠生辉。当然这会儿熠熠不起来了，早已滚满尘土，又撕破了几条口子，披一片挂一片的倒像个小要饭的。

果然那女孩子眉头一皱，立刻扯掉了这件简直没法看的衣服，没好气地扔回到男孩身上。

"什么玩意儿啊，呸呸！这什么味儿？"

男孩努力赔着笑脸："破是破了点儿……可总比没有强！你看你冻的，要是不多穿点儿一定会生病的……"

"拉倒吧，这是破的事儿么？我宁可冻死也不穿这脏玩意儿！你赶紧给我穿好了，也不嫌丢人，一身排骨还好意思露，别找我抽你了，这死盘子，啐！"

铿锵有力的呵斥使牧云磐一声不敢吭，乖乖地把衣服穿了回去。虎子仍不罢休，一边哆嗦一边恶狠狠地骂道："这追远殿也是邪门，以前怎么没发现这么冷？你还有心思惦记别人呢，就你那破身板，回头不躺床上俩月起不来我都新鲜……都怪那小子，短命挨千刀的货！等着吧，除非他明天就回北陆，算他有种，否则老娘不把他收拾得不知道自己姓啥老娘不他妈姓穆如！"

牧云磐听得只剩眨眼的份儿。今天他口出了两句辗转听来的"孬种""老子"已然震惊了整个皇宫，但虎子可是路然陌亲传的……这一番熟练的"豪言壮语"令他无比钦佩，衷心膜拜。

"虎子姐姐，你真厉害……"

这个害字还没说完，嘴正张着，忽然一只小手迅疾如风地捏住了他腮帮两侧。虎子手劲不小，牧云磐登时给捏得闭不上嘴，像条被钓上来的鱼一样，只能撒气漏风地嚷嚷："哎哟……棱(疼。这个棱字真是口齿不清人士的最佳通假字)！"

虎子一手捏着他嘴，凑近来借着微弱的火光仔细观看。皇帝那一巴掌打掉了他两颗门牙，加上他本来正在换牙，先前已自行掉落了三五颗，此时嘴里稀稀落落，倒像个小老头儿一般。牧云磐极不乐意地扭动，不想被虎子看见这不雅的一幕。

"别乱动！再闹我把你剩下的牙也掰了信不？"虎子一声断喝，他不敢再扭，委委屈屈地张着嘴任其检查。虎子看了一会儿，叹了口气，放开手向自己怀里掏摸着什么。

牧云磐嘴巴得到解放，立刻紧紧地闭上，虽然明知缺牙露齿之状早已被她尽数看了个亲切，也只能亡羊补牢。只见虎子掏出一个小小的皮袋，形状颇似瀚州牧人随身常带着的水袋或酒袋，却小得多，也秀气得多，皮子上压出花纹，还贴了一些银箔之类，显得十分精致。

原来这是瀚州草原上的酸酪浆。牧人饲养牛羊，日常习以肉乳为食，挤的奶喝不完，为了保存便制成各种各样的酪，花样繁多，从硬得像石头一样，得加水泡软再行烹煮的干块酪，到只是轻微发酵喝起来跟鲜奶差不多的酪浆，甜的酸的咸的应有尽有。这一小袋便是最上品的酸酪浆，里面还加了瀚中特有的回雁花为香料，相传此花甜香诱人，连天上的大雁飞过都会被其吸引，忍不住落下来啄食，因此得名。

淳于凤至这次进京带了不少，这东西当然算不得什么贡品，只是女孩子家喜爱的甜食而已。皇后领她和几个女孩去后宫喝茶时，她便送了几袋给几位新认识的小姐妹。盛酪的皮袋乃是郡主用来送人的手信，自然精巧异常。虎子分得一袋，一直揣在怀里不曾品尝，这时才拿出来。

"你肯定饿坏了，没啥吃的，凑合灌个水饱吧。"虎子拔开皮塞，往他手里一塞。

"真好看。"牧云磐摸着小皮袋爱不释手，闻了闻，一股奶香混着花香，甜甜的直扑鼻端，"这是什么呀？"

“不是毒药！快点喝！”

牧云磐舔舔嘴唇。确实干渴得很了，从中午到深夜，他一直滴水未沾，名副其实的口燥唇干。举起皮袋就要往嘴里送，忽然又停下，递回给虎子。

“你先喝吧，”他怯怯地说，做好了又要被劈头盖脸骂一顿的准备，“虎子姐姐肯定也渴坏了……”

出乎意料的是，虎子居然没开骂，而且语气听起来十分温柔：“我不渴，也不饿，我刚才在含章殿，皇上和姑姑叫宫女给我送了好几回吃的呢。嗯……有莲子羹、银丝卷，还有西市杨记大包子……这会儿还没消化完呢，可别再给我撑了，我娘都说小姑娘吃太多不好了。”

“西市杨记大包子？”牧云磐从未听说过这来自民间的美食，见虎子摸着肚皮，一副酒足饭饱状，便举起皮袋仰头痛饮起来。这种酪浆因为是专门为女孩子准备的，酸味极淡，膻气更是几乎滤除净尽，喝到嘴里只觉清凉醇浓，一股甜美顺喉直下，对此时的牧云磐来说不啻天降甘露。

“把它全喝了，别剩下。要是你能一口气都喝光，这个漂亮的小皮袋就送给你。”虎子笑眯眯地看着他，“什么味道的，好喝吗？”

“太好喝了！这不是咱们宫里的东西吧，我从不知道世上有这么美味的牛乳。”牧云磐把皮袋倒过来，恋恋不舍地舔去了最后一滴酪浆，忽然觉得虎子刚才那句话不对劲，“难道姐姐还没尝过？”

“傻子，这不是牛乳是马奶。淳于郡主带来的，她到处送人，我们在姑姑那儿都喝腻啦。谁稀罕这东西啊，也就你傻不拉唧地跑出去疯，才没尝到。”虎子一脸鄙视。

牧云磐听她提起自己“跑出去疯”的事，不由暗自警惕。虎子抬起右手摸上他的左脸颊——正是下午皇帝御掌亲征的所在，五条指印兀自清晰——牧云磐越发栗栗不安，本能地想要躲避，终于没敢。可是虎子只是轻轻地抚着，小手冻得冰凉，摸在红肿的皮肤上如同冰敷，十分舒服。

“还疼吗？”

“不……”想到如果说不疼了，说不定又会被无情的铁爪功捏嘴什么的，他机灵地临时改口，“嗯，不是不疼，其实挺疼的，现在还火烧火燎呢……”

来不及有半点儿准备，一巴掌突然狠狠地扇将下来，正是屋漏偏逢连夜雨，新啼痕间旧啼痕。牧云磐一个屁蹲儿跌坐在地，捂着脸，眼前金星直冒，好一会儿瞧不清东西。

这又是为啥啊……翻脸比翻书还快……他欲哭无泪，耳听虎子咬牙切齿地骂道：“你活该！疼就对了！我看你是疼得不够，姑父这一巴掌还轻了些！”

“虎子姐姐，这……这为什么……”牧云磐紧紧攥着那个小皮袋，它还热乎乎的，虎子身上的余温犹存，他实在搞不懂女孩子到底是一种什么生物，为啥前一刻言笑晏晏给你吃的，后一刻就能抬手痛揍，好像根本不认识你？

“你还问‘为什么’？好了伤疤忘了疼就是你这种人！不，现在伤疤还没好已然这样了，明儿不疼了你就又该出去逞能了是吧？好，你给我装傻，接着装！”

金星逐渐散去，牧云磐看到虎子的背影——她一巴掌下去后迅速转过身子，把个后背撂给他——小小的身躯，背心剧烈起伏，伴以咻咻的喘气声，看来确乎气疯了。

“我没装傻啊。”年幼的皇子委屈不已，“我到底哪里做得不对惹姐姐生气了，姐姐能不能直接告诉我？现在就是打死我，我也不明白啊。不知道错在哪儿，那下次怎么改……”她该不会是怪自己打了徒善迢石吧？没可能啊，按她的脾气，那小子要是落在她手里，只会比今天更惨上一百倍才对……

“你还想有下次！”

随着一声震耳欲聋的怒吼（这一嗓子让他立时想起了苏兰冰《夜獒篇》中的警句“何当狮虎威，一啸四方伏”），虎子猛然转身，牧云磐顿时愣住了。只见她满脸泪痕，大大的黑眼睛里怒火熊熊，泪水却还在不断流下。

要知道，虎子在牧云磐心目中就是如同街上混混眼里的老大一般的存在，其威堪比毓华宫太傅，其猛笑傲演武场将军。他俩从记事起就终日厮混，一向只有他因为摔在花丛里被扎一身刺啦、让穆如家几个哥哥笑话啦……而抹泪的份儿，虎子可从来都是那个豪迈地把他拉起来，然后二话不说地平趟了欺负他的家伙——不管那是蔷薇花丛还是穆如家的哥哥们——的人啊。在孩童的小小世界里，她甚至比自己那位君临天下的皇帝老爹更管用、更彪悍。

他从没见过她这个样子。

虎子哭得那么伤心，竭力克制着不发出抽噎的声音，泪水却滔滔不绝地淌过面颊，一转眼就打湿了衣裳。这眼泪让牧云磐心慌意乱，他伸出手，不敢触碰，因为虎子的眼泪是没有人见过的东西。他只觉得心里那么难受，五脏六腑好像一个劲儿拧着翻腾，父皇的巴掌抽到脸上，也没有这么痛。

“虎子姐姐，你别哭……”

虎子终于再也忍耐不住，不管不顾地一口气喊了出来：“你就那么护着苏兰冰！你为她动手跟人打架，你把北陆的世子都给打了！皇上气得那样，都说要你偿命了，你都不认错！你看你那个能！我从来没见过你这么能！要是那小子真死了呢，你是不是就去给他偿命？我告诉你，皇上现在还没消气呢，咱们宫里什么时候出过这么大的乱子！苏兰冰就那么重要吗？为了她，你……你就真能闹成这样？！”

“是，我会的。那小子今天如果真死了，我就给他偿命。就算再给我一次机会，我还是会这样做。”

虎子睁大眼睛，不可置信地瞪着眼前的男孩。如果说牧云磐从没见过她哭，她也是生平头一遭看到他在自己发怒的时候居然还如此镇定。她怔怔望着他，像是不认识他这个人了似的，泪水木然地流下来。

“我一定会这样做。因为苏兰冰是个女孩子，眼看着女孩子被坏人欺负，我若缩在一边假装没瞧见，还算是男人么？”

说完这句，牧云磐忽然起身。跪了这么久，两腿早已麻木无知觉了，几次险欲跌倒。然而他咬着牙，仍是摇摇晃晃地站了起来，一把抓住虎子的手，绕过供案，将她拉到挂满大端历代帝后画像的灵仪墙背后。他俩在一起，牧云磐一向都是跟屁虫，何尝有主动带虎子去什么地方的时候？而且又不说做什么，依照惯例，这等“大胆造反”的行为必然遭到虎子的严厉镇压，下场不是耳朵挨拧就是脸颊被捏。但他方才的回答早已突破了“造反”的极限，虎子此时也不知是震惊还是伤心，竟呆呆地任由他牵着，就这样流着眼泪跟着他来到了追远殿后进，灯光与月色都照不到的地方。大约走了几十步，牧云磐驻足，拉着虎子和自己并排站好，姿态肃然。

这里乌漆麻黑，啥也瞧不见，但虎子知道面前便是山河图。所谓山河图，并非笔墨纸画，而是在追远殿深处以玉石为栏，围出了一片方圆三丈的地方，当年太祖按照九州方位亲自填以泥土，种下天心草。泥土均取自九州各处，一城一地，分毫不乱，活生生便是一幅具体而微的三陆九州图画，故名山河图。置诸追远殿中，取祖先英灵守护大端江山之意。

天心草是蛮族认为可以预示吉凶的通神之物，或许所谓“英魂雄视，江山色万年不变”的说法竟是真的，这些草被种在不见天光的深殿之中近二百年，仍是生生不息，蓬勃茂盛。它虽不开花，却自有一股淡淡的香气，香中微凉带苦，气味十分特别。虎子闻到这种草香，便知道山河图就在面前。

牧云磐面朝看不见的祖先画像和山河图，重新跪了下来，挺直了脊背。虎子被他紧紧拉着，也只得随他一同跪下。

她此时看不见他。黑暗之中也许只有历代祖宗的遗像用他们不会转动的眼睛看到了牧云磐的脸。男孩脸色苍白，鼻梁又高又直，这轮廓于阴暗中像是饱蘸浓墨的一笔凌厉地划下来，生得很像延熙帝的嘴唇紧紧抿着，勾画出坚毅线条。这般神色倒也配得上他先前的话，虽然这个七岁的“男人”身形瘦弱，肩膀比女孩子还要单薄，跪在那里像个小纸人儿，仿佛整座追远殿自大端朝定鼎以来深锁至今的黑暗全都沉沉向他压下来，就要把他压垮。

“我会这样做，更因为今天的事我看得很清楚，苏兰冰没有错，错的是那个徒善世子。我是牧云家的人，我的祖先用武力征服了东陆，可是在他的战马踏入天启的那一刻，我的祖先曾经向盘鞑天神发誓：牧云氏居此位一日，一日不敢妄动刀兵。”

“……不敢欺压良善，不敢错判黑白。兵凶战危，人命如蚁，血海无边，吾已亲历。天赐厚德于我，我必兢兢报之。牧云穆如执此江山一日，必不使天下一人冤苦，不令世有哭声。盘鞑为证，辟天为鉴，如有违者，天人共殛。”虎子喃喃地接下去背诵道。

这是大端太祖牧云雄疆与穆如氏先祖穆如天彤定下太华殿之盟那一日，共同向天下发布的诏言，也是两姓后人无不自幼倒背如流的祖宗遗训。作为天衡府三小姐，虎子就算再不学无术，这段话也是像饿了喊妈妈怒了打盘子一样不需要思考随时触发的本能。

“是了。我非帝王，可我是牧云家的后代，祖先留下的训示，我还没有忘记。我做不到不使天下一人冤苦，但总不能看着身边的无辜之人哭泣而不去管！这世上的事总有个是非黑白，牧云穆如列祖列宗在上，大端山河在前，牧云磐自信今日之事并未做错，哪怕父皇终不肯原谅，我也不悔！”牧云磐向着黑暗中的山河图磕了四个头，毫不犹豫地说，“盘鞑为证，辟天为鉴，如有违者，天人共殛！”

他热血沸腾地磕完头，直起身来，当即双肩微缩，随时准备挨打。却只听虎子幽幽地叹了口气，说道：“盘子，你长大一定会是个好皇帝。”

牧云磐谨慎地保持沉默，暂时不敢再捋虎须。

虎子又道：“就算做不成好皇帝，你也一定是个好人。”

“唔……”牧云磐含糊地应了一声。

“其实你是不是好人跟我也没太大关系。现在我只想问你一句，你真的一点儿也不后悔？”

牧云磐说是不怕，其实还是怕的，一点点抬起双手，悄悄抱住了头。

虎子的声音缓缓说道：“问你呢。为了保护苏兰冰，你今天打了人，也挨了揍，得罪了北陆汗王，也惹怒了皇上。这一天你把从来没做过、不敢做的事全干完了——就为了她。你真不后悔？不害怕？”

“不管是谁，反正我……”牧云磐本来想说你怎么还不明白，这事和苏兰冰压根没关系啊，如果今天让人欺负的是牧云砜，或者是豹子吧（当然这是绝无可能的），自己也会一视同仁。但不知道为什么，他忽然不想再解释。

“对！我不后悔，”他不知不觉放下了抱着脑袋的手，挺起胸膛，大声说，“一点儿都不害怕！”

“哪怕皇上震怒，汗王怨恨，你众叛亲离，依然会为她出手，拿大石头砸人家脑袋？”

“对！男子汉大丈夫，做过的事绝不抵赖，说出的话也绝不反悔！”牧云磐硬着头皮道，“那必须……必须砸！”

“我从前错看你了。原来为了她，连傻盘子都敢动手打人。”不知道虎子是笑了一声还是叹了口气，总之听起来都不是什么好兆头，“——那，如果今天是我呢？”

牧云磐怔了一下。

“如果是你，我能杀人！”七岁的男孩愕然片刻，随即不假思索地说，“只要我活着一天，这世上就没有人能欺负你！虎子姐姐，你怎么会这么想？”

对他来说这本来就是不需要询问也不需要回答的、天经地义的事情，就像天有盘鞑天神，地有九州六族一般永远都在那儿的公理。怎么会有人特意问这个呢？这不是一直都摆在那儿的答案么，这……这不是傻么……

他正犹豫着要不要鼓起勇气问一句“虎子姐姐你是冻得发烧了吗”，忽然一个小小的温软的身子扑到他身上，一些湿漉漉的什么沾湿了他的面颊。有一双手臂紧紧地搂住了他，有一个人的眼泪渗入了他的嘴角，就像天心草的香气一样，说不出是什么滋味——苦的，好像又是甜的。

“傻盘子，对不起啊，我欺负你了……可是你说反啦，应该是只要我活着一天，就没有人能欺负你才对。”牧云磐迷迷糊糊地张开双臂抱住了这个从小一起长大的、再熟悉不过的女孩子，听着她不知是哭是笑地嘟囔，“傻盘子，你为啥不早说，你真傻！我以后再也不欺负你啦！我也不会让别人欺负你。要是有人欺负你……”

她突然亲了他一下。柔软冰凉的小嘴唇猝不及防地触于脸颊，然后匆匆移开，像一朵瞬间盛放又凋零的花儿。

她轻轻地、温柔地说：“要是有人欺负你，我就杀了他。”

五 垂钓者

一只小手被握在男孩子的大手里，黑的与白的衣袖交错，时而摩擦一下，发出窸窸窣窣的微响。静巷里只有这点声音，两个孩子身子都极轻巧，虽然走得急，脚步落在地上几乎是无声的。

小手忽然一翻，反过来抓住了少年的手，轻轻一拉。

“怎么了？”路然陌低头看看豹子，女孩站住了脚，正向他摇头，眼神带有警告意味。

“别走了，”豹子将他拽得弯下腰来，随后踮脚凑到他耳边，“这条路有问题。”

少年侧过头四下一扫，这是条狭窄的小街，远近无人，月光静静照着。今天原本只是想剃狗毛，所以路然陌身上只带了一把匕首，他那张三尺二寸的银弓过于显眼，便没有带在身边。既然决定两人一起去找静风算账，那自然要先回天衡府把这“鹤雪士吃饭的家伙”取来。回去时路然陌却多了个心眼儿，并未原路返回，而是绕着定王府远远地转了大半周，从另一个方向出发。中间隔了四五坊，他平时常在大街小巷溜达，仗着地形熟悉，又兜了好几个小圈子，这样即使定王果然派人“护送”，估计这会儿也甩掉了。

他仔细观察周围，确信并无异常。以鹤雪士的眼力，如果有埋伏，没可能豹子都发现了自己还没觉察。

“没什么啊，你看错了吧？”他心想这丫头虽然刚才表现得十分镇定，但这次取了弓之后可是马上就要去找一个极其厉害的秘术师，万一他真是凶手，那更是要杀人，跟剃狗毛那种事不可同日而语，她吓得小眼昏花也在情理之中。于是拍拍她的手以示安慰，“有我呢，别怕。”

“不，这路不对。”豹子见他如此自信，不禁也犹豫了一下，“或者是你迷路了？”

“怎么可能，这条路我认识啊。我们来的时候是从清露巷过来的，现在在金台巷，再往前，穿出去就是清平大街。不过我们不走大街，那边还有条没名字的小胡同，估计快要拆啦，早堵成了死胡同，几乎没人知道它。我们从那儿抄近道，跳过墙往南一拐，上清平西街……这不就快到了么。”

路然陌熟练地指路，脸上一红。他之所以对那条“几乎没人知道”的死胡同如此熟稔，还是上次被穆如骏及其手下将士追赶得走投无路之时意外发现的逃命捷径。

豹子点点头，“我没走过这条路。可是，从清露巷到清平大街，你估计一共要走多久？”

路然陌登时愣了，耳边犹如响起一个炸雷。

别说清平大街了，就是清平西街，他俩也该走到了！不，就算是以天衡府厨房那喝酒喝得颤颤巍巍的厨子老顾的脚程，这会儿也早该到了啊。现在……现在自己到底是在哪儿？

他的手伸到腰间，习惯性地想要去拿弓。一握握了个空，心里不由更加慌乱。连忙伸手把豹子拉到怀里，双臂交错，牢牢地护住她，然后打量周遭。

往左看，一家早点铺，“小朱白粥，暖胃养身”的蓝布幌子轻轻飘动；往右看，“燕子水粉斋”的招牌是那附庸风雅的老板娘张燕氏亲笔所写，还别说字写得真不赖，起码比他强多了……没错啊，这的确是平时走熟了的金台巷，至少就他所知这燕子水粉斋不曾开过分店……

“我确信没迷路，”路然陌喃喃道，“我还在这里吃过饭呢，这个小朱老板除了白粥啥都不卖，客人得自带咸菜，咸菜吃多了他还要唠叨什么伤胃……这种地方我决不会记错的。”

“那就是路本身的问题。”豹子说，“我虽然很少出门，可是计算时间，从我家乘马车到定王府，一共也只需要半个对时，步行的话就算是一对时。咱们从王府出来，往回已经折返了约有三分之一路程，再接着走，哪怕中间绕了路，如今也该到了……应该说，至少大半个对时之前咱俩就该走到了清平西街才对。”

“别算了！你说得对，有什么出了岔子。我想咱俩应该是……”路然陌环顾四周，迅速抬手把女孩的肩膀捏了捏。

“早就被人盯上了！”在他说出后半句的瞬间，豹子一个纵身搂住他脖子，整个人攀在他怀里。路然陌张臂抱住她，毫不迟疑，转身发足狂奔。豹子个小腿短，跟他相比体力又差，两人步调不一，与其牵着她跑被她拖后腿，还不如这样快些。他俩不约而同，十分默契地想到了这一点。路然陌于一路奔命之中还腾出一只手将那把匕首抽了出来，塞在豹子手里。他心想这种诡异的局势虽然还不知道到底为啥，但接下来必定没有好事，待会儿万一打了起来，自己恐怕难以照顾得面面周全，豹子手里多个利器总归没坏处——虽说以她那点“武艺”，这也就是聊胜于无吧……

向着来路一直奔下去，跑过了半条金台巷，重新拐进清露巷。路然陌突然硬生生地刹住了脚步——在他眼前依然是条月光下无人的小街，往左看，“小朱白粥，暖胃养身”的蓝布幌子轻轻飘动；往右看，水粉斋门首的招牌上，五个熟悉的红字……

这是一条没有尽头的路，永远走不出去的循环。一个陷阱，或者一个噩梦。操纵这噩梦的人此时也许正飘浮在头顶，冷冷地看着他们跑来跑去，像一个幽魂一样露出恶意的笑容。

豹子从他怀里轻轻跳下地来，与他并肩而立。路然陌扬起右手，看上去很是惶恐地左右乱指了几下，在蓝布幌子与红木招牌之间游移不定。

“密罗的把戏。”少年忽然侧身，手掌斜扬，对准三尺之外的砖墙，大声说，“给老子滚出来吧！”

从他指尖凝出一支光羽，越过豹子头顶，直直射向对面墙壁。

然后穿墙而过。没有丝毫阻滞，没有半点声响，就像穿过水，穿过……空气。

空气奇异地扭曲起来。那些砖石、房屋、蓝布幌子和红木招牌……这条不应该存在的多余的金台巷在眼前迅速模糊，像一场雾，雾里有人做梦，梦又生梦……但一道光芒，破一切幻象。

如果此时路然陌飞在天上，会看到脚下层层叠叠的巷道一圈圈转成螺旋，漩涡西端引出一条小径，恰似一枚鱼钩，而他们俩现正身处钩尖，如同两条傻乎乎的小鱼。

小鱼嘴里吐出了分水箭，射向垂钓人。

一个声音呵呵冷笑起来："小子果然有几分眼力。可是谁告诉你只有密罗才会生出幻象？"

黑袍人自那被箭穿过的墙壁之后现身，大袖一挥，看不见的屏障挡了这一箭。

哪里有什么金台清露、清平大街，哪里有什么小朱白粥与燕子水粉，这分明是荒僻无人的外城，已经出了云熙门。四面蔓草荒烟，能够看到荒城遥遥起伏的一线雉堞。黑袍人站在旷野中，凌晨的风拂动猎猎袍角。

亘白术士控制风与空气，能把拂面微风变成杀人刃，自然也能改变空气的密度，从而将别处的景物映照在此，成为海市蜃楼般的幻象。与密罗术的不同在于，密罗之幻可以造出诸如火海刀山、幽魂恶兽之类并不存在的东西，而亘白幻象只能"挪移"一定范围内的实有之物，所以走来走去总是周遭那几条被无限延长、复制的街巷，可惜路然陌当时并未想到。

其实从两个孩子决定查明真相、绕着圈子往天衡府奔回的一刻开始，黑袍人早已跟上了他们，用一条条循环不断的虚假道路将他们引入歧途。鹤雪士的眼睛可以明察数十丈外一只飞虫的振翅，却看不透近在眼前的幻术。

现在他知道了幻境的存在，但已经晚了。

他们身在云熙门外，面对黑灯瞎火的一片荒野、将落未落的七分明月，以及一个志在必得、满脸阴沉、怎么看都不像安了好心的秘术高手。这种地方就是传说中"喊破喉咙也不会有人来救你"的地方，杀人灭口的最佳胜地。

静风看看坠落在脚下、渐渐消融的半片残羽，又看看面前的孩子，悠然说道："这么多年了，我竟然又看到活的鹤雪了啊……真是令人欣慰。"

"只要世上还剩一个姓路然的，鹤雪就在。"少年再次扬手，他的声音微微颤抖，可是他的手稳若磐石，指尖和他充满仇恨的目光一起盯在黑袍人身上，"只要辰月教徒还没死绝，鹤雪永远不灭。"

"是吗，原来鹤雪团和我们的仇怨有这么深啊，几百年了。"静风点了点头，这一句等于直承他是辰月教中的一员，"对了，你知不知道，向异翅可也是辰月教的人——是大教宗的亲传弟子呢……当然，也许你们不会承认他这种暗月之裔吧。可是你们无法否认，曾经有一个时期，鹤雪团的首脑是个辰月教徒啊。孩子，这世上很多事情是没有人能分得清黑白的，你不能，我也不能。"

"辰月教是什么？你们勾结定王，到底要干什么坏事？"

一个尖尖的童音响起，清脆如玉磬银铃。静风看也没看那小女孩一眼，只是袖手笑道："什么是好，什么又是坏呢？我从不关心明天这个天下属于谁。人的怨恨是毒，蠹虫变成了虎狼，阴影里的幽魂也将出现在白日下了。穆如四小姐，我不能对你说更多，但是那个鲜血淋漓的时代，它一定会来临。不用怕，反正你看不见了——你就要死了。”

“你大爷的，老王八蛋！”白衣少年指上渐渐凝出第二支光羽，蓄势待发，他冷冷地、优雅而高傲地口吐市井粗话道，“你辰月教上到祖奶奶，下到灰孙子全他妈死绝了，她也死不了。老子跟你打赌。”

静风瞧着他，微微眯起眼睛，“你爹叫什么，路然菁是吗？我想他一定会后悔死得太早。路然菁是个人物，如果早知道他儿子如今变成这么一个小流氓，也许我会让他多活两年。”

“嗯，真的是你啊，大叔。”路然陌歪着嘴角，玩世不恭地笑了笑，同时伸手把豹子用力一推。

没有半点预兆地，他背上突然蹿出两道耀目光华。那种景象和人们想象中羽族的凝翼全然不同，没有感应月力，没有酝酿挣扎，丈许长的光明羽翼仿佛两把寒光凛冽的刀刃早已埋在他脊背中，这一刻破开皮肉陡然扬起。最深重的痛，便是最猛烈的力量。

那力量他一直拥有，只是深藏。就连豹子也没见过。她曾目睹他三次凝翼，第一次为了拯救，第二次为了游戏，第三次只为复仇。他腾空而起的一刹那她感觉到灭顶而来的危险，在她如野兽般神秘而敏锐的感官中，死亡的气息从未如此刻这般浓重逼人。她被推得滚出去很远，勉强爬起蹲在荒草之中，竭力克制着转身逃走或是抱头趴下的本能，睁大眼睛望向夜空。泼天洒下的明月光辉在这一刻只代表着一个喊不出来的字：杀！

夜空中的白衣人影盘旋纵转，陡然凌空翻身，在空中悬停了片刻，一双阔大羽翼微微向前倾侧，呈抱拢之势，远远地将地下的黑袍人合围在内。

银翼发出刺目光芒，双翼羽毛如利刃般直立起来，数十支光羽于同一瞬间被体内力量激迸而出，从左右两侧纷纷直射向静风。

“这就是羽爆术？如果路然真还活着，或许我会忌惮！”

远处的小女孩听到黑袍人的笑声。平地旋风涌起，强劲的气流将那些纷射如矢的羽毛卷得七零八落，天上的银翼人影如一头鹰鹫，笔直扑下——不，是被看不见的什么劈头砸落。

他的身躯毫不停留地坠向尘埃与死亡。

从六丈高的天空落到地面需要七次弹指，从生到死只需要一刹那。

一刹那间所有的时间逆转交叠，少年眼前经过荒芜月色、遍地荒草、遥远的关墙轮廓、被兜帽阴影遮挡的黑袍人的脸……然而这些实实在在的景物如同刚刚消散的亘白之幻，变得透明起来，透过它们他看到多年前的一片森林，青翠丛莽中银翼的人影冲天而起，盘旋树梢之上，掌中射下白翎箭。

一共有五支箭，从五个不同方位同时射向黑袍人。那时离得很远的黑袍人就像现在一样面对着少年，看不清楚的兜帽中的脸……仿佛起了一阵旋风，箭枝失去准头，歪歪斜斜被卷向别处。

然后父亲的背影像被无形巨石击落，从高高天上直坠下来——正如他此刻。

父亲的身影在即将落地时，拼尽全力向斜前方冲去，他一定已经冲出了那块无形巨石的范围，因为少年看到他一落地马上站直身子，扬弓欲射。然后那个黑袍人背转身形，挡住了视线中的父亲。

黑袍人的背影。一股血花斜斜扬起。

黑袍人的背影……切断了整个世界。然而他现在看到的不是他的背影。

少年的身体随着漫天残羽向下坠落。背后双翼渐渐消散，流光零散似雪，他毫无重新凝翼的迹象，似乎已完全放弃。

被那块无形巨石压着往下急坠，他的右手紧握成拳。近了，快到了……起伏的一线雉堞与遍地疯长的野草衬着的……黑袍人的胸口经过他眼前！

他猛然出手，一拳直直打向那胸口，食中二指之间毫无预兆地生出一根羽翎，冰蓝色泛着寒光，末端锋利如箭镞。这羽翎几乎是焰火一般蹿出来的，好像这是一张画，前一刻他掌中空无一物，后一刻突然有人提笔在他拳上一挥，添了一道刀光蓝。

从生到死只需要一刹那。

自血肉中生长出来的、锋利无伦的羽箭刺入黑袍胸口。但是没有血花溅出。

箭尖陷入一片空虚。空虚、柔软而冰凉。少年的眼前只有一片黑色，什么也来不及想。

他的身子重重摔在地下。感觉到背上有重物压落，无形的巨石中间仿佛凹进去一块，恰好把他的身体嵌入，随即严丝合缝地砸落于地，掀起一片尘土。

“以精神力凝成利箭，无形之物杀有形之人，果然是鹤雪士的独门绝技。孩子，虽然你的羽爆术一塌糊涂，爆出的光羽既少，力量又不足，但最后这手功夫可比你爹强得多啊。当年路然菁的凝羽术可没有这么精纯……”

路然陌无法抬头。空气的囚牢严密贴合着他身体的每一处，连手指头也不能动。像钉在黑木框子里的萤蝶标本，平展着双翼，发光的、洁白的、死去的生命。或许更像是凝固在琥珀中的萤蝶。

空气在亘白秘术的强大作用下改变了密度，成为坚若铁石之物。少年清晰地看到眼前的尘土与一角黑袍下摆，好像中间什么东西也没有，只有空气——确实只有空气，他身处浓缩了的空气之中，满满地被空气包裹，可是一口空气也吸不进肺里。

“……几乎不需要时间，一下子就凝出这么锐利的箭来，一定是苦练了很久吧？很强大的精神力啊。莫非这是你们鹤雪世代相传专门对付亘白‘落风断龙’之术的绝招？是路然菁教给你的吧？他也用过这一招，那是我第一次见到。的确是克制断龙术的杀招，虽然路然菁凝羽的速度没你这么快，当时我也来不及防备。要不是他扑过来的时候突然偏了方向，也许我早已死了。”

快要窒息了。胸腔仿佛即将爆破，血液向头颅逆涌，耳边也响起了嗡嗡的杂音。可是那个声音穿过空气囚牢，依然那么清晰而肯定，肯定而——残酷，一字字钻进心里去。

“我一直以为他是没有把握能一举击杀我，所以临时改变了计划想要逃跑。他也确实逃出了断龙术，发动反击。比起我的风刃，他慢了一步。如果他不犯这个错误，那一箭早就刺入了我的胸口。这几年我一直为此遗憾，为鹤雪的名不副实而遗憾。直到今天我才知道，原来他不是判断失误。孩子，当时他是看到了你。为了不让我发现你，他才做了这么一个愚蠢的举动，引我转过身去。人说鹤雪士握着弓的时候，心里不应该有任何感情，很显然你的父亲没能做到，他不是一个合格的鹤雪士——所以他死了。”

尘埃中的少年发出一声咆哮，或者呜咽，但是什么都无所谓，他和他的声音都被封闭在透明的囚牢中，如同埋入坟墓，外面的人不会听到。活着的人听不见死者的哭声。奔涌而出的泪水被空气托住，不能落地，奇异地凭空流动开来，隔了这熠熠生辉的一层泪幕，他已经看不清那角黑袍。濒临绝境的窒息中，他吸入了自己的泪水，脑中一阵晕迷。

冰凉沉重的东西。透明而又黑暗的泥沼，黑暗中有火在烧。四年之后他还是没办法改变一切，这个世界再次被切断，被关闭。即将永远地毁灭。

“出于对你父亲的怜悯，我会给你留一具全尸。路然菁也只能五箭齐发，凭你这点本事，竟敢羽爆，我便知道必然有诈。但我想不到你的凝羽术练到了如此境界。若不是四年前见过你父亲破断龙术的一招，你方才已经得手了。这是命运，如果你今天没有遇到我，也许将来鹤雪团还有复兴的一天。你是个好孩子。”静风叹息一声，“你的真名叫什么，恐怕我永远不会知道了。”

肺里最后一点残存空气消耗殆尽，少年还睁着眼睛，但是什么都已瞧不见。万古似铁的黑暗四面八方地包围过来，突然……没有了。

像是一个巨大的泡泡弹指而破。压制着、扼杀着他的透明囚牢就这样凭空消失。新鲜空气海啸一般向他狂卷过来，少年眼前黑了好一会儿，一时间他什么也顾不上，只是张大了嘴拼命呼吸，宛如被钓上岸又扔回水里的鱼。

蘇蘭冰

然后他才一点点看到，逐渐消散的黑晕之中，有一抹总不肯淡去。那是铺散在地上的一角黑袍。一缕鲜红爬过袍角，静静流淌过来。

路然陌以手撑地，大口大口粗重地喘着气，艰难地抬头。

黑袍人俯伏在荒草间，背上鲜血不断涌出，积成一片湖泊。在他尸身之后，一身黑衣的小女孩站在血湖中央，手中握着一把匕首。

他方才窒息太狠，模糊的视野中一切都忽近忽远地动荡着，女孩小小的身影忽而拉长忽而缩短，那把匕首在她手中，似乎隐隐发出血色的光，自腕及肘地倒流而上，将女孩周身笼上了一层毛月亮般的光华。路然陌用力闭了片刻眼睛，深吸一口气，再睁眼时一切已恢复如常，鹤雪士的视力看得清楚，黑袍人的尸体上一道深长伤口由背心直划下来，几乎剖开了半个脊背。豹子身形矮小，方才一定是趁静风全力对付自己之时偷偷摸到背后，高举手臂给了他一刀，然后顺势直拖下来的。对于一个八岁女孩来说，这一刀力道太狠了，豹子的两只小手都及腕没入了那条伤口，连刀带手一团鲜红，兀自滴着血。

他看着她，一时没有反应。

她看着他，面无表情，十分镇定，“我说过，如果他真是凶手，他就死定了。”但是终于忍不住格格发抖起来，“我终于……把这个人给杀了！是……是我杀了这个人？”

路然陌爬起来想过去拉她，腿一软跪倒在地。他现在还没法行动，也说不出话，喉间嘶哑地响了几声，拼尽全力，只能向她点点头。

豹子手提匕首，愣愣地眨了几下眼睛，眼泪突然汹涌而出。路然陌来不及看清楚，她已经扑到他怀里，嚎啕大哭。

“我杀人啦！我……我杀人了……”

小女孩稚嫩而恐惧的哭声震天动地，不下于苏兰冰看到毛毛虫时的强度。她像是吓傻了，翻来覆去就只会这一句，路然陌软软地抬起手臂把她搂在怀里，感觉到她的战栗，她的泪水把他的衣裳都打湿了。他说不出话，也不知道该说什么，只能紧紧地抱住她，一遍一遍轻拍她的后背，用自己的身体尽可能地把她保护起来。她手里的匕首掉在他脚下。

很多年以后，当他成为真正的鹤雪士，她无数次雍容而冷漠地站在他面前，对他说，你去给我杀了谁谁谁。说这句话的时候她的睫毛不会有半点颤抖。但是路然陌一直到死都没有忘记，在这个女孩八岁的那年夏天，她曾经躲在他怀里哭得昏天暗地簌簌发抖，染满鲜血的小手抓着他胸口衣裳，像一只吓坏了的小猫，像落水的人抓住稻草。

“阿陌，我刚才……我刚才杀、杀……杀了……”

“我知道的。那个人其实是我杀的，是我给我爹报仇，杀了他，不是你。”他抚着她的头发，轻声说着连自己也不相信的话，“不是你啊。有我呢，别怕。”

此时的定王府外，两个黑影站在墙下。较为瘦长的影子侧耳倾听墙内动静，片刻后道：“奇怪……”

“怎么了？”另一个矮胖的影子问。

“辰月的那个人，好像不在啊。”第一个影子有些疑惑，“最近那个人几乎是寸步不离他左右的。但确实感觉不到……难道有诈？”

“干等下去不是办法。即使有诈，今晚既然来了，总要闯一闯。”第二个影子说，“他羽翼日丰，近来活动频繁，恐怕各方准备都已齐全，若再不制止，他的大举行动就在眼前了。”

“倒也是。再耗下去，我的这个宝贝恐怕也等不了多久呢，它已经被召唤出来了。”第一个影子摊开手，掌心一枚静止不动的小小红丸，月色中凝朱夺霞，像古井中落了一颗桂子，艳丽非凡里透着一丝令人心悸的阴森之意。

“静风通常不会离开他身边，今晚不知出了什么事情。即使静风在，凭你我二人相信也能完成任务。”

“你说行，那就行。反正这次的事情我奉命协助你，和那边的联系也是由你执行的，利害关系你想必很清楚。那边的情报应该不会有错，毕竟是几十年的老牌组织了啊，就算今不如昔，这点实力总该还有吧。”第一个影子仿佛笑了起来，“只希望这一次我们所做的真的是有意义的。”

“你这是什么意思？”第二个影子的声音陡然严厉起来，“不要怀疑——你连这条准则都忘了么？”

“哪能呢。我刚才只是在想，就算这次我们成功地阻止了他，一切就真的会改变吗？墟与荒的争斗持续了千万年，从未有过真正的平衡……即使没有了他，那个鲜血淋漓的时代就真的不会来临吗……”

“你现在正在怀疑。不要说了。再向前走一步，就是危险的。”第二个影子说，“那个时代会来临。任何时代的到来与结束都不是人力所能控制，但我们必须做我们应该做的。”

“好吧。为了那个时代晚点儿到来……有些人，就让他沉睡吧。”

第一个影子攥拢了手。红丸消失在黑暗中。

一个对时后。

竞野将军穆如筹坐在天衡府西跨院的书房里，面对着满身血迹、衣衫不整的稚龄女儿，脸上的表情犹如冻住了一般。

"……第三个人说：'王爷的安全……'第一个人道：'这里有静风大师保护。你快走，莫让人知道你来过！'第三个人说：'是！王爷多加小心！'阿陌就听到这些……然后就没了。后来我们就闯进去了。"豹子耷拉着脑袋，收拢了小小的双肩，像一只严寒中的鸟儿，簌簌发抖，"那个静风大师，就是……就是被我杀了的那个，是阿陌的杀父仇人，一个亘白术士，好像是什么月……辰月教的。"

"你确定他们说的是这些？一共四个人，其中有一位官员？"

"是，阿陌是这样说的。那个官员，定王也称他为大人，想必地位不低。"豹子抬起眼睛，怯怯地说，"爹爹，要出大事了是么？我……我是不是闯祸了？"

这句话等于白问。人都杀了，你说你闯没闯祸……豹子自己也非常清楚，咬住嘴唇做好了挨揍的准备。说不定爹爹大义灭亲，当下就把自己扭送京兆府[②]也未可知……

"阿陌在哪里？叫他来！"谁知爹爹长出了一口气，说出的却是这一句。

"我们到家我就叫他回自己房去睡觉了。爹爹你不要怪他吧，"豹子只当穆如筹大义要灭的不是自己而是路然陌这个首犯，情急之下低喊道，"人是我杀的，有什么罪都该我来承当。那个人害死了阿陌的爹爹啊，他才九岁就没了父亲……如果要报京兆府，就让我去吧，我……我不后悔。"

穆如筹叹了口气，看着年幼的女儿。她挺着胸膛，一脸英勇无畏视死如归，可是又黑又深的大眼睛里泪水亮汪汪地不断打转，终于流了下来，那张又是土又是血的小脸上狼藉一片。

"这件事报京兆府不管用。豹子，你是个好孩子，我不会怪你，也不会怪阿陌。当然，杀人是不好的，以后不要这样了……"穆如筹走近前来拍拍女儿头顶，自己也觉得对着一个八岁小女孩说这话实在太怪异，不禁苦笑了一下，"听着，今天的事我不会告诉京兆府的，你和阿陌也不能对任何人说，因为这是一个非常重要的秘密，它关系到很多人的生死——很多很多人。你必须承诺——永远守口如瓶。知道了吗？"

豹子点了点头，忽然说："爹爹，你早就知道阿陌是鹤雪士了是吗？其实从他到咱们家来，你就知道，是不是？"

穆如筹望着她，久久无言。

"那你也早就知道定王在做坏事？"

穆如筹叹息一声，"你觉得定王在做什么坏事呢？"

豹子想了想，"我觉得他想害盘子。他要那些汗王恨盘子。他想害大端朝。"

穆如筹的手停留在她头顶上，抚着女孩细软的额发，竟无法动弹了。

"爹爹，你一直都知道的是吗？林先生带阿陌来咱们家，是要帮你做大事的。林先生不是普通人。"豹子鼓起勇气道，"是皇上叫你们这么做的吗？"

穆如筹的手猛然一抖，眼中射出一线精光，“你听谁说的？你都知道些什么？”

“没人跟我说。我不知道，”豹子说，“——我就是这么觉得。”

穆如筹看了她很久很久，终于颓然挥了挥手，“去叫阿陌来吧，别吵醒旁人。别担心，爹爹不会害他的，我只是想问他一些事。”

说完这句话，三十二岁的壮年将军瘫坐在椅子里，仿佛全身的力气都已被抽干。

豹子答应了，垂着头走去门边，把手放在门上，还未推开，已听到一个熟悉无比的声音。

“现在你终于相信了。我说过，她天生是头豹子，这是一种天赋。有危险的地方，豹子就会苏醒。”

门从外面被拉开，林非明一手揪着路然陌走进来。豹子退后一步，警惕地观望。这胖老头看起来和平时一样，依然是一身油渍麻花的脏袍子，一张笑容可掬的肥脸。

穆如筹站起身来，“先生回来了。事情如何？”

“一切顺利，”林非明晃了晃那颗油光锃亮的秃头，“将军的心愿实现了。可是恐怕将军的另一个心愿永远都不会实现了。”

豹子缩在一边，不知道为什么，她浑身一凛，觉得这个既熟悉又陌生的老头向她瞥了一眼，眼光中似乎有一种说不上是温暖还是寒冷的东西。

“有些动物，是注定要做猎手的，这命运无法改变。将军啊，她是你的女儿。”林非明摇头笑叹，突然一脚把路然陌踹到穆如筹面前，“不要说将军，我还不是一样。哪想得到这小子一眼看不见就跑出去给我捅娄子！你这个小混蛋，今天到底都听见什么了，还不快说！”

“先生不要打孩子……”穆如筹踏上一步想拉路然陌起来，看看后者趴在地上，破裤子里露出屁股蛋子的模样，想说其实他听到的我女儿刚才都已经告诉我了，叹了一声，终于皱眉不语。

路然陌哼哧连声，捂着屁股爬起身来……

一盏茶后穆如筹神色严肃，说道：“我现在必须进宫面见皇上。这两个孩子就拜托先生了。先生看好他们，可别让他们再闯祸了。”

“他们敢！”林非明不知嚼着什么东西，嘿嘿笑着说。

豹子和路然陌对望一眼，默默地蹭到了一起。

天衡府中一骑绝尘悄然进入东华皇城的时分，天色已经蒙蒙亮起。天启城一百零八坊大半还沉睡未醒，但已有早起的零星行人，送水的木轮车偶尔轧轧穿过巷陌。

离天衡府和定王府都很远，某一坊中某一座房屋，映着窗纸透出的晨曦有个半侧面的人影。

这人影微微垂着头，在听面前的人说话。那人似乎说了很长一段，似乎在说什么十分复杂而又变故迭生的惊险之事，终于说完，那倾听的人影点了点头。

“此事过于突然，为情理之所无。诈病潜藏一向是他的惯技，想必又故技重施了。只是这次演得未免过火，哪里有一个人不摔不碰，好好的忽然间便这样的事情？难道他就不怕过犹不及，反而惹人注目么？以他的老奸巨猾，应该不至于想不到这一层。莫非……”

这人影踱了开去，在屋中来回行走几趟，显然心中有重大疑虑不解。回话之人恭谨静候，不敢打扰他的思路。人影踱回原处，又低头沉思片刻。

“我担心他是隐忍了多年，如今觉得时机成熟，终于要有所动作。并且所谋必定极其险恶，一旦出手，将致大祸，因此才不惜如此做作，以便置身事外。只怕朝中不日就要发生巨大动荡了。这一支逆族自协王[3]起便包藏祸心，犹如一颗毒瘤，世世代代都是大端的祸患！卅年之乱令世上多了多少冤魂，就连民间牵连枉死之人也是不计其数。幸得先帝匡复正统，息乱止杀，天下人才不用过那人人自危的日子。如今他们又要作恶，我既为大端臣子，岂能容忍。此獠心机鬼蜮，不逊于他的先人，你回去之后须得留神细察，万不可被他的做作迷惑了。”

“是。小人自从潜身定王府，早已发现此獠奸狡无比，绝不会为其所惑。恩公请放心，小人擦亮了眼睛看着，有任何异动，哪怕再是琐细，都立刻报知于您。”

“理当如此。但愿先帝英灵保佑，能在大祸发生前将之消弭。唉，苍生何辜，百姓何罪。你做得很好，这次多亏有你，只是屈身险地事贼，着实苦了你了。”

“恩公说哪里话！若没有您，小人如今尸骨早朽。这条命是您给的，小人报效恩公之心，和您事君报国的心是一样的啊。”回话之人道，“不过定王党羽众多，以今日之事来看，情形恐怕比我们想象的更可怕。小人身在暗处尚且不妨，恩公在朝，更须多加提防才是。”

“嗯，那个从后门离去的人，不是已经摸清底细了么？知人知面不知心啊，此人也参与逆谋，真是万万料想不到。我自会小心，你不必担忧。奸党潜藏再深，只要我们沉得住气，迟早总能一一挖出。”那人影笑了笑，慢慢地说，“线已经入水了，鱼是一定会钓上来的。”

“小人必当尽心竭力，不令一名奸党漏网！”

“不要心急。线刚刚放出去，要等大鱼……一定还有大鱼的。这一次必要把他们连根拔起。大端盛世来之不易，岂容蠹鱼啃噬。”

“是！”

“你去吧。有任何消息，立刻回报。记住，这不是你我的事，也不单是皇上的事，这是大端朝万姓生民的事，是天下之事。心系苍生，行事便不会差错。”

“是！小人谨记。”

“听说近日你母亲宿疾又犯了，眼看就要入秋，这些是宁州来的渡元藤，你拿了去，给她补养身体——不要推辞，这是给老人家的。你因我而卷入此事，终日忙碌，无暇侍奉高堂尽孝，我已深感愧疚，这就算是我的一点心意。”

回话的人半跪叩首。一只手提着一个小小的绵纸包裹，轻轻搁在案上。初升的太阳淡淡照着它。那是一只白皙的手，指头细长，骨节清癯，仿佛文人墨客，可是这轻轻一放的姿态从容而优雅，显出一种世家子弟般的贵气。这只手抚摸着纸包上系着的绳结，食指与拇指之间的虎口上有一颗很是显眼的黑痣。

大端延熙四年七月十六，定王牧云笥突患瘫痪恶疾，自此不起。

这王爷多灾多难，刚刚逃过了伤寒险症，又遭此祸。并且这病是治不好了，从四十二岁这年开始，直到离世之日，他将永远是一个瘫在床上不能走路、不能说话，甚至连眨眨眼睛动一动手指也不能的活死人。

人说牧云笥文治武功，均远胜当今皇帝，向被视为牧云宗室中唯一堪接大任之人，甚至有流言说再过得几年，到了皇帝必须择储之时，牧云笥多半会被选为皇太弟，成为大端朝下一代天子。

但病来如山倒，此乃天灾，任凭你极富极贵力可回天，终于无可奈何。延熙皇帝牧云简曾多次亲自探视，为诊治这位堂兄费尽心力，将全国名医术士几乎请了个遍，只是再高明的医与巫，在看过王爷之后都束手无策。

宫中传闻，皇上探病归来，洒泪曰：吾牧云族裔，自朕以下，文韬武略国堪倚之者，唯定王尔。此人不起，是天将夺我大端之禄乎？

延熙四年八月初八，麟阁武臣监同参木颜烈以贪墨被革，论大辟，阖族籍没抄斩。

八月十三，缚龙关新筑工事炮台坍塌，新上任的龙游卫将军曹亮为落石所中，当场殒命。朱批曹亮因公殉职，其家人加以抚恤，赐良田百亩，子弟免入军籍，迁往澜州老家安居度日。

九月，涣海鲛人突袭海晏，海平军损伤殆尽，都督谢信一阵亡。武威监指挥使、绥远侯哥舒远以玩忽懈怠被参劾，罚俸一年，原职留用。

十月，清余岭矿案发，正四品以上官员二十余人论绞。

十一月，鲛人袭云墨，前锋直抵明朔，去帝都仅六百里，一山之隔而已。明朔军民死伤数万，坚城之外几为平地。官员四十二人以“尸位误国”联名弹劾绥远侯哥舒远。

十二月，立皇长子牧云磐为储君，诏敕天下。次年一月，牧云磐移出应天宫，于肇兴坊兴建太子府。

《端史·大传第一牧云帝裔·和皇帝本纪》：延熙四年十二月二十三，帝甫满八龄，立为皇储。除夜，于追远殿焚表告先灵。延熙五年元旦，帝后及储君率大将军、公侯文武祭拜天地。至此天下定，鼎彝安，黎民称庆，卅年遗毒终息。

……

延熙十二年五月，帝大婚，迎竞野将军穆如筹长女穆如氏讳洗黛为太子妃。

……

十三年六月二十五，先帝宾天，谥宣帝。七月初二，帝即位，时年十七。次年改元嘉定。

---

①率兵：端朝除宫城的守卫为羽林八卫中的虎贲卫之外，天启城的治安城防以及太子、大将军和重臣的护卫都由隶属于卫尉寺的十率负责。十率是中卫率、旅贲率、左右坊率、左右墟门率、左右荒门率、左右警巡率的合称，各率的长官为执金吾，或称“金吾将军”。十率与羽林八卫也常被合称为“卫率”，但率不是军队，更类似警察。

②京兆府：主管帝都天启地方行政与司法事务的衙门。

③协王：名牧云绥，文帝第三子，幽帝之父，定王祖父。

附文：《赏花时》（三）

六出似雪，我心皎然

栀子

文/清如

栀子树性喜温暖湿润，苦寒的北陆难觅它的芳踪，在东陆却种植广泛，宛州尤盛。这种叶青翠、花洁白且芳香的树木受到人们喜爱是顺理成章的，然而对于宛州人来说，种植栀子树并非仅仅为了观赏。

宛州大部分地区土壤肥沃，河湖密布，是富庶的鱼米之乡，手工业和商业发达，纺织是其中极为重要的产业之一。直到今天，宛州诸多城镇仍盛产织物，绫罗绸缎、帛绢纱绡，无不品质上乘，行销三陆。古时布帛染色大多用从矿物和植物中提取的天然染料，栀子树的果实便是原料之一。端朝以前，从栀子中提炼的染料分“栀子黄”和“栀子蓝”两大门类，栀子蓝颜色极淡，染出的布匹实际上是月白色的；栀子黄则鲜艳无匹，历来是黄色染料中最主要的原材。

燮朝中期，衡玉城郊有位种栀子为生的夏姓农人，其妻陈氏率先解决了天然染料易褪色的难题，染出的栀子黄洗涤百次仍明艳如新。夏氏由此发家，至晟朝时已成为宛州数一数二的织染业巨贾，拥有数处染场，工匠过万，东陆各地俱设商号，更养有船队，使布匹行销至雷州和北陆，“栀子夏家”名重一方。有晟一朝，夏氏栀子黄织物始终被列为御用品。因栀子花必为六瓣，如雪花六出，夏家的百顷栀子园由是被称为“雪园”。

这样一个煌煌两朝的商家，却在晟末遭了飞来横祸。晟思帝仁康十五年，衡玉夏家以“通敌叛国，诅咒正统”获罪，罪证如今听来甚是可笑——据说有一批送入宫中的栀子黄缎，裁成新衣后，还未下过水便无故褪色，由黄色变作半是金红、半是紫金。其时蛮族牧云穆如两部联军正在东陆攻城略地，这两种颜色正是这两个蛮族部落所崇尚的。思帝认为这是夏家使了妖法，诅咒江山变色，惑乱人心。

夏氏族人无法接受这个罪名。栀子黄是夏家先祖藉以起家的名物，经燮晟两朝数代人的改良，早已达到“服之一生，帛朽为泥亦不褪色”的境界，绝无变色之理。但思帝亲自下旨抄家，万贯家财尽数收归国库，数百年雄踞宛州织染业之首的栀子夏家终究只落得烟消云散。原本还要灭族，但夏氏家主夏皎然亲笔上疏伏罪，恳求只加罪她一人，赦免夏家满门。其实举世皆知所谓御衣变色，不过是朝廷无力负担激增的军费，将主意打到了富可敌国的巨商头上，夏家之后数家巨贾先后获罪便是明证。或许思帝心中也为这谋财害命的勾当而内疚，最终旨批夏氏全族流放，只将家主夏皎然处以枭首极刑。

《衡玉商史》记载，夏皎然是夏氏前代家主夏金瓯五十岁上才得的独生女儿，因婚事不遂，自十九岁父亲病逝后便自誓不嫁，从家族中过继了一个三岁的男孩作为亡父嗣子，一力抚养幼弟，家族的织染生意也打理得井井有条。她被押赴天启后，于万众围观中登上刑台之时，尽管经过牢狱拷打、千里押送，已是蓬发囚服、憔悴不堪，然观者仍不免惊呼“世间竟有如此冰肌玉骨”。临刑之时，二十六岁的夏皎然面色平静，只在身首异处前曼声长吟：“桅栀有别，我心无异，六出似雪，赤不可夺。”她的头颅被悬于天启雷和门三日三夜，进出城门的百姓都掩面不忍仰视。

有好事者记下了夏皎然的遗言，但没有人知道这话是什么意思。直到当年冬季，已收归皇家的衡玉雪园栀实送入染场之后，人们惊讶地发现，这些平时用来染上品栀子黄与栀子蓝的栀实，这次染出的布帛竟然无一例外，全部是赤如鲜血的正红。

尽管朝廷严禁外传，毕竟染场工匠万目共睹，消息还是传了开来。天下人都说是夏小姐冤魂不散，让百顷栀子色变鲜红，以明夏氏之冤，“尺丝寸帛，尽为血染，天意皎然，冤孽有报。”

此事使得本就不堪苛役重税的宛州民怨益沸，思帝下令铲除雪园的栀子树亦于事无补。在夏氏案发的次年春天，穆如铁骑攻至澜州重镇夏阳，城中一名副将深夜斩杀主帅，次日清晨率四万步军和万余水师开城归降。北陆大军不费一兵一卒而取夏阳城，自此势如破竹，数月后便直捣天启。仁康十七年冬，晟思帝姬沣自焚于元霈殿，姬晟王朝覆灭。

那名临阵倒戈的副将就是端朝开国九侯之一的平海侯杨维骐。史载杨维骐受封后，自请驻守衡玉，疏云“臣世居衡玉……一生熟习唯海事，愿世代为大端守海上门户。”直到文帝景新十年杨氏被灭族，水师中一直传诵着杨维骐的善战之名。

传说杨维骐入衡玉城，便命人收集雪园栀树遗种，重新种植养护。经过数代栽培，雪园恢复了昔日清芬如海的盛况。然而凡种在此园的栀树，所产栀实都只能染出鲜红色的布料，这便是继栀子黄与栀子蓝之后，久负盛名的夏氏“栀子红”。

杨维骐生前自云：宛人俗称商船队首领为“桅头”，杨维骐便出身桅头之家，是栀子夏家的世仆。小说家们考证后认为，杨维骐的年龄只比夏皎然大两岁，而夏皎然所以守志不嫁，正是因为曾与一个年轻的家仆私定终身，遭到夏金瓯反对，情郎愤而出走，自此音信全无。于是在穆帝绍统年间成书的小说《香雪沉冤》(后被芸帐书坊收入“十二城”书系，改名《帆城怨》)中，杨维骐和夏皎然便被写作一对情侣，并为世人接受。是否确有其事无从查考，但杨维骐寻回了夏金瓯的嗣子和族人，并扶植他们重振家声，却是不争的事实。

雪园仍在，栀子犹香。洁白的花下总不乏纯真的旧梦，一年又一年。

天德好生 警示尘寰

天心草

文/暮分烟

天心草，又叫天示草、神示草，这些名字其实都是“乌尔斯隆加”这个蛮族词汇的华族译文。

《六族通用大辞典》中对“乌尔斯隆加”的解释为“①警示、预兆。②瀚州特有的草种之一，多年生草本单子叶植物。根絮状，叶自茎部簇生，线状披针形，八至十二片成一束，无花。一至三年者叶墨绿色，年越老叶色越浅，至叶白色、茎微紫后死亡。如果死体被及时清除，其根可再次生芽。活体辛凉性，气味香而微带苦味，死后一段时间寒香极浓，吸引沙狼食用。这种植物最特别之处在于：它会在其所生长的土壤原所在地发生雪崩、风暴、干旱、畜群瘟疫等天灾之前突然枯萎，茎叶都变成红色，一般持续十五日左右，其原理至今无定论。别称‘拉珠库雅’。华族译为‘天心草’‘天示草’‘神示草’等。羽族译为……”

其实“拉珠库雅”才是天心草最初的名字，蛮族口语中表示“找到了”。天心草不是牧草，牛羊不食，对草原民族而言，这种草唯一的用处就是，它的死体有助于沙狼伤口愈合，所以有这种草的地方偶尔会有沙狼出没。沙狼皮毛美丽珍贵，骨可入药，但数量稀少，奔跑速度又快，故而极难捕捉，唯一的办法就是寻到一株老死的天心草后在附近埋伏。天心草本身也很少见，狩猎人一旦搜获一株，就会向同伴大喊“拉珠库雅”。所以在被称为“乌尔斯隆加”之前的数百年，“拉珠库雅”就是这种草的名字。

在长期的接触中，人们又渐渐发现了拉珠库雅的另一种特性：如果它突然变成诡异的鲜红色，就预示着不久后会发生天灾。于是朔方原各部族的合萨们都开始种植这种草，并将它称作“乌尔斯隆加”，发现草枯色变，就请求本部汗王迁徙避灾。这个习俗渐渐从朔方原传播到整个瀚州，虔诚的蛮族人认为这是仁慈的盘鞑天神赐给卑微子民的神物，让他们有机会躲避和应对灾变。灾难过后，部族中会举行庄严的祭祀，感谢盘鞑天神赐予新生。

后来有一位七曲部的姑娘远嫁沙陀，为了平复乡愁，她将长在母亲帐外的一株乌尔斯隆加连同泥土带到了夫家。奇怪的事情发生了：这株乌尔斯隆加变红的规律与沙陀部的完全不同，原来它显示的仍是七曲部的天灾！沙陀部大合萨克里雅台笃信盘鞑天神，他不能允许以假造灵异来亵渎神灵，因而对各种神奇事物都保持着严谨的研究精神。他亲自观察了新娘带来的乌尔斯隆加，并经过多次试验，确认乌尔斯隆加预示的的确是它所生长的这团泥土原先所在之处的灾异。于是各大部落开始偷取相邻部落的泥土，以便预知对方年景，趁火打劫。

这里还有另一个故事：九煵部的一位汗王发现预兆莫咸部吉凶的乌尔斯隆加总是谎报灾情，就把取土者抓来讯问，后者终于招认说自己在回程中曾与一个漂亮姑娘风流一夜，可能是那时有人将泥土调换了。九煵汗王大怒，杀了取土人，一举灭了莫咸。

牧云部占领东陆、建立端王朝后，在丞相穆如致远提议下，太祖牧云雄疆下旨，在祭祀牧云部先祖的追远殿前殿中，以玉石栏杆围出三丈见方之地，取全国各地之土，按其所来之处方位排布成大端疆域之形，太祖亲自植入乌尔斯隆加，名曰“山河图”。这样天子坐在天启城中，就可以知道全国各处的灾变。宸极七年元旦祭祖后，太祖指着尚且空缺的殇、宁、云、雷四州对众功臣说：“山河尚缺，诸卿其勉之！”开国皇帝的雄心造就了这个蛮族王朝世世代代的扩张欲望，之后每取得一城一地，统帅便会取当地的泥土送回天启，由皇帝亲手培入山河图。可惜的是，直到端朝灭亡，一统九州的愿望仍然未能实现。

华族人对乌尔斯隆加的译名有很多种，但最终大部分人按照史学家周壶隐的译法写作“天心草”。除了表示“天心示警”之外，还隐隐包含着“天心难测”的意思，作为对蛮族滥用“神物”的一种委婉告诫。

行者	楚惜刀、小青、苏冰（下简称刀、青、冰）	时间	2011年9月30日

嘉定三人行[二]

刀：快快快，三点我还有个会！

冰：可现在都两点多了！

刀：谁让小青睡过头！

青：我昨晚写稿到天亮呀！！！

刀：呃……

冰：你玩到凌晨三点多才开始写稿吧？

青：昏，他们告诉你了？我还想在读者心目中赚点人气……

冰：没人告诉我，但是在没有我威逼利诱的前提下，你根本不可能产生通宵写稿的自觉性，这是一个最起码的逻辑判断。

青（垂头丧气）：那这段掐了别播啊。

刀：《狰与蛟》我看完了。这只是《奈何花》的开头吧？话说访谈是不是我要一直提问什么的，比如请小青谈谈她的星路历程？

青：嗯，是开头，或者说是个前传，故事真正的重心还是这些孩子成年以后。

冰：……不用不用，就谈谈你对这篇文的意见就好。你的意见非常重要，因为你跟《奈何花》的渊源可是非同一般哪。

刀：为啥？

青：为啥？

冰：因为《奈何花》的灵感来自《端稗》，而《端稗》这个栏目是你提议做的呀。

刀：是我提议做的？！我都忘了……

青：哦，原来把我拖下水的就是你呀？

刀：这是不是表示《奈何花》的稿费得分我点儿啊？

青：我觉得《端稗》的理念挺不错，以小故事来填充空白。

刀：本意就是让更多人，尤其是对讲故事有兴趣、但还没有能力把握好中长篇结构的读者也能够参与。

冰：对啊，再有一个用处就是给其他人创作灵感了。再比如历史设定和百家讲坛这些栏目，其实也是希望能够给一些人启发。值得高兴的是，我们真的收到了一篇不错的投稿，是根据《凤麟之书》里“哥舒夜渡”的情节扩展成的，写得很有意思。过几期会介绍给大家。

刀：小青你写这种宫廷历史故事，是第一次不？

青：以前也写过，不过都是坑。

刀：写得顺手么？

青：凡是二的情节都很顺！凡是阴谋诡计都不顺！

刀：哦，那是你的天性。

冰：噗！

刀：我看完了之后第一感觉：真是除了小青，没人能把二写得这么青春。

青：……你居然没说“除了小青，没人能把青春写得这么二”，我好感动！

刀：《奈何花》有什么预设的主题吗，人生啊爱情啊苍生啊追求啊……啊？

冰：命运中各种阴错阳差造成的无奈？

青：我一般不太喜欢预设主题，就这么写着，读者能感受到什么就是什么……不同的人感受不同，活人不也就这样吗？

刀：嗯，主题只是个方向，朝着这个方向写，最后能写成什么样当然无法预设。

青：这文有打仗，有政治斗争，还得在朝廷里捉间谍，到处派杀手……非说主题的话，只能说是一个混乱的大时代中那些无名英雄了。核心故事就是个九州版《潜伏》。

刀：杀手？是天罗吗？和《天光云影》对接？

冰：天罗是和帝晚期或穆帝初年的事情了，《奈何花》里的杀手主要是鹤雪。不过在目前的端朝小说中，你们俩描写的时代是彼此衔接最紧的，确实应该好好研究一下细节。

青：对对，刀刀，我家的路然陌是你家风翔云的师祖，还有穆如铁山小时候我也写到了，有人在他周岁的时候预言“兵气横空，明光不灭”，很帅吧？

刀：这是说穆如横空和穆如明光？那我可以考虑给横空适当加点戏份。

（此处勾兑剧情，省略二万字）

冰（艰难插嘴）：刀刀你不开会了？

刀：我舍不得你们，不去了！

（继续勾兑，省略三万字）

刀：从这几章的表现看，两个女主里我更偏爱豹子。也许因为路然陌和她登对，冒冒失失闯定王府那段有勇有谋，看起来比虎子和盘子那对傻乎乎跪着的要更可爱，当然他们也不差。

冰：喜欢豹子就对了啊，事实上虎子她就不是女主，她是个……

青：你刚才还说不许剧透！

刀：苏兰冰和穆如骏这一对也不错。只可惜世事不如人愿，小青最后还是棒打鸳鸯。这说明鸳鸯就是拿来拆散的，在非小言的作品里，多半写出来就是为了让读者心疼的——呃，我好像也剧透了？

青：……反正读者也猜得到，跟编辑名字类似的人物，下场肯定好不了！

冰：是的，在作者经常被这个编辑践踏的情况下尤其如此。

刀：要说人物，我倒是真挺喜欢苏兰冰，学院派的女学究……只是八岁的丫头能说会写，穿越到现在直接就能做专栏主笔，是不是太厉害了？一篇文章做得四平八稳，怎么看都是被摧残的幼苗啊。

冰：“一篇文章做得四平八稳”，我怎么想起洪教主夸陆高轩……

青：就是小学二年级的语文天才呗。而且她不是德智体全面发展的啊，除了写作文以外，别的方面她都天然呆。看这一章已经很明显了，一根筋不懂变通，感情上也相当晚熟……

刀：八岁不懂感情那不叫晚熟，是其他几个都太早熟！其实如果他们年纪再加个五岁，我觉得就比较合理了。你看我们家牧云天翊，就是十三岁闪亮登场。

青：你这是要表扬和自我表扬呀？

刀：定王暂时偃旗息鼓，让我能想象到后面的故事定是风雨欲来。而且盘子也终于做太子了，阴谋诡计就更要加快速度上演了。很期待这些小孩子们成年后的表现，少年……呃，幼年时就这么能折腾，长大了一定都不赖。

青：是的……《狰与蛟》只是个序幕，当然这里头也伏了一些日后的线索，比如定王一党潜伏很深，他既然能拉到木颜烈，班底里的高官肯定就不止木颜烈一个。而且他儿子牧云砉还好好活着，这都是日后盘子要面对的危难。

刀：结尾出现的那个“恩公”是谁？

青：他也代表着一方势力，后文会出现。

刀：我最好奇的是：后世传闻中帝后间

很不和睦，为什么小时看起来是能恩爱白头的样子？最后是怎么演变到那一步的啊？

青：哈哈，这个呀！

（此处剧透，省略三万字）

刀：什么？苏兰冰真的是九州幻想小说的鼻祖，我预言正确？哎呀苏冰你太苦命了。

冰：我拒绝理你们俩。

刀：如果说不足之处，我觉得是定王那边收尾有点快了。定王瘫了是谁干的？

青：哦，其实定王瘫痪的原因以前《幻兽图》写过了，是因为被人放了一种叫“天罗枝”的幻兽，但这件事是绝密的，八岁的豹子不可能知道，所以没有写出来，只做了些暗示。而且这还涉及到几个从事秘密职业的人物，在第二、三部里面会揭示。

冰：《狰与蛟》的单行本里会包含连载中没有收录的从豹子八岁到十七岁的成长过程，关于定王瘫痪的问题单行本里面也会有比较明确的揭示。

刀：单行本什么时候出？和《风云会》一起吗？

青：《风云会》是《天光云影》的第一部？写完了？

刀：我在改呢，今年年底出吧。

冰：比《风云会》晚。你想啊，小青才写了这十万字，还要补充后面的内容……

青：胡说！二十万字！

冰：没修改的等于没有。总之计划在春节之后、《奈何花》正篇开始连载之前出版。

青：呜呜，我一想后面还有那么多要写就脑溢血未遂……

冰：最近我晚上没有督促你，你就做耗。

刀：哈哈哈！对了，给你们看看《风云会》的最后一部分，牧云家几兄弟智计百出争当皇帝！

（此处省略五万字）

刀：对了，冰啊，九州的后宫里到底有没有太监啊？

冰：鳕鱼写徵朝是有，之前的朝代我也不知道。

刀：那后宫就得多多奴役女人了……保安都是女的？

冰：霞宸女卫不是你做的设定吗？！

刀：可是有霞宸女卫之前呢？

青：男保安肯定也有，虎贲卫嘛。

刀：男保安怎么能杜绝和妃子那啥呢？

冰：……

青：男保安我觉得应该只在外围巡逻，妃子住的地儿进不去吧？

冰：你可以想象，宫里因为有秘术结界，所以是有活点地图的……

刀：最后一个问题：苏兰冰有了，我在哪儿啊？

青：你在后面！你也是一个妃子，叫楚惜言。

刀：果然有……心下一寒……你可不能把我写死啊！

青：嗯，你没死，一直活得挺好的。

刀：那还行。

冰：但和帝年纪轻轻就死了……

刀：那没关系，我可以养个美少年使团，招摇过市。

冰：你作为太妃，就不能想点正经的？

刀：不过，其实养小孩真蛮累的。

冰：……好吧，我想歪了。

刀：太妃啊……接下来的皇帝是穆帝吧？他是我写的，肯定特尊敬我。

青：凭啥啊，你把人家写成馅儿了都……

端朝那些事儿［二十五］

中兴砥柱

文/青都龙渊大学 人族语言文学系教授 翼中天

第四讲 玉树芝兰

大家好！今天这一讲我们来介绍后九侯中的第四个家族——镇平侯苏氏世家。

最近沸点原创网有一部当红的小说《志学巷》，相信在座很多人都看过。因为这部小说，“镇平侯苏府”这个名词被关注了，原因是不少人喜欢文中的第一男配苏柘、第二女配苏栩。虽然小说里很多令人动容的情节于史无据甚至纯属虚构，但这两个人物历史上的确存在，而且确实是镇平侯苏府的成员。今天我们就来讲一讲镇平侯府的真实故事。

镇平侯苏氏一般被认为是华族高门，其实这种说法并不确切。它融入过蛮族血统，而且这血统来自蛮族最显赫的门第。这也是苏文郁得以名列后九侯的直接原因之一。这一点我们放在后面细说，首先我们来说说苏氏的先祖。

《莹川县志》上记载，苏氏祖籍在宛州的昌关，晟朝中期因为水灾，寡母带着兄弟二人逃荒到清邑的莹川县，在离县城二十里的榆村定居下来，生根繁衍。这种说法与现存的《苏氏家谱》徵朝中期抄本相同，不排除是在编撰县志的时候参照了家谱，或者在修订家谱的时候摘抄了县志。总之在没有发现其他史料之前，我们采信这种说法。

晟朝末年因为要和北陆军打仗，征发的兵役和徭役空前繁重，苛捐杂税多如牛毛，莹川也概莫能外，按照户口出人，一家有三个成年丁男，就要出两个去服役。不少地方官逼民反，形成了多股匪寇，占山为王，四处抢掠。莹川在楚唐平原的中心，自古就是富庶之地，所以土匪来得就格外勤。在这种人心惶惶的时候，苏家有一个叫苏丰年的年轻人站了出来，组织起全村的青壮，修起寨墙，日夜轮守，保护自己的家园。开始只是防范土匪，后来演化成几个大的村落组成了地方私兵，土匪来了打土匪，官兵来了就打官兵，公开抗税抗役。苏丰年因为心思深细，动员彻底，侦查到位，指挥有方，被推举为私兵的首领，名字也渐渐在五里八乡传开。

莹川一带乡间特产一种叫虎鸦的鸟，用它的腿骨做成的短哨形制类似雾笛，吹的时候声音几不可闻，但数里之内如果有人拿着同一只虎鸦的另一条腿骨制成的鸦哨，就可以听到类似虎啸的声音。苏丰年等人侦查匪情时用鸦哨传信，所以莹川苏氏在当地被称为“虎咆苏家”。苏家发迹后，徽记也是一只瞪目怒吼的老虎。

原本苏丰年在家乡已经挣下了一番声名，却不料随着穆如氏大军的南下毁于一旦。这又是怎么回事呢?

穆如大军占领清邑之前，各村落的首脑们就聚在一起开了会，有人慷慨激昂，说我们是衣冠礼仪之邦，决不能屈身侍奉蛮子！蛮人来了，我们就和他们血战至最后一人！苏统领，我们华族的生死存亡就全靠你了！苏丰年很冷静，回答说：“蛮族已经占领了天启，现在又挥师宛州，看来是所图者大，决心要在东陆发展了。晟朝腐败日久，兵无死战之念，将无守土之心，所以才让蛮族节节胜利。只靠我们这点人手，怎么可能抵挡虎狼之师呢？虽然诸位责之以民族大义，但我自问没有担当此任的才能。我只是一个普通的乡巴佬，大道理是说不来的，当年对抗官府无非为了活命，如今也不敢带着大家去送死。”这番话说出口，自然要受到一群人的围攻，大骂他怕死怯战、卖祖求荣、毫无气节、罪该万死。苏丰年也不辩解，任凭他们痛骂，只是垂头默坐不语。这些大义凛然之士把所有难听的话都说了一遍，之后也就蔫了——很显然，他们既没胆量真的去跟蛮族大军抡菜刀，也不敢在蛮族过境的时候跳出来表示不服王化。他们唯一的表现气节的方式，就是以各种方式辱骂、孤立苏家，使之不齿于乡党。在莹川这样的小地方，这种孤立是相当可怕的，苏家儿女婚嫁都成了问题。这种压力导致了苏家内部的分裂，苏丰年的两个弟弟先后离开莹川，移居外地。只有苏丰年和长兄苏大年继续留在莹川，守着薄产低调生活。

苏丰年的这段历史，至少在华族眼中算不上光彩，更不值得夸耀。对新建立的蛮族政权而言，他这种做过乱民之首的危险分子也是首屈一指的专政对象。所以他的后半生过得相当沉郁，儿孙也低头做人。不过在他的晚年，又发生了一件对他的后代影响很大的事。

这件事记载于《异谈录》和《隆治名臣传》，说在桓祖永靖初年，苏丰年在自家田边遇到一个路过的老头。老头谈吐文雅，态度又特别和善，苏丰年心里一热，就把自己这些年两面受气的烦恼说了出来。老头挺惊讶，说：“原来你就是苏虎咆，如今怎么这般落魄？”感叹了一番，又对他说：“你本是个可造之材，可惜缺乏正确的指导，又没有足够的进取之心，否则早就在乱世之中乘风飞举了，又怎么会困守在这小小山村中呢？”从怀里掏出两本书说：“好好读这书，你的烦恼就会渐渐开解。”苏丰年问他的姓名，他摆手不答，叹息良久，飘然而去。苏丰年仔细看手里的书，本来以为是长门修身静心的法门，没想到是两本兵法。苏丰年想找老头问问为什么要给他兵法，结果沿路追出去数里，都没有发现老头的踪迹。

关于赠书的过程，两本书的记载只有细微差别，比如《异谈录》说老头是独行，《隆治名臣传》说老头带着个没有台词的小奚奴。但关于老头身份的认定，两本书就大不一样了。《异谈录》说这老头是晟朝敦武将军明体仁身边最有名的军师鹿容安，《隆治名臣传》就更亮了，说这老头是晟朝末代天子的儿子，奉嗣侯姬威。

无论鹿容安还是姬威，共同的特点都是跟晟朝有着密不可分的关联。只不过在这两本书成书的端朝初年，对晟朝遗族不是十分忌讳，鹿容安的亲族完全没有受到牵连，姬威更是受了太祖的册封，享受国宾的待遇，在封地养得心宽体胖，活到七十一岁寿终正寝，所以写这两个故事的人没有把他们看做身份敏感的政治人物。但是到了武帝中兴之后，对华族尤其是和晟朝政权有过关联的家族政策骤然收紧，就有人翻出这段记载来举报了，要求镇平侯苏文郁说清楚：你们家跟晟朝到底是啥关系？

这麻烦大了。我们知道，武帝朝做的几件大事，其中之一就是“清蠹”。什么是“蠹”呢？现在我们都已经知道了，在牧云穆如联军攻打天启的最后关头，以太史令司马德操为首的三十四个华族世家的族长在太华殿歃血为盟，誓约虽然表面上臣服蛮族政权，实际则通过骗取蛮族统治者信任逐渐渗透到政权内部，秘密实施破坏，而且这一伟大事业将代代相传，直到达成颠覆蛮族统治、光复大晟的目的。这个计划的代号叫作“豢龙”，执行计划的人自称为“豢龙者”。但在端朝统治者口中，他们就被称为“蠹”。“清蠹”，清的就是跟姬家藕断丝连的人。这是当时一项主要的政治任务，皇帝亲自监控，丞相仆射主抓，“兴国公禹静中”这个名字，当时华族人梦里听见都能立刻吓醒。任你王侯公卿，沾上“蠹”的边就算完了。镇平侯虽然是跟从武帝匡扶社稷的中兴功臣，也保不齐武帝为了显示清蠹的决心而杀一儆百。

对此镇平侯苏文郁反应十分淡定，只回答了四个字：以讹传讹。武帝想了想，笑了，走下丹墀拍着苏文郁的肩膀说：“这事无论当年有没有，如今你我可是表兄弟，你怎么可能生异心呢？”然后这事就过去了。

苏家明明是正宗的华族，怎么跟武帝又成了表兄弟呢？

其实这个亲表得有点远，但确实存在。这就得说到苏丰年的曾孙苏慕风了。

苏丰年郁郁终老于乡野，儿子孙子都是勤劳本分的农民，但他的第四个曾孙苏慕风却是个了不得的人物，彻底改变了苏家社会地位。苏慕风十六岁从军，投身于穆如铁骑。当时正是百狄之变后，孝贞皇后穆如清旻因为怀了后来的端文帝，身体不便，不能再统帅大军，于是由七小姐穆如棣华接掌大将军印。穆如棣华很善于发现和使用人才，苏慕风作战勇敢，而且思路非常灵活，在征缴越州叛军时表现突出，很快就得到了穆如棣华的赏识，后来一直封到上将军、清江侯，可以说是穆如世家的左右手。《隆治名臣传》里记载苏丰年的故事，其实就是为了说苏慕风生而不凡，他曾祖父没有看懂的书，他看懂了。这可能是因为《戎行小札》中说苏慕风很有指挥作战的天赋，所以同袍中有人“疑其曾习兵法”。“曾习”还能是在哪习呢？只能是在家。于是以讹传讹，苏慕风的祖先就这样被塞了一套来历不明的兵法。

在苏慕风崛起的路上，一件非常重要的事就是他奉旨护送孝贞皇后最小的堂妹穆如桑若前往宁州，就宁瀚边境一触即发的大战进行斡旋。穆如桑若十八岁，苏慕风二十二岁，绝世的外交天才和无双的青年将军，这种组合不擦出火花来就真奇怪了。一年后，穆如桑若请求孝贞皇后成全自己与苏慕风的亲事，但孝贞皇后没有马上答应。首先是因为穆如世家此前从未与华族联姻，其次苏慕风并非世族出身，而且祖上还有个“暴民”的帽子没有摘掉，他本人的官职也不过五品，虽然以他的年纪来说这已经是升迁很快了，但对于穆如桑若这样要比照公主之礼出阁的贵女而言，苏慕风的身份实在低了不是一点半点。在崇尚高门世族的端朝，两情相悦但身份相差悬殊的婚姻，实在算不上良缘。但苏慕风和穆如桑若在婚姻问题上的态度都很坚决，无论别人说什么，劝告也好讽刺也罢，统统放在一边，坚持自己的选择。幸好孝贞皇后是个有发展眼光的人，经过一年的考察，认定这个平民出身的年轻人值得培养，于是同意了这桩婚事。隆治二十五年，穆如桑若下嫁。婚后两人育有三子一女，长子苏颐和三子苏颖都是隆治、景新年间的名将，次子苏顾官至都御史，女儿苏灿是文帝的贵妃，生申王牧云瞻。

苏文郁是苏顾的孙子、穆如桑若的曾孙，武帝是孝贞皇后穆如清旻的曾孙，从祖奶奶那儿论，他俩确实是表兄弟。所以苏文郁虽然姓苏，但他是带有穆如氏血统的，又曾和武帝一起出生入死，受封为后九侯之一，这样的身份，晟朝能给他什么好处让他反水？

所以皇帝哈哈一笑，这事就打算揭过去了。但苏文郁很严肃地向武帝进谏说：“清蠹一案虽然事关社稷，但也应该考虑时隔百余年，很多当初歃血者的后代根本就不知道有这么回事。比如前晟少司马沈无知的后人，繁衍一百余年，如今人数已近四百，散居在东陆各处，这些人难道个个都是乱党吗？如果不加甄别，过分株连，只怕会将一桩已经要消磨殆尽的阴谋变成现实的危险。”苏文郁一向性格温和，很少这样正颜厉色。武帝看到他如此郑重其事，再一想天牢里源源不断抓进来的“蠹”，也觉得打击面有些过大。于是吩咐禹静中，除非确有谋反实据者要严惩，其余的排查后即行释放。尤其是没有犯罪能力的老幼，尽早宁家住坐。

苏文郁的这个建议极大地缩小了因“清蠹”而被查处的人员范围，至少有近万人是直接受益者。徵朝史学家彭觉安读《端史》至这一段时评价说："苏武昭（苏文郁谥号“武昭”）惠及天下却不藉此收买人心，上天感念他这样无私的悲悯，才赐福他的子孙能够与国同休。"

“与国同休”，指的是直到端朝灭亡，镇平侯的爵位仍在承袭，既没有像襄国公叶默氏、咸宜侯百里氏那样被皇帝剥夺，也没有像兴国公禹静氏、扬威侯薄氏那样断绝了香火，这在端朝三百年间数百个有爵之家中是相当少见的。行走在政治的刀尖上一百余年没有遇到大的困厄，不得不说，这确实是一种福分。

我们知道：端朝的侯爵分为锡爵侯、列爵侯和赠爵侯三级。其中锡爵侯最高，只有开国九侯、被奉为国宾的姬氏二侯和文帝所封的景新二侯才是锡爵侯，子孙永世承袭，不降等。也就是说哥舒氏的后裔永远是“绥远侯”，不会变成“绥远伯”、“世袭将军”。赠爵侯在三级侯爵中最低，是死后追赠的侯爵，只能用来褒扬死者、提高抚恤等级和丧葬规格，不能被子孙世袭。比如《端史》中说穆如棣华“谥诚显，赠侯爵”，这就意味着穆如棣华生前并未封侯，死后追认，这就是赠爵侯。除开锡爵侯和赠爵侯，其余的侯爵都是列爵侯。列爵侯可以承袭五代，但世袭时要减等，依次递降为一等伯、二等伯、一等世袭将军、二等世袭将军、三等世袭将军。苏慕风的清江侯爵位就是列爵侯，他去世后长子苏颐袭封为清江伯，这就叫降等承袭。五代之后，爵位就不存在了。而包括镇平侯在内的“后九侯”同样是列爵侯，但承袭的方法比较特殊，可以世袭十代，且前五代不降等，后五代才按照普通列爵侯递降，算是酬答“匡复正统”的优惠待遇。

其实武帝原本想比照开国九侯赐予爵位，但有大臣劝阻说："开基立业之功，后世不可与之比肩。文皇帝封景新二侯为锡爵侯就是犯了这个忌讳，反倒折了这两家的福泽，如今竟死无遗类。恳请陛下为臣子惜福，万万不要再蹈覆辙。"武帝不得已才专门设置了这种世袭十代的侯爵，作为折衷。所以后九侯的爵位虽低于开国九侯，却大大高于普通侯爵，是武帝领导班子中的实权派。

苏文郁既然是苏慕风的曾孙，他又是怎样获得镇平侯这个更胜先人的爵位的呢？

这就要从对苏文郁影响最大的一个人身上说起。这个人就是他的堂叔苏陟。

苏陟是清江伯苏颐的次子，从小就格外聪慧，言语行事异于常人。他十一岁的时候去亲戚家做客，赶上亲戚家跨院失火，因为火势很大，内眷都惊慌失措，苏陟说："失火的地方在南面，离此有三十余丈，现在风向偏西，风速三节（“节”是端朝军中计算风速、流速的单位），就算没有人救火，烧到这里也要一个多时辰，尽可不必慌乱。”亲戚家的长辈听后大为惊奇，后来果如苏陟所言，火没有烧过来就被扑灭了。亲戚将此事告诉了苏颐，苏颐虽然斥责儿子自作聪明，却也开始留意他的才能。

恭帝瑞临三年，苏陟在越州东宁折冲军府任职。当地真族首领鲁平发动叛乱，声势浩大，手下匆忙前来禀报的时候，苏陟正在下棋，一边落子一边微笑着说：“鲁平这个人贪吝而短视，做事畏首畏尾，只要他在桦城受挫，马上就会急着撤退了。”后来果然如他所言。

作为端军中有名的智将，苏陟的仕途却并不顺利。他是肃帝牧云闻在毓华宫的伴读，但与肃帝志趣不投，因而并不受肃帝宠信，但在他人眼中却又被视为肃帝一系，因而肃帝死后他被长期弃置。苏陟的堂弟苏陲是元帝的死党，元帝被杀后苏陲也被摄政的协王牧云承宇杀害，苏家受到牵连，苏陟也数年得不到升迁。幽帝龙昌四年夏，越州东部暴雨成灾，白依江出现百年不遇的大水，苏陟在冒雨指挥救灾时意外落水身故，很多人猜测是因为苏陟在军中有一定威望，所以被幽帝伺机暗杀。在毓华宫读书时，太傅洛书诚曾称赞苏陟有“王佐之才”，可惜生不逢时，终生蹉跌，才华没有机会施展。他死后不少名人都写了祭文，痛悼这颗过早陨落的将星。

苏文郁的父亲苏际早逝，只留下苏文郁一子。母亲杨仲全认为男孩必须有父执教导，不能在一个全是女人的环境中娇养，于是狠了狠心，把苏文郁托付给亡夫的堂兄苏陟。苏陟当时空有个四品头衔，基本处于赋闲状态，又很喜欢苏文郁的聪明懂事，就将这个侄儿带在身边言传身教，聊解忧闷。苏陟的儿子苏文徵虽然才能一般，却非常忠厚，也很爱护这个失去了父亲的堂弟。苏文郁在苏陟身边住了五年，龙昌四年五月他回京看望母亲，没想到这一去便是永诀。听闻噩耗，苏文郁伤心大哭。十岁到十五岁，他最重要的学习和成长阶段是在苏陟身边度过的，苏陟的智慧和正直都令苏文郁由衷敬重。本来因为苏陟怀才不遇，苏文郁就对幽帝很有看法，如今伯父又死得蹊跷，虽然苏文徵一再解释父亲的死是个意外，不关幽帝什么事，但苏文郁不听，固执地把这份仇恨记在了幽帝头上。他对苏文徵说他绝不为幽帝的江山效命，苏文徵无可奈何，只好矛盾上交，请出叔母杨仲全来劝导这个小弟弟。

龙昌五年年初，十六岁的苏文郁入穆如铁骑。虽然幽帝和穆如世家关系微妙，但在子民心目中牧云穆如仍是一家，所以苏文郁入伍，等于还是为幽帝效命了。苏文郁内心十分矛盾，一方面，他必须有薪俸奉养寡母，另一方面，他又始终记得幽帝对苏陟的迫害。看他这个时期数量不多的诗作，能明显感觉到当时他的心态非常纠结和迷茫。

龙昌年间正值乱世，朝局不宁，边患丛生，穆如铁骑只得四处救火，苏文郁随之转战数年，也积累了不少军功。他善于寻找敌手的弱点，并据此找出直击要害的战法，以最小的伤亡击溃对方。比如在越州与中白山河络作战时，河络使用了大量的作战将风，这些将风形态各异，具有五花八门的杀伤能力，接战之后端军损失很大。苏文郁请来河络匠人，仔细研究了将风驱策的原理，认为将风最大的弱点就在于操控将风的河络自身。将风虽然有的坚不可摧，有的周身冒火，但没有坐在其中的河络，它们就只是毫无作为的死物。所以苏文郁向穆如维允建言，调集天宁卫中的寰化秘术师，直接控制和干扰河络的精神。他的建议得到了采纳，被精神控制的河络无法再与将风保持意念连结，将风于是无法移动；还有些河络发起疯来，操纵将风掉头攻击同伴，河络阵中大乱。端军趁机发动攻击，取得了蛇行谷大捷，苏文郁被记为首功。

到穆如世家决定助武帝讨伐幽帝的时候，一来苏文郁本来就是穆如铁骑的将领，二来他一直就为幽帝害死了苏陟而他却不得不继续做幽帝的臣子而烦闷，现在居然有机会换个皇帝，还能跟幽帝彻底清算，那他当然要积极参与。于是，苏文郁毫不犹豫地随着穆如氏倒向了武帝一方，还在讨逆途中陆续招降了几个堂兄弟、苏氏的世交以及旧部。当然他也为此付出了代价，那便是苏氏一家老小都被幽帝关进了死牢。死牢中暗无天日，牢中人犯尤其是老人小孩死亡率极高，所以苏文郁兄弟心急如焚，盼望攻入天启之心绝不下于武帝。

武帝率军进入宛州之后，在沁阳与梦沼之间遭到幽帝军队的合围。苏文郁当时刚刚独领一翼，翼是端军中的一级建制，一翼含三个营，共一万人左右。他的任务是在南面阻击白水方向的援军，给武帝攻克沁阳争取时间。苏文郁的兵力只有白水援军的三分之一，而且侧翼的穆如炯部刚刚遭受很大的伤亡，还没来得及休整，所以他承受的压力很大。苏文郁仔细勘察并充分利用了建水两岸的地形，又利用援军将领许荣坤的多疑，大量使用了疑兵，虚实结合，果然成功地拖住了许军。他又利用许军渡江的机会，在穆如炯的策应下，将许军分割成小段围剿。许军损失过半，只得退回建水以南，眼睁睁看着沁阳落入武帝之手。苏文郁以此一战成名，武帝称赞他智慧过人，苏文郁逊谢说："我伯父的用兵之道，我学到的不足一成。可惜他没有遇到明主，才被埋没在众人之间。"武帝也是伶俐人，一听话头就肃容起身，带头酹酒于地，让大家都来祭奠被幽帝杀害的能臣勇将。帐中的臣子们都对武帝的仁义爱才心生感激，全军上下更加安定团结。

除了灵活多变的指挥艺术，苏文郁还有一大特征：长得帅。当时穆如铁骑中有两大帅哥，一个是穆如焕，另一个就是苏文郁。《端史》中对苏慕风和苏颐、苏陟等人的容貌都没有特别的描写，可见并不出众；但对苏文郁和他的儿子苏显之、孙子苏柘，《端史》却给出了"姿容甚伟""清朗英硕""人呼为'玉将军'"的特别说明，可见自苏文郁开始，镇平侯府就世代出美男子。有人甚至说，苏文郁谥号中的“昭”字，其实取的就是“容仪恭美”的意思。

苏家崇尚读书进学、文武双全，所以苏家男子的气质都偏儒雅一派，苏文郁因为相貌英俊，尤其显得气度清华。于是自苏文郁封侯之后，“温文尔雅美将军”成了一时审美时尚，最得贵族少女青睐。将门子弟中兴起读书热，太学生们也开始研究兵法，苏家的教育模式成为很多家庭的参考对象。

自从苏慕风青云直上，苏家的社会地位便跟着拔地而起，迅速升级为莹川望族、清邑望族。苏家原是地道的农家，苏慕风的文化基础并不很好，不过他十分勤恳好学，还写信嘱咐兄长建立家塾，劝导子弟好好读书。他哥哥一想，也是啊，清江侯的侄子侄孙，怎么能满足于文盲和半文盲状态呢？自此苏家开始注重读书。苏慕风自己的儿孙就更不必说，有了苏慕风的示范和穆如桑若的督导，符合钟鼎之家身份的文化氛围在清江侯府渐渐形成了。

文化氛围浓厚了，莹川苏氏被埋没多年的艺术天分就开始显现。苏丰年当年吹鸦哨，还不过是用长短音来表示人数、方向；到了苏慕风时代就技能升级了：苏慕风会吹埙。史料上的这个细节被后代艺术工作者无限夸大，比如电视剧《徽陵梦》里，穆如桑若就是被埙声吸引，走出房门，看见了月下长身而立的少年将军。苏慕风的埙到底吹得怎么样不好说，但他的次子苏顾和三子苏颖确实都很有艺术气质：苏顾的书法非常有名，他的《忆远人帖》被书家视为至宝；苏颖喜欢长箫，听过一遍的曲子马上就能吹奏。苏颐的儿子苏陟、女儿苏陶皆善棋，苏陟的棋艺已十分有名，但他表示自己尚不及妹妹苏陶一半。苏陶貌美而多病，十四岁就夭折了，她的未婚夫谢延是端朝有名的史学家，著有《责史考异》四卷、《沉陆文钞》一卷，因苏陶去世而终生未娶。苏颖的儿子苏阶喜做剑器舞，随骁骑营驻守瀚州时有一次他在宴上弹剑狂歌，引得满座都慷慨涕下。再下面一辈，苏文博名副其实，是苏家出的第一位文学家，著有《人静斋闲笔》，其散文清新朴素，平易近人，为时人所称道；苏文渊是音韵学家，著有《宛东正韵》；苏文弘是古琴名手；苏文静、苏文郁皆有诗名。

苏文郁虽然是武人，却因为生长在清江侯府的文艺氛围中，文字功底很好。他的诗章多写军旅生活、边塞风情，颇有可读之处；加上长得帅，所以世称“风雅将军”。他和夫人都喜爱诗书古籍，所以重文教的家风在镇平侯府被继续推行下去。这一来可不得了，文学艺术人才在苏家出现了井喷，镇平侯的爵位总共传承了九代，每一代都有不同门类的学者和艺术家涌现，小有才名者更是多不胜数。

第一代

镇平侯苏文郁能诗，夫人谢芸林出身翰墨世家，以书画见长。

第二代

镇平侯苏显之和弟弟苏省之都写得一笔好字。

苏显之的夫人洛韡康是武帝朝有名的才女，作品收录于《画春园诗集》和《画春园文集》，并作《晟诗选》三卷、《江山诗话》一卷。

第三代

苏柘、苏橡、苏染、苏栩皆工诗，其中苏柘善琴，苏染善画，苏栩（即苏兰冰）才名尤盛，十五岁就成为延熙十一年言书考的榜首。令当时的人们惊讶的是，苏栩的遗稿除了收录其诗文的三卷《雪鸣编》之外，还有两卷名为《西极云崖传》的文稿，竟是一部没有完稿的长篇奇幻小说。小说中描述了一个幻想中的世界“云崖”，场景瑰丽宏大，想象出人意表，人物形象生动感人，开辟了九州架空幻想小说的先河。

苏栾擅长机械术，曾制造出上弦后可作“步莲舞”的舞傀儡。

苏杼是法制史学家，著有《六朝律考》，诗文收录于《苏文悫集》。

苏柘的夫人司徒琛以诗文名世，有《对镜集》三卷。

苏榉的夫人方约即上月拍出天价的《病母图》的作者。

第四代

苏於人称诗书画“三绝”。

苏旖是一代刺绣大师，开创了“流岚绣”工艺，她的绣品被称为“妩绣”（苏旖号“梦妩”），在毅帝溥宁年间就已价值万金，著有《缀梦轩绣谱》；她的丈夫便是开创了宛南画派的秦宗岱。

苏旌是端朝“宛曲四大家”之一，传世剧作四十余种，以《灭云关》最为有名。

第五代

镇平侯苏恺是音律专家，著有《大吕私言》，端末散佚。

苏惕厌倦天启的喧嚣，带家眷回到榆村故里，是“莹川词派”的开创者之一，著《阡陌集》。

苏恂娴于文史，精研金石，有《苏文肃公集》存世。

苏悦的丈夫郑格非是“放社”的代表人物之一，提倡质朴自由的文字风格和言之有物的文字精神，有《原心集》四卷。

第六代

镇平侯苏启章雅好园林，代表作就是他亲自设计并主持修建，集宛西园林艺术大成的来碧行宫，这使得他与兴阜、隆治年间有“天工”之誉的穆如闵齐名，人称“王孙匠作”。

苏启泰是著名的古玩鉴赏家。

苏启略是端朝史学大家之一，有《晟史补遗》《燮河汉书释要》等著述。

苏启仁是围棋国手，首创了“乱真流”，著有《白衣辑》。

第七代

苏兆祥工篆刻，京城朱紫皆以能得他一方印章为荣。

苏兆贞和妻子班淑君专门研究茶文化，著有《嘉木正详》。

苏兆言和她的丈夫孔之璋、儿子孔弢都是有名的剧作家，她的功绩之一是将《西极云崖传》中的三个章节改编成了宛曲，即著名的《赏心阁》、《南窗雪》和《双月记》，辞藻工丽，细腻传神，虽然对原文宏大的背景展现不足，但这种形式无疑促成了《西极云崖传》在更大范围内的流传。

第八代

苏撼善古筝。

苏拂、苏擢都有文集传世。

第九代

苏墀写有《哭史》诗七十首，怀悼亡国，收录于其诗文集《晦园长歌》中。

这个谱系实在是令人不能不惊叹仰视。但是，一个不得不正视的现象是：与文学艺术极大繁荣同时发生的，是镇平侯府政治影响力的严重衰退。到毅帝、明帝时，除了袭爵的苏启章和苏兆元，朝廷的重要部门再没有一个苏氏子弟，而苏启章二人在政治上也毫无建树。

苏慕风强调对子孙的文化教育并没有错，只靠着天生的勇武、本色的聪明，可以成为将军，却无法成为统帅；可以入朝，却无法参政。要真正成为帝国核心领导团队的成员，就必须提升文化素养，将天生的才能深化成政治智慧。他不会预料到他的后代与蛮族人不同，对军队和战争没有本能的热爱——其实包括皇族在内的蛮族贵族之所以始终重视武备，严格督促子孙修习弓马，很大程度上是由于只有将兵权牢牢拢在手中，才能减轻“政权是建立在华族地盘上”的危机感，而这种心态对苏家来说是不存在的。于是最先出现的现象是苏家子弟武力值的衰减，除了苏慕风和苏颐是以勇武著称，包括苏颖、苏陟、苏文郁、苏显之、苏省之、苏柘、苏橡、苏榉、苏旅等人在内的苏家将领，基本都是以兵法谋略见长。而苏旅的儿子苏恺，已经完全成了戎装的学者，佩剑的文人。咆哮的虎正一天天地变成漂亮的猫。

苏慕风和苏文郁都是马上取得功名，自然知道手里有兵才是王道；他们也当然希望苏家子孙能始终勇冠三军，即使因为身体条件所限不能称雄沙场，至少也不该失却将门本色。在苏文郁、苏显之在世时，苏家对武艺和兵法还相当重视，即使是苏杍这样后来成为文官的人，小时候也曾在家里的小校场上摔打得满身是伤。家主的注意力集中在军队上，子弟们便会更多关注武事。比如在苏显之和苏柘奉命统帅水师时，擅长机械术的苏栾就研制了可以水陆两用的战车，用以对付进犯的鲛人。虽然苏栾没有上过战场，但他供职于麟阁，一生的大部分时间都用来研究和改进军用器械，而被后人津津乐道的舞傀儡，虽是得意之作，却仍只是他闲暇时制造的玩具。

苏栾对待公务和爱好的态度，本来应该是苏家子弟的正面样本。苏家请名师教授琴棋、收集大量藏书，为的就是让后人在公务之余培养品位情趣；可惜到了后来，演变成了抛开公务，只剩下品位和情趣。

这种变化或曰蜕化，与苏家选择的联姻对象有很大关系。联姻是权贵结成势力同盟最常见的方式，可靠性也高，所以苏显之和苏省之娶的都是公侯之家的女儿。但他们的下一代，联姻的对象就变了，而对这种变化起到最关键作用的就是苏显之的夫人洛韡康。洛韡康是文成侯的女儿，同样出身后九侯之门，身份贵重，而且博学多才，名重一时。但不得不说，她对“才女”这个身份过分投入了，以致对“侯府夫人”这个身份投入不足。她是一位聪慧可人富有情趣的妻子，一位端庄慈爱学问高卓的母亲，也是一位才高德劭平易近人的老师，唯独不是一位会为一个家族深谋远虑的当家人。

从她为自己的两儿一女取的名字就可以看出她对文字的热爱。大多数人家，包括贵族家庭，对孩子的小名还是不大讲究的，比如和帝的两个皇后，小名叫“虎子”“豹子”，一来上口，二来有希望孩子健康活泼的意思。当时孩子的小名多半都是这种，只在取学名时才会斟酌。但洛韡康的孩子，连小名都是有文化内涵的。

长子苏柘，小名叫琥宗，典出《华宗典·上古谟》：“郁非大明……礼以白琥，火用柘，毛用白牛，糈用芑，席用白菅，瘗。”意思是发现郁非突然变得明亮时，古人会用一整套的祭祀礼仪来祈祷免除兵祸：用白色的玉琥做礼器，用柘木来取火，铺白菅编的席子，祭品是白牛和白精米，仪式后掩埋。宗是礼敬的意思。郁非象征战争，所以这个名字的意思是期盼不要发生战乱。

次子苏杼，小名静韬，典出《兵机》：“守静不败，天下机杼入囊中矣。”所以这个名字意为“以静制动，是军事上取得先机的关键”。

女儿苏栩的名字出自《古诗存·兰言》：“如珩在缕，如冰在栩”。《兰言》写的是一位女官在为上朝做准备，也有解释说是写妃子要去朝见皇帝。“珩”是古时女官礼服帽子上的一种坠饰，悬在丝带上，坠在两侧鬓边，只有两边的珩与眉峰齐，帽子才算戴正。“栩”是一种已经失传的古计时器，四时所用计时之物不同，春用青碧粉，夏用井水，秋用月白沙，冬用冰。因为没有实物和图纸流传下来，具体是怎么个计时原理已经没人知道了。这句诗的意思就是女子上朝前仪态十分庄重，像丝线上的珩一样小心翼翼，像栩盘上的冰一样分毫不差。珩和栩都是标准、参照物，所以苏栩小名叫“兰冰”，暗含着希望她成为“女官的风标”之意。虽然苏柘、苏杼的名字都与战争有关，但这种用典的方式显然不是尚武人家所用，已经纯然是文人墨客的风格了。

像洛韡康这样以文为趣的人，在为子侄择配时更重才情而不是门第，委实也不足为怪。于是在她的决策之下，镇平侯府第三代的五个男丁，除了苏橡以外，迎娶的都是司徒琛和方约这样出身中等官宦家庭、本人以才气闻名的女子。这样的女子当然不是不好，她们品格上没有问题，但难免有文人的通病，比如清高自赏，比如彼此相轻，比如言语尖刻，比如不耐俗务。司徒琛的长姐司徒璋在一首诗的序言里说，“出入款物，往来庆吊，终日纷纭不绝，妹颇苦之”，“实非所乐而毋能辞”，可见管理侯府家务，对司徒琛而言只是苦差。从司徒琛自己的诗文里也能隐隐看出，高门贵族的社交聚会她时常托病不去，而且经常为与那些不得不交往的豪门贵妇无话可谈而苦闷。她的出身教养和兴趣爱好与这些贵妇不同，说不到一起也很正常；但作为镇平侯的夫人，她的消极逃避使得镇平侯府与其他世族日渐疏离，可以说，作为侯府夫人她是不合格的。但洛韡康是用选研究生的标准来选儿媳妇的，只要才情够好，其他缺点她并不放在心上。

这也并不奇怪，洛韡康自己的女儿也被养成了这样。大家看《志学卷》和《奈何花》都喜欢苏栩，但历史上的她，虽然在文学上的确才华横溢，可生活终究不是只有文学。和帝的孝鳌皇后暴亡后，后宫无主，太后就让苏栩暂时掌管后宫事务。按理说苏栩是后宫身份最高的嫔妃，又有太后授权，她要做什么都不会遇到阻力；甚至可以说，这是太后给了她一个绝好的展示个人能力的机会。但苏栩向来只喜欢读书写字，既没有管事的经验，也不感兴趣，所以不胜其烦，勉强应付了两个多月就以“才力不逮”为由向太后请辞。太后既恼火又失望，从此不再看重她。洛韡康虽然为此向太后请了罪，私下里却很为女儿不平。推己及人，对不能“请辞”的儿媳妇消极怠工，她也就睁一眼闭一眼。

到了司徒琛选儿媳妇的时候，由于她对“俗人”更无接受能力，就师法婆婆的思路，专门选择书香门第而不是权贵世族联姻。这样一来二去，不但苏家的儿媳都是满腹诗书，连女婿也从和帝牧云磐（苏栩）、和昭侯黎苍柏（苏染）这样的帝王公侯，越来越多地向秦宗岱（苏旖）、郑格非（苏悦）、孔之璋（苏兆言）一流的文人雅士转化。

家庭成员成分的变化带动了社交圈子和家庭氛围的变化，于是文学艺术渐渐从业余雅趣变成了苏家子弟全身心浸淫的事业，弓马技击和兵法韬略越来越不被看重，很多人甚至不愿让儿子习武。这种变化反映在人数上，便是武官人数的减少和文官人数的增加。苏显之和苏省之兄弟二人都是武将；苏显之的两个儿子（苏柘、苏杼）和苏省之的三个儿子（苏栾、苏橡、苏榉）中只有苏杼一个文官；但到了苏柘等人的下一代，堂兄弟八人中就只有苏旅、苏沆在军中了。而再下一代，虽然出了四名武官，但除了苏悰，包括承袭镇平侯爵位的苏恺都只是挂名的摆设。到了第六代，承袭爵位的苏启章只对园林山水有兴趣，虽然身在麟阁东平监，却对军队的营具、辎重毫不关心，威帝问起，他“期期不能答”，只好“口称死罪”。威帝哭笑不得，索性免了他麟阁的职务，让他专门去规划设计和兴建行宫。

在宣帝、和帝朝和穆帝当政的前期，苏家任文官的人数是稳步增加的，苏杼、苏施、苏恂、苏恒都曾身居高位，所以这个时期苏氏一族从政治话语权的角度来说能量并没有下降，甚至还有所提升，因而他们也就放心大胆地接受了这种弃武修文的变化，并且对于家族中许多人选择不出仕也没有太当回事。但从穆帝后期开始，苏氏一族中为官的人数便日趋减少，而且出仕的人大多也只能做无关大局的闲官。更多的人要么闭门著书，要么寄情山水，要么清谈豪论，要么弄月吟风，当然也少不了有人是单纯的声色犬马。

绍统三十二年发生了一件对苏家影响重大的事，那就是镇平侯苏恺的堂弟翰林学士苏慷写了洋洋万言的奏章，斥责多地官员对重新丈量统计全国耕地的工作落实不力，文章写得慷慨激扬，郡县官员被贬得一钱不值，连三位宰相也被掌风扫了一脸灰。当时的左仆射是穆帝的堂兄牧云彰，职能部门的人自然懒得跟这种夸夸其谈的书呆子废话——这种级别的书呆子，一般人也说不过他——于是大笔一挥，把苏慷的名字添进了外放官员的名单——别人不是都没能耐吗？行，那你去。苏慷是无知者无畏，开了个送别酒会，写了几十首言志诗，满怀豪情上任去也。

他原本觉得自己如此勤劳王事，刚正无私，那肯定一扫积弊，万象更新，百姓称颂，名垂青史；结果去了没多久就明白了：做事很难。凭他这点想当然的能耐，孤高自许的脾气，要做出点实事，根本痴人说梦。不仅利益关系盘根错节，一跬步就有多方掣肘，而且他那些文心周纳说到顽石点头的“国策”和“施政纲领”根本就是纸上谈兵，不符合实际。但他这样高傲惯了的侯门公子当然不会从自己身上找原因，于是把未能顺利施政的根源归结于上司和同僚奢侈腐化、嫉贤妒能、懈怠渎职、死有余辜，又写了一篇文章来痛骂。他的新领导可没有宰相大人那么好涵养，马上就参奏他迂腐无能、糊涂误事，还仗着有后台欺压同僚，群众关系极差。最后的结果不但苏慷被就地免职，苏恺也因为没管好自己家人被申斥了一顿。最倒霉的是他的堂妹苏恬，她是穆帝的长媳，莫名其妙被穆帝斥责为“镇日旁骛，不知帚妇之德”，也就是“成天整没用的，不配当人老婆”的意思。这个评价太重了，苏恬一个诗为肚肠的弱女子顿时吓得魂飞魄散，哭着打听了一圈，才知道是吃了堂兄的挂落。她心里委屈，烧了所有的诗文，从此再不摸纸笔，没多久就抑郁而终。

其实穆帝是借着骂儿媳妇来正告整个苏家应该端正风气，身为有影响的家族，不要跑偏；但作为家主的苏恺就没听进去，苏慷更不认为错在自己，回到天启后每天在家中散布过激言论。苏慷论学问还是不错的，兄弟子侄们看到优等生当了公务员都不过是这个下场，又听到他描述官场如何肮脏丑恶，于是越发不愿或者不敢去做官——与其身陷污淖，费心费力又不讨好，何如安心在家做有理想有文化的富贵闲人？所以自威帝时开始，苏家渐渐走向了与穆帝所希望的完全相反的另一个极端——他们在天启上层的社交圈里依然活跃，甚至因为才艺过人、著述丰富还相当受人崇敬，却再也没有一个人肯为、能为国家分忧，以期对得起那份世系罔替的俸禄。正如毅帝提及苏家时所言："满庭玉树，无一可为梁栋。"对于帝国统治而言，苏家已经失去了意义。

在这种情况下，镇平侯府走向没落便是必然的。这种没落是政治上的，同时也是经济上的。不工作就没收入，国家只发镇平侯一人的养老金，这笔钱显然不够支撑艺术家们庞大的开支；加上莹川老家的田亩收入，也只够勉力维持一个煊赫世家的表象，内里却是在坐吃山空，入不敷出和生活档次的降低在所难免。这就像一个艺术研究所，没有能创造产值的项目，全靠国家拨款，早晚得奔着饿死去。

收入不够，可过惯了世家子生活的人又无法忍受节衣缩食，更不愿意劳动致富，于是各类败家子应运而生，其中最出名的就是古玩鉴赏家苏启泰，这人在整个端朝的败家子中都算独树一帜。

苏启泰被认为是一代鉴赏宗师，无论瓷器、玉器、书画、金石，只要他过眼过手，就能辨别出其年代和来历，旁征博引，令人敬服。若非自幼在公侯之家耳濡目染，把玩过无数传说级的宝物，决不能练成这样一身明察秋毫的本事。但实际上，正如他的堂弟苏启锐所言，苏启泰这一手绝活儿，是在跟他老子和哥哥数十年如一日的斗智斗勇过程中练就的。苏启泰不是长子，因而也不当家，按月发放的月例银不够他宝马轻裘艳姬美酒地挥霍，但他又不愿改变出则高车驷马入则膏粱锦绣的生活模式，卖诗卖画呢，他又没出名到那个程度，于是就偷拿家里的藏品出去换钱。为了让父亲和兄长注意不到他的败家行径，苏启泰学会了拿仿货替换真品。想不露馅，仿货就必须仿得逼真，于是他必须知道真品有哪些特征、其中有哪些文化意义，这样才能仿得天衣无缝。年深日久，当暴怒的兄长向暴怒的父亲要求严惩这个已经暗地里卖掉了小半个侯府的内赋时，苏启泰才惊觉自己已经在无意间练成了无敌神功。有了扎实的鉴赏知识，他在京城各大王公府第的受欢迎程度远胜昔日，而且声名远播，论及鉴赏的功底和眼光，终端一朝，无人能出其右。但任他名头再响，等着他一语定真假的人再多，被他典当变卖的那些侯府珍玩，是一样也回不来了。

这还是侯府嫡支，那些早已分家出去的旁支就更不用说了。他们没有嫡支官爵显赫，却和嫡支一样自恃清贵，不事生产，日子越过越穷，越穷就越死要面子。偶尔有要生产自救的，写几幅字画几张画出去卖，还不敢署真名，怕被族人骂丢了镇平侯府的脸面。但脸面这东西，多数时候是抗不过肚子的。端隐帝时战乱连年，天启虽然是天子脚下，首善之区，终究也物质匮乏，很多人没饭吃，苏家人也未能幸免。

我们前面说到擅长古筝的苏撼，是第五代镇平侯苏恺的后人。从侯府分家之后，他们这一支虽然也出了几个文学之士，但一直都比较清寒，只靠田地的出产和侯府有一搭没一搭的资助过活。到了硕风和叶攻城之后，实在是生计无着了，父亲又病倒，只想吃嗆香斋老店的点心。苏撼一咬牙，带着两个妹妹拉着筝就上街了。干什么啊？卖艺。街上有认识他的，因为他在[illegible]之界也有一号。侯门公子落魄卖唱，搁什么时候都少不了看点。于是苏撼找了个人多的地方，弹了《破军》《奏凯》《策勋》《夜宴》《乐居》《惊风》《履霜》和《别枝》。这些曲子并不是一套，但都是市井百姓熟知的，苏撼通过这些曲名，传达出的是一个家族从兴起到衰落的过程。尤其是弹到《履霜》和《别枝》，苏撼对旋律做了变化，或惊惧，或无奈，或生离之惨，或死别之悲，弦声铮铮，勾人心魄，周围观者如堵，许多人叹息落泪。

有族人向刚承爵的苏墉报告，要苏墉教育这个行为失当的族叔。苏墉年纪虽小，脑子却还明白，回答说："他也是没办法，就让他赚一点钱去尽孝吧。"末世将临，侯府无力再为族人提供足够的庇护，现在能各自想辙活下去就行了，还空谈什么祖宗颜面？祖宗眼睛都闭上了，你们干吗还死瞪着。

为镇平侯苏氏在历史上留下最后一笔亮色的人是苏阙。苏阙原名苏据，是苏恂的曾孙。苏恂忠谨严正，文章道德天下知名，在威帝朝官至文载阁大学士，做过废帝、毅帝和明帝的老师，去世后谥文肃，配享凌烟阁。苏据的祖父苏启略是有名的史学家，也做过毓华宫进讲学士，给明帝授过课。因为毅帝给苏恂单独赐第，所以苏恂的后人不像一般的苏氏族人住在镇平侯府周边，而是住在折桂坊。由于曾祖和祖父都有官职，所以苏据从小生活条件还不错，加上父亲早亡，无人管束，使得苏据十分放浪任性，使酒骂座，纵马长街，每天跟一群公子哥儿斗鸡走狗地胡混，终于有一天因为争道，失手杀人。本来他被判了死刑，但明帝看着苏据，想起他曾祖和祖父当年对自己的悉心教导，感慨万端，于是格外施恩，改成了到瀚州做十年苦役。

十年后苏据回到了天启，但因为他是刑事犯，已经被家族公议从族谱除名，哥哥也不肯让他回家。他请求见寡母一面，哥哥不许。苏据在家门外跪了一夜，天明后对着家门三叩首，就此离开天启，流浪了一段之后在菸阳定居。据说在流浪期间他遇到了明帝的叔叔弘王牧云综，牧云综也是苏恂和苏启略的学生，看到老师的后人如此落魄，就给了他两百金铢，鼓励他放下包袱，自食其力。苏据定居菸阳后，因为族谱除名，原来的名字不能用了，于是改名苏阙，开始做贩马生意。他在瀚州住了十年主要就是养马，所以非常有经验，他又肯吃苦，短短数年就挣下一份丰厚家产。苏阙经历过受苦也见识过享福，现在有钱了，就每天邀请一帮朋友寻欢作乐，旁边还有一班美女进酒烹茗，歌舞弹唱。

这样纸醉金迷过了几年，硕风和叶大军南下，端军节节败退。消息传到菸阳时苏阙正在宴客，对宾客们说："二百年禄养之恩，今以腔血报之。"意思是：皇帝用俸禄养了我苏家二百年，这份恩遇，现在我将拼死以报。宾客们这才知道这个一身游侠气的商人竟然是苏恂的后人。苏阙将歌姬仆妇遣散，把妻子和女儿托给信得着的朋友，散尽家财招募兵甲，协助官军守城。菸阳城破后，苏阙带着义军与八部联军出城，杀了右金军中两个位置不低的将领。但右金军势大，苏阙等人苦战一夜，终于力尽被俘。

在和两个儿子一起押赴刑场的路上，苏阙放声大笑，口中吟哦："心未改，身死气长存，不负养士恩。断头真所欲，何用赋招魂？"他并不擅长诗文，然而字字激昂，至死笑容不改，许多百姓哭拜于地。消息传到天启，百官闻之默然。十五日后，镇平侯府全体族人重开祠堂，在族谱上添上了苏阙的名字，并在宗祠中供奉他的牌位和衣冠。

端亡之后，部分苏氏族人回到莹川定居，部分则留在天启。他们的艺术天赋并没有因亡国而磨灭，徵初大诗人苏坤，"宛东七子"中的苏迁、苏退，都是镇平侯府的后人。

镇平侯苏氏因尚文艺而没落，另一个世家却因文艺而兴盛。他们之间有着怎样本质的不同？请看下集：《朝乾夕惕》，谢谢。

九州百业

护林人

文/鱼香肉肉丝

注：本文作者鱼香肉肉丝即九州作者宛在水中央的新笔名，在此祝贺她从一名文艺少女进化为吃货文艺少女，并期待更多“美味”的文章！

天光如同稀薄的鱼汤，一点点向着云端的峰峦披挂上来。我已经醒了，只觉得冷，周身仿佛浸在水里。一面比我还大上一轮多的锦鼠皮斗篷将我紧紧地裹成一只淮安肉圆，只露一个脑袋。斗篷是云中的上好手工，此时我却只感觉它像衡玉香云纱般轻薄。

连着打了两个滚，却还是起不来。我拧着脖子看了看，脚边的火盆早熄了，窗子也开了一半，怪不得觉得凉风习习，直透心口。

晨岚还未散，举目看去，四周是一层温柔的乳白色。

我睡得高了些，窗子又低，拼命地抻脖子也看不到天空，但透进屋里来的天光明显比往常黯淡，十有八九是个阴天。澜北夏天的雨水也算多，不比秋天天高云淡地好看。不过晴天风也往往大，更冷。

我在被窝里快速地搓着手，想让自己升升温，听到屋外远远传来几声鸟叫。声音却不嘹亮，似乎为穿过这浓密的雾，将劲头都耗去了。

一眨眼的工夫，屋门随着一阵轻巧的脚步声被推开，一阵冷风兜头扑来，我惨叫半声缩成一团，就听到一阵爽朗的笑。

“还没起呐！”

我痛苦地道：“冷，阿伯，冷！”

他“啧啧”了几声，到底将门关了，带着点笑意说：“多少日子没进山了？这几年在城里可是养得细皮嫩肉。我就知道！昨儿我说给你把去年的那两张狰皮翻出来盖，你非说不要，这会儿知道冷了！”

“狰是咱们人族的好朋友，我看了那皮子心疼……”我嘟嘟囔囔地爬了起来，将斗篷穿上，就去拨弄火盆。

“今儿天不好，收成倒是不坏，”阿伯手里拈一把雪亮的小刀，正在利索地给两只大兔子剥皮放血，“这个时候小家伙们都吃得一身膘，烤着吃最香。馋了吧？你要是中州的皇帝，可吃不到这么好的野兔。”

“可不是嘛，这次专程来吃你的兔子呐！算准了时候来的，猎令什么时候开的？很久吧？”我说的是秋叶惯例的禁猎令。

阿伯点头称是，过了半晌，放低了嗓门又说：“其实你要是春天来，老头子也能叫你吃上烤兔肉。”

我指了他叫道：“你你你你监守自盗？！”

“嘘，嘘！”他吹胡子瞪眼地冲我挥着手里的兔子，“周围村里好些户人家都围了畜栏，还改造了鸡舍养兔子之类的野物……不过话说回来，你一张嘴老头我还怕你吃秃了咱们擎梁山不成？”

我对他大摇其头：“阿伯，你的职业操守连我都觉得……”话没说完，口中被他塞了一块药草泡的梅干。

是的，各位看官没猜错，这位不靠谱阿伯，就是擎梁山中的一位护林人。

护林人，与森林野兽、月露星辰为伴，是个很浪漫的职业。至少，我是这么觉得的。

春天，小溪以它们百折不挠的精神穿破了冰层，唱着生命的欢歌向山脚下奔腾而去。嫩草破土而出，鸟儿不论大小，争先恐后地开始了它们求偶的歌唱。这时候，老伯就背上一张厚实的老弓和满满的箭壶，四处巡逻，打击偷猎盗猎的犯罪分子，顺便看看两匹公兽为争一匹搔首弄姿的母兽打得满脸开花。

夏天，万物沐浴在山区短暂的烈日下，草木鱼兽都茁壮成长。老伯背上他的皮囊，四处布下陷阱捕捉野兔。有时候，陷阱挖得太深，就捕到耳鼠；有时候，陷阱挖得太大，就捕到狼。夏天的乐趣可多了！河沟里的鱼挤得满满当当，再采几朵雨后的鹿茸菇，回家就是一锅上好的鲜汤。

秋天，是擎梁山最美最迷人的时候。[illegible]，虽然花儿开败，林间五彩的颜色却比盛夏繁花更能乱人眼。秋日里的老伯是个大忙人，既要打柴，又要腌肉，再要晒鱼干、修房子，为即将到来的冬季做好准备。

冬天，此地长过半年的主宰性季节，总是在宛州人民还穿短衫时就匆忙来到。这澜北的雪国啊！大地银装素裹，没落叶子的树木森森地绿着，烈鬃熊们都冬眠了，山中寂静而安然。这漫长的冬季是老伯清闲的时候，往往睡到日上三竿，才怀揣肉干、松菌干，系好短刀、酒囊，裹好老皮袍子，拉上自制的雪橇，到附近的村民家去吃锅子。

不过，山里的日子虽然清闲，却并不全然安稳。据说仅老伯管辖的这几座山头，每年间烈鬃熊偷吃村民蜂糖的案子就要发上几起，林狼袭击家畜也总有好几次，更别说山火一起，就日夜不得安睡。然而这些算什么呢！即便是海上的水手，也是左手海阔天空，右手惊涛骇浪，近海触礁没顶，远海又恐鲛人袭击。夏阳湾那么美，每年少则也有几人在此死去——夏阳左近的几条航线，可是东陆出名的安稳航线。住在这山上的小木屋里，天冷了就烧上火盆，喝两口秋叶名产蜂蜜酒，夜里的星空格外清亮，一年过去能攒下几个金铢，国家还给免费发放长短刀具、弓箭锤头。

“想什么呢！”我的胡思乱想被老头喝醒，原来他已经收拾好兔肉，从我手里端走了火盆，正要开烤。我连忙从怀里掏佐料，口水忍不住分泌出来。

“要不要我去把门打开放放烟？太阳起来了，好像暖和不少。”我脱了身上的皮了，感觉生命力旺盛起来。

“去吧去吧，上屋后树根上折两只菇来，加些粉皮煮个汤。前些天去秋叶也打了蜂蜜酒，你前年从越州捎的几十坛黑菰酒早喝完了。”

我掀了皮门帘出门，终归是夏天，草皮上的露珠转眼已被蒸干。天边倒还残留着明月的影子，其他主星也依稀可见。凉风从我薄薄的夏衫边拂过，真是两腋生风。我鼻端闻着烤肉的香气，快乐如同泡泡自心底升腾起来。这惬意的山间生活！正盘算着吃完了烤肉先去采草药，再去打渔，只听得阿伯在一旁深深地嗅着烤兔肉的浓香，一边含混地说：

“好孩子，过两月再来看你老伯吧，等第一场雪落了，带你吃蜂糖去……”

各位看官，如果您热爱生活，热爱自然，请踊跃报名加入擎梁山光荣的护林人队伍吧！绝无清苦，绝无寂寞，更重要的是，传说中的香螺溪近在咫尺，但逢公休，尽可前去纵情享受天启皇帝也尝不到的绝世美味呐。

编者按：

风物那部分的修记拿了一则文献，对我说：“这便是上好的九州百业记录啊。”

说是文献，其实是澜州商会创办的一份地域性小报里面的内容。距离现在已经有了近千年，加上这小报主要刊载一些商业上的宣传文案——俗称广告，多是言过其实的话语——所以放在角落里，多少年也无人问津。

但细细读完，确实感觉这并非简单的一篇宣传广告，护林人的生活，着实是勾勒得清清楚楚了。唯一可能与其他百业记录不太一样的，大概就是它的态度了。以往各行各业，说到深处，总逃不过些许不为人知的辛酸，教授课业的先生与挥鞭驾车的马夫，互相总也是羡慕对方的屁股与腿的；而这护林人的辛酸，文中实在没提到什么。但仅为此就断言它不真实吗？怕也未必。

我认识一个叫做段周翔的游方修记，他曾说过一句话：“做龙渊阁修记是很快乐的一件事情。”用在此处也是恰好，世间总该有一些人，一辈子做着一些事，无论怎样，都还是快乐的吧。

燕垒怪谈之七

文/燕垒生

鼻中真龙

六七十年代，中国农村推广赤脚医生。所谓赤脚医生，也就是在农民或上山下乡知青中挑选文化程度较高的，接受一些医疗知识培训，可以给村民医治一些简单病症。虽然粗糙简陋，但在那个年代里，赤脚医生还是挽救了不少人的性命，当时的电影《红雨》《春苗》都是讲赤脚医生的，我在“文革”后期也去电影院看过。

我舅舅高中毕业后，下乡到一个山村中。那山村很闭塞，到最近的镇上也得走一个小时。作为一个赤脚医生，平时也得和村民下田插秧，一旦有人得了病就马上拿出医药箱在田头给人治病。而治疗方法也无所不包，中医西医，注射针灸打点滴，样样都有。虽然没有经过系统的教育，但我舅舅读书时就很用心，做了赤脚医生后也非常注重学习，医术居然在当地小有名气，连邻村的村民有时也慕名前来求医。

有一年七月份，在深山里有个姓孔的村民，因为风湿性关节痛来求他扎针。那是个很开朗的老爷子，年轻时常跑外头做小买卖，很爱说话，后来割资本主义尾巴，砸了他的小担才回村来。每回来扎针，老孔的嘴都闲不住，一来二去混得熟了，那老爷子就说起他们村里有个真龙天子的事。这种话要是在大城市流传会惹祸的，但山里天高皇帝远，也没人在意。他说村子里十几年前出生了一个小男孩，生得五孔朝天，跟大明洪武皇帝朱元龙一个模样，今年十三岁了。本来也不引人注目，但上个月一天，男孩躺在树下午睡，有人见老孔突然朝这男孩拼命磕头。事后别人笑话老孔是失心疯了，老孔说刚才他远远地望去，看见这男孩鼻孔里竟然有个什么东西探出头来，想凑近了看时，那东西却不见了，依稀记得像是一条小龙，他这才明白自己得罪了真龙天子，登时吓得魂不附体，只好磕头求饶。老孔早年卖梨膏糖唱小锣书，见多识广，加上满脑子都是旧弹词评话，别人也半信半疑，有好事的趁那男孩午睡时远远看去，果然见有东西从鼻孔里探出来，长长一条，还会扭动。我舅舅上过高中，自然不信，不过孔老爷子爱说嘴，一来二去，这话在邻近几个村都流传开了，甚至有老太太带了糕饼特地赶到那村里去拜真龙天子。

七月底，县上突然派了一个工作组下来，原来也是听到了这个谣传，话越传越神，说那真龙天子每天入睡，身体里的真龙就出来遨游五湖四海，到了龙年就要登基坐龙廷。县革委会认为这是阶级斗争的新动向，要来查个仔细。一来二去，查到了我舅舅下乡的这个村，听我舅舅说这话是邻村的老孔传出来的，而老孔跟我舅舅熟，便让我舅舅带路前去。赶到了邻村的时候，大已经快黑下来了，等找到老孔，让他指出了那小孩时，工作组发现这小孩原来是个弱智，十三岁了还不会说话，生得果然是五孔朝天，两个鼻孔特别大，还不时淌鼻涕。看到这么多陌生人到他家，这男孩吓得躲在父母身后，而他父母虽是两个老实巴交的农民，却也不愿陌生人带自己儿子走，说一不偷二不抢，凭什么抓人。相持之中，村民全都围了上来，七嘴八舌地指责工作组的不是。

到了晚上，人越围越多，原来那些村民觉得自己村中出了个真龙天子，说明村子风水好，上边肯定是要来破风水，因此绝对不能让他们带走。工作组见事情越闹越大，也解释不通，而工作组的组长当过兵，说话也冲，结果惹翻了村民，有人将藏着的铁砂枪都拿出来了。我舅舅见闹下去可能要出事，就建议工作组先撤退，可是那组长自恃是上边派下来的，坚持要把孩子带回县里，说村民这样干是破坏工作。闹了一阵，当工作组要强行带走人时，有几个性子火爆的村民就要动手，好在舅舅认识老孔，这村里也听说过邻村有这么个妙手回春的赤脚医生，两人一同劝说，总算把事情平息下去，不过不准带人走，只准在村子里看。工作组搞政治都是一把好手，却实在看不出这男孩到底有什么异样，于是工作组长就下令我舅舅必须马上看出问题来，否则也是破坏工作。我舅舅被弄懵了，手头虽然带着医疗箱，但凭他这点医术实在检查不出什么。他查了半天，除了乡下孩子脏了点，这男孩的身体却没什么不妥，都很健康。

当天晚上他便和这男孩住一间房，一边查一边临时抱佛脚地翻医书。翻到后半夜，人正在迷迷糊糊犯困的时候，眼角突然看到那已经睡着了的男孩左鼻孔里有个东西正慢慢伸出来。他吓了一大跳，只觉周身发冷，也不敢说话，屏息静气地看去，见那东西一边伸出来，一边还左右扭动，肯定不会是鼻涕。灯光下也看不清楚，但怎么看都不像是龙，倒像是一种软体动物。那时我舅舅年轻气盛，加上好歹读了两年高中，本来就不信真龙之类的话，于是慢慢地靠近去，连大气都不敢出。凑得近了，却见那东西是灰褐色，体表相当光滑，他猛然想起了培训时教材上水田病虫害里那一带的钉螺后面所写的水蛭，也就是蚂蟥。蚂蟥是水田常见的虫子，贴在人身上吸血，不过并不怎么传播病菌，所以那时他也没多注意。只是平时他也要下田，自己被蚂蟥叮过不止一回，样子当然很熟悉，可从没见过有这么肥大的蚂蟥，而且会从鼻子里爬出来。他吃惊地叫了起来，工作组跟那男孩的父母都被吵醒了，那条蚂蟥也登时缩回鼻子里。

工作组长被吵醒后很不高兴，问他是怎么回事，我舅舅便说所谓的真龙其实是条蚂蟥。一开始别人还不相信，但舅舅坚持说没看错，于是几个人说好，干脆用个死办法，轮流拿把镊子在这男孩鼻孔边守着，只要一见蚂蟥出来便马上夹住。到了后半夜，我舅舅实在坚持不住打了个盹，由工作组长看着，工作组长突然大叫起来，舅舅一睁眼，只见工作组长的镊子上夹着一条足足有十几厘米长的蚂蟥，而那男孩鼻子里尽是血，已被吓醒了，正在大哭。舅舅连忙给这男孩止了血，再看那蚂蟥，全长竟然有十六厘米。原来山里的孩子不注意卫生，这男孩因为智残，更加不注意，一定是在田沟里喝水时，把一条小蚂蟥喝了下去。结果蚂蟥没有吞进肚里，却从嘴里爬到了鼻孔中，越长越大，已经快要堵塞鼻孔了。

这件事后来传开了，厚道的村民都觉得过意不去，工作组临走时还摆了一桌送他们。不过那天我舅舅什么东西都没敢吃，只吃了点白饭，喝了几口酒。听说后来仍有老太太来拜真龙太子，不肯相信是蚂蟥，只是这男孩鼻孔里再没东西爬出来，一两年后也就被人忘了。

阿魏

那还是我幼年寄养在外公家时听到的事了。

外公家是很大的两进木板房，楼下很空阔。外公生前交游也很广，乡间的老农早上上街卖菜，时常把粗笨东西寄放在外公家，卖完了东西就和外公聊一阵天再回去。那时我搬个小板凳坐在外公身边听他们闲聊，乡里老农自然没什么见识，说的东西也以怪力乱神居多，反正小地方的政治觉悟相当低。其中有个叫元生的，外公让我叫他元生爹爹。元生和外公年纪相仿，“爹爹”一词在吴语中是指爷爷，并不是普通话中父亲的意思，“爷爷”反倒是指父亲。因此外公让我这么叫他是对他的尊重和亲热，不是讨便宜要长他一辈。

元生很爱说，每回他来，满屋子都是他的声音，好像连棚顶都包不住，要被他的声音顶得鼓出来。他说他年轻的时候兵荒马乱，大概是齐卢大战的时候，乡人都四处逃难，乡间生活艰难。那时元生还没结婚，靠给人打短工过活。有一天他给人脱坯烧青砖，看到田间走过一对男女。男人已经五十来岁了，干干瘦瘦，穿一件旧青布长袍，女子却很年轻，像是他女儿，穿得虽然朴素，长得却跟后来的袁雪芬差不多。袁雪芬是越剧名角，后来在电影《祝福》里演祥林嫂，四十年代时是有名的越剧花旦。那老头子上前搭话，说要他去帮忙做事，每天给一块现大洋。在当时，月薪十块大洋就属于中产之家了，一天一块大洋，那可是让人眼红的工钱，元生当然一下子就答应下来。

这老头子带着他转到了一片荒地，要他往下挖。这地方方圆大约两三丈之内草长得极其茂盛，比别处都要高出一截，而那老头子让他挖的是北边。挖了大约四尺来深，铁锹突然发出“咯”一声响，像是挖到了什么硬物，扫开浮土一看，下面是极硬的灰白色石块。这些石块非常细腻，就像高标水泥，但比水泥要硬得多。他问老头那是什么，这里怎么会有水泥，老头说这是个古墓，封盖的并不是水泥，而是白垩土。白垩土用鸡蛋清打浆，干结后比花岗石还硬，就是这样子。用铁锹根本挖不下去，老头便让他沿着这层灰浆土再往下挖。挖到了七尺左右，他说行了。古墓封盖是从上往下浇的，所以下层要薄一些。那老头拿了根钻头让他来钻，饶是元生身强力壮，钻了半天也只钻进去两三寸，倒是钻头磨得秃了。老头子见实在钻不透，便让那女子在这里看着，自己去镇上定做钻头去。

这老头一走，那女子就和元生搭话。元生那时还年轻，漂亮女子跟他说话，他很是兴奋。说了一阵，才知道这女子原来也是这边人，聊到后来，发现这女子居然是他一个远房表妹。这女子六七岁时被拍花的人贩子拐走了，她妈哭瞎了眼，还是元生后来时常接济她，给她送的终，墓也就在不远处。去看了她父母的坟，这女子流下了眼泪，突然对他说，等一会儿只要听到她叫一声，就立刻往后跳。元生不知道做什么，但看这女子楚楚可怜的样子，便答应了。于是这女子就跳下挖出的坑里，咬破手指在灰浆土下面滴了几滴血。

过了一阵，那老头子带着新钻头回来了，让元生接着钻。这回钻得顺利得多，“啪”一声，一下将灰浆土钻透了，那老头子拿出一根细长的铜管，让元生拔出钻头后立即将铜管插进去。铜管口发出吹笛一样的声音，似乎有气冲出来，老头子用自来火一点，铜管头上登时冒出了一团蓝幽幽的火。见此情景，老头子登时露出喜色。等铜管上的火渐渐变小熄灭，他让元生接着又钻了三个孔。四个孔形成一个方形，那老头子从怀里掏出一张黄裱纸贴在灰浆土上，又咬破手指在纸上画了道符，然后掏出一个木头锤了开始敲击。说也奇怪，钻头都很难钻下去的灰浆土，这样一敲就出现了裂纹，但裂纹只在这四个孔形成的方形之中。老头子让元生站在前面，自己则站在他身边，说最后要他帮个手，将这块破损的灰浆土敲破。正当敲下去时，元生突然听得那女子厉声尖叫起来，他下意识地往后一跳。老头子的木锤敲下了，元生突然一跳，他大吃一惊，伸左手一把抓住了他的脚，右手的锤却已敲在了灰浆土上。“啪啦”一声，这一块灰浆土登时崩塌下来，形成了一个方方的洞，元生看到从里面极快地探出一只干枯的手，一把抓住了老头子往里拖。那老头子的左手还抓着他的脚，这下子连同他也要拖进去了。元生吓得魂不附体，这时身后突然有人一拉他的衣领，却是那个女子把他拖了上来，而老头子则在这一瞬间被拖进了古墓里。

元生已经吓得傻了，爬上来后手脚冰凉，人也动弹不得。这时那女子也钻进了古墓里，一会儿钻出来，手上拿着一个蘑菇样的东西。这东西血红血红，她从上面抠下一小块放进元生嘴里，元生只觉浑身发热，力气也一点点回来。他问那女子这是怎么回事，她说那老头子是个盗宝人，因为看到这里有座古墓，里面有“屙威”，起意要来盗宝。但长“屙威”的古墓里，古尸肯定会变成守宝尸，必要有个血肉之躯做祭品才行。她感激元生给自己老娘送终，所以救他一命。元生本来还有别的想法，但听这女子说出这么多怪异的事，哪里还敢说话？后来他也没敢进古墓看看有什么别的宝贝，只是将土埋回去就走了，若不是过了这五六十年，他也不会说。

那时我不知道“屙威”是什么东西，后来读古书，发现唐代就有句话叫“黄金有假，阿魏无真”。阿魏其实是西域一带传来的药，是一种树汁干结后的粉末，有强心的作用。由于中国不产这个，因此过去药铺里标的阿魏基本上都是假货，才有了这句话。但在乡间却是另一种说法，说阿魏极为难得，是起死回生的圣药，是长在棺材板上的一种菌类。而且长阿魏的不是普通的棺材板，一定要是百年以上的老檀木，而且埋下的死人生前一定要吃多了补品，并且是假死时下葬。最后，墓里的漆灯还必须燃足七天，这样棺材里的死人醒过来时，嘴里呼出的气息饱含生前服用补品的精华，凝聚在棺材板上才能长出来。阿魏见光即死，无光又不长，因此非得有棺头漆灯那点微光照七天不可，不然一样长不出来。这种匪夷所思又苛刻到极点的条件基本上没有真实存在的可能性，当然只是村言俗谈而已。不过，我外公很长寿，九十一岁才过世，而外公过世后又六七年才听说元生去世，他只怕活了近百岁了，不知和吃过这一点药有没有关系。

蛙之歌

编绘/张晓雨　原作/骑桶人

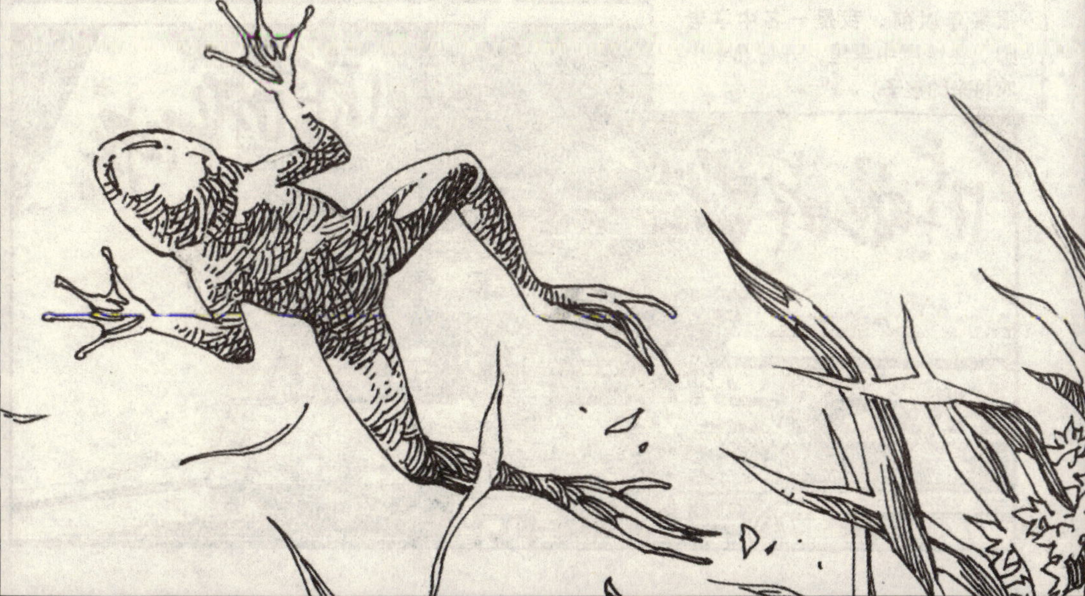

很多年以前，我是一名中学老师，在这所中学里，守着几十个农村来的孩子。

学校位于城市的边缘——右边是生机勃勃的城市，到处是横冲直闯的吊车和推土机；左边，一堆堆垃圾山的后面，便是平坦荒芜的农田，乡下人的世界。
我们的学校，就在这两个世界的交界处，不管从哪一边，放眼望去，都让人看得迷迷茫茫的，常常有一种视力失去焦点的感觉。
眼下最具体的，就是我面前，这个叫潘明的学生。
有同学说你半夜常常不睡觉，跑出去。是不是真的？
……
你去了什么地方？去干什么？
……
温和、沉默的抵抗。不发一言，不肯定不否定，让人绝望。很多农村来的孩子都这样，用木讷的一张脸，把你所有的耐心都碾碎。

我们面临一个严重的问题：有女学生的内衣被偷了。
而因为其他人的举报，潘明有重大嫌疑。
我好几个晚上潜伏在学校，我要抓个现行。
墙头上终于出现了他的身影，但很奇怪的是，他不是朝着女生宿舍去的。
我跟着他，翻山墙头，出了学校。
我没想到，学校旁的那几座垃圾山边，居然有一个长着灌木和杂草的小水塘。
就在这堆城市的排泄物后，我居然闻到清新的草香，听到微弱的虫鸣。
呼哧
呼哧
呼哧

?!
咔吧!
……!
噼哩啪啦
呜哇!
呱噜噜噜……

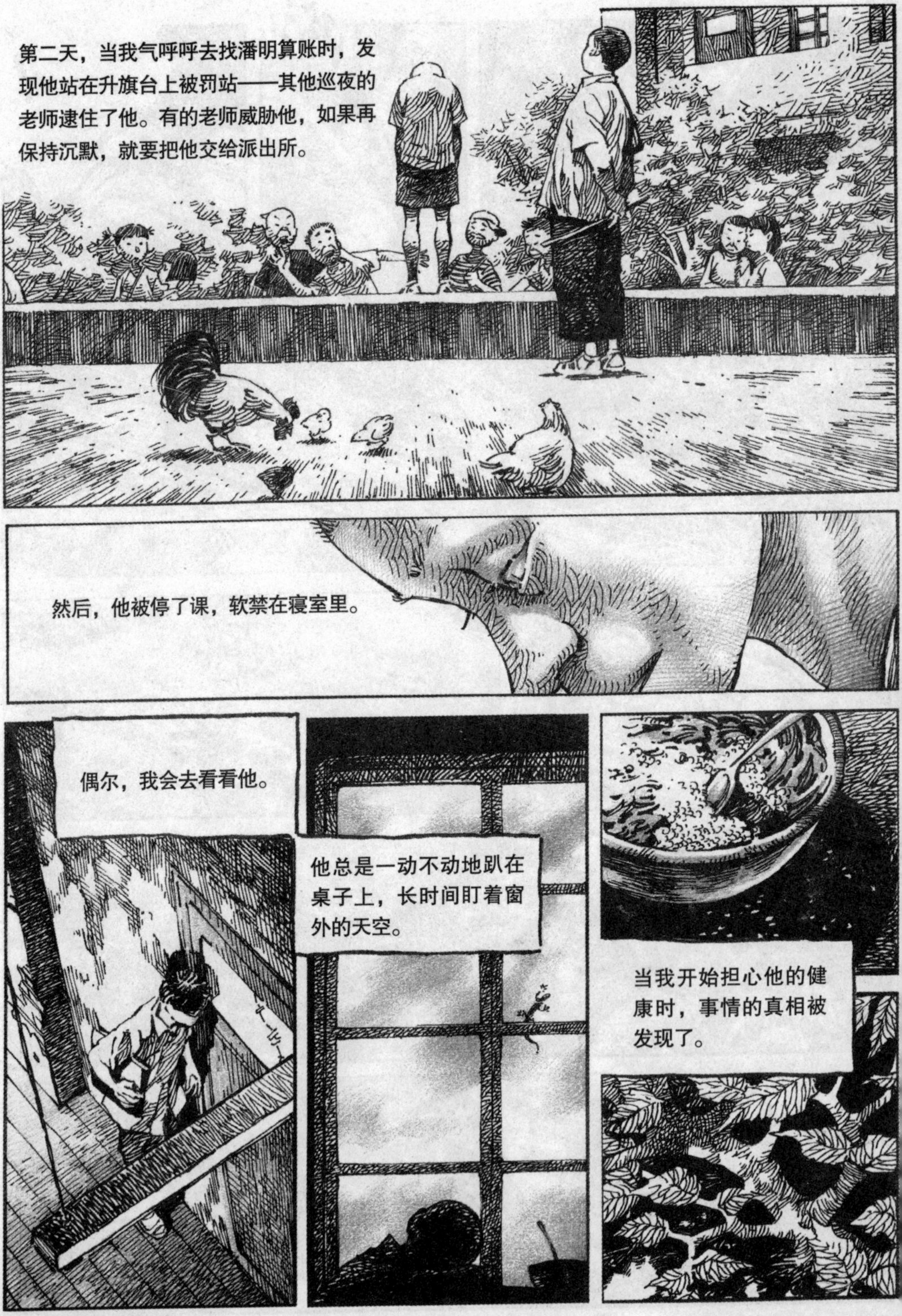
第二天，当我气呼呼去找潘明算账时，发现他站在升旗台上被罚站——其他巡夜的老师逮住了他。有的老师威胁他，如果再保持沉默，就要把他交给派出所。
然后，他被停了课，软禁在寝室里。
偶尔，我会去看看他。
他总是一动不动地趴在桌子上，长时间盯着窗外的天空。
当我开始担心他的健康时，事情的真相被发现了。

女学生的内衣裤连同衣架一起掉进树丛里，根本就没有什么内衣小偷。
我赶紧去释放潘明，可到了宿舍一看，他已经失踪两天了。
你问我我问哪个？我还问哪个来赔那把锁呢！那种鬼仔野种哪个看得住？道德败坏！
我去质问看守宿舍的门卫老头。结果，却被他质问了一通。
你看他那个鬼样子斜眉毛鼓眼睛的，一看就不是好材料！我给你讲我最会相面……
这些农村仔儿，都这种货，表面老实，实际混账！走就走了嘛，管他球！今天砸锁逃跑明天就去杀人放火！不信你等着！我一个六十岁老头一个月拿几十元工资我还要负责抓杀人犯嗦！

我坐不住了。
星期天一大早，我骑上车出发了。我要去一趟潘明的家，不管他在不在那里。
我在柏油路上骑了足足十几公里，又在石头铺的山路上推车走了几公里，最后没有路了，我只能扛车走……
呼哧
呼哧
呼哧
呼哧
呼哧

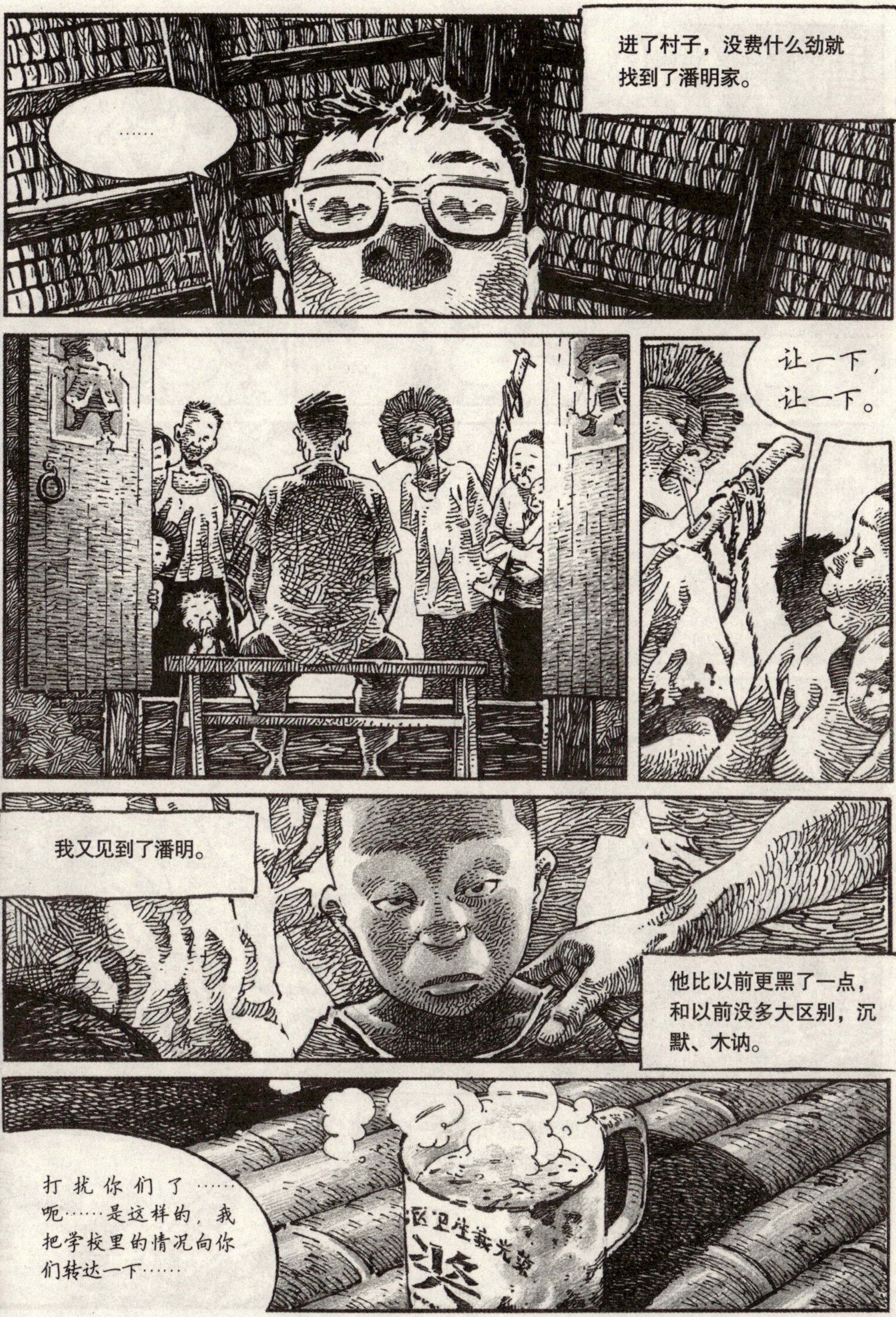
进了村子，没费什么劲就
找到了潘明家。
……
让一下，
让一下。
我又见到了潘明。
他比以前更黑了一点，
和以前没多大区别，沉
默、木讷。
打扰你们了……
呃……是这样的，我
把学校里的情况向你
们转达一下……

事情查明白了，潘明没偷东西。他可以回去上课了……
哦。。。
这个事情学校冤枉了他，有一定的责任……
哦。。。
……
……
老师送你的。
那……我就回去了。
就像突然出现的一阵旋风，气氛一下变得热烈起来。每个人都要留我吃饭。

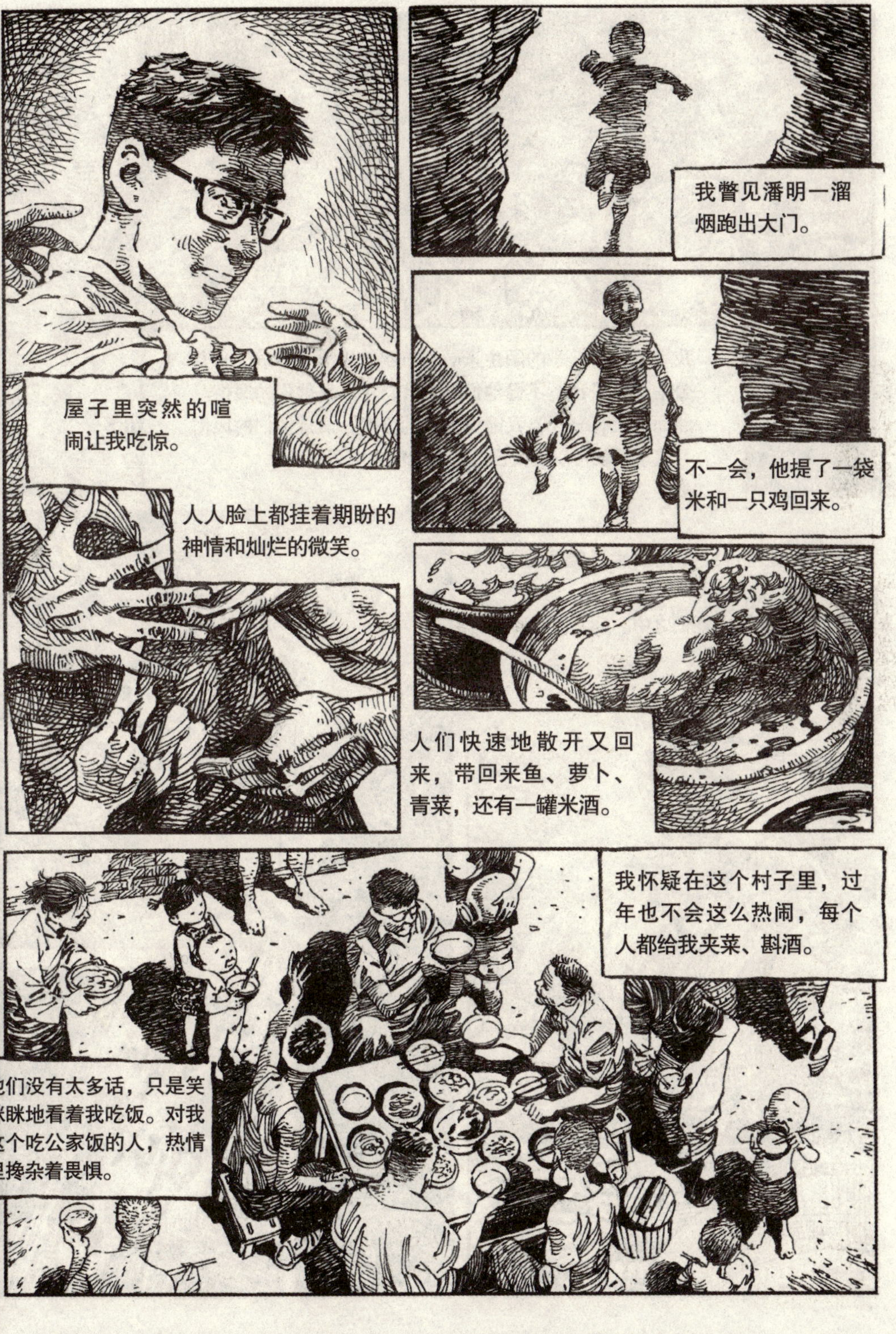
屋子里突然的喧
闹让我吃惊。
人人脸上都挂着期盼的
神情和灿烂的微笑。
我瞥见潘明一溜
烟跑出大门。
不一会，他提了一袋
米和一只鸡回来。
人们快速地散开又回
来，带回来鱼、萝卜、
青菜，还有一罐米酒。
我怀疑在这个村子里，过
年也不会这么热闹，每个
人都给我夹菜、斟酒。
们没有太多话，只是笑
眯地看着我吃饭。对我
个吃公家饭的人，热情
搀杂着畏惧。

我看着这群熟悉的陌生人。城市到这里最多不过二十几公里，但是我听不懂他们的方言，不了解他们的风俗。然而即使有一天，我能说他们的方言，清楚他们的风俗习惯了，就可以说我已经融入他们之中了吗？
不，我觉得，或许要被生活彻底地打败，接受常人难以忍受的耻辱，才可能真正完全地融入他们之中。
呱呱呱呱……
呱呱呱呱……

吱嘎~
叭叭叭叭叭..
叭叭叭

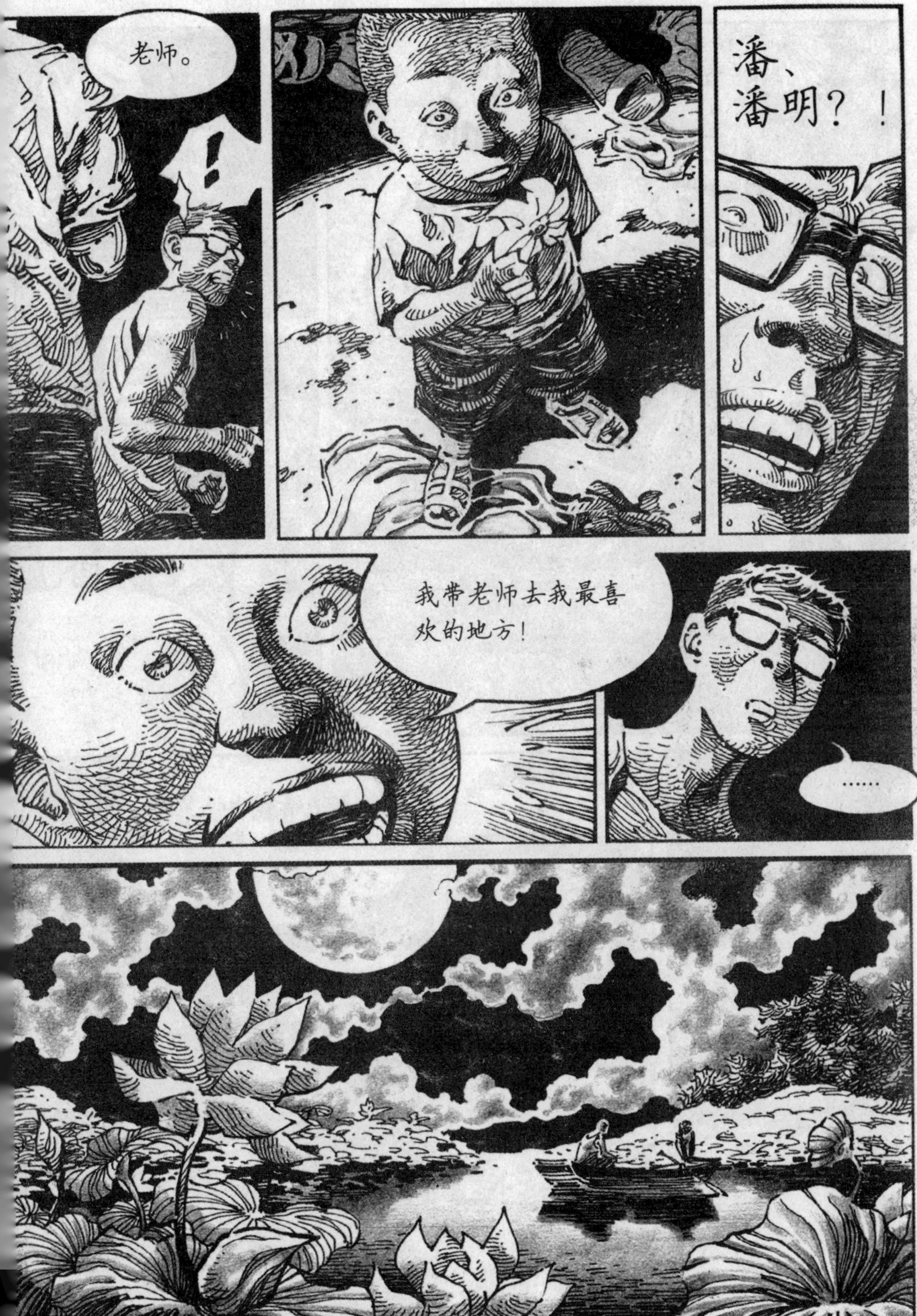
老师。
!
潘、潘明？！
我带老师去我最喜欢的地方！
……

呱呱呱呱。
呱呱呱呱呱呱。
潘明，乡亲们都到哪里去了？
他们去唱歌去了。
唱、唱歌？
我能在青蛙的叫声上跳！我跳给老师看！
什、什么？

啪
潘明！
呱！
呱……呱……呱……呱……

潘明！
潘明！
你在哪里？
潘明！
咕噜噜噜……
呱噜噜噜……
潘明没有回到学校。
从那以后，我再也没有看见过他。

很多年过去了，我早已离开那所学校，到他处谋生。
我再也没去过潘明的家乡，因为我早已知道，那个地方，已经整个被企业征用改造为药品生产基地了。
关于他们的下落，有一个诡异的说法：整个村子的人，都在一夜之间消失殆尽。
直到有一天，我收到一封没有署名的信，里面是钢笔写的一段文字。

“夏天来临之前，青蛙都是安静的。干涸的池塘露出龟裂的塘泥，泥洞里隐藏着巨大的黄色鲇鱼，模样像长着两撇长须的弥勒佛……”
“有时，我会在草地里挖出冬眠的青蛙，他们跳不起来了……”
“池塘边原来长着相思树，在修马路时被砍掉了。粗大的树干渗出微黄的汁液，皮骨之间有着黯淡的红……”
“有一年的夏天，青蛙们弥漫开来，公路上、屋顶上，甚至家里的床上、电视机上、炉子上，都是他们，像一群特殊的抗议者，沉默中涌动着。”
“人们用汽车碾，用杀虫剂杀，用农药毒……”
“五月里我无法入睡，整夜坐
池塘边。蚊子比以前任何时候
多。蜻蜓出现了，我轻轻抓住
只，它褐色的眼睛里看不到悲
喜……”

“最后，池塘里再也没有一声蛙鸣。他们只会呆呆地与你对视。”
“它们不会再歌唱，不会再发出洪钟一样的鸣响……”
因为它们知道，再也没有另一只青蛙或另一个人，能够做它永久的倾听者。
完

大雄与胖虎

文/亲切的刀子

我出生在东北的一个小城，它有着只属于冬季的景致。许多游客为此来到这里，穿上厚厚的羽绒服，用冻得通红的僵硬的手拿着上了霜的相机或是手机，对着无边无际的白色苍茫猛拍。

可在我看来，我只能感觉到有些麻木。试想，你每天早上一出门，就能看见；走在大街小巷中，还能看见——你还会觉得它独特吗?

时常会碰上要我帮忙拍照的游客，透过各式各样的镜头，看到的是各式各样的脸，当时就会把“世界人口”这个概念从数字上转移开来。因为自己切切实实地体悟到了，自己只是几十亿分之一，那种失落感，源于明白了自己就好比这天地间的一片雪花。

我小的时候，坚信自己是独一无二的，我周围的人和事都是因为我的存在而存在，因为，我闭上眼睛，捂上耳朵，它们就都会消失。但无论我如何努力地闭上眼睛，捂上耳朵，那厚实冰冷的防盗门都不会消失，我头上淤青就是佐证。

在我一次次练习“穿门术”未果之后，我只能踩着板凳，用手掌焐化窗霜，透过模糊的手型印迹向外张望我家楼外的那片热闹之地。

那热闹之地是只有在冬天才有的，其余的时候它是一个只可远观的花坛。对于这一点，花坛的使用者们有着惊人的默契，这种默契并不是出于对花木的审美，而是出于对口舌之欲的满足：因为那花坛上种的是豆角大葱之类的。正因为每个人都有份，所以每个人都会心存责任。

至于冬天呢，花坛使用者们最愿意看到的是花坛上铺上厚厚的雪，因此他们最喜欢我们这群孩子。我们会往花坛上运雪以构筑我们的对战工事。

当我家第一次搬来这栋楼后，我被眼前的景象惊呆了。

那并不非常大的花坛上赫然分化出了两个国家，两伙和我差不多大的孩子在各自的一边，拿着或大或小或新或破的桶都在忙忙碌碌地运雪，垒砌了两道像城墙一样的东西；在一切就绪后，一场在我当时那个年纪觉得令人热血沸腾的雪仗开始了。

然而打来打去，除了几个倒霉蛋在探头探脑时被击中外，剩下的情况是，两道雪墙逐渐加宽了。这种僵持令我这个看客都觉得疲惫了。但是事情就是这样，总会在你觉得乏味的时候给你来个烂俗的转折。

有一方的一个胖胖的家伙吸引了我，那家伙真像《哆啦A梦》里面的胖虎，而且还穿着黄色的棉袄。他似乎是个头目，他跟他的党羽说了一阵，那几个党羽就向他们阵地后方那栋楼跑去。不一会，他们搬来一个木板和几块砖头，之后在“胖虎”的指导下建起了一个跷跷板，当然了，这一切他们对面的那一方是看不见的，除非他们把他们的阵地垒到我所在的三层楼这么高。出于和平主义者的那种冲动，我真想提醒他们，可为时已晚。胖虎已经在跷跷板上放好了报纸兜着的一大堆雪球，之后还像模像样地伸出大拇指，眯着眼睛比量了一番，调了调木板的方向。

“嘣”——“嗖”！

那一大堆雪球在往对面阵地下落时就飞散开了，那阵地里的人们，当时大多数都傻眼了，反应稍快点的都作抱头鼠窜状。如此高精度广范围的战术打击数次后，对方阵地传来了一声嘹亮的哭声。

这场单方面的屠戮戛然而止了，家长们就像是烂俗警匪片中的警察一样，毫无悬念地扮演了打扫战场、清理伤员的角色。这时候，胖虎极有经验地迅速撤离了。看着胖虎的黄色背影，我第一次觉得和同龄人玩闹或许不是一件无聊的事。

一日，早上送老爸出门前，我悄悄地把一小团纸塞进了防盗门锁槽上，这样在老爸的注视下门合上了，但并不会锁上。其实这招，我早就从和我同龄的那群孩子口中得知并学会了，只是一直懒得用，今天终于派上用场了。

鉴于昨天胖虎那方的超强表现，我毫不犹豫屁颠屁颠地投奔胖虎。胖虎正蹲着包雪球呢，他的党羽示意了他一下，他回过头，定定地看了我足有半分钟，之后说道：“新搬来的？”

“嗯。”我故作矜持地回答，不由自主地紧握双手。

“一起玩不？”胖虎冲我笑了笑，那一口白得发亮的小牙令我这个不怎么习惯刷牙的人情何以堪。

好久没人说话。

胖虎满脸惊愕地看看我又看看他周围的伙伴，“一起玩……对不对？”他迈着探步，用手掌在我眼前晃了晃。

很多年后我一想起这段就无比厌恶现在的某个口香糖品牌的广告词："兄弟，别只顾着看牙齿哦！"

"好啊好啊好啊。"我迅速反应。胖虎明显一惊，我敢打赌他实在想象不到刚才仿佛石化了的我会做出如此热烈的反应。他憨憨地笑了笑，问："有锹和桶吗？"

"啊……呃……没有。"

"那你去包雪球吧。"

"呃……好的。"

"对了，我叫……"胖虎说着，我却鬼使神差地抢答了。

"胖虎！"我绝对是无辜的，这两个字是自作主张地未经大脑允许掰开了我的嘴蹦出来的。

这下，所有人都愣了，场面确实是"灰常"的……尴尬。

幸好，某个家伙肯定是预支了他这一年的笑声，狂笑起来。笑声会传染，其他人也笑了，除了我和胖虎。

此时胖虎的脸上分明就是个扩张版的"囧"字，而我的肯定是个瘦体的"囧"字。

"那你是大雄。"胖虎这家伙还是蛮有幽默感地说道。

我无可奈何地扶了扶我的眼镜，很是腼腆地回答："随你啦……"

后来我知道了，其实胖虎的伙伴们都觉得看见他就有一种似曾相识的感觉，不想却被我这个愣头青点破了。后来，胖虎和大雄这两个名字就一直得到大家的认可并使用了。

给人起外号绝对是一件不好的事，但我和胖虎算是扯平。加上我俩都很入戏地进行了关于谁会是"强夫"谁会是"静香"谁会是"哆啦A梦"等问题的、和谐平等的、具有建设性的探讨，我们俩感情进一步加深了。

这家伙给我最深的感觉就是，经常扮猪吃老虎。就他的性格来说，其实他扮演哆啦A梦最合适，总是能在关键时刻变成关键先生。有一次，我站在窗口百无聊赖地发呆，正好看见我家旁边的幼儿园老师把一包包没收的奇多圈顺教室的窗户往外倒，下面就是幼儿园食堂楼的屋顶。奇多圈足足在上面铺了一大堆，我当时就心动了，自己终于有机会成为飞檐走壁的大盗了。不过呢，大盗身边都是有跟班的，想来想去，胖虎是不二人选：人老实，嘴很严，而且，就算下不来时也可以让他在下面接着我，给我当肉垫。我差不多是满嘴流着哈喇子地把我的计划说给胖虎听，当然肉垫儿那一段省略了。胖虎也爽快地答应了。

当天晚上幼儿园下课后，我和胖虎摸了进去。那窗户没锁上，我们很顺利地溜上了食堂楼顶，拿出准备好的塑料兜，开始掠夺战利品。那种感觉真是爽得不得了。

时间过得飞快，天不知不觉间就黑了，胖虎这家伙提醒我好几次是不是该走了，可当时我眼里只有还没装完的奇多圈，怎么舍得走。突然，我们听到了一阵脚步声，应该是幼儿园的打更老头上来了。我和胖虎躲到窗户下面，只听见老头“咦”了一声，嘴里嘟囔了几句什么，顺手就把窗户锁上了。当我们反应过来时，人已经走了。

一瞬间，我意识到我要是不喊救命就下不去，下不去就要在这个又冷又黑的房顶上过夜；但转念一想，我这个事要是暴露了，老爸也不会放过我的。我正纠结着，胖虎却示意我顺着他的手指的方向看。

食堂楼与教学楼连接处有一条排水管，管子有点细，不知道是不是结实的。胖虎犹豫了一阵，决定他先下去，他说以他的体重要是没有事，我就更不成问题了。那一刻，我感动得一塌糊涂，许诺奇多圈全归他了。他只是笑了笑，便双手紧握了管子，双脚蹬着墙，向下滑去。说来真是奇怪啊，他敏捷得就像一只猩猩——他那胖嘟嘟的身躯简直就像是拿气充的。

不一会儿，他顺利地着陆了。他用嘴形告诉我，他去搬梯子，让我不要乱动。我开始时就老老实实地蹲着，可这家伙迟迟没有来，这种等人的感觉比一个人在黑夜里还要难受。突然间我心中闪念，胖虎都能下去，没道理我就不行啊。我一时热血上脑，学着胖虎的样子，抓住管子，就往下滑去。不经意间向下一望，那一片看不到底的黑，仿佛瞬间喷涌上一股寒流，勾起了心底最冰冷的恐惧——顿时热血就冻住了，手脚僵硬，浑身无力。这时候，我扭头看见远处胖虎拖着一个折叠梯子朝我跑过来，边跑边喊让我坚持住。在我眼里，他跑得好慢好慢，我只感觉手上一阵痉挛，便失去了力量，身体直往下坠。

我闭上眼睛，脑子里什么都没有，在某一瞬间却产生一种感觉，似乎自己会永永远远地一直往下落。但最终，我还是感到后背一阵震荡，我知道我落地了。脑子里立刻浮现出那些电视剧里英雄好汉受内伤后的情景，我会不会猛喷上一阵鲜血或是嘴角往外渗血呢？但这些都没有发生，我只听见一声咒骂。

“快起来，压死我了。”是胖虎的声音，我循声一看，胖虎被我压在身下，身体呈大字型，而我的屁股准确无误地压在他的肚子上。我连忙颤颤巍巍地从他身上挪了下来。

他揉着肚子，龇牙咧嘴地问道：“你没事吧？“

我活动了一下胳膊和腿，扭了扭腰，在他愤怒的注视下忙说：“没事没事没事。”

他瞪着那双不是怎么水灵的小眼睛又问：“你就不问问我有没有事？”

我心中正庆幸着自己没事，哪想那么多。顺口说道：“你没事没事。”

他的脸又变成了一个大大的"囧"字。

我向四周看了看，突然间想到了一些事，忙问道："梯子呢？而且我明明看见你离我很远的，怎么这么快就过来了？"

他愣住了，咬了咬牙，义正言辞地说道："你一定是摔傻了，什么梯子啊？！我刚才离你就几步远！赶紧回家吧，要不你现在身上的这股傻气就会传染我了。"说罢，这家伙头也不回地跑走了。

我一阵委屈，心想电视里不是这样演的啊，这转折也太突然了啊……不过这个家伙还是对我有恩情的，我原谅他了吧。但是我明明是看见梯子了，而且他明明就是离我很远的啊……

回到家没过几分钟，老爸也回来了，原来老爸今天有应酬。承天保佑啊，我暗自庆幸着，但渐渐地我却感觉浑身好冷，好像没穿衣服就站在雪地里面了。我怕老爸过问，没敢声张，自己躲到屋里，把所有能找到的衣服被子都裹到身上。但还是冷，而且很困，可只要一闭上眼睛就感觉心里一悸，额头上冒出一层冷汗。浑浑噩噩地煎熬了一夜，第二天起来时，老爸唤我吃饭，我刚走出房门，便眼前一黑，直愣愣地栽倒。

当我恢复意识时，发现身处在一片黑暗中，四周弥漫着一股消毒水的味道。除了眼皮还有一点点知觉外，浑身都动不了，想要大喊救命，却怎么也发不出声。这时隐隐约约地听见老爸正在和另一个人交谈，大概是讲什么"昏迷两天了"、"找个大仙看看吧"之类的话。

就这样我一边听着这种现场版广播，一边胡思乱想着。过了不知多久，突然间听到一阵铃声，眼前竟出现了一座古代七层宝塔，顿时有了种要登攀上去的欲望。我想象着自己推开塔门，那门就发出一声"吱嘎"的声响，塔里的地上积着厚厚一层灰。顺着腐朽的木楼梯，扶着色彩斑驳的扶手，我向上走去。塔顶上有一股烂木头味，我忍了忍，看见一扇窗户，忙打开，准备透透气。

窗户一开，刺目的七色光芒猛灌了进来，我只感觉身体像是被裹进了水中，并随着水流向外涌去。我拼命挣扎，猛然间，我能动了，我眼睛也睁开了。

我头上的紫外线灯，令我眼睛一阵酸痛。我费力地坐起身，看见老爸正坐在一边和一个穿道袍的人交谈。那人很大年纪了，橘皮般的脸上留着一撮山羊胡，他手里端着一个塔型的东西，我仔细一瞧，怎么跟我刚才看到的那个古塔一模一样啊？而且，宝塔顶层竟有一个小窗户是打开的。我忙招呼老爸，然而老爸却是毫无反应，只是那老道猛地扭过头看向我。老道愣了一愣，站起身，径自走了过来。他把脸贴近，然而头却穿过了我的身体，我吓得大叫一声，猛地一跳，竟凌空而起，直冲到天花板上才停住。我下意识地伸手一抓，就挂在了天花板上，而我脚下的病床上正躺着一个跟我一模一样的家伙。

那老道正色道："李先生，贫道无能为力了，另请高明吧。"说完，抬腿便走。老爸整个人都愣在那里，满脸惊诧。

我又叫了老爸几声，老爸依然毫无反应，只是深深地叹了一口气，闷闷地点燃一根烟，猛吸起来。我悬在半空，使出全力地向下坠但就是下不来，那烟雾缓缓地升起，就像是一个灰白色的绳子，在我身前飘动。我把头扭向一边，正看见一个黄色的身影就在我病床的窗外。

是胖虎！他这时也看着我。他的小眼睛瞪得大大的，简直就像是奥特曼的鸭蛋眼。我听见他说话了，然而他的嘴却没动。

"你、你怎么能出来了？"他的口气就像是看见了外星人。

"我不知道啊，你怎么来的？"我忙说道。

"啊……别管那么多了，你现在抓住那股烟气。"他说着，指了指我。

抓烟气？开玩笑吧？怎么可能？！我本想伸手把这烟气搅开，以证明胖虎是错的，然而当我碰到烟气时，却发现那烟气是有质感的，就像是一个坚韧的麻绳。我尝试地一抓，竟把它牢牢地握在了手中。胖虎又开口催促，我便不再想那么多，抓着烟气一点点地向下爬去，那种感觉如同在水里下潜。

终于到了地面，这时胖虎就在我身边，可他刚才还在窗外啊？！还没等我开口问，胖虎一把拉住我的手，冲出病房。那本是狭长的医院走廊，竟在几步间便走到了头。这一路之间，本来空旷的走廊上竟有着三三两两的人，有男有女，但都是奇奇怪怪的：脸色白得瘆人，就如同刷上了一层白灰，眼睛却是血红的，发着淡淡的光。

胖虎拉着我直冲到楼下，门口突地冒出两个人，他们和走廊上碰见的人看起来差不多，看见我们后，直扑了上来。胖虎大喝了一声，哈腰沉肩，迎着撞了过去，那两人就像纸做的一样，被撞飞出去好远，其中的一个竟然直接飞进了旁边墙中。

医院的大门是那种自动门，我们毫不停留地穿门而过。我本应该惊讶得不得了的，但碰见了这么多的事，心中竟有些麻木了，反而见怪不怪。

出了医院，我们又跑了好远，直到一个偏僻的地方，才停下来。

胖虎放开我的手，围着我看了又看，直看得我浑身发毛。

我忙开口："你、你怎么了？！"

胖虎挠了挠头，那张胖脸皱得像一个皮薄褶大的包子。

"是该我问你怎么了吧。"他说着蹲了下来。

我感到很迷糊，下意识地一瞥，在这昏暗的路灯下，我竟没有影子。我突然间意识到了什么。

"我不会是死了吧？"我想我当时的口气一定是很平静的，或许是麻木了吧。

“不是，但也差不多了。不过有我在，你死不了。”胖虎说着，手在地上不停地画着，我仔细一看，是一个像电影中的那种符咒图案。

我突然感到一阵恶心，因为我意识到，死了就像是睡着了一样，但是再也不会醒来，从此没有了动画片，没有了零食，再也看不见老爸老妈，再也没有任何感觉。那种恐惧感一下就击溃了我临时构建的麻木，我直想吐，干呕了几声，却什么都没吐出来。

胖虎直起身，拍了拍我，说道：“不会吧，你都吓吐了啊？”

我的眼泪止不住地流了出来，腿一下子变得如同面条，颤抖着站不稳了。

胖虎有些慌了，忙搀着我，说道：“你可真够笨的啊，这是一场梦啊，醒了就好了，你怎么还当真了？哎，真是傻得冒泡了。”

听他这么说，我如遇大赦，忙问：“真的？可这也太真实了啊！”

“早就跟你说少看点鬼片，你还不听。怎么样，现在魔怔了吧。日有所思，夜有所梦的。”

我听完，腿也不软了。看着胖虎那一脸得意的表情，心中有些忿忿。

“你这没良心啊，你忘了哪回看录像我不都是带上你的，啊？”我说着抹抹眼泪。

“行啦，哭包一个。快，站好了。”胖虎说完，从怀里掏出根烟，打了一记响指，他拇指上腾起一朵幽蓝的火焰，他点燃烟猛吸一口。我不禁皱起眉头，我是很讨厌烟味的。

他猛咳了起来，看来是呛着了。我正准备着笑话他，却看他把烟放在了地上的符咒上。他指了指，说：“拉着我的手，你站到上面去。不要踩到烟头。”我听他的，站了上去。他抓住那根绳子般的烟气，我们两个随着烟气飘了起来，那烟气朝着漆黑的夜空扶摇直上。

夜空中，没有星光，只有一轮孤零零的月亮，月亮不大也不圆，但却温暖如火；云朵就在我们的左右，像超大号的棉花糖，又像是夏天里飞舞的柳絮抱成了团。我脑海中响起了《哆啦A梦》中的一首曲子。

云向何方。
仿佛是拭过泪水的手帕，
色彩模糊的云向北方飘去。
在某个遥远的国度一定有个人，
他比我更伤心。
啊！云啊云，我虽然苦闷但善于忍耐。

把我映现在他的眼中吧。我会告诉他：
一切都会过去，不必伤心。
啊！云啊云，他若拭去眼泪，
他的眼睛一定像蓝天一样清澈。

呈白玫瑰花束形状的云，向南方飘去。
那一定是遥遥旅途上的人，
将它作为礼物送给心上人。
啊！云啊云，
天黑前你一定要赶到哇，
因为夕阳会将花束染成艳丽的红色。
啊！云啊云，
那么多人在仰望星空，
他们的眼中都迎着一支小小的花束。
啊！云啊云，
当这小城下雨的时候，
某处的小镇却在阳光之中。
啊！云啊云，
如果你这是为某人着想，
那我情愿被冰冷的雨水淋湿。

不知过了多久，也不知飞了多远，胖虎很沉默，什么也没有说，我也找不到话茬，只是闷闷地向下望去。城市的灯火并不璀璨，但温暖人心。我想着前几天还有一抹灯火是属于我的。可是胖虎的那一抹灯火在哪里呢？我从来不知道他家住在哪里，他只是每天准时地出现在花坛边，之后，和我一起玩闹；到了晚饭的时候，就匆匆告别，他那一成不变的黄棉袄身影就急匆匆地消失在街口路灯昏暗的灯光里。有时我会试探地问，他总是凶巴巴地锁紧眉头，我看他这样，后来也就不问了。那些时光中，我从没感觉到时间的流逝，也从没想到有一天冬天会结束、寒假会结束，可能就再也见不到胖虎了。只是我心里默默地想着，希望永远会这样下去。

又过了一会儿，胖虎突然回过头来，冲我笑了笑，说："闭上眼，哭包。"

"谁是哭包？你才是哭包！你祖祖辈辈都是哭包！"我恨恨地抗议着。

胖虎摆出一副鄙夷的表情，扭过头去。突然间，我们猛地向地面坠去，风像刀子般刮过脸颊，我努力睁开眼，看着地面的景致在迅速扩大，感觉自己就如同一个巨人手中的玩具，被它高高地举起后，现正向下甩去。我望向胖虎，可我身边哪还有什么胖虎！那是一个怪物！

怪物长着一对紫红的肉膜翅膀，身体却如老虎似的，上面有墨绿色的斑纹，那怪物的脸长得就像是狗。一瞬间，我想到胖虎是不是被他吃了？可我怎么一点都没感觉到？心中的恐惧全化作了愤怒，我用尽全力咬向怪物的翅膀，那怪物吃痛，猛叫一声，听上去竟有几分耳熟。

怪物扭头看我，一对橙红色的小眼睛中精光四溢，我吓得扭过头去，却看见地面已经就在眼前了。那怪物在千钧一发之际咬住我的衣服，直直拉起，迅速地俯冲掠过地面，之后，把我卸到地上。

怪物满脸狰狞地看着我，我一想到胖虎，便鼓起勇气地回瞪着他，

怪物开口说："哭包啊哭包，不要命了啊？"竟是胖虎的声音。

我彻底愣住了。只见怪物把翅膀收拢，整个身形一点点地变小，不消一刻，就变成了胖虎。胖虎用那刚才还是爪子样的手挠了挠头，似乎是发现了我的异常，有些不好意思了。

他说："其实呢，我本来就是一个怪物的，本来就打算把你拐到偏僻的地方之后吃掉。现在你既然发现了，没办法，就在这吧。"他说完，龇牙咧嘴地就朝我走来。

"你再这样，咱俩就断交！"我大喊一声。说这话时，我是心虚的，因为我根本就判断不出胖虎说的话的真假，他以往也总是在看完鬼片之后这样吓我，我很本能地就喊出了这句话。

他忙摊手，撇了撇嘴，悻悻然地说："好吧好吧，我服了你了，行吧？"之后又说道，"你看看这是哪里？"

我仔细一看，正是那个我出事的幼儿园，此时我们正站在二楼房顶的正下方。

胖虎说："既然是在梦里，那咱们就可以尽情地玩了，是吧？"

我说："玩你个大头鬼啊，黑漆漆的能有什么好玩的！"

胖虎故作神秘地指了指屋顶，"爬房子啊，咱们就从这儿爬上去。"

我说："你发烧了吗？这可是二楼啊！再说也没有梯子啊。"

胖虎笑了笑，做出一脸鄙夷的神情，说："谁说没有梯子就上不去，你看我的。"说完，他屈膝向上一蹦，竟然直接跃到了房顶。他站在上面冲我挥挥手，又吐了吐舌头。

我想胖虎这么沉，都能上去，我就更不在话下了。我咬咬牙，猛地向上一蹿，便高高跃起，发觉自己的身子就像是没有重量，飞至二楼的房顶的高度时，我伸脚一搭，稳稳地站了上去。

我正欲开口，只见胖虎冲我做了一个噤声的手势，伸手向屋顶的一角指了指。

我循着方向望过去，借着微弱的星光，我看见那里有一团影子在动，很像是一个人。那影子还隐隐约约地反复说着："好多好多啊，都是我的。好多好多啊，都是我的了。"

胖虎拉着我，蹑手蹑脚地走过去，越来越近，那声音便越来越清晰了。我仔细听了听，好耳熟，竟然就是我自己的声音！我情不自禁地"咦"了一声。那影子猛地一回头，那是一张和我一模一样的脸，此时这张脸上满是惊恐。

胖虎大叫了一声"糟了"，只见那影子猛地像箭一样射了出去，从房顶跃下，点了一下幼儿园前门操场的水泥地，再度跃起，像受惊了的麻雀一样腾起，直飞入对面的楼宇中。

胖虎连忙追了出去，高高跃起，在空中再次化为那只怪物，那对紫红色的翅膀在他身后铺展开来，他就像是一只蝙蝠，滑翔一段后，向空中飞去。

我害怕一个人在黑夜中，慌忙大叫着："胖虎，别抛下我啊……等等我……"

黑夜中，胖虎焦急的声音远远传来："快跟上我，你也行的。"

俗话说"狗急了跳墙，兔子急了咬人"，我鼓起勇气，朝着夜空加速助跑，跑到楼顶边缘时，猛地一跳，我真的飞了起来。这种感觉就像是跳远，只不过现在它持续的时间是数十倍。本来平日望而生畏的院墙就在脚下，我轻飘飘地落在了地上，猛一点，又凌空蹿起，之后在身旁的楼房上借力，向下一个楼房跃去。就如同一个跳蚤，在毛发间穿梭。

刚开始的时候，我有些笨拙；但逐渐地掌握了窍门，在楼宇间穿梭如同平地上奔跑一样简单，四周的景致飞速闪过，颇有乘风而行的意境。

过了一会儿，我远远地看见胖虎硕大的"身影"。他正在空中盘旋，不时地发出阵阵怒吼。我有种不祥的感觉，好像有什么可怕的事正在发生。

我大叫着胖虎，胖虎看见了，冲我喊让我不要过来，但为时已晚，他刚喊完，我就已经跃到了他的脚下。只见不远处有一大一小两个模糊的人影。

一个人影开口了："真没想到，竟然有人能有如此强的灵体，可以分成两个而不溃散。这下咱俩就不用争了吧，正好一人一个。"

那人影边说边走近我，借着地上微弱的雪光，我看清了，竟是在医院碰上的那个老道。此时他正把那个和我一模一样的家伙扛在肩膀上。老道笑着看着我，那个和我一模一样的家伙，正呻吟般地呼救。

胖虎从空中直冲了下来，在我和老道之间站定。只是这一次，他没有变回胖虎的形态，他的翅膀凶猛地扇动着，地上的雪纷纷扬扬地飘卷起来。老道似乎是要走过来，但那旋转的雪幕竟令他不能前进半步。我突然间发现我脚下的雪越积越多，我和胖虎正踩在雪上越升越高。那老道满脸愤怒地仰着头向我们吼道："真是冥顽不化，那我就陪你玩玩。”

老道说完，退后几十步，把手中的宝塔放在地上，嘴中嘀咕了一阵，那宝塔就像被充气了一般，越涨越大，越升越高。老道站在塔顶，渐渐地已赶上我和胖虎的高度。

胖虎此时也停了下来，又化作了人形，对老道喊道：“把他的魂还给我，我就放过你。”

老道冷笑了一声，说：“你也太贪心了，这小子的灵和魂几乎是一样的纯粹，你现在已经有了他的灵了，这足够你进补的了，还想要他的魂？想得美！机缘巧合被我发现他吓丢了魂，便想以治病之名，借机收了他；不想他竟能脱出我的宝塔，看来他的灵真是难得的纯粹。无论如何，都不会给你！”

胖虎怒喝一声，说：“放屁！他是我的朋友，我必须救他。”

老道嘲弄地笑了笑：“你竟然说一个凡人是你的朋友？你可真是白活几百岁了啊！凡人的命与你我相比如同蝼蚁，只是他们的灵魂确是好东西，于修行大有帮助。他们的寿命很短，躯壳一死，灵魂也就随之消散——那简直就是浪费了。”

胖虎扭头看了看我，眼神中有一种坚定。他回过头冲着老道说：“多说无益！今天咱们就拼个你死我活吧。”

胖虎说完，盘膝而坐。他的呼吸越来越沉重，一股股白气从他的七孔中冒出，迅速地在他头顶半尺的地方凝聚成一个乳白色的球体。

老道看到这一幕，倒吸了一口冷气。他咬了咬牙，把手边的那个“我”猛塞进他脚下的塔里。一瞬间，塔身射出耀眼的光芒，晃得我一阵头晕。光芒过后，只听那老道大喊一声：“疾！”塔身中随即飚出一把巨斧。那斧头飘悬到我和胖虎的头顶，斧刃上寒光四溢。

老道又喊一声：“斩！”那斧头凶狠地直斩向我们，放出闷雷般的声响。

胖虎猛地睁开眼，望向斧头，大喝一声：“破！”他头顶的乳白色球体暴涨成一只白色的巨手，稳稳地钳住了斧头，那斧头拼命挣扎，但却是无论如何也挣脱不开。渐渐地，那斧头传来阵阵哀鸣，随后“呼”的一声脆响，便破碎成粉末。

老道愕然，忙双手在胸前比划一阵，口中也念着一些古怪的话。那塔又是一阵光芒四溢，光芒过后，塔身中飚出一堆兵器，各种各样千奇百怪。它们把我和胖虎团团围住，老道一声令下，它们便汹涌着扑了过来。

胖虎单手指天，大叫一声：“缠！”那空中的巨手便化作无数条藤蔓，将席卷而来的兵刃纷纷捆住。一瞬间，天空中就好像凭空生出一棵树，树的枝丫上长着许许多多的兵刃。

老道脸色苍白得瘆人，浑身抖动不已。那些藤条捆着兵刃互相碰撞，每撞一下，便有两个兵刃粉碎，那老道也随着兵刃破碎时的脆响浑身抽搐。

当兵刃尽数废去时，老道已是瘫软坐倒。此时，胖虎望向老道，双眼精光四射。那些藤蔓迅速收回，凝成一只巨拳，作势便要向老道砸去。

老道苦笑一声，说："罢了，罢了。我本是城外紫金道观的一座古塔所化，两百年前，得遇机缘，灵识觉醒，经过种种磨难方到如此修为。修行不易，望你手下留情啊。"那老道说完，已是满脸悲戚。

胖虎顿了顿，空中的巨拳略有收回。胖虎说："其实，我也不想弄成现在这样，你把他的魂还回来吧，我绝不为难你。"

老道叹了一口气："好，我认栽了。但我输也要输个明白，你到底是何物所化？"

胖虎想了想，说："既然你已经说了你的底细，便是认输了。那我就告诉你吧。大约五百年前，我是一个雪人，无灵无识，只是个死物。有一天，一个逃难的孩子饿死在我的身边，那孩子的一股求生之念，令我开悟了。"

老道释然道："看来我输得并不冤枉，在这冰天雪地里，你以雪筑成斗法的高台，又一开始就祭出了元神，打得我措手不及。只不过，你以元神相拼，是会有极大损耗的，为了个凡人，值得吗？"

胖虎淡淡地说："我从不想值不值得，只因他是我的朋友。"

老道笑了笑，突然变得一脸狰狞，说："看来，五百年的修行，也未能让你学聪明，竟然给我恢复元气的机会！"说罢，老道一下沉入塔中，继而说道："马上就要天亮了，到时，你的法力锐减，我就让你眼睁睁地看着我如何吞掉你朋友的灵和魂！"

胖虎和我都愕然了，扭头一看，只见晨幕已悄然拉开，只是刚才我们斗法激烈，没有注意到。胖虎怒吼一声，扭头对我说："站稳了。"之后他就沉到我们脚下的雪堡中。雪堡摇晃起来，雪簌簌落下，雪堡的底部竟长出两条腿来，随后，雪堡的上段又长出了两根胳膊，此时，整个雪堡已化为一个巨大的雪人。

雪人抖了抖四肢，猛地把巨塔抱住，势要把巨塔挤压成粉末。塔中传来老道的声音："虽然我修行不如你，但我的元神却是坚固异常的，你一时半刻也伤不了我分毫。现在天快亮了，到时，我连你也吞了！哈哈哈……"

该死的日光，开始照下。雪人身上开始变得湿滑，我能感觉到雪人在逐渐萎缩。我心中此时却传来胖虎的声音："大雄，你既然能从宝塔中出去，就一定能进去，快跳上宝塔想办法进去。"

我站在雪人身上已是摇摇欲坠，哪还有勇气跳过去。

我颤声道："我不行啊，况且进去了我也不知道该干什么啊！"

胖虎冷冷地说："大雄，别让我瞧不起你啊，赶快进塔去，找到那个跟你一模一样的人，之后抱住他就好了。快！"

听见胖虎说"瞧不起"这三个字，我心中一下子升起一股火。这股火迅速地转化为斗志。我紧咬后牙床，使出吃奶的力气，纵身一跃，勉勉强强地扒住了宝塔的第七层的上沿。我的身体随着宝塔的晃动而晃动，就像是一个风中的风铃。我往下一望，一阵头晕，试探着用脚去够下面的窗户，终于是勾上了，我脚上一用劲，竟然就踩在了窗口的凸处。

那个窗户看样子像是从里面锁上的，我用手一砸，却打开了。我钻了进去。塔里有着一股酸腐味，还有一丝血腥味。我趴在晃动不已的楼板，勉强爬了起来，正看见那个"我"竟然融在了我对面的一侧塔墙里。

那个"我"的四肢都钻进了塔墙，就像十字架上的耶稣，只是四肢上青筋暴起，我能看见一种发着紫光的液体从发青的血管里，迅速地流入墙中。他脸上的七窍也在向外流着血，那液体像蜿蜒爬行的紫色小蛇，从空中流向在一旁打坐的老道口中。这个场面实在是太震撼了，我手足无措。

胖虎的声音传了过来，他说："老道这是正在消耗你的魂，快去抱住那个'你'从塔壁中出来，那老道正在施法，动不了，去揍那个老道，他就完蛋了。"

我看向老道，老道也阴恻恻地看着我，看来似乎他是动不了的。我犹豫了一下，还是摇摇晃晃地走到那个"我"面前，向前一扑，就抱住了。一瞬间，我只感觉自己整个人充满了力量，就好比大力水手吃完了菠菜的感觉。我一用力，就把那个"我"从墙里拽了出来，难以置信的是，那个"我"竟然顺势就化进了我的身体中。那塔在这一瞬间也不再摇动了。我心中猛然间浮现出老道那嚣张跋扈的嘴脸，便有了股愤恨。老道惊恐的神情溢于言表，我毫不迟疑地走了过去，猛扇了老道几个耳光。不想那老道惨叫一声，声音凶戾得令人胆寒，之后他喷出一口血，便栽倒了。

我有些恶心了，这是我第一回真正地看见有人吐血，而且还是我造成的。正在发呆的时候，一只白色的巨手撞碎塔壁伸了进来，把我抓住。在我出塔的一瞬间，我看见那宝塔轰然破碎。之后我感到一阵头晕，就没有了意识。

朦朦胧胧中，我做了一个梦。在梦里，胖虎坐在我床边，我刚要开口，胖虎却示意我噤声。

他说："我时间不多了，别打断我，让我一口气说完，刚见到你时我就发现你的灵体真的很纯粹，我想着有一天可以吞了你，从而可以打破修炼的瓶颈。但是后来，我突然发现，我做不到。因为你是我最好的朋友。跟你在一起时，我不再寂寞了，谢谢你。现在我要去一个很远的地方，因为我对你的这种感觉，已经令我开悟，我现在可以突破瓶颈，但是我也因此不能留在这个世界了。你，保重吧。"

说完他就起身离去，我的眼泪止不住地流了下来，我拼命地要翻下床，可是身体别扭得像一个木头。我哭喊着，拼尽全力，可是他没有回头，直到要走出了门，才突然间转过头对我笑了笑，之后他就化作一团雪花，飘飘洒洒地飞走了。

我心中一阵酸痛，就像有一只手紧握住了我的心。我大哭一声，眼前的一切，却变了模样。

老爸在我的身边，一下子把我抱住，说着什么“以后再也不去喝酒了”、“以后一定会对你和妈妈好”之类的话，可是我心中此时只有胖虎，我声音沙哑地问：“胖虎呢？”

老爸愣了愣，尴尬地抹了抹湿润的双眼，问：“是不是一个穿着黄棉袄的胖小子？”

我忙点头，老爸说：“他昨天上午来了医院，在你床头坐了好久，之后跟我说你一定会好起来，就走了。没想到你真的好起来了，我还以为我会后悔一辈子了。”

我一阵心痛，我说：“他……就这么走了？”

老爸想了想，拍了拍脑袋：“我差点忘了，他还留给你一本书。”

老爸说着，从病床旁柜子里拿出一本书，那是一本《哆啦A梦》超长篇。这本书我很久之前就想买了，可是一直不能如愿。

书里折起了一页，我轻轻地打开，上面是伊秩弘将做的词。

季节流转。
不想听见周末的喧闹。
无处可去的寂寞心情。
要分手了，虽然我有勇气接受。
分手之后，一瞬间又有了失落的感觉。
啊，朝夕相处的伙伴啊！
忽然间只剩下孤零零的我。
时间在风中流逝，云霞带来清晨的信息。
虽然已经分离，如果还能再次遇见。
渴望友情，渴望纯真的友情。
就像站在雨过天晴的大地上。

心灵深处的希望和梦想常伴我左右。
银白色的寒冬，
因为有你才有了美好的回忆。

啊！想哭的时候尽情地哭吧。
想重新挽回你那被狂风吹散的心。
尘封的冰雪已经融化，炎热的夏天快来吧。
回首平凡的每一天，都充满着友爱。
就像放学的铃声，久久回响在我的耳边。
季节变换之时，你已不在我身边。

时间在风中流逝，云霞带来清晨的信息。
虽然已经分离，如果还能再次遇见。
渴望友情，渴望纯真的友情。
就像站在雨过天晴的大地上。

Do you Remember……
Do you Remember……

我合上书，窗外此时又下了起雪。

过了几天，我出院了，我用尽各种办法去找胖虎，却都一无所获。后来老爸找了个清闲的工作，不用再四处奔波了，我们就在别的地方买了房子，安定了下来。但有时我还会习惯性地发呆，因为我在想，胖虎现在在哪里呢？

三叶虫点评：

借用小说里的话来评价这篇小说吧，这篇小说就是还不够“纯粹”。作者已经具备了写好一篇小说几乎所有的要素，唯一缺少的就是能让小说变得纯粹的执著与能力。如果要问我什么才是“纯粹”的小说，那建议作者重温一下《雪孩子》吧！这部上世纪八十年代的动画片也是一个关于雪孩子的故事，但却是纯粹的。

■本期一三七五期 ■售价五铜钿 ■订阅代号中一八七六四 ■刊号天字一号 ■天启皇家报苑 ■苑长易在天 ■总编辑 潘海地

杜撰真实
记载荒谬

天启都市报

桌面游戏

文/可可欠

九幻编辑部是一个团结友爱充满活力的团体，编辑部众人在工作之余（真的是之余么？）也很注重休闲娱乐，于是大家经常一起打篮球（老鱼个头比较特殊不适合这项运动），一起玩魔兽（虽然大角至今只有七级），一起吃大餐（恰好吃得比大家加起来还多），一起去K歌（猴子是麦霸抱着麦克风不撒手），一起玩桌游（实践着《战·九州》）。

不过，今天要说的不是《战·九州》，而是另一种在桌面上玩的游戏——台球。

每天吃完饭之后，大家总会去台球厅玩两局消消食，由于天赋和种种后天原因，众人的水平也慢慢分出了高下。

这时，公司的台球比赛轰轰烈烈地开始了。

团队赛共有六个组，每组五名队员并要求其中必须有女生参加，代表编辑部出场的是骑桶人、老鱼、阿豚、大宽和蛋挞——蛋挞是猴子部门的同事，也是团队中唯一的女生。

桶子打头阵。桶子他刚刚装好了门牙，变得自信而开朗，第一场比赛赢得十分轻松。第二阵的老鱼也顺利将比赛拿下。

说到这里，我们可以来分别讲一下大家的打球风格：桶子打球很专心很专注也很专业，只是打球的姿势和他打乒乓球时的姿势一致，都很像龟仙人；老鱼呢，处女座的他磨磨唧唧，也十分擅长球桌之外的语言攻击，这招在他和阿豚打球的时候对阿豚的杀伤力很大；而阿豚，他的球技很好，打顺手的时候可以完胜打得最好的大宽，但是，打得不顺手的时候……

第一场比赛阿豚输了，靠大宽我们3：1赢了比赛，进了前三名；第二场比赛阿豚又输了，靠大宽我们再次3：1赢了比赛，离冠军（主要是冠军的奖金）又近了一步；第三场比赛，就是我们能否成为最后冠军队的关键了。

打头阵的仍然是桶子，最后黑八决胜时饮恨败北，对手是个人赛的第二名；第二仗的是老鱼，球技低人一筹，最后很正常地败了，对手是个人赛的第三名；在连败两局的关键时刻，轮到阿豚上场了。不知是由于连输两局对阿豚造成了心理上的冲击，还是由于连打两局让阿豚的手热了很多终于有了传说中的“球感”，这一局的阿豚扛住了所有压力，沉着冷静，出杆利落，最后十分漂亮地拿下了比赛，使编辑部没有直接被淘汰。

第四个上场的大宽遇上了对方的女队员，所幸他没有怜香惜玉，轻松赢球，二比二平，决战的重担压在了最后一个出场的蛋挞姑娘身上。虽然她只是凑数的，虽然她杆都不太能拿稳，虽然她基本不理解规则，虽然她的对手是平台部一名打球打得很不错的男同事，最后她仍然坚强勇敢地站在了赛场边上。但是不得不说的是，她不是一个人在战斗！

在这个时刻，编辑部的所有人全都围了上来，大宽、老鱼对蛋挞的角度各种指点，小欠、微微和苏冰几个女孩子则开始了她们最擅长的叽叽喳喳八卦讨论，在蛋挞进球之后欢呼呐喊，在那位可怜的男同事打球时议论纷纷（比如评价他的衣着发型），全程摄影师微微更是在这个时候对着他的脸一阵的猛拍。

“嗯，这个角度，不行。”老鱼看着他的姿势摇摇头，话音刚落，男同事出杆，一杆下去，蛋挞的球进了两个。老鱼的语言攻击立功了！而按照规则男女对战男生需要让两球，

①大角的姿势很标准有木有？

②这会儿老鱼很专注，没时间向对手进行语言攻击。

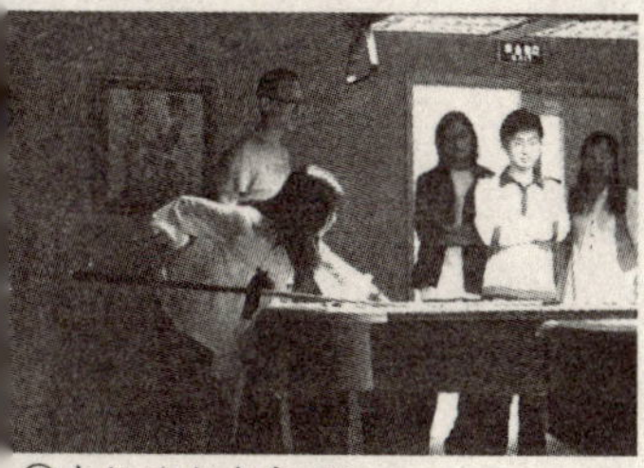

③我们的台球皇后！

②赢到“大奖”留个影！

在蛋挞只剩下黑八的时候，男同事顶着巨大的心理压力又一杆下去，白球在大家期望的目光中滚进了洞里。

蛋挞赢了！胜利的瞬间大家一起欢呼起来，并向着蛋挞……赢得的一千块钱奖金扑了上去，这奖金实在来之不易，最后由一个姑娘之手赢得。比赛之后大家大聚餐，聚餐之后大家又聚餐，聚餐之后的之后大家又买了很多零食，把这奖金花掉了——不要怀疑物价，我们其实是在嘉定而不是在上海。

大家一定很好奇大角和猴子哪儿去了。他们被分在了管理层的一组，其中大角遇到了后来拿到亚军的哥们，败了；猴子呢，猴子来晚了，等他来的时候，他们一组已经被淘汰了。

猴子和大角无聊地在台球厅里闲逛，正好撞见了对台球兴趣大增苏冰和小欠。实际上，苏冰最擅长的是摆好Pose假装专业地往球杆上抹壳粉，小欠的最擅长的是摆好Pose假装专业地说“来个架杆”，这俩人的一局球会打得很慢，因为两人都很难进球。于是大角和猴子百无聊赖之中被她两人拉进了队伍，大角带小欠，猴子带苏冰。杯具的是，打起球来大家才发现，苏冰和小欠不是很难进球，而是很难打得到球。

轮到苏冰了，苏冰："我的目标是能碰到球。”苏冰木有碰到球。

轮到猴子了，苏冰："猴子你千万要加油要有志气，不能以碰到球为目标哦，要进球！”猴子木有进球。

轮到小欠了，大角："小欠你千万要加油要有志气，千万要以碰到球为目标哦。”小欠木有碰到球。

……真是一场杯具的比赛啊，打到后来四个人都昏昏沉沉的，连最后是谁赢了都不记得了。而大约几天之后，苏冰和小欠怀着对台球的爱卷土重来了，这次带来了丁丁，猴子部门的另外一个女同事，组成了三人战队。

三人战队首战败给了阿豚，但是这场至关重要的比赛使三个人找到了自己在团队中的位置。第二战对战猴子，三个人赢了！这时大家才发现，其实她们是一个团队，有着强大的团队意识，更是有团队的战术配合的！小欠第一个出场，她会观察全场局势，打进容易进的球，或打散成堆的球；丁丁第二个出场负责碰到球，并将白球送到比较好的位置；苏冰第三个出场，进球！三个人凭着精妙的配合和愈加高涨的士气战胜了大角，战胜了我们的美术靖宇，最后又战胜了阿豚！

值得一提的是，第二天大角说："我觉得昨天晚上我的台球水平取得了突破性的进步。我终于发现，宏观物理定律在台球中，原来真的是正确的。”

过 年 了

文/水泡

斩鞍给一对儿女换上新衣裳，高高兴兴出门了。

冬日暖洋洋，大街空旷整洁，一块块青石砖锃亮，落了叶子的柳枝随着微风摇摆两下。

“要过年了，喜庆点。”斩鞍告诉孩子们。

远远看见水泡家敞开门，父子俩蹲在地上瞅蚂蚁。斩鞍皱眉，闻到飘来的一股味，埋怨说：“都啥日子了，好好洗个澡，换身新衣服。”

水泡抬起头，茫然看着斩鞍，“啥日子？”

“要过年了呗。”

水泡转头看看安静的街道，笑着说：“少扯，哪有这时候就过年？你瞧，一点气氛都没有，太平着呢。”

斩鞍张了张嘴，没发出声。

忽然整个大地都颤抖起来，片刻，无数社团的兄弟姐妹像饥饿的老鼠一般从各个角落里窜了出来，从四面八方向食堂……不对，向聚义堂涌去。

“又战了，又战了！”

“年度大赏开始了。”

“沙发沙发。”

“板凳板凳。”

“强力插入。”

……

斩鞍一家目瞪口呆地看着人流像潮水一般涌动，转眼无影无踪。转脸看看水泡，同样表情。下一刻水泡忽然拉起儿子关门进屋，斩鞍一家在扬起的灰尘中咳嗽，没等弄清啥事，门又开了。

一对眉清目秀、玉树临风、衣着光鲜的父子出现在眼前，老的那个眉开眼笑道：“不错，真的是新年要来了。”

南淮一页

天驱指环

文/可可欠

天驱，九州大地上的一种神秘组织，由秉承荒神的意旨、信奉“守护安宁”理念的武士组成。天驱武士平时散布隐藏在九州各地，一旦收到宗主的命令，他们便会立即集结起强大的武装，以武力维护天下的一统和安稳。

他们的徽记是一枚指环，正面镌有飞鹰，内刻“铁甲依然在”五字铭文。

2005年的时候，第一版天驱指环面市。这枚指环在当时很轰动，是所有九州读者求而不得之物，甚至几年之后的现在，还有很多读者对之念念不忘。

指环做了很多，后来被装在了几个麻袋里，很重，随着九幻编辑部进行着不断的迁徙旅程，在每一次搬家的时候被我们搬上楼又搬下楼。

然而实际上，这枚指环制作很粗糙，材质也有很大问题，一掰就弯，再掰就断，甚至很多指环在快递运送过程中就已经因挤压而断裂了。所以我们最后决定这款指环并不实际出售，只作为赠品赠送。

可能是天驱指环的设定深入人心，也可能是大家一直都有着一颗天驱心吧，这枚不合格的做为赠品的指环仍然备受关注，甚至经常有读者朋友愿意花钱来买。每每这个时候，我们就会想：希望能给读者一枚真正的、有收藏意义的、也能让我们自己满意的天驱指环。

感谢我们的设计师小胖，让我们最后找到了这枚指环。

小胖也是一位九州忠实的老读者，一直念念不忘用自己的手艺来表现一枚真正的天驱指环，这个心愿也埋藏了近六年的时间。关于指环的材质、设计和定价，小胖与编辑部前后商讨了大半年之久，最终确定了这枚铜质版本。

铜版天驱指环，黄铜材质，陶土包装，净重52克，背面有控弦槽用于拉弦时保护拇指，内圈含唯一编号。此黄铜版本限量二百枚，以后不再加制。

关于指环的预订，老鱼一共准备了三波宣传，然而预定的速度实在超乎了大家的想象——第一波的宣传刚刚过第二波的宣传还未开始，短短不到四个小时，两百枚指环即已预订一空。

有读者说指环有点贵他现在负担不起，是不是非要有这么一枚指环才能证明他自己是天驱？那么不是的，只要有一颗天驱的心，铁甲、鹰旗与指环都可以是浮云。有读者说两百枚指环太少没有抢到，实际上，这次的限量版指环只是我们的一个开始。

这只是一个开始，而我们的周边部会陆续献上更多的东西，包括各种其他材质的天驱指环，包括鹤雪的弓箭，包括河络的头骨，还有很多我们希望献给大家的属于九州的东西。

这只是一个开始，希望大家能耐心地陪九幻走下去。

一片冰心照九州

二人传[下]

文/苏冰

为什么我会从小青身上想到“羔羊”这个词呢？因为她脾气好。我们成天在群里表扬她：“你就是一个‘井’字——横竖都是个二！”她一点也不生气，还很配合地把自己QQ签名改成了“你六毛我六毛咱俩就能一块二了”——真是个二并快乐着的好孩子。

很多人乐于在我催逼小青稿子的时候起哄架秧子，因此那形势绝对是泰山压卵的一边倒，摧枯拉朽，势如破竹。

例1：

小青：我腿抽筋了啊这种情况还……你总得有点同情心撒！

我：这件事儿呢，用王熙凤的话说就是：今儿你崴了腿，明儿他折了手，这么下去将来都没了人了。本来要饶你，只是我头一次宽了，下次人就难管，不如现开发的好。

众人：哈哈哈哈！

小青：……

例2：

小青：我我我腿都拉伤了！你好意思咩？

我：人家左丘明双目失明还写《国语》，孙膑瘸了腿还写兵法，司马迁受了腐刑还写了《史记》，你好意思咩？

众人：噗！

小青：……

所谓催稿，其实就是这么回事。遇到不同的作者，编辑要用不同的态度。对于小青这种脾气绵软又没大心的，只须一味高压，让她觉着自己理亏、渺小、形象猥琐，那就成功了一半。

那么所谓编辑和作者的协作是怎样的呢？（今儿这章写作内幕大放送，一定不要错过哦亲！）

小青：密谋那段，你觉着咋样？

我：哦……觉着定王还不够坏。这还是常规的夺权，不算很缺德的阴谋。

（定王牧云笥：靠，孤招你惹你了，非要把孤写得十恶不赦？）

小青：你这么一说倒还真是。那咋办？

我：办法的没有。

小青：那我再想想吧……

（十分钟后）

我：哎，我忽然想到一好点子，出来出来！

小青：啥？

我：宣帝为啥叫四个汗王进京？

小青：不是写了吗，因为定王把手伸到了

北陆，宣帝叫这几个来敲打敲打嘛。

我：那定王会甘心看着这几个汗王顺顺当当倒向皇帝不？

小青：那应该不会……但他在皇帝眼皮子底下，也不能现在就公开把那几头叫来拉关系啊。

我：笨！你就不会反过来想想？

小青：……咋反？那几个汗王也不敢主动去见他吧？

我：唉，你气死我了……他就不能想办法叫皇帝好事变坏事吗？

小青：咋变？

我：比如说，要是盘子把徒善迢石小朋友打死了，宣帝还能笼络住谷浑部不？

（徒善迢石：不要啊！老子是未成年人啊，你们不带手这么黑的！）

（牧云磐：不要啊！老子也是未成年人啊，这要留下童年阴影啊！）

小青：那当然不能，不造反就不错了……可盘子不会打死他啊，他那点力气，撑死了就一普通脑震荡……

我：自己想吧。

（十分钟后）

小青：我知道了！你是说定王使手段把迢石弄死，嫁祸给盘子是吧？？？

我：阿弥陀佛，施主你终于悟了。

（定王：这特么关我什么事啊，我就一病人……）

小青：可是他怎么才能弄死呢？

我：我不知道，你自己想。

（十分钟后）

小青：哈我知道了！静大师出马嘛！神不知鬼不觉。

我：你刚想出来啊？

小青：……你早想出来了？那咋不早说？

我：我又不是作者！

小青：行了！我这就写，这回这老小子可就坏透了！

（定王：你们大家都看见了啊！一切坏事都是这俩人安排我干的！）

就这么一个稀里糊涂的人，却特别喜欢夸耀自己动作敏捷。有一个专用来形容她的词叫“小牛过马路”，就是她跟头愤怒的小牛一样冲着马路对面的红灯就过去了，一路上蹦跳着躲过数辆不得不减速的汽车，然后回过头来大叫：“看我敏捷吧？”

连过年也忘不了展示自己的身手，自告奋勇去贴窗花：“我去！我灵活！”然后果然十分灵活地钻到了窗外，把窗户一关，在外头喊：“看我敏捷吧？”青爸青妈看看仍留在屋里的窗花，惊慌地相互对视，意思是：“咱这孩子的智商到底停留在几岁？”

（珍爱生命，切勿模仿！）

我和你们一样，都怀疑过这厮是大智若愚。但接触多了我终于明白了：小青同学的智商呈不均匀分布状态，智的方面是锦心绣口的大智，愚的方面是匪夷所思的真愚，两极绵厚，中间稀薄。因为缺乏过渡，所以对比强烈。

连智力都一分为二，这人真和“二”分不开了。

虽然写了很多哀感顽艳的文字，我发觉小青写得最快乐的其实是那些很“二”的人物。比如《奈何花》中得了阿尔兹海默症的穆如老夫人，虽然是个着墨不多的配角，却得到了她额外的青睐，念念不忘，只恨不能多给这位老太太写上几页传奇。本来我以为她是写多了严肃人物后的情绪反弹，写到这里我明白了，原来那些“二”人，真的可以让描述者获得不同寻常的快乐。

编辑部
涂鸦板

ZOMBIE
神秘的僵尸化妆术

《九州全民幻想》的僵尸演员开始化妆了，五颜六色的调色盘，大堆化妆品，无数神奇的化妆素材摆满了编辑部的桌面。化妆师的精心制作和摄影师的专业拍摄制造了五个身份不同的僵尸妆容。

1号僵尸　　演员：阿豚

性别：男　　职业：城管

描述：下岗大叔，找了份城管的工作，顿时变得穷凶极恶了。

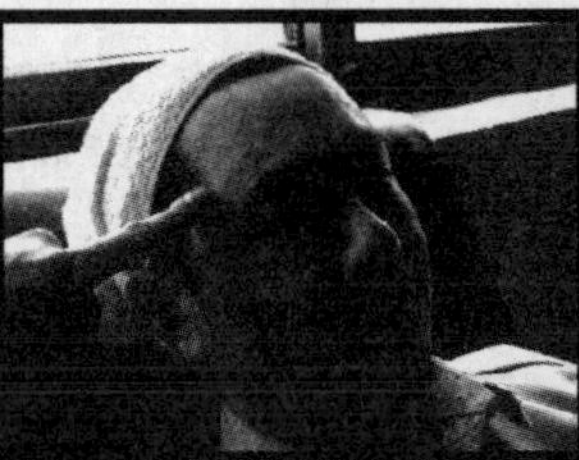
①化妆师在规划伤口的位置

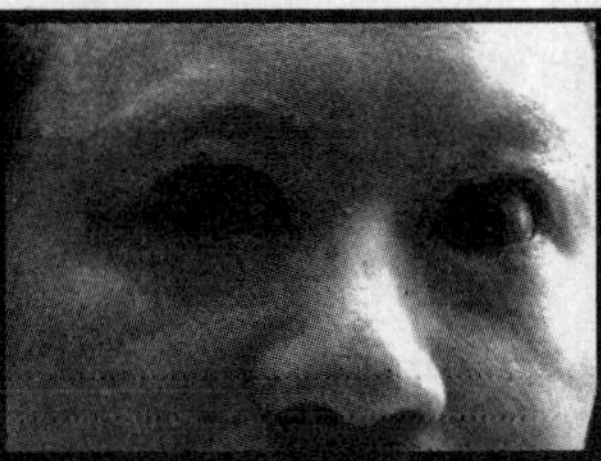
②涂完油彩后的惊悚眼神

③华丽的伤口

2号僵尸　　演员：巫妖

性别：男　　职业：写字楼白领

描述：勤勤恳恳的小白领，为了房子车子拼命加班赚钱。

①画出血迹未干的伤口效果

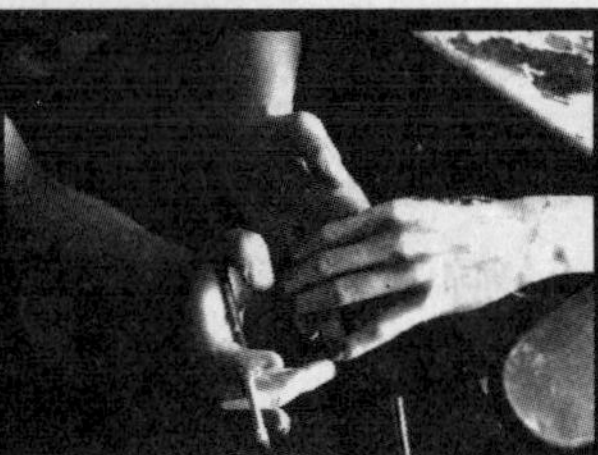
②“瘦骨嶙峋”的手和带血的指甲

③整体忙活

3号僵尸　　演员：蛋挞

性别：女　　职业：护士

描述：小时候晕针的胆小妹，现在每天淡定地给病人打针挂点滴。

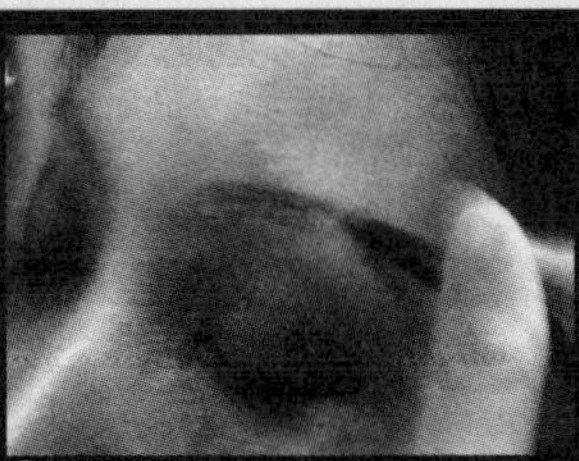
①淡扫蛾眉

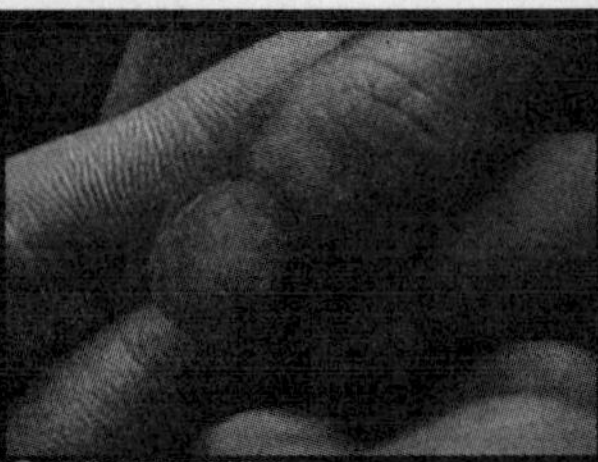
②给指甲细致描边

③丝袜上的撕

4号僵尸　　演员：大角

性别：男　　职业：流浪歌手

描述：带着唱歌的梦想离开家乡，北漂后转战嘉定北站卖唱。

①趁此机会睡一觉吧

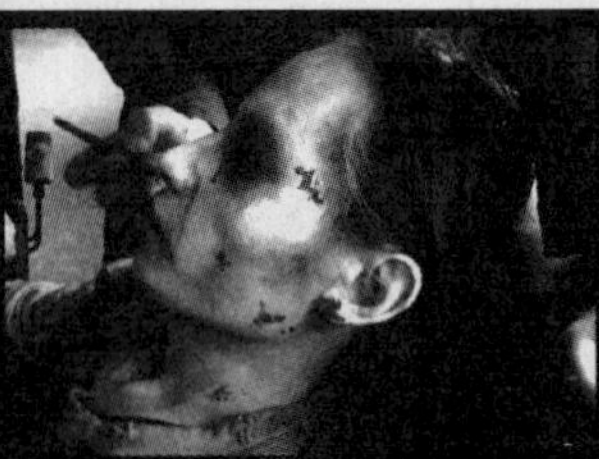
②这个妆只需要做上小伤口

③一朵“花”

5号僵尸　　演员：大宽

性别：男　　职业：建筑工人

描述：老实本分中年大叔，挣钱回家盖房子，送儿子上大学。

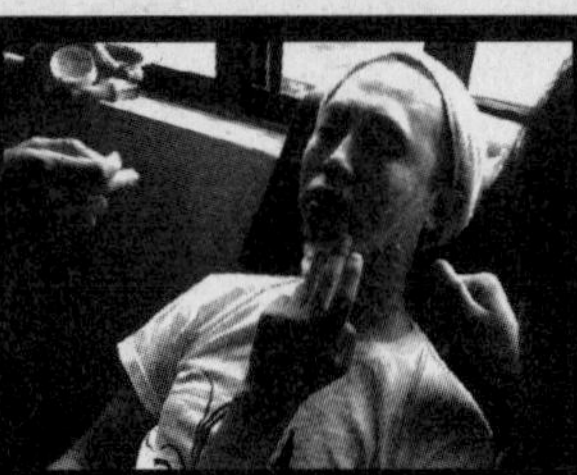
①打粉底与隔离霜保护皮肤

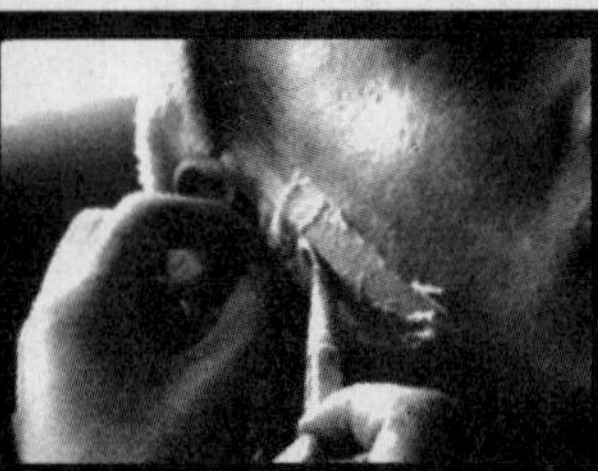
②使用乳胶等材质制作伤口

③伤口上色

④保护豚的真伤口

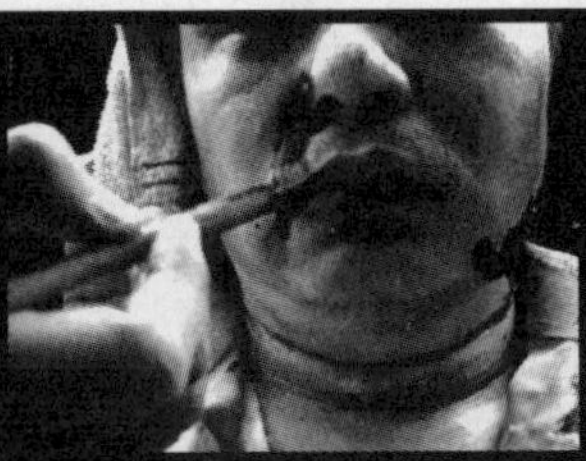

⑤画出嘴角上的撕裂痕迹

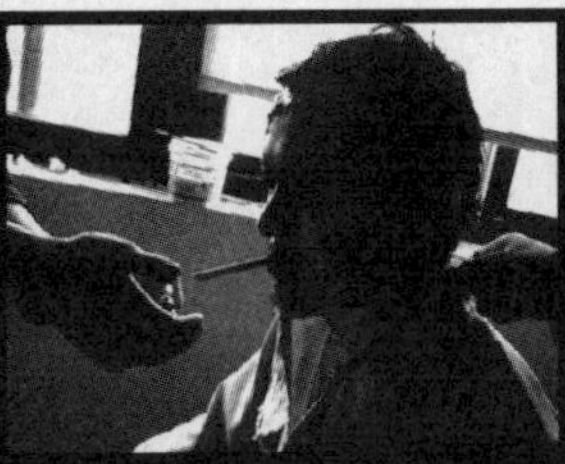

⑥抽根烟先

⑦定妆

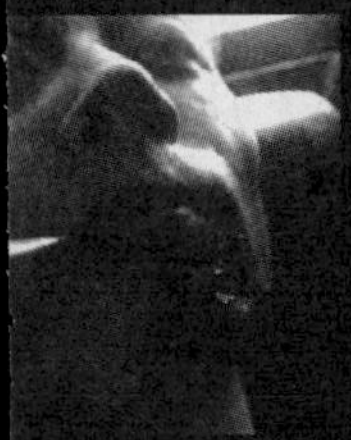

④做出嘴角的小划痕

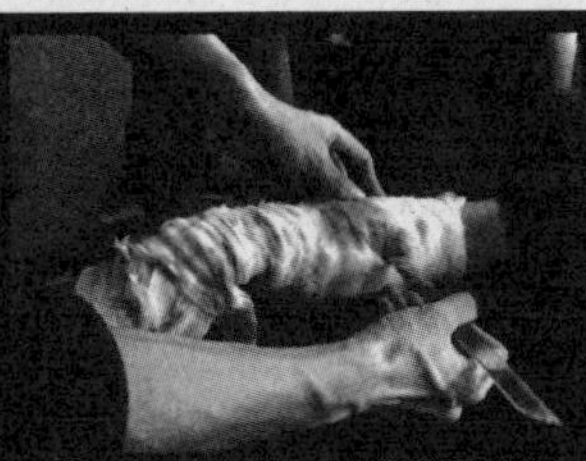

⑤上色，呈现伤口溃烂后浸溢效果

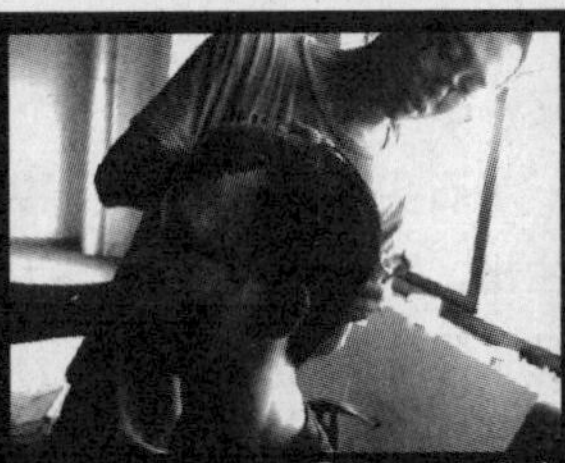

⑥梳头、打发胶

⑦定妆

④加重脸部的阴影

⑤摄影师也忍不住化起装来

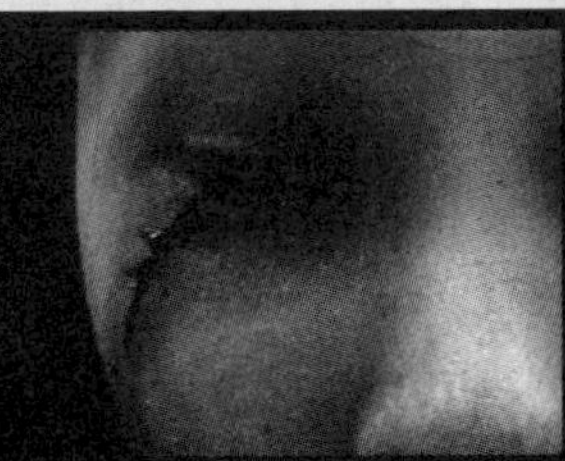

⑥眼角细细的逼真伤口

⑦定妆

④服装做旧撕裂处理

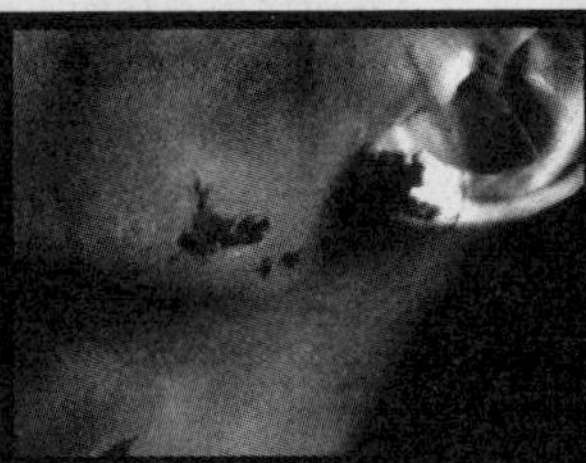

⑤ "耳环"很醒目

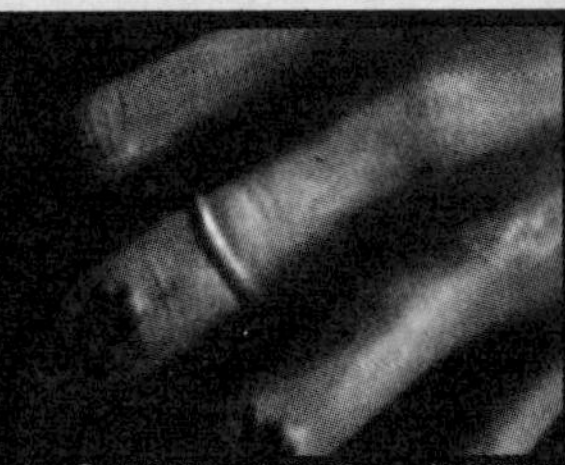

⑥戒指都不舍得摘，一起化妆了

⑦定妆

④宽叔的性感嘴唇

⑤整体调整

⑥自己先瞧瞧

⑦定妆

今日九州

神木园的梦境

文/加菲

大长老做了一个梦，梦里面他是一个人类，一个奇怪的、长着长长毛发的人类，他在拼命地用一块石头敲击着另一块石头，最终擦出的火星点燃了旁边的木屑。火在虚空中陡然生出，四周响起欢呼声，大长老四顾，看到许许多多跟自己一样的人类聚拢上来，他们围着他舞蹈和歌唱，那舞蹈简单粗犷，而歌声也只是一些简单的调子，却极易上口。

醒过来以后，大长老觉得很有趣，这仿佛是另一个世界，那个世界里星空没法给予人们力量，人们只能用自己的方式研究脚下的土地。一个没有秘术的世界？他迫切地期待着这样的梦境重临。

之后他又许多次坠入那梦境，在梦境中他曾将两个不同重量的球体从一座斜塔上同时扔下，并因此得出了自由落体定律；他还化身为一个国家的皇家学会会长，在神与科学之间摇摆不定；有一次他在沙漠上行走，只是为了去一个异域，取得一些经文，那些经文可以化解人们的痛苦，但他并不知道那经文到底是什么；最疯狂的一次，他带着一堆骑兵，挥舞着长矛和刀，冲向一个叫做坦克的巨大铁坨，被吞噬的一刹那他醒过来，但是那种巨大的落差让他心悸不已。

随着梦境的深入，他对这个世界有了更深的理解：那里的人们以肤色和居住的环境划分，但都是人类；那个世界没有秘术，世界的真相被称为科学，人们从理解自然的科学规律中获得力量；那个世界没有无尽的远方，当航海术发展到了一定程度，人们可以环绕着世界旅行；那个世界有更为庞杂的宗教，他们没有唯一的神，也没有真正的神，因为那个世界，是科学的。

大长老愈发痴迷于这样一个架空的、不存在的世界，以及那个世界里的爱恨情仇，但是他一个人的梦境远远不够。他想到了寰化术，想到了冥想之树，如果把神木园中的长老们聚集在冥想之树下，用自己的寰化术作为引导，大家是否会聚集在一个梦境之中，是否可以一起勾勒出那个世界的全貌？

他开始尝试，一切出乎意料的顺利，其实有很多长老已经有过这样的梦境，只是不成体系；现在所有人的梦连在了一起，这个世界陡然变得充实而且栩栩如生。他们在梦境中演绎自己的故事，故事的进展又让这个世界更加明晰。

于是有了宇宙，有了大航海时代，有了质能方程，有了世界战争，他们的梦境中时空跳转不定，但是世界的本质和细微到每个人的故事却顺利地一步步深化。

这个世界，就这样诞生了。

神木园将这个世界的设定用神使文和图画极尽细致地勾画出来，并将它递送到了羽皇的宫殿。随后羽皇下榻神木园，与长老们一同在冥想之树下沉睡。醒来后，羽皇的目光中尽是兴奋的光芒，“这太棒了，我们要更多的冥想之树，还要更多的人一起来勾画这个世界。”他像是一个孩子，找到了最喜爱的玩具。

“不，不是勾画。”大长老疲惫地笑着，“这个世界已经不在我们手中了，它仿佛已经真实地存在着了，我们只是在继续地发现它，用更大的树之网络，用更多的热爱它的人的参与，来发现它更多的细节。”

于是信使在宁州的土地上飞翔，他们把冥想之树的种子洒在每一个树屋的旁边，又把勾画着那个叫做“地球”的架空世界的书籍交给每一户人家。他们传达了羽皇的旨意：“我们将会有一个共同的梦，在那个梦里有一个我们所不知的世界，一起入梦吧，在那个世界里，有属于我们的故事。”

与此同时，神木园的长老们开始日以继夜地冥想，他们要把那个世界描绘得更加细致，好让将来每一个入梦者都切身感受到它的真实。

冥想之树生长得很快，羽民们激动地等待着，据说宁州冻土消解，春天到来之后，那个别样的世界，就将在眼前。

2012年栏目进化

挥别2011，迎来2012。随着岁末将近，栏目再不改版就来不及啦！

所以从下一本开始，今年《九州幻想》的两个经典栏目将升级改版，同时再增加两个全新栏目，详情如下：

1 “小白日梦”栏目正式开启。

“小白日梦”栏目旨在发掘优秀的小小说和微小说，在极限的字数约束下做出最漂亮的想象。

投稿字数要求：本栏目分两部分，其中小小说不得超过一千字，稿酬每篇1000元；微小说不得超过140字，稿酬一篇100元。字数以word字数统计中的字符数（不计空格）为准。

投稿内容要求：

展示你的想象力，可以是奇幻、科幻、穿越、武侠等等，一切狂飙想象力的文字都是我们所期待的，而纯粹的校园言情、都市生活、人生感悟则不推荐投稿。

投稿邮箱：cocoqian@9zfun.com

此栏目投稿严禁抄袭，一经发现将在杂志上通告批评并从此不再与此作者合作，稿酬转至原作者。

2 “2050年的语文课本”将正式组建教科书筹备委员会。

本期“2050年的语文课本”栏目轮空，是为了更好地筹备这个我们十分重视的栏目。

九州幻想工作室计划于2012年正式组建教科书筹备委员会，我们会邀请社会各界各行业有独特见解、独立价值观的人士一同加入，为“2050年的语文课本”栏目提供更多、更好的课文。

你希望看到谁推荐的教科书书目？欢迎登陆九州幻想官方论坛“2050年的语文课本”相关版块，进行互动交流！

3

“寒武纪”正式更名为“今何在奖征文”。

经过过去七期“寒武纪”栏目的积累，九州幻想工作室正式推出第一个小说作品相关奖项，用以鼓励和培养我们的新人作者。从2012年起，“今何在奖”将成为九州幻想工作室每年一度的评选奖项，获奖作者将会获得九州幻想为其特制的奖杯、奖状，及价值不菲的奖品。

“今何在奖”征文参与资格：

年龄未满23岁（以投稿日期当天为标准）；

之前没有小说刊载于《九州幻想》书系上。

除此之外一切不限，不限小说文体，不限小说字数，不限作者性别，不限作者性向。

“今何在奖”征文参与方式：

登录九州幻想官方论坛“今何在奖”相关版区，直接将小说以发帖方式发布。九州幻想工作室编辑将会对所有文章进行甄选，最终被确定刊载的文章将具有参选2012年“今何在奖”的资格。

“今何在奖”互动参与方式：

对九州幻想官方论坛“今何在奖”相关版区内小说予以积极评论的读者，九州幻想工作室将给予特别奖励。

4

“所有人问老鱼”栏目正式开启。

众所周知，我们有一位明星编辑，叫做老鱼，此人的冷幽默和毒舌相信读者们在过去的编辑部故事等栏目中早有见识。

怎样用老鱼的招牌幽默和招牌毒舌回馈社会报效祖国呢？我们思考了很久，终于决定开启这样一个栏目，只要是《九州幻想》的读者，无论男女老幼，无论什么问题，都可以向老鱼提出，老鱼将会用他的人生观、价值观、世界观来为你解惑，开启你崭新的人生境界！

栏目参与方式：

在新浪微博上@九州幻想（http://weibo.com/lorenzo）或者@老老鱼（http://weibo.com/oldfish）并提问即可。

当然，老鱼不一定会每一个都回答，如果你的问题没有得到答案，很抱歉，你被老鱼无视了，请再接再厉，想出更多更赞的问题！

而《九州幻想》将会在每一期刊载一部分最经典的问题和答案，并支付老鱼稿费，提问的人可以私信老鱼要求稿费平分。

卮言小语

文/骑桶人

因可觅的《麟劫·珠沉记》，是今年的九州小说中，让我感到欢欣鼓舞的几篇中的一篇。其他的，像燕然的《梦火者》，闪木的《逑繇》，小青的《奈何花》，狙击王的《夸父纪行》，三脚猫的《酒中仙》，都风格独特，又都有极大的发展潜力。这些小说的出现，让我感觉到九州新的一代作者又要崛起了。

这里面有老作者，像小青和燕然；也有新作者，像闪木和狙击王。特别是《酒中仙》，竟是参加“寒武纪”的作品，更增加了我们把“寒武纪”办下去的信心和决心。明年的寒武纪，不仅要办下去，更要办大办好，因此我们决定把一位大神请出来，那就是今何在——在《九州幻想》明年第一本《铁甲依然》中，“寒武纪”正式更名为“今何在奖”，并将增强互动性，增加读者和作者的参与环节，希望能有更多的年轻作者参与进来，也希望能有更多的年轻作者来写九州。

关于写作，我历来是不相信所谓“天赋”的，如果真要说有天赋，我想也不是来自遗传，而是来自后天的养成。而这些养成的“天赋”，又其实都不过是一些常识，最重要的一点，亦不过是：写作，要用你的心去写，投入你的爱与激情。

有很多作者，写出来的小说，总是中规中矩，谈不上好，也谈不上坏，读下去不能说不好看，但读完了却不能打动人，不能让人回味再三，更谈不上永生难忘，这都是还没有真正地把心投入进去的缘故。小说不是用键盘或笔写的，而是用血和泪写的。用血和泪写出来的小说不一定完美，甚至可能很粗糙，但能打动人心，因为它本来就是直指人心的。肉体只能与肉体产生共振，若要振动观者之灵魂，作者也必以自己的灵魂为弦、为鼓、为牺牲！

我和阿豚一起，办了一个名为“拉玛”的写作班。班不大，十来个人，但都是有志于写作的，而且也都是在我看来有希望能把写作做到最好的年轻人，他们还不一定能称得有“天赋”，但已经拥有一些写作必须具备的素质。我和阿豚现在要做的，只是尽量地让他们发现他们自己。写作是一条通往世界的道路，同时也是一条通往自己内心的道路。

2011年的《九州幻想》，就到这里了。明年还会有新变化，新想法，更会有新做法，大家一起努力吧！

结末推荐一首歌，Green Day 的单曲《Wake Me Up When September Ends》，我喜欢的！

NUM-HWAI FIRM, A NINLANDS SHOP
NUM-HWAII, UWAN LAND, NINLANDS.

《战九州》桌游		九折，送封测激活码
战九州TEEs		九折，有四个码可选
可络主题搪瓷杯		高13cm，直径10cm
明信片Postcards	九州幻想系列	共8张，随机附赠1~2张
海报 Posters	机械女神	尺寸：84cm*57cm 送专用海报筒
	西安吉祥	
	安睡湾	
笔记本 Note books	九州之星速写本	6种可选
	寻桶记笔记本	笔记本+书签+徽章
徽章 Emblems	星轮之徽	共12枚，直径4.5cm
	寻桶奇缘	上有潘海天题诗
	寻桶记	普版4.5cm 迷你版3.2cm
卡贴card stickers	水晶/磨砂	15款，随机赠送活动

《星球大战》漫画限量典藏版	《我的征途是星辰大海》
《鱼·小岛惊魂》	《百味胭脂弄》
《绿林记》	《赋名师》
《2050年的母系氏族》	《0000年的母系氏族》
《九州·轮回之悸》	《九州·海潮三十年》
《九州·澜州战争》	《九州·龙渊》
《逝鸿传（上下卷）》	《杯雪》全本
《长安古意》全本	《荒村公寓》典藏版
《2010年中国最佳奇幻小说集》	

2006年	2007年	2008年
2009年	2010年	2011年

天驱指环	《战九州》计分卡
寻桶情人特别版徽章	“九州”TEEs经典白色款

即日起在本店任意消费，送“寻桶情人特别版徽章”一枚
满58元，送天驱指环一枚
买《战九州》（内含天驱指环），送计分卡一张
买杂志年度套装，每套减10元
单笔满189元，送“九州”TEEs经典白色款一件

部分书籍、印刷制品含作者签名
所有商品均可要求加盖“暗月纪印章”或“九州幻想”印章，倘若商品支持盖戳
优惠、运费等相关疑问，以及青春期烦恼、恋爱综合症，均可咨询掌柜——知心姐姐“可可欠”
周边讨论Q群：106455993（承接周边创意、催稿吐槽等）
BBS讨论区：http://bbs.9zfun.com【南淮商号】板块
网店地址：http://ninlands.taobao.com

属性	代理人	地址	移动电话	QQ
代理商	朱先生	山东	13811089381	692874016
高校	阿奔	西安外国语大学	15129291470	420346675
实体店	ZakiZawa 杂物店	哈尔滨市道里区中央大街原宿春天商城		431794816
合作网店	星之所在	http://sfway.taobao.com		940856031

加盟方式请进入http://bbs.9zfun.com/thread-4868-1-1.html
合作邮箱：oldfish9@live.cn

九州幻想
ODYSSEY OF CHINA
FANTASY

九州幻想读者俱乐部

回馈单

读者信息
姓名________网名________邮箱________性别________年龄________
联系方式____
从事职业/就读专业____________________
本期评点
最喜欢的文章或栏目：
最不喜欢的文章或栏目：
意见建议：
兴趣调查：
喜欢的周边类型（如纸制品、服装、卡牌等等）：
希望九州上出现的作者、题材：
对九州幻想书名方案、封面方案、赠品方案、栏目方案等细节的点子：

回馈单邮寄地址：上海市邮政信箱060-006